JEUNE FEMME À LA PIVOINE

En application de l'art. L.137-2.-I. du code de la propriété intellectuelle, toute reproduction et/ou divulgation de parties de l'œuvre dépassant le volume prévu par la loi est expressément interdite.

© 2025, Reine Andrieu
Couverture : Reine Andrieu, conçue sur Canva.com, avec IA

Édition : BoD · Books on Demand, 31 avenue Saint-Rémy, 57600 Forbach, bod@bod.fr
Impression : Libri Plureos GmbH, Friedensallee 273, 22763 Hamburg (Allemagne)
ISBN : 978-2-3226-7475-6

Dépôt légal : Juin 2025

Reine Andrieu

JEUNE FEMME
À LA PIVOINE

ROMAN

À Louison.

« Si toute vie va inévitablement vers sa fin, nous devons durant la nôtre la colorier avec nos couleurs d'amour et d'espoir. »

Marc Chagall (1887 – 1985)

Prologue

Au pire moment de ma vie, je me suis demandé ce qu'il resterait de moi, après mon passage sur cette terre. J'ai pensé à mon portrait.
Et à ce jour-là.
Je devais me rendre à l'atelier du maître. En chemin, la pluie s'est mise à tomber, de plus en plus drue. J'ai couru pour ne pas arriver trempée. J'ai dévalé quatre à quatre les escaliers de Montmartre qui menaient à la placette où se situait l'antre de l'artiste. Je sentais le poids de mes cheveux alourdis par la pluie retomber en masse dans mon dos à chaque enjambée. En passant devant un jardin, j'ai été attirée par un plant de pivoine chargé de fleurs et n'ai pu résister à l'envie d'en cueillir une. « Je la piquerai dans mes cheveux ».
En arrivant à l'atelier, j'ai lu dans le regard du maître que j'étais en retard. Je me suis installée en vitesse, pour la pose. Comme la fois d'avant.
— C'est quoi, ça ? a-t-il maugréé en voyant la fleur que je venais d'enfiler entre deux mèches de mes cheveux.
— Une pivoine. Elle est belle, n'est-ce pas ?
Il a fait une moue désabusée, tout en saisissant sa palette, et la séance a commencé.
Lorsque la pluie a cessé, seul le bruit de la brosse du peintre sur la toile froissait le silence de l'atelier. Je sentais les gouttes de sueur couler sur mon front car la pluie, et la chaleur qui l'avait précédée, transformaient l'atelier en étuve. Le soleil venait de faire sa réapparition et dardait ses rayons sur la verrière du local, accentuant le phénomène. Je n'ai pu réprimer un geste réflexe pour les essuyer, guettant d'un œil la réaction du maître.
J'avais fait sa connaissance quelques mois auparavant, en visitant une exposition, occupation dont je raffolais du temps de ma vie parisienne. Des amis communs me l'avaient présenté.

J'étais très impressionnée. Il jouissait déjà d'une grande renommée. Bien que plus âgé que moi, il a paru d'emblée apprécier ma compagnie et m'a fait le plus beau des compliments en qualifiant de « très sûr » mon jugement en matière de peinture. De mon côté, j'admirais son style avant-gardiste et me délectais de ses conversations toujours éclairantes. Depuis notre rencontre, il m'invitait à fréquenter les milieux artistiques en tous genres, ce qui, pour la toute jeune femme éprise d'art que j'étais, relevait du conte de fées. Très vite, il m'a promis de faire mon portrait. J'ai accepté, tout en me demandant si celui-ci me reviendrait, à moi, ou s'il le vendrait à un tiers.

— Puis-je chanter, Cornelis ? Je m'ennuie. Je ne bougerai pas beaucoup, je vous le promets.
— Ai-je d'autre choix que de céder à cet autre caprice ? Décidément, ma jeune amie, vous me faites faire n'importe quoi.

J'ai entonné une chanson à la mode. Au moment du refrain, j'ai lui ai proposé de chanter avec moi.

— Allez, Cornelis, vous la connaissez, j'en suis sûre.
— N'insistez pas, Rebecca. Et chantez plutôt un air de votre pays.
— La Pologne ? Mais j'ai tout oublié ! Et ma mère veut que je sois plus française qu'une vraie Française, alors autant vous dire que les chansons de mon pays sont restées à la frontière.
— Et pour l'amour du ciel, arrêtez de gigoter, j'ai bientôt fini pour aujourd'hui.

Quand il a posé la palette, il a marmonné :

— Mais je ne peux pas nier : vous avez une jolie voix.

Tout ankylosée, je me suis étirée avant de remettre du mouvement dans mon corps. Je me suis levée et me suis approchée du chevalet. J'ai été tellement émue par le résultat que je me souviens avoir frappé dans mes mains, un peu à la manière d'un enfant.

— Il va être magnifique, Cornelis.

Il a penché la tête devant l'esquisse et a bougonné :

— Selon moi, la pivoine est de trop.

— Oh, elle est très belle. Et vous l'avez bien saisie. Pour un peu, on sentirait son parfum d'ici. Bon, il faut que je file, mes parents vont encore dire que j'exagère. À demain, maître.

J'ai quitté l'atelier sous le soleil, d'un pas léger, laissant dans mon sillage l'air d'une chanson suspendu dans le souffle chaud de ce début d'été.

Dans la vie faut pas s'en faire,
Moi je ne m'en fais pas...

Première partie : Rebecca

Chapitre 1 – 28 août 2012

« Agence Quo Vadis, 2ème étage ». Adèle Fortier retint sa respiration, appuya sur le bouton de l'interphone et attendit. Un grésillement électrique l'informa de l'ouverture de la porte. Un doute l'effleura ; peut-être aurait-elle dû prendre rendez-vous ? Elle n'avait encore jamais fait appel aux services de cette sorte de professionnels et elle réalisa seulement à cet instant qu'elle n'était pas attendue. Devant l'urgence de la situation, elle n'avait même pas pensé à donner un coup de fil pour poser les questions basiques sur ce type de requête : quand, comment, combien ? Elle passa le seuil de la lourde porte en bois. Le vieil immeuble toulousain était dépourvu d'ascenseur. Elle monta les deux étages, à son rythme, veillant à ne pas s'essouffler. Elle salua la présence de l'antique rampe en bois, veloutée par le temps. L'époque où elle gravissait les escaliers deux marches à la fois était révolue. Elle se félicita d'avoir pris l'initiative de la visite de bonne heure le matin, avant que la chaleur ne l'anéantisse pour le reste de la journée.

Parvenue sur le seuil du second, elle reprit son souffle et, d'un regard, balaya le palier. Elle repéra ce qu'elle cherchait. Adèle Fortier allait sonner quand la porte de l'agence s'ouvrit sur une jeune femme aux yeux bouffis et mal coiffée, qui s'apprêtait à sortir. Elle semblait habituée des lieux.

— Puis-je vous aider ?

— Je cherche l'agence Quo Vadis.

— C'est bien ici. C'est vous qui venez de sonner d'en bas ? Vous avez rendez-vous ? s'enquit la jeune femme.

Adèle Fortier secoua la tête, ne sachant à quelle question répondre en premier.

— C'est urgent ?

— Oui, assez… On m'a volé un tableau… Chez moi.

— Alors entrez. Je suis Léonor Lesage, une des associées de cette agence ». Devant l'air gêné de la cliente, elle fit un geste de la main et ajouta « Je sortirai plus tard, ça n'a pas d'importance ».

Elle invita la vieille dame à la suivre et passa la tête dans la cuisine pour avertir Thomas, son associé de son changement de programme.

Elle installa la visiteuse dans la pièce, derrière son vaste bureau, un beau meuble ancien déniché chez un brocanteur, encombré de dossiers. Elle les rassembla en piles, de part et d'autre, pour dégager un peu de place.

— Je vous demande juste un instant, je n'ai encore rien pris ce matin. Je vous apporte un café ?

Consciente de son apparence, elle passa machinalement la main dans ses épais cheveux châtains et bouclés qui semblaient vivre leur vie de leur côté. Léonor avait déposé les armes depuis longtemps et le coup de peigne du matin relevait plus du rituel tant il ne servait à rien. Seuls ses doigts parvenaient à leur donner un semblant de tenue. Elle avait passé une mauvaise nuit. Ses démons familiers l'avaient harcelée, une fois de plus. Chose étrange, elle avait l'impression que l'état de ses cheveux reflétait la qualité de ses nuits.

Elle retourna dans la cuisine pour préparer un expresso et sa calebasse de maté. Au retour d'un voyage en Argentine, Léonor avait troqué les dix cafés quotidiens contre des infusions de maté. Elle alimentait régulièrement sa calebasse en herbe de maté et en eau chaude, puis sirotait la tisane à longueur de journée, comme tout Argentin, par la bombilla, une paille métallique. Cela lui valait les railleries de Thomas qui voyait en cette nouvelle addiction une forme de snobisme, à ne plus vouloir partager avec lui le café devenu trop banal. Léonor, elle, brandissait des arguments sanitaires, en mettant en avant les vertus de sa boisson favorite. Le temps de la préparation, elle échangea quelques mots avec Thomas sur les affaires en cours. Puis, quand ils eurent fait le tour, il lui demanda :

— Et cette dame, là ? Qui est-ce ? dit-il en désignant du menton le bureau de sa collègue.

— Je ne la connais pas. On lui a volé un tableau, d'après ce qu'elle m'a dit.

L'intérêt de Thomas fut piqué au vif.

— Intéressant !

Comme toutes les agences de recherche privées, Quo Vadis proposait ses services pour des affaires d'ordre familial, conjugal, industriel ou commercial. Les deux compères avaient coutume de qualifier ces affaires-là « d'alimentaires » et ils s'empressaient d'ajouter en souriant « mon cher Watson ! ». Car leur vraie spécialité, c'étaient les enquêtes touchant à des œuvres d'art, pour lesquelles tous deux nourrissaient une véritable passion.

Alors que Léonor terminait ses études d'histoire de l'art, en 2003, elle avait lu dans la presse que la Tate Gallery de Londres lançait un appel pour retrouver des œuvres du peintre William Turner. Le musée recherchait non moins de quatre-cents toiles du peintre perdues ou volées, disparues de la circulation, mal inventoriées ou détruites. À la lecture de l'article, son cœur avait émis une vibration singulière et l'idée s'était imposée : elle voulait en faire sa profession. À cette époque-là, Léonor s'occupait en acceptant des vacations à l'Office de tourisme de la ville, et accompagnait des groupes de touristes à la découverte du patrimoine toulousain.

Léonor était convaincue qu'un grand nombre de toiles de maîtres et d'œuvres d'art de toutes sortes, se trouvaient disséminées dans la nature et la perspective de contribuer à en retrouver la trace l'exaltait. Elle avait pensé d'abord, à se présenter au concours de la Police Nationale pour enquêter dans ce domaine, au sein d'un des organes de la police judiciaire, l'OCBC[1]. Or elle savait qu'il y avait peu d'élus. Et tout bien réfléchi, Léonor ne se voyait pas évoluer dans une grosse machinerie, ni obéir aux ordres d'une hiérarchie qu'elle imaginait pesante. Thomas, son ami métis mi-guyanais mi-breton, venait lui aussi

---

[1] Office central de lutte contre le trafic des biens culturels.

d'obtenir une maîtrise d'histoire de l'art-archéologie et patrimoine, dont il ne savait que faire. Elle lui proposa de s'associer à elle et d'ouvrir un cabinet de recherches privées dont la spécialité tournerait autour de l'art en général.

Ce qui fut fait trois ans plus tard, après qu'ils eurent tous deux suivi une formation d'agents de recherches privées. Comme les premières enquêtes tardaient à arriver, ils développèrent leurs réseaux, trainèrent dans les expositions, les salles de ventes, les musées, tendant l'oreille et affûtant leurs regards.

N'étant pas eux-mêmes experts en art, stricto sensu, ils se constituèrent un carnet d'adresses de spécialistes sur qui s'appuyer pour exercer leur activité, et, peu à peu, des affaires se présentèrent. Jusqu'à ce que le cabinet acquière une petite notoriété dans ce domaine. Depuis, quand un particulier, une institution ou même un musée, recherchaient une œuvre égarée ou volée, Quo Vadis s'imposait comme une agence de référence.

Pour autant, les enquêtes relatives aux œuvres d'art étaient peu courantes et les enquêtes plus classiques leur permettaient d'assurer le quotidien.

L'agence se situait dans un appartement de trois pièces, rue Bayard, non loin de la gare Matabiau à Toulouse. Leurs bureaux respectifs occupaient les deux chambres, et le séjour, qu'ils avaient baptisé « le bureau ovale » pour sa grande table ovoïde, faisait office de salle de réunion et d'enquête. C'est là qu'ils s'installaient pour traiter ce qu'ils appelaient les « balèzes », les grosses enquêtes, celles où ils unissaient leurs réflexions.

La petite cuisine aménagée, pimpante avec ses portes de placard blanches, leur permettait de se retrouver autour d'une boisson chaude quand le besoin d'une pause se faisait sentir, ou lorsqu'ils décidaient de rester déjeuner au bureau. C'était la seule pièce ayant fait l'objet d'une rénovation récente. Le reste de l'appartement, les deux petits bureaux et le grand, voyaient défiler les années, impassibles. Le parquet au point de Hongrie, les hauts plafonds blancs à la peinture craquelée, ornés de moulures grisonnantes ; les murs tapissés façon toile de Jouy, aux soubassements en bois ciré, auraient mérité un rafraichissement. Mais Thomas et Léonor appréciaient le charme désuet du lieu, l'odeur d'encaustique, et le cri des parquets sous leur pas. Cerise sur le gâteau, le loyer était raisonnable, le propriétaire rechignant à investir dans des travaux. Ainsi, tout le monde y trouvait son compte.

Chacun des deux collègues avait personnalisé son bureau : Thomas avec une mappemonde immense sur tout un pan de mur, des affiches de films et une frise chronologique de l'histoire de l'art ; Léonor avec... rien. Elle avait bien essayé de punaiser quelques reproductions d'œuvres de maitres, mais elle les avait aussitôt retirées, jugeant que cela jurait avec la toile de Jouy déjà chargée en motifs.

Ils avaient choisi chacun leur mobilier. Léonor avait opté pour un grand bureau ancien et un siège contemporain offrant ergonomie et confort. En guise d'étagères, elle s'était fait réaliser une large bibliothèque subdivisée en une vingtaine de niches, qu'elle avait disposée contre le mur derrière son bureau. Ainsi, elle n'avait qu'à se retourner sur son fauteuil pour attraper ce dont elle avait besoin. Quelques livres sur le métier d'enquêteur privé, d'autres sur l'art, un dictionnaire, occupaient certaines d'entre elles. La majorité contenait les dossiers clients. D'autres, des objets utiles ou décoratifs.

Thomas, lui, avait sacrifié le charme au confort et préféré un bureau high tech avec retour, plateau informatique, caissons roulants et lampe design. Pour le bureau ovale, les deux collègues n'avaient pas jugé utile de l'encombrer outre mesure, de sorte qu'à la fameuse table, ils avaient juste adjoint quelques chaises, un tableau magnétique éclairé par une lampe sur pied, orientable.

Toutes les pièces de l'appartement jouissaient d'au moins une ouverture sur la rue, avec un double intérêt : l'apport massif de lumière et une vue agréable sur la façade opposée, en brique rouge.

Léonor revint dans son bureau où la femme s'était installée en l'attendant. Elle estima l'âge de sa visiteuse à environ soixante-dix ans, et nota l'assurance qu'elle dégageait par son port de tête et son style vestimentaire agrémenté d'accessoires de marques.

Jambes croisées, coudes déployés sur les accoudoirs du fauteuil, ses mains baguées posées simplement sur son abdomen, la cliente semblait prête à exposer la raison de sa venue. Léonor remarqua le balancement de son mollet, signe de nervosité. Même ses clients les plus sûrs d'eux manifestaient toujours une légère anxiété lors de leur premier rendez-vous. Leur visite comportait souvent un enjeu, justifiant l'engagement d'un enquêteur privé. Qu'il s'agît de lever le doute sur une infidélité, rechercher une personne disparue, solliciter une enquête sur un conjoint en vue de lui rafler la garde d'un ou plusieurs enfants, chercher à en savoir plus sur un concurrent commercial. Toutes ces démarches n'avaient rien d'anodin et l'embarras était perceptible lors du premier entretien. Léonor s'appliquait à balayer ce malaise en assurant ses interlocuteurs de la légitimité de leur démarche.

— Je vous écoute, annonça Léonor, après avoir déposé un plateau sur le bureau.

Elle prit place face à la septuagénaire et sortit son carnet de notes.

— Ma requête va sans doute vous paraître étrange... Mais, comment dire... Je...

La cliente baissa la tête, prit une grande inspiration et la releva.

Léonor se rendit compte qu'elle avait en face d'elle une très belle femme. Celle-ci avait dû être blonde et s'attachait à le rester grâce à un rendez-vous régulier chez son coiffeur. Intriguée, Léonor l'invita d'un geste à poursuivre.

— Comme je vous l'ai dit, on m'a dérobé un tableau, chez moi.

Très curieuse de la suite, Léonor se fit violence pour commencer néanmoins par le début. Elle planta ses yeux dans ceux de la femme.

— Avant tout chose, puis-je vous demander votre identité ?

— Oui, bien sûr. Pardonnez-moi... Je m'appelle Adèle Fortier. J'habite rue Croix-Baragnon. Je vis avec ma mère dans un appartement... disons, cossu. Dans un hôtel particulier, à vrai dire.

— Votre mère ? Léonor souleva les sourcils puis s'aperçut de sa maladresse. Mais sa visiteuse ne s'en formalisa pas.

— Oui, cela peut paraître bizarre à mon âge... Maman a quatre-vingt-douze ans et, malgré la maladie dégénérative dont elle est atteinte, je tiens à la garder avec moi. Je ne suis ni mariée, ni mère de famille. Je n'ai qu'elle. Je me fais aider, bien sûr. Mais pardonnez-moi ; j'en reviens aux faits : ce qui me surprend, c'est qu'un seul tableau ait disparu.

— Quand le vol a-t-il eu lieu ?

— Hier matin.

— Vous avez porté plainte ?

Adèle Fortier secoua la tête.

— Qu'attendez-vous de moi exactement ?

— Je ne souhaite pas porter plainte, du moins dans l'immédiat, car j'ai des doutes... enfin, je veux dire... Je possède les factures et les certificats d'authenticité de chaque œuvre exposée chez moi. À l'exception de celle-ci.

— Vous voulez dire que vous avez des doutes sur l'origine de ce tableau ?

— J'ai cherché partout dans les papiers de mes parents et je ne trouve aucune pièce justifiant son acquisition.

— Peut-être est-ce un cadeau ?

— C'en était un... Mon père l'avait offert à ma mère pour son anniversaire, en 1946 je crois. J'étais une enfant. Il disait l'avoir trouvé chez un antiquaire. Mais il n'était accompagné d'aucun papier, aucun certificat. Je possède de nombreuses œuvres héritées de la famille de ma mère, dont certaines de grande valeur. Mais on ne m'a volé que ce tableau-ci.

— Et vous pensez qu'il avait une valeur marchande ?

— Je n'en sais rien. Je n'ai jamais vraiment cherché. Ce qui m'intrigue, c'est pourquoi n'avoir volé que celui-là ?

Léonor sentit son cœur battre un peu plus vite. Voilà ce qu'elle aimait dans ce métier, l'excitation qui allait crescendo quand la perspective d'une enquête intéressante se profilait. Elle ressentait comme des petites bulles remonter le long de sa colonne vertébrale et s'échapper par le sommet de son crâne. Un peu à l'image d'une bouteille de Champagne. Elle dût fournir un effort pour ignorer ce pétillement qui s'emparait d'elle et se concentrer sur l'affaire.

— Il porte une date, ce tableau ?
— 1922.
— Votre mère, qu'en dit-elle ?
— Rien. Elle ne sait pas d'où il vient. Si ce n'est la version « officielle » : celle de l'antiquaire.
— Vous avez toujours vu ce tableau chez vous ?
— Oui. Depuis que mon père l'a offert à ma mère.

Léonor accueillait chaque réponse d'un hochement de tête, tout en notant les détails sur son carnet.

— Que représente-t-il ? Vous auriez une photo par hasard ?
— Bien sûr, j'ai des photos de chaque pièce de notre collection. Pour les assurances, vous savez…

Adèle Fortier ne termina pas sa phrase et fouilla dans son sac à main, faisant ainsi tinter ses bracelets. Elle en sortit deux photos en couleur. L'une représentait le tableau, l'autre le dos de la toile avec une inscription manuscrite :

> *« Pour Rebecca, mon amie à la pivoine, avec*
> *toute mon affection. CD 1922 ».*

Léonor détailla la photo qui était de bonne qualité. La peinture représentait une jeune femme, les cheveux blonds légèrement vaporeux, tombant derrière les épaules, à l'exception de quelques mèches relevées sur le côté de la tête et retenues par une fleur rouge. Une pivoine, sans doute, ainsi que le précisait la dédicace. Le portrait avait été réalisé de trois-quarts profil, le visage tourné vers la gauche. Le sourire du modèle ajoutait de la douceur à ses traits. Elle semblait très jeune. Le fond orangé dégageait une chaleur moelleuse où le doré des cheveux et le pourpre de la fleur fusionnaient. Seul le bleu des yeux, tranchait avec le reste.

— La toile n'est pas signée. Et ce message a un caractère personnel. Je suppose que vous ne connaissez pas cette jeune femme, Rebecca, qui serait à la fois le modèle du tableau, et la première propriétaire ?

— C'est exact.

— Votre mère non plus ?

Adèle Fortier secoua la tête.

— Ce style pictural me dit quelque chose, murmura Léonor en étudiant à nouveau la photo, les sourcils froncés.

Après une pause, elle releva la tête et résuma.

— Selon moi, de trois choses l'une : soit le tableau a de la valeur, beaucoup de valeur, et la personne qui l'a volé le savait, d'où son choix de ne prendre que celui-là. Soit il n'avait pas de valeur et le vol a une portée symbolique. Soit le voleur a commencé à se servir, avec cette œuvre-ci, et a été dérangé.

La visiteuse l'écoutait, attentive. Léonor poursuivit.

— Racontez-moi comment vous vous êtes rendu compte de sa disparition.

— Le voleur a opéré en plein jour alors que l'auxiliaire de vie s'occupait de maman – elle vient chaque matin entre neuf et dix heures – et que j'étais sortie faire quelques courses. Quelqu'un a sonné vers neuf heures trente. L'employée a ouvert le portail de la rue avec l'interphone. Elle a attendu un peu mais ne voyant arriver personne à l'étage, elle est retournée s'occuper de maman en pensant qu'il s'agissait d'une erreur. L'intrus a sans doute attendu quelques minutes pour que la voie soit libre, puis il est entré en crochetant la porte avec un outil. L'auxiliaire, occupée dans la chambre de ma mère, n'a plus pensé au visiteur. C'est à mon retour que j'ai remarqué que le tableau manquait. A priori, le voleur aurait eu le temps de dérober autre chose... Il a eu, au bas mot, une vingtaine de minutes pour accomplir son forfait.

Léonor écoutait, concentrée sur le récit, attentive à la moindre précision. De temps en temps, elle posait le stylo pour attraper sa calebasse et aspirer du maté sans perdre son interlocutrice des yeux. Lorsque cette dernière eut terminé, elle croisa ses mains devant elle, sur le bureau.

— Vous n'avez pas répondu à ma question, tout à l'heure, Mme Fortier : qu'attendez-vous de moi ?

— Que vous retrouviez ce tableau...

— Je crois que la police serait mieux à même de vous rendre ce service. Il s'agit d'un vol et la police scientifique dispose de moyens auxquels je n'ai pas accès moi-même en ma qualité d'enquêteur privé.

— Je ne veux pas avoir affaire à la police.

— Puis-je vous demander pour quelle raison ?

— Je vous l'ai dit... bafouilla-t-elle.

Léonor nota l'embarras de son interlocutrice.

— Puisque vous semblez penser qu'il n'a pas de valeur, ce dont, entre nous, je suis moins sûre que vous, je ne comprends pas... Vous devez porter plainte, ne serait-ce que pour vous faire indemniser par les assurances.

— En fait, il a une valeur... disons sentimentale. Mon père l'aimait beaucoup. Le portrait était accroché dans le salon et j'ai souvent surpris le regard de mon père dessus. Il y puisait je ne sais quoi, dit-elle, accompagnant ses paroles d'un vague mouvement des mains. « Et de toute façon, comme je ne disposais d'aucun document, je ne l'ai pas assuré. »

— Madame Fortier, comprenez bien qu'avec cette seule photo de tableau, je ne vais pas aller bien loin. Même à supposer que je me déplace chez vous pour faire des relevés, je ne pourrai les confronter à aucun élément existant, à l'inverse de la police qui, elle, dispose de moyens scientifiques et de ses bases de données. Si en plus vous n'êtes pas en mesure d'identifier la jeune femme du tableau qui pourrait éventuellement nous orienter vers une piste, je crois que je ne peux rien faire pour vous. Je suis désolée.

Déçue par la tournure qu'avait pris l'entretien, Léonor fit mine de se lever pour y mettre un terme. Mais l'attitude de la cliente la déconcerta. Celle-ci regardait un point fixe face à elle, sans bouger du fauteuil, comme si elle était résolue à ne pas quitter la pièce. Puis elle sortit de son sac une enveloppe en papier kraft assez épaisse. Elle la posa sur le bureau devant elle et la fit glisser jusqu'à Léonor qui la regarda faire, stupéfaite.

— Ce n'est pas une question d'argent, madame Fortier. Je ne peux me lancer dans une recherche sans un minimum d'éléments. Ça ne serait pas honnête de ma part car elle serait vouée à l'échec et je n'aime pas être payée lorsque je n'ai pas un pourcentage raisonnable de chances d'aboutir.

La cliente secoua la tête.

— Vous vous méprenez, mademoiselle Lesage. D'un geste elle encouragea la jeune femme à ouvrir l'enveloppe.

Perplexe, Léonor s'exécuta et en retira un paquet de photos. Elle se rassit pour étaler les clichés sur le bois ciré. Il s'agissait de plusieurs exemplaires d'une même photo. Elle représentait quatre hommes devisant sur le perron d'un immeuble. Autour d'eux, au sol, des tableaux. En réalité, pas tout à fait la même photo car sur trois d'entre elles, l'un des hommes était barré d'une croix verticale, christique. Un homme différent à chaque fois. Au dos de chacune d'elles, une main mystérieuse avait déposé une date en lettres capitales : 26 août.

— Vingt-et-une.

— Pardon ?

— Il y en a vingt-et-une. Vingt-et-une photos. Nous en recevons une par an depuis 1992. Toujours le 26 août.

Les yeux de Léonor s'arrondirent.

— Par la poste ?

— Oui. Cette année je l'ai reçue hier, le 27, car le 26 c'était dimanche.

— Mince alors… Vous avez gardé l'enveloppe ? Comment est libellée l'adresse ?

— Avec une règle pochoir, vous savez ? Qu'on utilise pour écrire les lettres une à une.
Adèle Fortier mima l'objet en question. Léonor acquiesça.
— Un normographe. Vous avez conservé cette enveloppe ?
— Oui, je vous la montrerai, si vous le souhaitez.
— Et les précédentes, comment étaient-elles ?
— Toutes pareilles.
— Vous me disiez vivre avec votre mère. À qui de vous deux sont-elles adressées ?
— La toute première était adressée à mon père. Mais c'est moi qui l'ai ouverte.
Devant l'air étonné de Léonor, Adèle Fortier justifia sa réponse.
— Tous les étés, mes parents partaient en villégiature dans le midi. La famille de ma mère possède une propriété dans la région de Cannes. C'est moi qui étais chargée de relever le courrier et mon père me confiait le soin d'ouvrir ce qui me paraissait important, pour ne pas laisser en attente des courriers qui auraient pu être urgents. Lorsque l'on a reçu la toute première, l'enveloppe m'a parue singulière, alors je l'ai ouverte. J'ai évidemment été très surprise de son contenu.
Léonor hocha la tête, puis reprit.
— Vous connaissez ces hommes ?
— Oui, un.
Elle désigna l'un d'entre eux, un brun au visage anguleux. Il devait avoir à peine plus de vingt ans et portait une fine moustache.
— Mon père, dit-elle.
Aux pieds de celui-ci, contre une marche, était posé le portrait de la jeune femme à la pivoine.
— L'année de sa mort, en 1994, maman a reçu celle-ci. Elle désigna celle où son père était lui-même biffé d'une croix au feutre noir. « Après la mort de mon père, ma mère a continué de se rendre dans la maison familiale pour l'été, c'est donc moi qui ai réceptionné les photos, toutes ces années. Mais elles étaient adressées à ma mère. »
— Si je puis me permettre, comment votre père est-il mort ?

— D'un cancer.

Léonor marqua une pause. Devant la somme d'informations reçues, elle devait ordonner ses idées. Elle relança la conversation, qui prenait, bien qu'elle s'en défendît, la forme d'un interrogatoire.

— Quand votre père est rentré de vacances, en 1992, je suppose que vous lui avez demandé des explications ?

— Oui, bien sûr. Il a prétendu que la photo avait été prise devant la boutique de l'antiquaire où il avait acheté le tableau.

— Et vous avez des doutes sur sa version des faits ?

— Si l'achat de ce tableau avait été régulier, pourquoi recevrais-je ces photos, qui sonnent comme une menace ?

— Cela évoque quelque chose, pour vous, le 26 août ?

La cliente secoua la tête.

— Non, rien.

— Et pour votre mère ?

— Non plus.

Léonor prit quelques instants pour réfléchir à nouveau à ce qu'elle venait d'entendre.

— Quelqu'un savait donc que votre père possédait ce tableau : la personne qui vous envoie les photos.

— Et aussi tous ceux qui sont entrés chez nous, bien sûr. » Après un court silence, elle reprit : « et il y a un dernier point que je n'ai pas encore mentionné… »

Léonor lui fit signe de poursuivre, tandis qu'elle griffonnait sur son carnet, entourait, soulignait, fléchait, reliait, les détails déjà notés.

— Le voleur a déposé une fleur à la place du tableau. Une pivoine rouge.

La jeune détective releva vivement la tête, bouche bée.

— Là on s'oriente vraiment vers un vol à portée symbolique.

Elle posa son stylo et se dressa dans le siège, les mains jointes devant son visage.

— Je comprends : vous ne voulez pas seulement que je retrouve le tableau n'est-ce-pas ? Vous pensez que le vol du tableau a un lien direct avec l'envoi de ces photos ?

Adèle Fortier approuva d'un signe de tête et souffla :

— Il faut que je sache ce que tout cela signifie...

Chapitre 2 − 26 août 1942

Dès l'aube, les pas dans l'escalier, suivis de violents coups frappés aux portes réveillèrent tout l'immeuble. Quelques-unes s'ouvrirent et des têtes hagardes jetèrent une œillade dans l'escalier pour chercher d'où provenait un tel raffut. Sur un même palier, les voisins s'interrogeaient du regard et se répondaient d'un haussement d'épaules. Ils furent vite fixés : des hommes en tenue de policier tambourinaient aux portes à tous les étages. Ils recherchaient certaines familles. Des noms fusaient. Rebecca passa la tête à l'extérieur de l'appartement et crut entendre les noms de Horn, Markov, Bernstein et le leur, Levinski. Horrifiée, elle referma la porte et se tourna vers son mari, Rafaël qui, alerté aussi par le bruit, l'avait rejointe dans l'entrée. Leur deux garçons, Simon, deux ans et Emmanuel, dix ans, cheveux hirsutes, se tenaient debout sur le seuil de leur chambre.

— Que veulent-ils ? fit Rafaël inquiet.

— Ils cherchent les Horn, les Markov et les Bernstein, apparemment... J'ai aussi entendu notre nom.

— Ce n'est pas possible ! C'est une rafle ? Mais Toulouse est en zone libre ! Ce sont des Allemands ?

— Non, j'ai cru voir des uniformes français.

Affolée, Rebecca interrogea son mari du regard. Ils savaient que les grandes villes de la zone occupée avaient été le théâtre de terribles rafles, le mois précédent. Les juifs étrangers avaient été regroupés dans un premier temps dans des camps de transit, en France, puis envoyés on ne savait où, quelque part à l'Est, dans des camps de travail, semblait-il. Une rumeur avait couru qu'elles se poursuivraient en zone sud, mais l'information n'avait pas été prise au sérieux puisque les Allemands n'y étaient pas installés. En tout cas, dans l'immeuble du 7 bis, rue Saint-Pantaléon, le maître mot parmi les quelques familles juives qui y résidaient avait été de ne pas prêter foi aux rumeurs. Mais voilà qu'on y était. Et la police française se chargeait de la besogne.

Des pleurs de nourrisson leur parvinrent de la chambre parentale. Quelques jours plus tôt, la famille s'était agrandie. Une petite fille, Sybille, avait rejoint le clan Levinski, pour la plus grande fierté de Rafaël qui ne cessait d'admirer sa peau soyeuse, la délicatesse des poignets, celle des doigts, des pieds, tout en louant la magie de la vie qu'incarnait ce petit être tendre venu au monde. Rebecca adorait quand Rafaël tenait le bébé dans ses bras. Le contraste entre la force tranquille du père et la fragilité du nourrisson lui tirait les larmes. Il y avait quelque chose d'animal dans cet instinct de protection. La famille était maintenant au complet.

— Nous, on n'a rien à craindre, fit Rafaël. Ils ne cherchent que les juifs étrangers. Comme en zone occupée, le mois dernier. Nous sommes français depuis longtemps.

— Tu crois vraiment qu'on ne risque rien ? Pourquoi ont-ils prononcé notre nom ?

— Ne t'inquiète pas, nous allons leur expliquer. En revanche, je suis plus soucieux pour ma sœur et nos amis.

Rebecca avait connu Rafaël en 1929 alors qu'elle habitait Paris. Elle avait immédiatement été séduite par cet homme à l'apparence aussi solide qu'elle-même était frêle, aussi brun qu'elle était blonde, aux yeux aussi noirs qu'elle les avait bleus. Pour gagner sa vie, elle chantait dans un cabaret et le hasard voulut qu'un soir, il se trouvât dans la salle. Le regard happé par ce petit bout de femme qui charmait son auditoire sans affectation, lui, le polonais fraîchement débarqué en France se promit d'en faire son épouse. Il l'invita à boire un verre à la fin du récital. À leur grande surprise, ils découvrirent très vite qu'ils étaient tous deux polonais, aux origines juives. Rebecca avait une dizaine d'années lorsque sa famille avait migré vers la France pour trouver du travail. Rafaël, quant à lui, avait choisi de fuir, un peu plus tard, l'air vicié par l'antisémitisme ambiant dans leur pays. Pour autant, ni l'un ni l'autre ne nourrissait de réelle conviction religieuse.

Ce soir-là, n'importe quel observateur aurait juré que le jeune couple qui bavardait dans un coin tranquille de la taverne se connaissait depuis toujours. L'invitation d'un soir se mua en rituel. Tous les soirs, ou presque, il attendait la fin du spectacle, assis à une table, la plus discrète, au fond du cabaret. Tous les soirs, ou presque, elle l'y rejoignait. Il l'amusait. Naturelle, Rebecca se laissait porter par la grâce du moment en riant à gorge déployée. Il posait des yeux gourmands sur elle. Elle ne se lassait pas d'admirer ce bel homme qui avait osé l'inviter à partager sa table, elle, la vedette du cabaret, que d'autres spectateurs révéraient. Elle aimait son audace ; il aimait la légèreté de ses mouvements. Il rêvait de caresser sa peau ; elle espérait goûter très vite à la chaleur de ses bras.

Dès lors, leurs vies s'entrelacèrent puis s'unirent par une belle journée d'été 1930. Elle laissa son emploi au cabaret dès qu'elle apprit qu'elle était enceinte de leur premier garçon, Emmanuel. Rafaël, fou de joie, proposa qu'ils quittent la capitale pour aller vivre dans le sud. Ils choisirent Toulouse. Il créa une petite entreprise de confection haut-de-gamme au centre-ville, rue Saint-Pantaléon, en rez-de-chaussée. Elle prospéra rapidement, assurant au couple un train de vie de plus en plus confortable. Rebecca géra pendant un temps l'accueil et le conseil aux clients, puis à l'arrivée de Simon, elle choisit de se consacrer à ses enfants. Les premières années, ils logèrent dans un petit appartement au-dessus de l'atelier. Quand la famille s'agrandit, ils déménagèrent à l'étage du dessus, dans un quatre pièces mieux équipé et plus lumineux.

Puis, alors que son affaire tournait plutôt bien malgré la guerre, en octobre 1940, Rafaël avait reçu des nouvelles alarmantes de sa sœur et de son mari (les Horn) et de ses meilleurs amis (les Bernstein et les Markov) restés en Pologne. Dans la capitale, les nazis avaient ordonné aux Juifs de se concentrer dans un quartier de la ville beaucoup trop petit pour les accueillir tous, et cerné de murailles.

Depuis de longues années déjà, la population juive subissait des persécutions. L'occupation allemande n'avait fait qu'exacerber la haine. Ces dispositions n'annonçaient rien de bon et, sentant l'étau se resserrer autour d'eux, les proches de Rafaël avaient décidé de tenter le tout pour le tout en s'échappant de Pologne. Rafaël leur avait proposé de les rejoindre en France, à Toulouse. Au terme d'un périple épuisant physiquement et nerveusement, la petite troupe était arrivée en janvier 1941, avec quelques valises pour tout bagage. Rafaël et Rebecca l'avaient accueillie. Leur ancien appartement était toujours libre et deux autres au troisième étage aussi. Rafaël avait embauché les hommes à l'atelier. Même si le carnet de commandes se remplissait de moins en moins au fil des mois, on se débrouillerait.

Depuis, les familles s'étaient fondues dans la vie de l'immeuble et de la ville. Ils avaient goûté avec soulagement à la fin des persécutions, et même à un semblant de paix. La concierge, Solange Sutra, avait un peu renâclé au début, les dix appartements étaient depuis lors occupés, lui occasionnant ainsi du travail supplémentaire. Mais très vite elle comprit que les nouveaux arrivants ne feraient pas montre d'exigences particulières. Ils lui témoignaient au contraire beaucoup de courtoisie et de compassion. Ils savaient qu'elle vivait seule avec sa petite fille depuis la mort -deux ans plus tôt- de son mari et ne manquaient pas de lui apporter de délicieux pounchkis, de la babka ou encore des racuzkis lorsque l'envie leur prenait de retrouver la saveur des pâtisseries de leur pays. Quant aux autres habitants, l'emménagement de ces nouveaux locataires ne leur fit ni chaud ni froid. Tous les enfants jouaient ensemble dans la cour, sans que quiconque n'y trouvât à redire. Pour un peu la petite communauté en aurait oublié la guerre.

Ils entendaient des cris dans l'escalier. Les policiers vociféraient pour presser les familles de se préparer au départ. Rebecca reconnut la voix apeurée de Yaël Bernstein qui demandait ce qu'ils devaient emporter. Les enfants pleuraient. À travers la porte, elle comprit que le petit des Bernstein voulait prendre un jouet qu'on lui refusait. Le cœur de Rebecca s'emballa. Tétanisée, les bras le long du corps, elle ne parvenait pas à amorcer le moindre geste. Puis les pas bruyants s'arrêtèrent devant chez eux. Des coups sur la porte les firent sursauter. Rebecca laissa le passage à Rafaël qui ouvrit avec l'assurance d'un dieu de l'Olympe, comme il savait si bien le faire. Un policier rouquin se tenait dans l'embrasure. Il semblait avoir à peine vingt ans.

— Famille Levinski ?

— Elle-même.

— Vous allez devoir nous suivre.

— Je ne comprends pas.

— C'est pourtant simple ! Vous ne parlez pas français ? Vous êtes juifs ?

— Nous sommes français avant d'être juifs. Nous vivons en France depuis longtemps.

— C'est pas la question. Préparez-vous. Prenez quelques affaires et de la nourriture, de quoi tenir deux ou trois jours, pas plus.

— Mais enfin, nous avons un nourrisson de quelques jours ! Vous devez faire erreur, je vous dis que nous sommes français. Vous n'avez pas le droit !

— Et moi je vous dis que j'ai tous les droits. Vous êtes sur ma liste, qu'est-ce que j'y peux ?

— Ça doit être un document erroné. Je vous assure que nous sommes en règle. Je vais vous montrer nos papiers. » Il se tourna vers Rebecca qui assistait à l'échange, pétrifiée. « Va chercher nos papiers, s'il te plaît ».

— Je me fiche de vos papiers ! Je vous somme de vous préparer au départ. Habillez-vous et descendez dans la cour au plus vite. Vous venez avec vos enfants. Le tri sera fait après.

Puis il tourna les talons laissant flotter son arrogance dans l'atmosphère.

Le *tri* ? Rebecca sentit les larmes monter puis se reprit. Elle devait montrer l'exemple aux enfants. Il y avait erreur, les policiers s'en rendraient compte très vite et tout rentrerait dans l'ordre. Elle sortit de sa paralysie pour entraîner les enfants dans leur chambre. Elle les prépara, s'occupa de son bébé qui pleurait de plus belle. Elle n'avait pas eu le temps de l'allaiter. Elle écarta un pan de sa robe de chambre et décrocha son soutien-gorge pour satisfaire la demande impérieuse de la petite. Rafaël réunit quelques affaires essentielles, une tenue de rechange pour chacun, un nécessaire pour la toilette. Il mit sa montre et prit le sac à main de Rebecca.

Dans l'affolement, Rafaël imagina le pire : que les enfants se perdent ou soient séparés de leurs parents. En toute hâte, il chercha un ruban de couleur claire dans la travailleuse de Rebecca et en coupa un morceau. Il inscrivit dessus, à l'encre noire le nom de Simon et leur adresse, l'enroula autour du poignet du garçonnet et fit un nœud. L'enfant se laissa faire, les yeux encore ensommeillés et le pouce dans la bouche. Il tenait son ours en tissu par une patte. Il ne le quittait jamais. Des employés de son père le lui avaient cousu, pour son premier anniversaire. Ils s'étaient amusés à lui faire une casquette et un petit sac en bandoulière, dans lequel Simon adorait cacher ses petits trésors, bonbons, boutons, cailloux... Il ne lui manquait que la parole. Son grand frère l'avait même baptisé : *Michka*.

Rafaël confectionna à la va-vite un autre ruban pour Sybille, sous le regard incrédule de Rebecca, en espérant de toutes ses forces que le nouveau-né ne serait pas séparé de sa mère. Le bébé tétait encore ; il glissa le ruban dans le couffin. Il le nouerait à son poignet plus tard.

Rebecca posa Sybille dans son moïse et s'habilla en hâte. Avant de quitter les lieux, ses yeux firent une dernière fois le tour de la pièce pour évaluer ce qu'ils laissaient derrière eux. Qu'est-ce que tout cela signifiait ? Quand reviendraient-ils ? Tous les cinq quittèrent l'appartement, pour rejoindre les autres familles qui attendaient déjà dans la cour. Était-ce la peur ou la chaleur, déjà pesante en ce tout début de matinée, la sueur coulait sur les fronts, les tempes, et mouillait les chemises. Un amas de bagage trônait au pied du perron.

Les deux policiers bloquaient la porte cochère et surveillaient la rue.

Dans le groupe, Keren Horn, la sœur de Rafaël tenait son fils contre elle. Les traits de son visage trahissaient son angoisse. Son mari, Adrian, faisait les cents pas dans la cour. Marek Bernstein serrait son épouse dans ses bras, leur petit garçon blotti entre ses deux parents. Quand Rebecca, tenant le couffin du bébé, Rafaël et leurs deux fils, débouchèrent en dernier dans la cour, tous se mirent à parler en même temps pour poser des questions qui restèrent sans réponse.

Ils avaient laissé les appartements et toutes leurs affaires en l'état.

La concierge, sortit de sa loge en robe de chambre, l'air hagard. Des larmes brouillaient sa vue. Sa bouche tremblait quand elle leur demanda s'ils souhaitaient qu'elle fasse quelque chose de particulier, ou qu'elle prévienne quelqu'un. Ils secouèrent tous la tête ; ils reviendraient vite. Elle resta sur le pas de sa porte et barra la route à sa fillette de six ans qui, penaude, recula. Sur ordre des policiers, les locataires en partance lui confièrent leurs clés.

Rafaël remarqua que le policier rouquin était toujours dans la rue et il semblait attendre quelque chose. Un véhicule pour les emmener, sans doute. Rafaël se baissa pour parler à Emmanuel.

— Mon grand, quand je te ferai signe, file dans la rue et rends-toi chez Mme Leconte. Tu te souviens où elle habite ?

— Oui, fit l'enfant, la gorge serrée.

— Un jour elle m'a dit qu'on pouvait compter sur elle si on avait besoin. Va chez elle et restes-y jusqu'à ce qu'on revienne.

— Mais je veux partir avec vous, moi. Et Simon ? Et Sybille ?

— Ils sont trop petits, ils ne peuvent pas s'échapper. Mais toi, tu es grand, tu peux filer et attendre notre retour chez Mme Leconte, non ?

L'enfant fit oui de la tête pour faire plaisir à son père. Il regarda sa mère. Rebecca avait compris à l'expression de Rafaël ce qu'il mijotait. Elle encouragea son fils d'un clin d'œil.

— Quand je te le dis, tu sors le plus discrètement possible, d'accord ?

— Oui, fit l'enfant dans un filet de voix.

Le rouquin revint vers le groupe. Le véhicule n'était toujours pas arrivé. Les deux policiers commencèrent à pointer leur feuille, vérifiant le nom des membres de chaque famille.

— Mais où nous emmène-t-on ? s'enquit Keren Horn.

— Ce que je sais, moi ! Peut-être au camp de Noé, ou de Saint-Sulpice... Vous verrez bien.

L'autre policier, à peine plus âgé que le rouquin, un brun moustachu portant des lunettes visiblement trop petites pour lui, se tenait vers la loge de Solange Sutra avec les listes à la main. Il s'adressa à la concierge qui se figea.

— Vous, occupez-vous de fermer tous les compteurs, eau, gaz, électricité. Et s'il y a des animaux de compagnie, vous les récupérez.

Sur ses entrefaites, ils entendirent du bruit du côté de la rue. Tous tournèrent la tête et virent arriver deux autres policiers. L'un courtaud sur pattes et un autre dont le képi masquait mal la calvitie et mettait en évidence ses oreilles décollées.

— Qu'est-ce que vous faites ici, fit le brun aux lunettes, d'un ton peu amène.

— Dans l'immeuble d'à côté, ils se sont tous carapatés. Ils ont dû être informés, répondit le chauve, en levant son képi pour éponger la sueur qui lui dégoulinait dans les yeux.

— Ah merde... C'était vrai, alors, il y a eu des fuites, fit le rouquin. « Ben nous, regarde ce qu'on a pêché ! Belle prise, hein ?! Bon alors, il arrive ce fourgon ? On nous a dit de faire tout ça rapidement pour pas qu'on fraternise, et on nous fait lanterner ! »

Rafaël regarda son fils qui depuis quelques instants piétinait, d'angoisse ou d'impatience, sans doute les deux. Il lui donna le signal, d'un regard.

Tandis qu'Emmanuel se dirigeait vers le porche d'un pas tranquille, Rafaël attira l'attention des policiers afin de permettre à son fils de terminer le petit bout de chemin qui lui restait à parcourir jusqu'à la rue.

— Mais enfin, combien de temps allons-nous attendre encore ? dit-il en se postant devant le groupe des forces de l'ordre.

Le courtaud, l'accent rageur d'avoir échoué dans sa propre rafle vociféra.

— Faites pas les malins ! Vous êtes bien press...

Emmanuel était quasiment dans la rue quand le rouquin s'aperçut que l'enfant s'apprêtait à leur faire faux bond. Il dégaina son arme sous les yeux horrifiés de Rafaël qui se plaça sur la trajectoire d'une balle éventuelle, les mains en l'air. Puis, dans un geste d'apaisement, reconnaissant qu'il avait raté son coup, il baissa les bras et se dirigea vers son fils pour le ramener dans la cour, tout en lui faisant signe de revenir vers eux. Le rouquin se méprit sur son geste et fit feu sous les yeux épouvantés de l'assistance.

Rafaël s'effondra sur les pavés de la cour, juste devant Emmanuel, joue contre terre. Un point rouge s'élargissait dans son dos. L'enfant regarda le corps de son père sans comprendre. Rebecca, le bébé dans les bras, se précipita sur son mari inerte. Simon restait accroché au bas de sa robe. Les autres firent mine de s'approcher mais le policier aux lunettes leur intima de ne pas bouger.

— Voilà ce qu'il en coûte de chercher à s'évader, crâna le policier roux pour masquer son malaise.

Rebecca, que les larmes aveuglaient, cria le prénom de son mari. De sa main libre, elle repoussa une mèche des cheveux noirs de son époux et tenta de voir s'il avait les yeux ouverts, s'il pouvait parler, dire s'il souffrait, ou autre chose, pourvu qu'il parlât. Les yeux étaient ouverts, les paupières immobiles. Il ne parlerait plus.

Des spasmes incontrôlables agitèrent le corps de Rebecca. Elle cria entre deux sanglots :
— Rafaëëëël ! Ils l'ont tué, ma parole, ils l'ont tué ! Elle tourna son visage déformé par la douleur vers les policiers qui s'étaient regroupés autour d'elle et regardaient la scène, cloués sur place.
Les autres assistaient, médusés et impuissants, au spectacle invraisemblable dont nul n'aurait imaginé être témoins quelques instants plus tôt. Des cris et des larmes étaient étouffés. Personne ne se risquait à flétrir le silence que seuls troublaient les pleurs de Rebecca. Le bruit de la détonation faisait encore écho dans la cour. Quelques fenêtres s'ouvrirent aux étages supérieurs de l'immeuble et des têtes se penchèrent pour voir d'où venait la détonation. D'en bas, on perçut un murmure d'effroi venant du ciel. La concierge rentra dans sa loge pour laisser libre cours à sa détresse. Que se passait-il exactement ? Était-ce un cauchemar ? Le monde devenait-il fou ? Monsieur Rafaël, le plus gentil d'entre tous, se faisait tuer sous ses yeux, sur un simple malentendu, pour avoir tenté de sauver son fils ?

Le temps que tous réalisent, sidérés, ce qu'il se passait, le fourgon arriva. Le policier aux lunettes, se baissa pour aider Rebecca à se relever. D'abord rétive, elle finit par se laisser faire, anéantie. Il lui prit le bébé des bras pour lui permettre de chercher un mouchoir et de s'essuyer le visage. Il déposa Sybille dans son moïse. Simon, cramponné à son ours comme à une bouée de sauvetage, ne quittait pas les jambes de sa mère et pleurnichait. Keren, de son côté, prenait sur elle pour s'occuper d'Emmanuel et de son propre fils, Samuel, tous deux choqués par la terrible scène qui venait de se jouer sous leurs yeux d'enfants.
Les policiers firent signe aux familles de se diriger vers la porte cochère.
— Mais on ne va pas le laisser là ! s'indigna Rebecca.
— On va s'en occuper. Pour l'instant, ouste, tout le monde !

Le rouquin accompagna ses mots d'un mouvement vif en direction du camion. Le groupe quitta la cour pour se retrouver dans la rue, devant le fourgon qui allait les emmener dieu savait où. Le chauffeur brailla un ordre pour que les passagers montent à l'arrière du véhicule. Tous s'exécutèrent, sauf Rebecca, qui, encore sous le choc, avait laissé son nourrisson aux soins du policier. Elle voulut récupérer le couffin. Il lui fit signe de monter tandis qu'il tenait encore le bébé, afin qu'elle soit plus libre de ses mouvements. Elle se hissa avec difficulté dans le camion. Elle tendit les bras pour récupérer le nourrisson, mais dans la confusion, l'ordre fut donné au conducteur de démarrer, ce qu'il fit, avant même que les portières claquent. Le véhicule prit de la vitesse. Le petit Emmanuel qui assistait, stupéfait, à la scène cria soudain au policier :

— Elle s'appelle Sybille ! Sybille Levinski ! N'oubliez pas !

Alors que le véhicule roulait, on ferma enfin les portes et par la vitre sale, Rebecca vit s'éloigner le policier planté là avec son enfant dans les bras. Interdit, celui-ci sembla soudain sortir de sa torpeur et courut deux ou trois foulées pour tenter de rattraper le fourgon puis s'arrêta. Au désespoir, Rebecca tapa sur la portière de ses deux poings pour que le chauffeur s'arrête. En vain. Le camion tourna au bout de la rue.

Chapitre 3 – Toulouse, fin août 2012

Les photos étaient disposées sur le tableau magnétique que les deux amis utilisaient quand une enquête *balèze* leur était confiée. Dans le bureau ovale, au parquet patiné par le temps, seuls les craquements du bois troublaient le silence qui présidait au travail des enquêteurs.

Thomas et Léonor, postés côte à côte, étudiaient la juxtaposition des clichés fournis par Adèle Fortier. Du coin de l'œil, Thomas percevait Léonor qui, les bras croisés sur le ventre, une main au menton, cherchait un poil imaginaire. Elle était concentrée. C'était l'heure du remue-méninge. Le moment préféré de Thomas. Celui de l'observation des premiers éléments dont ils disposaient. Leur modus operandi était souvent le même. Au cours de cette étape initiale, ils allaient se poser toutes les questions qui émanaient de la lecture attentive des photos. Ensuite, ils allaient définir celles auxquelles ils devraient répondre en priorité pour avancer sur le chemin de la vérité. Chaque réponse générait, habituellement, de nouvelles interrogations, et ainsi de suite. Cela déterminait leurs pistes de recherches. Observation, déduction, méticulosité, rigueur, imagination, et bien sûr leurs connaissances respectives, tels étaient les ressorts d'une bonne recherche.

— Qu'est-ce qu'on va sortir de tout ça, Thomas ? dit-elle en désignant le tableau de la tête, les mains posées sur ses hanches.

— La solution, Léo, la solution. Comme toujours.

— Qu'a-t-on comme point de départ ? Si elle en a reçu vingt-et-une, c'est qu'elle a reçu la première en… 1991… Non, 1992. A priori, on peut déjà dire que les croix, sur chacun des hommes, mentionnent leur mort. Elle n'a pas noté les années où elle a reçu les autres avec les croix. Adèle Fortier se souvient juste d'avoir reçu celle où son père est barré, l'année de sa mort, en 1994. On dirait que l'expéditeur veut lui faire savoir qu'ils sont morts. On peut déjà déduire que le quatrième est sans doute encore vivant…

— À sa place, je me ferais du souci ! plaisanta Thomas.
— Vrai ! Bon, alors, cette date, là, écrite au dos, ça peut être une indication. Que s'est-il passé un 26 août ?
— Ce n'est peut-être même pas la légende de la photo. Cela peut vouloir dire autre chose...
— Comme quoi ?
— Je ne sais pas. Un message ? Une date anniversaire ?
— Il faudrait trouver qui sont ces hommes, quand la photo a été prise et qui est cette jeune femme sur le portrait... Tout cela doit être lié. Peut-être même leur mort ? Sinon pourquoi l'expéditeur prendrait-il le soin de notifier leur disparition à la mère d'Adèle ?

Elle regarda Thomas. Ses yeux s'arrêtèrent sur une poussière retenue dans les cheveux noirs de son collègue. Lorsqu'elle l'avait connu, il les portait crépus et courts mais depuis quelques temps, il avait opté pour de courtes tresses qui seyaient à la couleur sombre de sa peau et lui donnaient un air juvénile. Elle ôta délicatement la poussière. Puis, ses yeux revinrent vers les clichés.

Thomas s'amusa du naturel avec lequel Léonor passait d'une chose à l'autre. Il avait fait sa connaissance au Musée des Augustins à Toulouse alors qu'il venait d'échouer au concours de conservateur du patrimoine et qu'il se consolait en visitant les musées toulousains. Tous deux s'abîmaient alors dans la contemplation d'une même toile, *Massage, scène de hammam*, d'Édouard Debat-Ponsan, un artiste toulousain de la seconde moitié du dix-neuvième siècle. Il aimait cet artiste engagé et en particulier cette toile qui lui rappelait celle de Manet, *Olympia*, peinte vingt ans auparavant et qui avait fait scandale en son temps. Non pas parce qu'une femme noire était au service d'une blanche, colonialisme ambiant oblige, mais pour la nudité et le regard jugé provocateur de cette dernière. Quand, au bout d'un long moment, Léonor avait mis fin à son observation, elle s'était tournée vers son

voisin dont elle avait senti la présence à ses côtés depuis quelques instants, et avait osé :
— Il vous fait aussi de l'effet, ce tableau ?
Surpris d'avoir été interrompu dans sa méditation, il avait d'abord posé sur Léonor un regard absent. Puis, après avoir eu l'image, il avait eu le son. Il réalisa qu'elle lui parlait. Il avait devant lui une jeune femme assez insignifiante, de prime abord. Ni grande ni petite, un peu ronde, elle dardait sur lui un regard noisette. Pourtant, au fil de la conversation qu'ils engagèrent, il fut touché par son visage aux traits poupins qui portait encore des traces de l'enfance. Ses cheveux châtains en bataille et l'absence de maquillage la classaient dans la catégorie des peu coquettes. Mais pour Thomas, le naturel d'une femme prévalait sur le reste. Aussi prit-il beaucoup de plaisir à ce premier échange qui constitua l'amorce de leur relation. Il nota avec une pointe de dépit la présence d'une alliance sur la main gauche de Léonor, alors que celle-ci tentait d'écarter une mèche gênante sur ses yeux. Son regard fut aussi attiré par la pulpe des lèvres, rosée et régulière, nette, comme dessinée au pinceau et un peu humide. Il prit conscience qu'il n'écoutait plus ce que lui disait la jeune femme depuis quelques instants. Léonor s'aperçut de la rêverie de son interlocuteur. Ce fut leur première occasion de rire ensemble. Et le début de leur longue et solide amitié.

Elle lui présenta Basile, son mari, et le duo devint trio. Basile venait d'être reçu au concours de lieutenant de police. C'est peu de temps après que Léonor eut cette idée de faire profession de la recherche d'œuvres d'art perdues ou volées.

Thomas aimait beaucoup son métier. Mais ce qu'il appréciait par-dessus tout, c'était de retrouver Léonor chaque matin. Leur relation était bâtie sur une profonde estime et une confiance réciproque dans le travail, et une espèce de jeu à chien et chat. Leurs multiples chamailleries pouvaient vite monter en tension, et les grossièretés pleuvoir, mais se terminaient toujours par des repentirs autour d'un verre dans un bistrot. Le lien s'était renforcé lorsque Léonor avait divorcé de Basile. Thomas s'était coulé dans le moule du confident-consolateur avec un plaisir coupable. Sans être épris d'elle – il avait dépassé ce stade depuis longtemps, même s'il devait reconnaître l'avoir été au tout début de leur amitié –, il aimait la rondeur de son visage, les commissures de ses lèvres qui se relevaient d'une jolie façon lorsqu'elle souriait. Il aimait sa manière de dire « han han » pour dire oui, qui lui rappelait Dustin Hoffman dans *Rainman*. Il appréciait sa vivacité, sa gaité, même si celle-ci semblait venir de loin, et pour cause... Il s'amusait parfois à traduire du latin son surnom « Léo » en « Lion », tant pour sa crinière indomptable que pour sa façon de rugir quand il s'y attendait le moins.

Le caractère de Léonor avait souvent pris Thomas de court. Mais grâce à la somme de leurs points communs, il en avait malgré tout saisi les contours et compris comment établir la communication. Toute en contradictions, Léonor pouvait être euphorique un jour, et déprimée le lendemain. Elle était capable de pleurer devant un oiseau mort et la minute d'après tenir tête à un grand costaud qui voulait lui *voler* sa place de parking. Elle pouvait être tout à la fois calme et impulsive, affable et rétive, brindille et rouleau compresseur. Seuls certains signes physiques dénotaient son état d'âme du moment, que Thomas décodait sans peine. Derrière cette cyclothymie, Thomas identifiait les sédiments d'une enfance difficile dont elle parlait peu. Il respectait son silence, pour ne pas voir jaillir le lion – léo – derrière la souris. Peu après leur première rencontre, devant l'insistance de Basile qui estimait que l'amitié les liant à Thomas devait reposer sur la confiance, Léonor lui avait raconté son enfance, la violence de son père. Tout. Puis elle lui avait présenté son frère, Lucas, plus jeune qu'elle de quatre ans, dont elle s'occupait jalousement depuis le handicap de celui-ci.

De son côté, Léonor voyait en son collègue et ami, un des éléments stables de sa vie. Elle l'aimait pour son équanimité, tout l'inverse d'elle. Elle adorait, tout en le détestant mollement, son côté je-saistout qui, il fallait bien l'avouer, leur rendait souvent service. Et surtout, elle lui savait gré de l'aider à supporter son mal-être.

Le terrain où leur complicité s'exprimait le mieux était sans aucun doute celui des enquêtes. Ils se partageaient les affaires courantes dont le traitement était simple, et les menaient à bien chacun de leur côté. En revanche, quand un dossier s'annonçait plus complexe, ils mettaient leurs compétences et leurs qualités en commun pour dénouer l'écheveau. Thomas adorait ces cas-là car ils réfléchissaient et avançaient ensemble, apportant chacun de l'eau au moulin avec sa propre sensibilité et sa vision des choses. Quand il était question d'œuvres d'art, l'un et l'autre jubilaient. Et derrière cette affaire-ci se profilait une investigation riche et palpitante.

La voix de Léonor le ramena devant le tableau.

— La façon dont ces hommes sont habillés, coiffés, nous donne une indication de date... Ce type de moustache, par exemple. Leur look nous renvoie aux années quarante ou cinquante, non ?

— Tu m'as bien dit que le tableau était entré dans la famille en 1946 ?

— Oui.

— Cette scène daterait donc d'avant l'accrochage du tableau dans l'appartement ?

— Han han… Et une question s'ajoute aux autres : d'où sortent ces tableaux ?

— Tu crois vraiment qu'il a acheté le sien chez un antiquaire, ainsi qu'il l'a prétendu ?

— Justement, ce qui se passe avec ces photos a ébranlé les certitudes de la cliente. Rien n'est moins sûr… Tu as vu ce tableau-ci, il a beau être photographié en noir et blanc, on dirait un Chagall. En faisant un agrandissement, on verrait peut-être mieux les motifs. Et celui de Rebecca, il me rappelle terriblement les œuvres de Kees van Dongen. Il a peint beaucoup de portrait de femmes, comme ça, juste le buste.

— Mais ça ne colle pas avec la dédicace au dos du tableau : « Pour Rebecca, avec toute mon affection. CD 1922 ». Il désigna la photo représentant le dos du tableau et pointa les lettres CD.
— Non, ça ne colle pas... Et pourtant, ses portraits avaient souvent des yeux démesurés, un peu comme ceux de cette femme. Van Dongen faisait partie de ce que l'on appelait « l'École de Paris », qui réunissait de nombreux peintres étrangers, au début du vingtième siècle.

Elle se tourna vers Thomas.
— Tu vois de quoi je parle ?
— Oui bien sûr : Modigliani, Soutine, Chagall...
— C'est ça. Mais Kees van Dongen faisait aussi partie des fauves, et là on retrouve bien ces choix de couleurs. » Soudain, elle pointa l'index vers le ciel comme si une idée venait d'en descendre, puis annonça : « attends voir ! »

Elle s'assit devant son ordinateur et effectua une recherche sur internet.
— Voilà ! Il s'appelait en réalité Cornelis Theodorus Maria van Dongen. CD. Cornelis van Dongen. Il ne l'a pas signé de son nom d'artiste mais l'a dédicacé de ses initiales personnelles. C'est curieux.

Thomas émit un sifflement.
— Bravo ! J'avoue que j'aurais aimé trouver ça moi-même, ajouta-t-il en sentant poindre l'aiguillon de la jalousie. « Ce qui veut dire qu'en l'absence de signature, il ne doit pas être répertorié. Mais tout ça ne nous dit pas qui est le modèle. Rebecca. Je suppose que la mère de la cliente ne la connaît pas, si elle ne sait pas d'où provient ce tableau ? »

Léonor confirma d'un mouvement de tête.
— Peut-être que l'identité du modèle n'a rien à voir avec le vol ? S'il s'agit bien d'un tableau de Van Dongen, il aurait pu être volé pour sa valeur. Même s'il n'est pas signé… De mémoire certaines de ses toiles ont été très bien cotées sur le marché de l'art. Mais les autres éléments écartent cette hypothèse.

Ils firent une pause dans leur échange, toujours concentrés sur leur sujet. Léonor reprit :

— Concernant ces photos reçues chaque année, si on trouvait où le cliché a été pris, cela nous aiderait.

— Exact. Je sens que ça ne va pas être simple...

Léonor saisit une grande loupe. Tous deux rirent devant cet accessoire ô combien emblématique dans le fantasme entretenu par leur métier.

— Objet désuet mais tellement utile ! lança Léonor qui braqua la lampe orientable sur le panneau de photos.

Attentifs aux détails grossis par la loupe, ils se turent quelques instants, Thomas posté derrière son amie. Celle-ci s'arrêta sur un ornement de l'immeuble juste derrière les quatre hommes.

— Tu vois ce truc ? On dirait un vitrail.

Elle désignait le fronton de la porte d'entrée.

— C'est marrant, j'ai l'impression de l'avoir déjà vu, ajouta-t-elle à mi-voix comme pour elle-même.

— Tu veux dire, en vrai ?

Elle hocha la tête.

— Je dirais même... à Toulouse. Elle reprit son examen puis ferma les yeux pour se concentrer. Ça me reviendra, conclut-elle en secouant la tête.

— Ça serait bien.

— T'inquiète ! Je vais demander à Lucas de chercher. Il se peut qu'il trouve quelque chose.

Thomas fit la grimace. Léonor leva les yeux au ciel.

— Ça va, Thomas ! Ce n'est pas parce que Lucas a des méthodes de recherche qui lui sont, disons, « propres » que l'on va se retrouver en prison.

— « Propres », ce n'est pas le terme que j'aurais choisi, pour désigner les méthodes d'un hacker.

— Ce n'est pas un hacker, il est juste doué pour dénicher des trucs sur le web que toi et moi, on ne trouverait pas.

— Bref. À ton avis, que doit-on chercher en premier ?
— Ça, justement !
— Quoi, « ça » ?
— Où la photo a été prise. À partir de là, on pourra peut-être trouver qui habitait cet immeuble et quand. Et avec un peu de chance, qui étaient ces hommes... Qu'en penses-tu ?
— Ça me semble un bon début. Il faut aussi se rendre chez la cliente pour voir les lieux. Cela nous donnera peut-être des indications.
— C'est prévu. J'y vais à 16 heures.
— Pendant ce temps, j'essaie d'avancer sur mes autres dossiers en cours pour avoir les coudées franches sur celui-ci.

*

Léonor sortit le trousseau de clés de son sac. Elle ouvrit la porte et cria :
— C'est moi, Lucas !
Elle avança dans l'appartement et trouva son frère, comme d'habitude, aimanté à son écran d'ordinateur.
— Tu bosses ?
— Non, j'ai fini ma journée. Je suis en train de tester un nouveau jeu vidéo.
Elle se baissa pour l'embrasser sur la tête. La vue des grandes roues du fauteuil de son frère assombrit son humeur. Elle ne s'y ferait jamais.
— Clarisse est déjà venue ?
— Non, elle vient un peu plus tard, habituellement.
L'aide à domicile venait matin et soir pour assister Lucas dans son quotidien de paraplégique.
— Tu as progressé dans ton approche ?

Elle le regarda avec un sourire en coin. Son frère lui avait avoué en pincer pour la jeune femme qui l'accompagnait dans son handicap.

— Pfff ! Que veux-tu qu'elle fasse d'un bonhomme roulant ?

— Mais très beau.

— Mais très handicapé quand même, lâcha-t-il, cynique.

— Et aussi très intelligent.

— Ton amour de grande sœur t'aveugle.

— Pas le moins du monde. Si tu n'étais pas intelligent, "Code&In" ne t'aurait pas recruté pour faire ce que tu fais.

Lucas travaillait depuis quelques années pour une start-up de programmation informatique qui développait des modules destinés à l'industrie pharmaceutique. Il télétravaillait quatre jours par semaine, le cinquième il se rendait au bureau. Le siège de l'entreprise se situait dans la banlieue est de Toulouse. Doué pour le code et pour l'informatique en général, Lucas prenait en charge des tâches de plus en plus complexes et sensibles.

Il sourit, de ce sourire que Léonor trouvait craquant. Une femme y succomberait un jour, cela allait de soi. À son sourire mais aussi ses épais cheveux courts en bataille -attribut familial- et son regard noir souligné de cernes fins. Elle le trouvait mille fois plus beau qu'elle, « et ce n'est pas parce que c'est mon frère », se défendait-elle.

L'état physique de Lucas l'affligeait. La colère réaffleurait rapidement quand ses yeux se posaient sur lui.

— Lulu, j'ai un truc à te demander ». Elle sortit une photocopie de la photo représentant les quatre hommes devant l'immeuble. « Tu vois ce détail, fit-elle en désignant le fronton de la porte, j'ai l'impression de l'avoir vu sur un immeuble toulousain. Penses-tu pouvoir trouver où, en fouinant sur le web ? »

Lucas saisit la photocopie.

— Le motif est assez net, ça devrait pouvoir se faire... J'aurai quoi en échange ?

— Je ne dirai pas à Clarisse que tu t'es fait pipi dessus, dimanche dernier, d'avoir tant ri devant « OSS 117 » !
— Charogne !
— Alors tu vas m'aider ?
— Bien obligé !
— C'est toi qui fais du chantage !
— J'espérais que tu me dirais par exemple « je t'emmène faire du karting ce week-end… »
— Et on dit que les femmes sont compliquées ! Va pour le kart. Mais ce sera sans moi. Je motiverai Basile pour qu'il soit ton concurrent.
— Il va bien Basile ?

Malgré leur divorce, Léonor et Basile étaient restés très liés. Pour ne pas dire inséparables. C'est lui qu'elle appelait quand elle « avait besoin ». Besoin de s'épancher, de partager les tracas quotidiens, de se blottir dans des bras bienveillants, ou plus prosaïquement, de fixer une étagère au mur ou colmater une fuite d'eau.

Leur mariage n'avait jamais fonctionné. Léonor avait voulu se marier très tôt pour fuir le huis-clos familial. Elle connaissait Basile depuis toujours, ou presque. Habitant le même quartier qu'elle, bien que de deux ans son ainé, il avait trouvé dans cette fillette souvent livrée à elle-même, la complice idéale pour réaliser les quatre-cents coups. Ce dont ils ne s'étaient pas privés. Puis, alors qu'ils étaient lui au lycée, elle encore au collège, ils étaient sortis ensemble. Basile, séduit depuis toujours par la personnalité tout en contrastes de Léonor, s'était vite converti en amoureux transi. L'inverse était moins vrai mais Léonor trouvait son compte dans cette relation ami-amant. Il n'y avait finalement pas grande différence entre avant et après, si ce n'est qu'ils couchaient ensemble. Et surtout, elle voyait là une échappatoire à la vie de famille devenue insupportable. Partir. Dès ses quatorze ans, cette idée l'avait obsédée. Quitter le domicile familial le plus tôt possible.

Basile avait eu son bac avec l'idée d'entrer dans la police. Deux ans plus tard, c'était elle qui obtenait le sauf-conduit pour la vie d'étudiante. Ils s'étaient mariés peu après. Si bien qu'à dix-neuf ans, elle s'appelait déjà Léonor Lesage et avait abandonné son nom de naissance, Mendez, avec soulagement. Elle avait espéré qu'une mutation des sentiments s'opèrerait, avec le temps. Que la profonde amitié et la reconnaissance qu'elle vouait à son mari de l'avoir sortie du bourbier deviendraient de l'amour. Mais Basile n'était jamais resté que son meilleur ami. De son côté, conscient que les sentiments de Léonor n'évolueraient pas, Basile s'était résolu à divorcer, sans autre motif que celui-là. Il s'était forgé une espèce de carapace pour se protéger de ses propres affects et parvenir à se contenter de la puissante amitié qui le liait à la jeune femme.

Léonor en avait conçu de l'amertume, dans un premier temps, puis avait compris. Elle s'était résignée à la séparation pourvu qu'elle conservât ce lien rare et irremplaçable qu'ils avaient tissé au fil du temps. En accord avec Basile, elle avait aussi conservé son nom de mariée pour tirer un trait symbolique sur son passé.

C'est pendant leurs années de mariage, que le drame avait eu lieu.

Depuis sept ans, Léonor vivait donc seule. Sa vie amoureuse se résumait à des histoires sans lendemain. Jusque-là, personne n'avait fait battre son cœur plus vite. Pas même une femme. Elle se demandait parfois si elle ne l'enfermait pas dans un coffre-fort, à dessein, se forgeant ainsi un bouclier contre la souffrance. Elle se contentait de flirts éphémères, la meilleure manière de se faire du bien sans se faire de mal.

Basile n'avait pas refait sa vie non plus. Il « butinait », comme disait Léonor, et profitait de son célibat. Mais à l'inverse de son ex-femme, il désirait ardemment fonder une famille. Et comme la vie ne pouvait pas être simple, c'était la persistance de ses sentiments pour Léonor qui l'en empêchait. Il avait comme l'impression d'avoir mis la barre très haut avec sa première épouse et qu'il aurait bien du mal à aimer une autre femme après elle.

Maintenant, Basile était commandant de police au sein du SRPJ[2] de Toulouse, ce qui s'avérait bien pratique, dans certaines enquêtes. À l'inverse, il arrivait parfois que celle que l'on dénommait familièrement « la crim' » sollicite l'agence Quo Vadis comme spécialiste-expert en art.

— Je compte sur toi pour trouver où la photo a été prise, Lulu ? dit Léonor en se préparant à sortir de l'appartement.

Pour tout réponse, son frère lui tira la langue en réprimant un sourire.

---

[2] Service régional de la police judiciaire.

Chapitre 4 – Septembre 1942

Le convoi ferroviaire freina dans un fracas épouvantable. Fin du voyage. Hommes, femmes et enfants, se bousculèrent dans le wagon à bestiaux sous l'effet de l'arrêt brutal. Une odeur insoutenable les faisait suffoquer et chercher l'air d'où qu'il arrive, même par le plus infime interstice. Les corps luttaient contre la fatigue, la soif, la chaleur estivale et la peur. Une mauvaise sueur imprégnait les vêtements et viciait l'air ambiant déjà empuanti par le seau débordant des latrines.

Parti de Drancy deux jours auparavant, le train avait filé vers l'Est. Il s'arrêta enfin non loin d'une immense enceinte où s'alignaient des rangées de baraquements.

Épuisés par deux jours de vie dans des conditions indignes, serrés les uns contre les autres avec juste un baquet pour les besoins naturels, et deux seaux d'eau à boire, les passagers sortirent des nombreux compartiments, destinés en temps normal à transporter des chevaux. Les habits et les cheveux en désordre, les corps fourbus, les membres ankylosés par l'inconfort du transfert, ils furent accueillis par les aboiements des chiens et les vociférations des soldats. Dans le wagon de Rebecca et ses enfants, un vieillard avait abandonné la lutte et s'était éteint, le cœur fatigué, le corps et l'âme meurtris.

Lorsque tous eurent quitté l'infâme rame-bétaillère, on le laissa là, sur le plancher souillé, sans autre forme de cérémonie. Certains passagers tentèrent de l'en sortir mais ils furent rappelés à l'ordre à coups de crosses. L'heure n'était pas à la prise d'initiative. Toutes les personnes amassées devant ce convoi et attendant l'étape suivante de leur improbable expédition, avaient laissé derrière elles leurs biens, leur liberté de mouvement et leur libre arbitre. Et, peut-être le pire de tout : leur dignité. Une seule et même idée martelait l'esprit de Rebecca ; elle devait tenir, elle devait tenir, elle devait tenir, quoi qu'il lui en coutât. Pour les enfants.

L'épuisement, la peur et l'incrédulité rendaient les prisonniers qu'ils étaient devenus, très dociles. Aucune révolte ne s'élevait des rangs. Rebecca comprit que la terreur était un moyen de tétaniser les esprits et les corps, étouffant avant même qu'elles ne viennent à l'esprit toute question, réflexion ou envie de désobéir. Un jeune homme sortit du groupe pour récupérer la canne de son grand-père qui était tombée dans une bousculade. Une détonation retentit et il s'effondra sur le sol poussiéreux dans l'effroi général. Un mélange de cris retenus, de sanglots mal maîtrisés, de halètements liés à l'accélération des respirations s'éleva de la masse humaine.

Pétrifiée, Rebecca tenait Simon et Emmanuel contre elle. Depuis Drancy, elle avait perdu de vue les famille Horn, Markov et Bernstein, arrêtés comme eux à Toulouse.

Harassée de fatigue et anéantie par la mort de Rafaël et la perte de son bébé qu'on ne lui avait pas restitué, comme elle l'avait d'abord espéré, lors de leur internement au camp de Noé proche de Toulouse, Rebecca peinait à saisir ce que l'on attendait d'eux. Les hurlements des soldats allemands et leurs grands gestes ajoutaient à la confusion.

Elle finit par comprendre grâce à ses rudiments d'allemand : les hommes d'un côté, les femmes et les enfants de l'autre. Par rangées de cinq. Certaines femmes s'accrochaient à leur mari comme à une bouée de survie. Rebecca essaya d'imaginer comment elle aurait vécu cette séparation à l'arrivée, si Rafaël avait effectué l'épouvantable voyage avec eux. Les cris suraigus des femmes l'empêchaient d'entendre les consignes.

Elle suivit le mouvement, avec Simon dans les bras et Emmanuel à ses côtés. Allait-on les séparer, eux aussi ? Rebecca se refusait à y penser car elle savait qu'elle n'y survivrait pas. Et comme si la situation n'était pas assez compliquée, Simon souffrait depuis vingt-quatre heures d'une fièvre que sa mère, faute d'eau et de soin, ne parvenait pas à faire baisser.

Ils durent laisser leurs quelques effets personnels, leurs valises et autres sacs sur ce qui faisait office de quai. Rebecca se demanda où ce train les avait débarqués. La lande autour du camp n'offrait aucun indice. Les constructions et les barbelés étaient aussi anonymes et peu engageants que ceux de Noé ou de Drancy. Ils savaient tous que les trains partaient vers l'Est, mais où commençait et s'arrêtait l'Est ? On était toujours à l'est de quelque part. Toutes sortes de rumeurs avaient circulé parmi les voyageurs au fil des kilomètres interminables avalés par le convoi : l'Allemagne, la Pologne... Rebecca avait calculé qu'en deux jours, à la vitesse à laquelle il semblait avancer, la Pologne était une destination possible. Ironie du sort, elle retournait chez elle. Sans l'avoir souhaité. On avait décidé pour elle. Pour eux tous.

Aveuglés par le soleil au zénith de ce début septembre, ils progressaient en colonnes en direction de l'entrée du camp, lequel s'étendait à perte de vue. Dans leur rangée, une femme tomba, affaiblie par la sous-alimentation. Elle fut sommée de se remettre debout avec force coups de pieds. D'autres femmes la soutinrent pour que cessent les coups qui auraient fini par la tuer.

Qui étaient tous ces gens ? Qu'avaient-ils en commun, à part leur appartenance à une communauté – dont Rebecca ne se sentait pourtant pas si proche –, et le malheur dans lequel on les avait tous précipités ? Rebecca imagina la vie de ces personnes, autour d'elle. La jeune femme, devant, avec son port droit et ses lunettes devait être lycéenne, la femme, à ses côtés, aux vêtements soignés, couturière. Et juste derrière, la dame âgée, très bien mise malgré l'épreuve du voyage avait dû être commerçante, peut-être dans la fourrure ou la bijouterie. Elle repéra aussi une femme enceinte. Elle frissonna à l'idée que la pauvre devrait accoucher là, dans ce camp, dans des conditions qu'elle se refusa à imaginer. Et cette gamine, à côté d'Emmanuel, quand avait-elle joué pour la dernière fois avec ses amies, animée par l'insouciance de l'enfance ?

Cette diversion mentale l'empêchait de penser au pire. À ce vers quoi tous se dirigeaient, sans savoir vraiment, sans y croire vraiment. Le concept n'avait ni corps, ni réalité. Une vision s'invita, celle d'animaux en route vers l'abattoir et dans l'ignorance de leur destination. De leur destin. Seuls les hommes savaient. Les hommes... Elle refoula l'évocation. Après tout, on avait parlé de camps de travail. Qu'allait-elle imaginer pour se faire du mal ?

Rebecca ramena ses pensées à l'instant présent. Elle se tourna vers Emmanuel, qui, depuis la mort de son père survenue sous ses yeux, n'avait pas prononcé plus de dix mots. Le visage de l'enfant, terni par la poussière que les colonnes en marche soulevaient, était grave. Un double trait barrait son front et son regard foncé, si vif d'ordinaire, semblait s'être éteint. De temps à autre, Rebecca lui soufflait un mot d'encouragement auquel il ne réagissait pas. Le poids de Simon dans ses bras commençait à lui peser. Mais ce contact avec le corps de son fils la maintenait debout. Ils se protégeaient l'un l'autre. Pas de la même façon, mais de la même chose.

Lorsqu'ils arrivèrent à l'entrée du camp, la vue des miradors lui glaça les sangs. Sans qu'elle en eût vraiment l'idée, elle se dit que tout espoir de s'échapper de cet endroit était tué dans l'œuf. Ils passèrent sous un porche surmonté d'une inscription en lettres métalliques : *Arbeit macht frei*, qu'elle comprit comme « le travail rend libre ». Ils étaient donc bien dans un camp de travail ainsi que la rumeur se faisait l'écho. Les femmes et les enfants entrèrent d'abord, les hommes ensuite. Puis, une à une, les femmes de sa colonne durent décliner leur identité, leur date et lieu de naissance à un prisonnier vêtu d'une tenue de bagnard rayée de bleu et de ce qui avait dû être du blanc à l'origine, assis à une table et qui notait scrupuleusement toutes les informations que lui donnait chaque nouvel arrivant. Rebecca s'interrogea sur ce prisonnier mis à contribution et en déduisit qu'un prisonnier en bonne forme physique était un prisonnier utile.

Lorsque tous eurent pénétré dans le camp, vint le moment de la sélection d'entrée. Les femmes jeunes à gauche, ainsi que les femmes robustes, sans enfants. Les plus âgées et les femmes avec enfants, à droite.

La présence des personnes âgées et des enfants dans le groupe de Rebecca lui fit craindre le pire. Tous ne pourraient pas travailler. Et on n'allait pas installer les enfants dans des nurseries. Alors quoi ? Rien. Ne penser à rien.

Ils furent répartis dans les baraquements en briques dont Rebecca découvrit qu'on les nommait les *blocks*. Elle apprit aussi qu'ils se trouvaient dans un camp près de la ville d'Auschwitz. En Pologne, ainsi qu'elle l'avait deviné. Elle coucha Simon sur un des châlits qui bordaient les murs de leur chambrée au confort spartiate. Les langes de l'enfant étaient souillés et malodorants. Elle avait tenté, comme elle avait pu, de les lui changer au cours du voyage, mais depuis vingt-quatre heures, il portait les mêmes. Elle défit la culotte courte de Simon et le libéra du lange maculé. Une diarrhée fétide l'avait imprégné. Elle remonta la culotte, sans lange et laissa le petit garçon inerte sur la couche. Sans trop savoir pourquoi, elle défit ses propres cheveux pour les coiffer avec ses doigts et les remonta en chignon. Puis elle se mit en quête de quelqu'un, une femme de préférence, pour lui parler du cas de Simon. Peut-être pourrait-on lui donner des langes propres et des remèdes ? Elle craignait qu'on ne le lui enlevât mais elle savait qu'une forte fièvre enfantine pouvait être fatale. Elle ne devait pas prendre ce risque. Entre les blocs voisins, elle trouva une femme, dans une espèce d'uniforme, très droite, menton levé, qui morigénait un groupe trop lent à s'installer.

Rebecca s'adressa à elle en mobilisant les quelques mots d'allemand qu'elle connaissait :

— *Mein kind...* mon enfant... malade... Elle désignait le bâtiment qu'on leur avait assigné.

— Pas docteur maintenant. Demain !

— *Ja*, fit Rebecca, déçue.

Puis la femme, dont Rebecca n'aurait su dire si elle était soldate, gardienne ou kapo, s'en retourna à ses quartiers après s'être assurée que tout le monde prenait bien place dans cette partie du camp. Rebecca la vit faire volte-face pour venir vers leur baraquement. Elle comprit que la femme souhaitait voir l'enfant. Elle la mena à Simon. La kapo hocha la tête et tourna les talons sans prononcer un mot.

Le lendemain, après une nuit difficile pour tout le monde, dans l'inquiétude, la chaleur et l'inconfort des châlits que les prisonnières se partageaient à trois ou quatre, une partie des femmes dut partir vers un bloc plus loin pour la douche d'arrivée. Rebecca aurait bien apprécié de faire sa toilette, mais elle devait régler le cas de Simon dont la fièvre avait encore franchi un seuil. Alors qu'elle allait de nouveau chercher de l'aide, elle vit la gardienne de la veille entrer dans leur salle. Elle fit signe à Rebecca de lui laisser Simon.

Avec une attention infinie, Rebecca souleva le corps léger de son fils que la fièvre maintenait aux lisières de l'inconscience. Elle voulut accompagner la femme en portant son petit, mais celle-ci fit non de la tête et lui arracha Simon des bras.

— Médecin ! rugit-elle. Elle se dirigea vers la porte laissant Rebecca figée sur place.

— *Warten* ! Attendez ! lui cria-t-elle. Elle courut vers la sortie pour embrasser son petit garçon, les yeux noyés de larmes. La peur de le perdre ravageait son visage de mère déjà amaigri et éprouvé par les événements qui s'enchaînaient depuis le maudit matin où le cours de leur vie avait chaviré.

— *Ich muss gehen* ! moi partir ! lança la gardienne.

Rebecca la regarda s'éloigner et s'effondra sur le sol à l'entrée du baraquement. On venait de lui enlever une autre partie d'elle-même. Quand tout cela s'arrêterait-il ? Pour la première fois, la mort lui apparut comme un possible soulagement.

Elle chercha Emmanuel du regard. Il se tenait contre le mur d'un bloc, au milieu d'autres garçons de son âge, indifférent à ce qui se passait autour de lui. L'envie de l'étreindre la submergea, mais, bizarrement, la présence des autres garçons la dissuada. Elle revint à sa paillasse et s'étendit. Elle ferma les yeux et, même si c'était très douloureux, elle laissa ses pensées la transporter à Toulouse, dans leur appartement. Elle se revit, le matin, quand elle préparait le petit-déjeuner et que la cuisine embaumait le café fraîchement moulu. Le midi, lorsque la famille partageait le repas et qu'Emmanuel racontait sa matinée d'école, ou Rafaël les nouvelles de l'atelier. Les soirées partagées avec les Horn, les Bernstein et les Markov. Les éclats de rire que provoquait l'humour grivois de sa belle-sœur. Les bonjour-bonsoir-comment-allez-vous échangés avec les voisins. La vision des enfants de l'immeuble jouant ou se chamaillant dans la cour. Les mêmes enfants entonnant les chansons qu'ils apprenaient à la chorale du quartier, tout en jouant aux billes ou au ballon. Les gâteaux du dimanche que les familles mettaient en commun pour faire un concours. Rebecca gagnait souvent. Les images se superposaient, mêlant les sons et les odeurs. Celles d'une vie simple, sereine, harmonieuse, où les bons sentiments primaient sur les mauvais.

Quel jour était-ce ? Elle avait perdu le décompte dès leur arrivée à Drancy. Quelle importance ? Autrefois, il ne lui serait pas venue à l'idée d'ignorer la date du jour. Au moins savait-elle si l'on était un lundi ou un vendredi. Mais exclue du déroulement normal de sa vie, Rebecca ne savait plus. Elle avait vu quelques personnes tenir ce compte pour remplir leur devoir religieux. Mais elle n'avait que faire des prières et autres dévotions. Elle se sentait vide, éviscérée. Seul ses poumons continuaient de soulever sa cage thoracique dans un réflexe de survie absurde. Épuisée, elle s'endormit.

*

La gardienne entra dans le *revier*, le dispensaire du camp, avec Simon dans les bras. Elle balaya la salle du regard à la recherche de Greta, l'infirmière, puis, ne la trouvant pas, posa l'enfant sur une couchette. Elle observa un instant ce petit garçon luisant de fièvre et rendu aux confins de sa conscience. Elle avait entendu dire qu'ils cherchaient des enfants, plutôt en bas âge. Celui-ci ferait bien l'affaire, au point où il en était. Greta s'en occuperait. Elle passerait lui expliquer plus tard, quand celle-ci aurait réapparu. Pour l'heure, elle avait à faire, avec tous ces nouveaux arrivants.

Chapitre 5 – Toulouse, 2012

Léonor regarda sa montre : 15 h 55. Elle pressa le pas pour arriver à l'heure à son rendez-vous chez Adèle Fortier. Après avoir pris le métro, elle parcourut les quelques rues qui lui restaient à pied. Elle croisa des touristes anglais qui appréciaient, le nez en l'air, l'architecture de la bien nommée *Ville rose*. Sans que Léonor sût trop pourquoi, voir les vacanciers aimer sa ville la mettait en joie. Parfois, elle en repérait qui tenaient le plan de la ville à la main. Elle s'arrêtait pour voir si elle pouvait être utile. Oui ? Non ? Peu importait la réponse pourvu qu'elle laissât une porte ouverte. Quand elle se trouvait dans la situation inverse, souvent les autochtones s'arrêtaient s'ils la voyaient perdue. Jamais elle ne recevait cette aide comme une intrusion mais plutôt une envie d'aller vers l'autre. Entrer en relation. Faire montre d'hospitalité. Elle voulait tordre le cou à cette antienne selon laquelle les Français accueillaient mal les touristes étrangers. Léonor aimait trop sa ville pour laisser les visiteurs de tous horizons, en partir frustrés ou mécontents.

Toute à ses pensées, elle arriva rue Croix-Baragnon devant un grand porche où un interphone affichait FORTIER en lettres démesurées, comme si la fortune se rapportait à la dimension du patronyme sur la sonnette. Un son électrique lui indiqua que la porte était déverrouillée. Elle s'engagea dans un passage qui ouvrait sur la cour intérieure d'un hôtel particulier. Adèle lui avait dit que leur appartement se situait au deuxième étage. Léonor admira l'endroit où elle se trouvait. Totalement isolé de la rue, l'immeuble qu'elle avait devant elle était en brique rouge avec de hautes fenêtres qui, devina-t-elle, laissaient entrer une lumière généreuse dans les logements. Sur sa droite, une volée de larges marches en pierre menait aux étages. Elle les gravit, le nez en l'air. Adèle l'attendait devant la porte qui ouvrait sur un luxueux vestibule. Léonor pénétra dans l'entrée. Une légère odeur d'encaustique flottait, sans doute liée à l'entretien des parquets anciens. La hauteur des plafonds moulurés et la largeur des ouvertures lui rappelèrent que son gentil trois-pièces à Marengo ne concourait pas dans la même catégorie d'intérieurs. La juxtaposition mentale des deux univers la fit sourire. Elle se demanda quelle pouvait bien être la valeur d'un tel bien, dans ce quartier. L'immobilier atteignait des prix si vertigineux, même pour une simple maisonnette de banlieue, qu'elle n'osait imaginer la cote de cet appartement en plein cœur de Toulouse. Elle n'eut pas le temps d'aller plus loin dans sa réflexion car Adèle la déchargea de ses affaires et l'orienta immédiatement vers l'endroit où était suspendu, jusqu'à la veille, le tableau de la jeune femme à la pivoine. Une légère trace sur le mur et une attache vide attestaient de la présence récente d'un cadre d'une quarantaine de centimètres sur soixante. Après avoir pris des photos, Léonor observa les lieux. Elle se trouvait dans un salon, aux couleurs très claires et, aux hautes fenêtres, ainsi qu'elle l'avait noté depuis l'extérieur. Le mobilier flattait le regard de la jeune femme qui reconnut des pièces Art nouveau, style qu'elle prisait particulièrement pour la rondeur de ses lignes souples et épurées. Les tapis foncés rehaussaient le tout. Chaque objet avait sa juste place. Aucune fausse note. Sa cliente jouissait sans conteste d'un goût très sûr, et de moyens à la hauteur du lieu.

Adèle Fortier avait cru bon de laisser au pied du mur, la pivoine rouge laissée par le voleur et qui depuis la veille, avait perdu de sa fraicheur. Léonor recueillit, avec grand soin, la fleur fanée à l'aplomb de l'accrochage, comme l'aurait fait la police. Elle aviserait de son utilité.

— Vous n'avez rien relevé de particulier ? Des traces de pas, des objets déplacés ?

— Non, rien d'autre n'a bougé.

— Et vous me disiez que l'infirmière et votre mère n'ont rien entendu ? Les parquets grincent…

— Non, rien. Vous savez, la chambre de ma mère est assez éloignée de l'entrée. Je vais vous montrer.

Elle invita Léonor à pénétrer plus avant dans l'appartement. Les murs étaient couverts de tableaux. Léonor reconnut sur plusieurs d'entre eux, la touche de peintres renommés.
— Vos parents étaient collectionneurs ?
— C'étaient plutôt mes grands-parents Valade, du côté de ma mère, qui se passionnaient pour la peinture. Ils étaient amateurs d'art et le début du vingtième siècle était propice à se constituer des collections, dès lors que l'on avait du goût, du jugement et, bien sûr, un peu d'argent. Mon grand-père était un riche industriel. Il se rendait souvent à Paris et y côtoyait Gertrude Stein et son frère Leo avec qui il échangeait ses impressions sur les artistes de cette époque. Comme eux, il affectionnait particulièrement les peintres avant-gardistes. Il avait acheté un grand nombre de toiles qu'il a dû revendre à une époque où son entreprise était en difficulté. Disons qu'il s'est séparé des plus beaux spécimens. Mais il en a gardé quand même quelques-uns, comme vous pouvez en juger. Mes parents et moi habitions l'étage en dessous, et mes grands-parents ce niveau-ci. À la mort de ces derniers, mes parents ont libéré le logement du premier et se sont installés dans cet appartement qui est plus vaste et plus lumineux. Quant à moi, j'ai longtemps alterné entre un trois-pièces, rue de Metz, et ici. Pour finir par y vivre à plein temps avec maman.
— Puis-je savoir quelle était votre profession ?
— J'étais architecte d'intérieur. En libéral.
Tout en parlant, elles arrivèrent devant une porte close. Adèle s'apprêtait à ouvrir mais Léonor l'interrompit d'un geste de la main.
— Vous m'avez dit, hier, que votre mère souffrait d'une maladie dégénérative ?
— Oui, d'ordre musculaire. Elle entre dans une grande dépendance physique, ce qui rend le maintien à domicile difficile, mais possible tout de même. Rassurez-vous, mises à part quelques manifestations de sénilité liées à son grand âge, elle a toute sa tête.
Léonor approuva du menton. Adèle ouvrit la porte et pénétra dans la pièce devant Léonor pour annoncer la visiteuse à sa mère. La

chambre était à l'image du reste de l'appartement : spacieuse et décorée avec raffinement. D'un rapide coup d'œil, Léonor estima à nouveau qu'il n'y avait rien là, ni meuble ni objet, transposable chez elle en l'état. La vieille dame, dont le fauteuil était posté devant la fenêtre, là où semblait se situer la seule source de distraction tourna la tête en direction de sa fille et sourit. Elle tendit sa main décharnée aux veines saillantes vers celle-ci. Adèle Fortier s'approcha et prit la main de sa mère entre les siennes.

— Voici la jeune femme dont je t'ai parlé, maman. » Puis, s'adressant à Léonor : « Mademoiselle Lesage, voici ma mère, Irène Fortier-Valade. » Elle pivota de nouveau vers la vieille dame : « Léonor Lesage va chercher qui a bien pu nous voler le portrait de Rebecca. »

— Rebecca, murmura Irène Fortier, comme pour elle-même.

Léonor s'étonna de les entendre prononcer ce prénom comme si le jeune modèle leur était devenu intime avec le temps. Puis elle sortit la photo des quatre hommes et la présenta à Irène Fortier.

— Madame Fortier, à part votre mari, reconnaissez-vous l'un de ces hommes ?

Sans grande surprise, la vieillarde fit non de la tête en plongeant son regard dans celui de Léonor.

— Quel était son métier ?

— Il travaillait dans l'entreprise de mon père, une usine de papeterie. Ils y fabriquaient un papier de très belle qualité.

Tout en parlant, elle ouvrit d'une main tremblotante le tiroir du petit bureau tout proche d'elle et en extirpa une feuille de papier épaisse, écrue, où apparaissaient le léger relief des vergeures et des pontuseaux, ainsi qu'un filigrane en transparence. Un F et un V entrelacés avec style.

— Vous voyez, ce genre de choses... Ça ne se fait plus beaucoup...
Elle le tendit à Léonor.

— C'est magnifique, fit Léonor en caressant le papier du bout des doigts pour mieux en sentir les saillies.

Son téléphone vibra dans la poche de son pantalon. L'écran lui indiqua qu'il s'agissait de Lucas. Elle s'excusa d'un signe auprès de ses hôtes et sortit de la pièce pour prendre l'appel.

— C'est bon, j'ai la réponse à ta question : je sais où la photo a été prise. Rue Saint-Pantaléon, en plein centre-ville. Il y a un hôtel particulier, derrière une énorme porte cochère, dont la partie centrale de l'immeuble comporte ce détail architectural assez peu courant dans le style toulousain.

— Super ! Quel numéro ?

— Le 7… ou le 8. À vérifier.

— Joli travail, félicitations Lulu. Et tu peux savoir si un antiquaire était installé là dans les années 1940-45 ?

— Tu m'en demandes beaucoup, là… Je vais voir ce que je peux trouver mais je ne te promets rien. Léo ?

— Oui ?

— Je viens de voir Clarisse. Je crois qu'elle a deviné que… qu'elle ne me laissait pas indifférent.

— Super. On en reparle, frérot ? je suis en rendez-vous chez des clients, là.

Elle retourna dans la chambre, tout émue par l'annonce de son frère. C'était la première fois qu'il tombait amoureux et le paramètre n'était pas à négliger pour la suite de leur relation à eux deux. Elle se fit violence pour revenir à la raison de sa présence dans ces murs tendus de tapisseries coûteuses.

— Vous permettez ? dit-elle en désignant une chaise dans un coin.

Elle s'en empara pour la reposer à côté du fauteuil d'Irène Fortier, et poursuivit la conversation interrompue par Lucas.

— Je viens d'obtenir un nouvel élément. Il semblerait que la photographie ait été prise au pied d'un immeuble de la rue Saint-Pantaléon. Ça vous dit quelque-chose ? Un ami, quelqu'un de votre connaissance vivait-il dans cette rue ?

— …

— Madame Fortier, vous souvenez-vous s'il y avait un antiquaire à cette adresse, dans ces années-là ?

Le regard humecté de la vieille dame se posa sur elle, vide de toute réponse. Devant son désarroi manifeste, Léonor coupa court.

— Ce n'est rien. Nous allons creuser pour découvrir ce que tout cela signifie. Ne vous tracassez pas davantage.

Elle prit rapidement congé de ses clientes et prit le chemin de l'agence.

*

Léonor monta les escaliers de l'immeuble quatre à quatre. Elle ouvrit la porte du palier et cria à l'intention de Thomas.

— J'ai du nouveau !

— Moi aussi ! entendit-elle du côté du bureau ovale.

— Toi d'abord, dit-elle en le rejoignant.

— Vu l'heure et ta tête, on se dit tout devant quelque chose de chaud ?

Léonor râla intérieurement sur son incapacité à donner le change quand une information la touchait de près.

— Bonne idée. Mais quand même, je vais t'expliquer pendant que tu prépares ce que Lucas a trouvé. Ils se dirigèrent vers la cuisine.

Thomas s'affaira à la préparation des boissons.

— Tu en mets combien, déjà, de ton herbe miracle au fond ?

— Une pincée. Figure-toi que Lucas a trouvé où la photo des hommes a été prise.

Léonor laissa sa phrase en suspens, attendant une réaction de Thomas. Comme elle ne venait pas, elle poursuivit.

— L'immeuble est un hôtel particulier de la rue Saint-Pantaléon.

— Mince ! En plein centre-ville ! dit-il en tassant le café dans le filtre.

— Du coup j'ai demandé à Mme Fortier-mère si elle se souvenait avoir vu un antiquaire dans les années quarante à cet endroit puisque, selon elle, Fortier-père disait que la photo avait été prise devant sa boutique. On ne sait jamais, il pouvait avoir dit vrai… Mais elle ne se souvient pas.

— Forcément, c'était il y a soixante-dix ans…

— Ne va pas croire, les vieux se souviennent parfois mieux de ce qu'ils ont fait le jour de leurs quinze ans que de ce qu'ils ont mangé la veille… Et toi alors ? Qu'as-tu trouvé ?

Thomas tendit la calebasse de maté à Léonor et récupéra sa tasse de café sous le percolateur.

— Je me suis concentré sur cette date du 26 août. Je suis parti du principe que cette date avait un rapport avec la photo. Je me suis plongé dans les années quarante, vu la date à laquelle le tableau a été offert. Et j'ai trouvé quelque chose d'intéressant.

Il distilla ses paroles pour ménager son effet, ce qui exaspéra sa collègue.

— Bon, tu accouches ou c'est pour demain ?

— Il y a eu une rafle, le 26 août 1942. Une rafle de juifs. Dans tout le sud de la France. Donc à Toulouse aussi.

Léonor ouvrit de grands yeux.

— Le rapport avec notre histoire ?

— Souviens-toi que les logements des juifs ont été pillés, après leur départ et que les œuvres d'art ont fait l'objet de confiscation…

— Attends, attends, attends un peu… mitrailla-t-elle.

Léonor lui fit un signe de la main pour le faire ralentir, le temps de mobiliser sa mémoire.

— Thomas, en août 1942, le sud n'était pas encore occupé par les Allemands, que je sache.

— Justement, ma poulette, ce sont des fonctionnaires français qui étaient à la manœuvre. Policiers, gendarmes, gardes mobiles et j'en passe.

— Mais nos gars, sur la photo, ils n'ont pas l'air de policiers, et encore moins après une rafle. Ils s'en grillent une, tranquillou, sur le perron de l'immeuble… Et puis Irène Fortier m'a dit que son mari travaillait dans l'usine de papier de son père, il n'était pas policier. Ça ne colle pas.

Déçu de l'impact de sa trouvaille, Thomas reprit.

— Je n'en sais rien… Mais j'ai quand même le sentiment qu'il y a un lien. Surtout si tu me dis que cet immeuble se situe rue Saint-Pantaléon. Il y avait pas mal de juifs dans ce secteur à cette époque. Le quartier comptait de nombreux ateliers de confection, des magasins de tissus, d'articles en cuir, de fourrure, tous ces domaines où les juifs excellaient.

Un ange s'invita dans la pièce, laissant l'esprit des deux enquêteurs mouliner sur les dernières idées émises.

— À ton avis, ces hommes savaient-ils qu'ils étaient pris en photo ? Ils n'ont pas l'air de poser. Ils ne regardent même pas l'objectif, remarqua Thomas.

— C'est vrai. Et l'angle sous lequel elle a été prise n'est pas celui que l'on aurait choisi pour immortaliser un moment entre amis, par exemple.

— Dis-voir, ton frère, au point où on en est, il ne pourrait pas nous tuyauter sur les tableaux et les hommes, par hasard ? Il a bien réussi à trouver un détail architectural…

— Parce qu'on le voit nettement, ce qui n'est pas le cas des tableaux. Et il faudrait qu'ils soient répertoriés quelque part pour les retrouver. Je vais quand même lui demander, sait-on jamais.

— Bon. Ok. Et toi ? Tu vas finir par me dire ce qui t'a mise dans cet état tout à l'heure ? Tu étais à combien sur l'échelle de Fujita ?

— Disons à un-deux.

Léonor sourit à l'évocation de son baromètre personnel. Lorsqu'elle était en classe de seconde, ses grands-parents maternels avaient trouvé la mort de manière tragique dans un accident de montagne. Engluée dans un contexte familial difficile, elle avait tissé des relations privilégiées avec ses grands-parents, seuls adultes lucides sur les conditions de vie de leur fille et de ses enfants, et toujours prompts à soulager la souffrance de ces derniers. Léonor était sous le choc de cette perte subite et violente, quand un professeur de sciences avait évoqué en classe, quelques jours plus tard, l'échelle de Fujita qui servait à évaluer l'intensité des tempêtes par la nature des dégâts qu'elles causaient. Léonor avait aussitôt fait l'analogie avec sa tempête intérieure et l'avait estimée à quatre sur la fameuse échelle qui comptait cinq degrés. Depuis, elle avait pris l'habitude de mesurer toute perturbation d'ordre émotionnel sur cette grille, ainsi qu'elle l'eût fait d'un coup de vent dévastateur.

— Ce n'est rien, fit Léonor. C'est juste mon frère... Il est en train de tomber amoureux.

— C'est génial !

— Oui, dans l'absolu, c'est super. Mais comprends que, tout en étant contente pour lui, ça me perturbe aussi. Lucas n'a pas une... histoire simple. Sans le surprotéger, j'ai peur pour lui, qu'il souffre. L'amour peut faire souffrir. Enfin, je pense. Moi je n'ai jamais été vraiment amoureuse de quelqu'un, donc je ne peux que supposer. Sans chercher très loin, Basile, par exemple, a dégusté. Par ma faute, en plus... Il faut que je prenne sur moi et que je dédramatise, car en vérité, le plus grand risque qu'il coure est celui d'être heureux.

Elle marqua une pause, puis manifestant son envie de changer de sujet, elle embraya sur un ton plus léger.

— Bon, il est tard, on reprend tout ça demain ? Enfin, l'enquête, je veux dire. Et on va se boire un verre ?

Ils descendirent et firent les quelques pas jusqu'à la brasserie voisine. Léonor vit que Thomas jouait avec son ombre au sol.

— Tu sais quoi ? fit-il, tout en regardant leurs ombres.

— Ah non, mais je sens que je vais bientôt savoir... railla-t-elle.

— Tu sais pourquoi ton ombre existe ?

— Euh... parce qu'il y a du soleil ? Léonor sourit. Elle s'attendait à une saillie dont Thomas avait le secret.

— Oui bien sûr... mais pas que. C'est aussi parce que la lumière qui a parcouru cent-cinquante millions de kilomètres sans rencontrer d'obstacle n'a pu atteindre les derniers mètres qui la séparent du sol à cause de toi... Tu te rends compte ?

— Que j'ai des super pouvoirs ? oui, carrément ! Et donc ?

— Ben rien... C'est juste que je trouve ça dingue !

Ils rirent et s'attablèrent. Ils appréciaient tous les deux ces fins de journées où ils diluaient le stress du travail dans le bavardage, et une bière bien fraiche. Léonor repéra le nouveau serveur et, en habituée du lieu, réalisa qu'elle ne connaissait pas encore son prénom. Il les avait vus s'asseoir en terrasse, sur le trottoir. Il s'approcha pour prendre leur commande. Tandis que Thomas pianotait sur son téléphone, elle sourit en s'adressant au serveur. Lorsqu'il revint avec les boissons, elle se décida.

— Ça fait plusieurs fois que l'on vous voit ici. Nous sommes des habitués. Moi, c'est Léonor. Je vous présente Thomas. Et vous ?

Thomas, qui avait posé son téléphone sur la table la regarda en souriant. Lorsque le barman, après avoir déclaré se prénommer Seguin, eût tourné les talons, il lâcha :

— Tu es incorrigible, ma parole ! Mais tu as l'air d'aller beaucoup mieux, tout à coup.

— Tu devrais te réjouir.

— Oui, enfin, quand même, tu as vu son look ? On le croirait tout droit descendu de son Larzac ! dit-il en riant.

Léonor le regarda avec un air de reproche amusé.

— Et alors ? Tu le connais ? Tu sais ce qu'est sa vie ? C'est quoi ce snobisme ? Et je ne suis pas non plus la reine d'Angleterre, que je sache !

— Tu mérites mieux quand même.

— C'est quoi « mieux » ? Qui est « mieux » que qui ? De qui suis-je « mieux » et qui est mieux que moi ? J'ignorais qu'il y avait une échelle du « mieux que quelqu'un » ... Tu me donneras les critères et le barème. Ça doit bien exister quelque part, dans ta tête bien pleine ! fit-elle en levant son verre. Et ce n'est pas parce que je lui demande son prénom que je veux le mettre dans mon lit. » Elle grimaça en tirant la langue.

— Tu as raison. Comme toujours, conclut-il en trinquant avec elle.

*

— C'est moi !

Léonor pénétra dans l'appartement de Lucas qui se trouvait à deux pas du sien. Lorsqu'il avait été question de l'acheter, son frère avait succombé aux arguments « ça sera plus pratique », « on pourra se voir souvent », « quand j'aurai besoin de toi », et non l'inverse, s'était amusé Lucas en voyant sa sœur prendre soin de ne pas l'infantiliser.

Il y faisait sombre et frais. Les volets étaient restés fermés toute la journée. L'appartement n'était pas grand mais bien agencé et lumineux, quand la chaleur extérieure n'imposait pas de rabattre les persiennes. La décoration, dans des tons exclusifs de crème plus ou moins soutenus, apaisait le regard. Le canapé, les coussins, les rideaux, les meubles, rien ne déparait. Avant son emménagement, sa sœur l'avait aidé à peindre murs et portes, mais pour le reste, c'est lui qui avait tout choisi, les modèles, les coloris. Quand elle rendait visite à Lucas, Léonor aimait beaucoup retrouver cet intérieur dégageant ce qu'elle appelait « de bonnes ondes ».

Il avait mis de la musique. Elle reconnut la voix de Neneh Cherry, un vieil album qu'ils écoutaient depuis leur adolescence. Elle adorait voir son frère danser, parfois, avec son fauteuil au rythme de la musique. Dans ces cas-là, elle se plantait face à lui et dansait aussi. Et même *avec* lui, faisant tourner Lucas sur son bolide. Leur chorégraphie s'achevait souvent en éclats de rire.

Elle l'entendit qui farfouillait dans les placards de la cuisine.

— Tu sais que tu peux ouvrir les stores, maintenant ? L'air est plus frais dehors… dit-elle en joignant le geste à la parole. Tu cherches quoi ?

— Le wok. Je voudrais préparer des légumes sautés. Ça doit être Clarisse qui l'a rangé dans un endroit connu d'elle seule.
Léonor se lança aussi dans la recherche de l'ustensile.
— Dis, Lulu, tu penses que tu pourrais me trouver des infos sur les tableaux qui sont sur la photo que je t'ai laissée ?
— Je ne crois pas, ils ne sont pas assez nets. Mais j'essaierai.
— C'est gentil. Purée, elle l'a mis où ? Ah, le voilà. Je t'aide, pour les légumes ?
Léonor se mit en quête d'un économe tandis que Lucas ouvrait le réfrigérateur et en sortait des poivrons et une énorme courgette. Ils s'installèrent autour de la table et s'activèrent pour préparer le repas.
— Tu restes diner ? Et on se regarde un film ?
— Avec plaisir.
Ils poursuivirent en silence. Le compact-disc était terminé mais le dernier morceau de Neneh Cherry résonnait encore dans l'appartement. Léonor aurait parié que leurs pensées respectives se rejoignaient quelque part au-dessus de leurs têtes.
— Tiens, au fait, je suis allé voir maman, lança Lucas.
— Comment va-t-elle ?
— Pas si mal, je trouve. Le médecin lui a changé ses antidépresseurs. Elle me dit qu'ils ont moins d'effets secondaires. Et effectivement, je l'ai trouvée mieux, plus vive.

Amelia Rodriguez, ex-épouse Mendez, habitait depuis quelques années dans un quartier résidentiel de Toulouse, non loin de chez ses enfants. Après son divorce, elle avait vendu leur appartement familial de la Côte Pavée pour s'acheter une petite maison posée sur un jardin aux dimensions modestes, mais dont les quelques arbres prodiguaient de la fraîcheur en été. Elle pouvait également s'adonner aux joies du jardinage qui lui procuraient détente et évasion, sans effectuer le moindre kilomètre. Elle avait repris son métier d'institutrice après presque un an d'interruption de travail. Puis, sa nouvelle vie, la présence de ses enfants, de Basile, qu'elle appréciait depuis toujours, lui avaient permis de remonter la pente, à pas réguliers. Aujourd'hui, elle ne se considérait pas encore comme tirée d'affaire, mais le bout du tunnel ne lui semblait plus très loin. En tout cas, pas aussi inaccessible que durant les années noires de sa vie.

Chapitre 6 – Auschwitz-Birkenau, sept. 1942

Deux jours s'étaient écoulés depuis leur arrivée. Autant dire mille. Et Rebecca n'avait pas revu Simon. Depuis deux jours, elle observait, analysait interprétait tout ce qui se passait dans le camp. On ne leur avait pas attribué de travail forcé. Elle voyait comme un mauvais signe le fait qu'elles n'aient pas encore été tatouées, ainsi qu'elle l'avait vu faire sur les hommes, à l'arrivée. Le matricule de l'infamie.

Des détenus de son secteur étaient partis dès le premier jour. On ne les avait pas revus. Rebecca savait maintenant ce que cela signifiait. Quelques femmes de son bloc croupissaient là depuis début août. Elles venaient de Paris où les rafles de juillet avaient rassemblé plusieurs milliers de personnes, disait-on. Comme Rebecca et ses enfants, elles avaient fait le voyage jusqu'ici. Alors oui, ceux qui restaient savaient, et évoquaient, à mots couverts, l'indicible réalité. Il fallait bien se rendre à l'évidence La seule évidence. Celle qui leur apparaissait dans toute sa monstruosité. Les plus âgés et les plus faibles, étaient les premiers à partir.

À elles, on leur avait rasé la tête. On n'allait pas se débarrasser d'elles tout de suite, sinon, quel intérêt ? Allait-on les tatouer aussi ? Ce qu'elle avait compris d'emblée, dès l'arrivée, c'est qu'il fallait baisser la tête et se taire. Se soumettre. Pour éviter les coups et les brimades. Voire la balle fatale. Sans autre forme de procès. Pan !

Emmanuel et les autres enfants avaient été emmenés ailleurs.

Que faisaient-ils des enfants ?

Rebecca entendait encore les cris des mères cherchant à retenir leurs enfants, sous les coups des SS. On leur avait raconté n'importe quoi, pour éviter que celles-ci ne deviennent folles.

Rebecca n'avait pas voulu ajouter de la terreur à une situation déjà terrifiante. Elle n'avait pas voulu s'effondrer devant son fils. Une strate émotionnelle de plus n'aurait fait que l'anéantir davantage. Elle aussi, du reste. Alors, elle l'avait encouragé du regard. Que faire d'autre ? Comment était-on censé se comporter dans ce genre de situation ? Malgré l'angoisse qui lui nouait le cœur, elle avait embrassé son garçon en lui disant que tout irait bien. Le rôle d'une mère, rassurante jusqu'au bout. Qu'aurait-il compris si elle s'était laissé porter par le désespoir ? C'était pourtant bien son paysage intérieur, le désespoir. Mais il fallait qu'Emmanuel tienne bon, lui. Les nazis n'aimaient pas les faibles.

Que faisaient-ils des enfants ?

Depuis qu'elle et ses enfants avaient quitté leur vie tranquille à Toulouse, deux, trois semaines, elle ne savait plus au juste, elle sombrait chaque jour un peu plus. D'abord la mort absurde de Rafaël. Puis, chaque enfant qu'on lui avait ravi l'avait vidée un peu plus d'elle-même. Sybille. Simon. Et maintenant Emmanuel. Ses amours, ses raisons de vivre. Pourquoi était-elle encore là ? On leur avait rasé la tête, et alors ? Elles n'avaient quasiment rien à manger ? Rebecca n'avait plus d'estomac non plus, de toute façon. Tout en elle se disloquait, jusqu'à sa raison qui empruntait parfois des sentiers éthérés. L'enveloppe de son pauvre corps ne renfermait plus qu'un cœur qui continuait de battre, dieu seul savait pour qui, pour quoi. Si ça n'avait tenu qu'à elle, elle se serait laissée couler doucement vers le néant.

Que faisaient-ils des enfants ?

Seule la mort ou la folie pouvaient la libérer de ses souffrances. Ses voisines de bloc la secouaient et brandissaient la menace de la prochaine sélection si elle ne se remuait pas. Celle dont nul ne revenait. « Tant qu'on est en forme, on peut leur être utile, et tant qu'on leur est utile, il y a de l'espoir » disaient-elles. Mais c'était au-dessus de ses forces. Avec un peu de chance, le typhus l'emporterait avant. Elle avait appris qu'une épidémie décimait le camp depuis plusieurs semaines déjà. Avec un peu de chance...

Mais bon sang, que faisaient-ils des enfants ?

Parfois, dans ses délires, elle se voyait avec Rafaël. Ils étaient ensemble, allongés dans l'herbe de la prairie des Filtres, à Toulouse, au bord de la Garonne, avec le landau d'Emmanuel à côté d'eux, le pique-nique étalé sur une nappe posée sur l'herbe. Ils riaient de leur chance d'être là, par cette belle journée printanière. À ces évocations, son cœur, dans son corps sec, se tordait, essoré de toute vie.

La veille, à l'occasion d'un déplacement collectif, elle avait cru apercevoir un visage familier. Mais non, ça ne pouvait pas être elle, cette tête d'oiseau… Puis le visage familier l'avait repérée à son tour et lorsqu'elles s'étaient trouvées face à face, elles s'étaient attrapé les mains, les bras, puis s'étaient jetées l'une contre l'autre, croyant à une vision. Rebecca n'avait pas revu Yaël Bernstein, depuis le camp de Noé, leur première étape vers l'enfer. Elles s'étaient mises à l'écart pour pouvoir parler un peu, avant que les kapos ne les traquent. Rebecca avait été effarée par l'état de son amie. Même sa voix était altérée. Heureusement qu'aucun miroir ne lui renvoyait sa propre image. Qu'y aurait-elle vu ?

— C'est horrible, ils ont pris les enfants.
— Chez nous aussi…
— Ils les mettent peut-être entre eux ?
— Je n'en sais rien. Simon était très malade à notre arrivée et je l'ai signalé pour qu'on le soigne. On me l'a pris et je ne sais pas où il est, ni s'il va mieux… Je meurs d'inquiétude, au sens propre, Yaël.
— Et Sybille ? Ils te l'ont rendue ?

Lisant la souffrance sur le visage de son amie, elle ajouta :

— Que se passe-t-il Rebecca ? Le monde est-il devenu fou ? Va-t-on se réveiller de ce cauchemar ?

Rebecca ne pouvait faire que « non » de la tête. L'évocation des enfants avait bloqué le son de sa voix dans sa gorge. Régulièrement, elles tournaient la tête de tous côtés pour vérifier que nul ne les avait repérées.

— Et les hommes, avait repris Yaël, où sont-ils ? Certaines disent qu'ils vont travailler.
— Travailler à quoi ? À creuser nos tombes ? Plutôt mourir… fit Rebecca d'un filet de voix.

— Rebecca, j'ai entendu des choses horr…
— Je sais, coupa-t-elle.
— Il faut qu'on trouve un moyen de sortir d'ici.
— Sans les enfants ? Pas question. Je ne pourrai jamais. S'ils doivent rester ici, je ne pourrai jamais vivre ailleurs sans eux alors autant rester ici aussi, quoi qu'il arrive. Tu as des nouvelles des autres ? Les Horn ? Les Markov ?

Yaël secoua la tête. Puis elles entendirent des cris et des sifflets et comprirent que leur échange était terminé. Elles devaient rejoindre leur groupe respectif si elles ne voulaient pas finir sous les mâchoires d'un berger-allemand. Elles s'embrassèrent une dernière fois.

*

La nuit tombait sur le camp. Un coucher de soleil magnifique faisait ressortir la couleur brique des bâtiments. Greta fit le tour du *revier* pour s'assurer que tout était en ordre, c'est-à-dire : que les malades censés aller mieux, allaient mieux, et ceux qui étaient censés aller plus mal, allaient effectivement plus mal. La médecine allait faire des pas de géants grâce aux terrains d'expérimentations que constituait la population des camps. L'occasion était trop belle. Et on n'en était qu'au début. Greta frémit de fierté. On l'avait associée à cette grande cause. Elle en savait un gré infini au Führer et au *lagerarzt*, le médecin en chef du camp.

Certains malades étaient arrivés ici en parfaite santé. D'autres, au contraire, en piteux état. Chaque cas était évalué et utilisé pour tester de nouveaux remèdes. Il va sans dire que l'on déplorait parfois des échecs. Souvent, même. Mais le développement de la médecine moderne était à ce prix. Et puis des soldats de la Wehrmacht donnaient leur vie pour le Reich, alors pourquoi pas des prisonniers dont on allait se débarrasser de toute façon ?

Ses yeux se posèrent sur le blondinet qu'une kapo avait déposé, la veille, sur une civière. Il s'accrochait à son ours sale comme il semblait s'accrocher à la vie. L'attention de Greta fut attirée par un ruban enroulé à son poignet. Il comportait des inscriptions. Elle le dénoua et lut. Toulouse... Toulouse... Selon ses quelques notions de géographie, le petit devait être français. Elle mit le ruban en boule et le glissa dans la pochette de l'ours crasseux. Greta posa la main sur le front de l'enfant. Encore brûlant, malgré le remède qu'elle lui avait administré. Typhus ? Pas déjà, quand même... À moins qu'il ne l'ait attrapé avant d'arriver ici. Elle devait le soigner, le guérir. Un enfant vivant était plus intéressant qu'un enfant mort. En tout cas au *revier*.

Chapitre 7 – Toulouse, fin août 2012

Le tandem de Quo Vadis réfléchissait depuis trois jours à partir des informations réunies jusque-là. Léonor et Thomas n'avaient pas quitté le bureau ovale de toute la matinée. Ils s'étaient même fait livrer leur déjeuner sur place, pour continuer à travailler, incapables de laisser l'affaire en plan tant qu'ils n'auraient pas de nouvelles pistes à explorer.

— Par rapport à ces rafles, tu penses à quoi, du coup ? Aux confiscations nazies ? fit Léonor en enroulant ses nouilles chinoises autour des baguettes et en les enfournant dans sa bouche.

— En admettant que la photo ait été prise le jour de la rafle de Toulouse, en 1942, c'est une option possible.

Léonor enrageait de voir l'enquête piétiner. Les pistes se fermaient d'elles-mêmes, les unes après les autres. Les toiles, pas assez nettes et parfois de biais sur la photo, n'avaient pu être identifiées par Lucas. Tout au plus devinait-on un style, une époque, pour l'une ou deux d'entre elles. Ils n'avaient rien trouvé non plus sur les trois autres hommes. Léonor se dit qu'elle devrait retourner voir la mère d'Adèle Fortier. Elle seule pouvait les aider à trouver un début de piste. Elle récapitula :

— Ton hypothèse serait qu'une ou plusieurs familles auraient été raflées ce jour-là, et les œuvres d'art pillées par les hommes de la photo ? Et quelqu'un voudrait leur rappeler ce qui s'est passé ce jour-là ? Mais pourquoi si longtemps après, et à quelles fins ? Et la pivoine laissée sur place, que pourrait-elle signifier ? Simplement que tout cela a un rapport avec cette Rebecca ?

Léonor regarda Thomas, un doigt pointé sur la photo du tableau représentant la jeune femme.

— Ça se tient, non ? Je vais chercher du côté des spoliations nazies, fit Thomas. Toi, cherche plutôt du côté de la mère d'Adèle Fortier. Comment s'appelle-t-elle déjà ?

Ignorant la question, Léonor poursuivit :

— Et si on grattait du côté du peintre Kees van Dongen ? Si l'énigme tourne autour du tableau – ce qui semble être le cas – il n'y a pas que le propriétaire de la toile et le modèle qui puissent être concernés, il y a aussi le peintre... C'est Irène Fortier-Valade.

— Pardon ?

— Le nom de la mère d'Adèle Fortier : Irène Fortier-Valade, dit-elle, la bouche pleine.

— Purée, Léonor, il faut te suivre !

— Tu ne m'as pas demandé son nom ?

— Si, mais tu mélanges tout, sans faire de pause.

— C'est toi qui manques de vitamines. Mange du poisson gras, c'est bon pour les méninges.

Il haussa les épaules devant la mauvaise foi de son amie.

— C'est justement ce que je fais, dit-il en saisissant un sushi.

Puis il décida de recentrer la conversation.

— On va bien finir par trouver quelque chose... Il *faut* qu'on trouve quelque chose... Et on va trouver, c'est sûr ! *Tchembé rèd, pa moli !*

Ils se jetèrent un regard entendu. Lorsque la tâche s'annonçait rude, que les enquêtes patinaient, Thomas aimait placer cette phrase d'encouragement en créole guyanais. « Tiens bon, ne mollis pas ».

*

Léonor sonna à l'interphone des Fortier en milieu d'après-midi.

— Pardon d'arriver sans m'annoncer, mais j'aurais besoin de parler à nouveau avec votre mère.

Au son du grésillement, elle poussa la lourde porte. En montant les marches, elle repensa à sa visite au 7 bis rue Saint-Pantaléon. Les deux adresses n'étaient pas très éloignées et elle avait eu l'idée de passer d'abord voir l'immeuble où la photo avait été prise. Lucas avait identifié le 7 ou le 8 de la rue. Au 7 se trouvait une boutique de maroquinerie. Le 8 se trouvait sur le trottoir d'en face et aucune porte cochère n'en matérialisait l'entrée. En revanche, le 7 bis pouvait correspondre à ce qu'elle cherchait.

Chemin faisant, elle avait eu l'étrange impression d'être suivie. Rompue aux filatures pour en réaliser elle-même, elle avait eu la sensation désagréable que quelqu'un marchait dans ses pas, de loin.

Elle était restée un peu devant le 7 bis et avait attendu que quelqu'un sorte de l'immense porche. Autrefois, le bel ensemble en bois devait être ouvert dans la journée. Mais de nos jours, les portails des hôtels particuliers étaient fermés à grand renfort de grooms automatiques, de digicodes et d'interphones. Un couple avait fini par sortir et Léonor s'était faufilée dans l'ouverture avant que la porte ne se referme complètement.

Elle se rappela être déjà venue dans cette cour, longtemps auparavant, chez une connaissance de sa mère qui vivait là. D'où l'impression de familiarité lorsqu'elle avait vu, sur la photo, le motif vitré qui surplombait le perron. Elle reconnut bien l'immeuble. Sur le côté gauche, au pied de la bâtisse, une construction dans un style plus simple qui avait pu être, jadis, une loge de concierge. Léonor recula un peu et embrassa l'ensemble du regard en imaginant les quatre hommes installés sur les marches du perron. Elle se posta à l'endroit d'où on les avait probablement photographiés. Puis elle revint vers le portail de la rue. Elle se demanda si elle aurait de nouveau la sensation d'être suivie. Une fois dans la rue, elle regarda de tous côtés pour tenter de détecter une présence incongrue, un faux flâneur, des amoureux abîmés dans un ostensible baiser. Elle ne vit rien d'anormal et reprit son chemin en direction de l'hôtel particulier de sa cliente, rue Croix-Baragnon.

Adèle Fortier fit rentrer Léonor dans le bel appartement et la mena directement vers la chambre de sa mère.

— Madame Fortier-Valade, pardon de vous déranger une nouvelle fois, mais j'ai besoin d'un peu plus d'éléments pour avancer dans l'enquête. J'ai bien compris que vous ne connaissiez pas les trois hommes qui accompagnent votre mari sur la photo. Nous avons de bonnes raisons de croire que cette photo a été prise le 26 août 1942. Ce jour-là, il y a eu des rafles de juifs dans tout le sud-ouest et à Toulouse. Vous ne vous souvenez, pas, par hasard, de ce jour un peu particulier ? Je suppose que ces rafles ont dû faire parler d'elles à l'époque… Ça ne vous évoque rien ?

La vieille dame secoua la tête.

— Vous savez, il y a une date derrière les photos. Mais il n'y a pas l'année. En cherchant, nous avons trouvé que cela pourrait correspondre à la date de ces rafles… L'été 1942.

— Quel rapport avec mon mari ?

— C'est justement ce que nous cherchons à éclaircir. À cette date, votre mari travaillait déjà dans l'usine de papeterie de votre père ?

Irène Fortier-Valade tourna la tête en direction de la fenêtre. Léonor ne releva pas le trouble dans lequel sa dernière question avait plongé celle-ci. Elle attendit néanmoins une réponse qui tarda à venir.

— Avant de travailler avec mon père, Maurice était policier.

Léonor sentit une onde agréable la parcourir. Enfin une piste qui se maintenait. Afin de ne pas s'emballer pour rien, elle reformula la réponse.

— Vous voulez dire que durant les années d'occupation, votre mari était dans la police ?

Un silence pesant s'ensuivit, mais un « bingo ! » résonna dans la boîte crânienne de Léonor.

Une question capitale brûlait les lèvres de la jeune femme, mais elle ne voulait pas braquer son interlocutrice en la posant. Elle devait user de tact, ce qui n'était pas son fort. Pourtant, elle se décida, d'une voix douce, en soignant le choix des mots du mieux qu'elle put.

— Madame Fortier-Valade, pensez-vous que votre mari ait pu, d'une manière ou d'une autre, assister à des rafles, ce jour-là ?

Elle avait renoncé à dessein d'employer le terme « participer » mais l'aïeule ne se laissa pas abuser.

— Certainement pas ! Mon mari ne mangeait pas de ce pain-là. Laissez-moi, maintenant, je suis fatiguée.

Je retire le « bingo », songea la jeune femme, déçue. Ou alors tu mens, madame...

Léonor se tourna vers Adèle Fortier pour chercher une réponse.

— Je ne savais même pas que mon père était policier pendant l'occupation, s'excusa la cliente.

*

De retour à l'agence, Léonor trouva Thomas dans son bureau. Elle s'installa dans le fauteuil visiteur en face de lui et fit part de ses dernières moissons.

— Et si la date du 26 août était une coïncidence ? Après tout, rien ne nous dit que les habitants de cet immeuble aient été raflés... Nous allons peut-être un peu trop vite en besogne ? Mme Fortier-mère s'est vexée quand j'ai évoqué l'idée que son mari ait pu être impliqué dans des rafles, conclut-elle.

— Tout de même, son mari était dans la police dans les années quarante. Et puis il faut bien que l'on parte de quelque chose. Et à part ça, nous n'avons rien. Si c'est une fausse piste, on s'en rendra compte rapidement. Moi j'ai plutôt l'impression que c'est la clé.

— Tu as pu te renseigner sur les confiscations nazies ?

— D'après les informations que j'ai pu recueillir par le biais de diverses sources, notamment...

Léonor leva les yeux au ciel. Elle sentait venir l'exposé. Thomas adorait ça. La preuve, il avait commencé par retirer ses lunettes.

— Va au fait, Thomas, ne me fais pas un cours, s'il-te-plaît.

Vexé de ne pouvoir s'octroyer ce plaisir, Thomas se mit à débiter platement.

— Soit ! Les biens des juifs, étaient confisqués juste après leur départ. Les immeubles étaient récupérés par l'État français et le contenu des logements allait aux Allemands. Ces derniers voulaient surtout mettre la main sur les œuvres d'art. Mais, ça, tu le sais déjà, j'imagine. Surtout Goering qui, chargé de collecter les œuvres pour le futur grand musée de Hitler, prélevait de quoi se constituer une collection personnelle à l'insu de son Führer bien aimé. Ni vu ni connu j't'embrouille... Oh pas très longtemps car l'autre s'en est vite aperçu et a pris des mesures coercitives. Mais ce n'est pas le sujet. Pardon de la digression. Ce qui n'intéressait pas les nazis était vendu aux enchères par le Commissariat aux questions juives, sous la houlette du Régime de Vichy, ou servait de monnaie d'échange pour des œuvres d'une valeur supérieure à leurs yeux. Par exemple, comme ils vouaient une véritable détestation aux œuvres des artistes du vingtième siècle, considérées comme dégénérées : Matisse, Braque, Picasso et même Otto Dix – pourtant un de leurs compatriotes – tous indignes de la grandeur du Reich, une ou plusieurs toiles cubistes ou du Bauhaus pouvaient être échangées contre une toile plus classique, de la Renaissance italienne ou flamande : Bruegel, Rembrandt, et consorts. Toutes les œuvres d'art volées aux juifs et susceptibles de plaire aux Allemands, autrement dit à Goering, transitaient par le musée du Jeu de Paume à Paris, où un inventaire était dressé et où se décidait l'orientation des œuvres. Si je te parle de Rose Valland... ?

Il stoppa net, car depuis le début de sa tirade, il voyait Léonor hocher la tête et plisser les yeux comme si elle validait tout dans un « oui bien sûr » intérieur. Il attendit, tel un professeur, la réaction de son élève.

— Han han... fit Léonor. La conservatrice au musée du Jeu de Paume, qui faisait de la résistance en rédigeant en douce des notes pour garder une trace des spoliations : les propriétaires, les titres des œuvres, la provenance et la destination, bref, tout ce qui permettrait de retrouver et rendre les œuvres, le moment venu.

Thomas avait rechaussé ses lunettes et les retira à nouveau ce qui fit sourire Léonor.

— C'est ça. Donc les hommes que l'on voit sur la photo peuvent être en train de récupérer toutes les œuvres des appartements récemment libérés de leurs habitants, dans le but de les remettre aux Allemands. Après tout, ils obéissaient aux ordres pour envoyer les gens à la mort, il n'y aurait rien de choquant à ce qu'ils collectent les œuvres d'art pour l'occupant. Qui sait si parmi les familles de l'immeuble, il n'y avait pas un collectionneur ?

Léonor hocha la tête.

— Les tableaux, ils partaient où exactement après le passage par le musée du Jeu de Paume ?

— En Allemagne, dans les mines de sel de Merkers et dans celles d'Altaussee, en Autriche. Entre autres... Les œuvres d'art pillées étaient stockées dans des endroits comme ça, insoupçonnables. Les nazis avaient prévu leur destruction totale en cas de défaite. Des bombes étaient disposées dans les galeries à cette fin. Finalement, l'explosion souterraine n'a pas eu lieu grâce à l'intervention de quelques nazis un peu moins stupides que les autres. Mais pour en revenir à ce tableau de la femme à la pivoine, ce qui est étonnant, c'est qu'il soit resté dans la région.

— Ou alors c'est qu'il n'avait aucune valeur aux yeux des nazis. Pourtant, Kees van Dongen, c'est nordique ! Ça aurait dû les intéresser ?

— Mais du vingtième siècle... Donc de l'art dégénéré.

— C'est vrai... Il faudrait savoir ce que sont devenues les autres toiles de la photo, si elles sont encore elles aussi, dans le coin, ou si elles ont fait partie d'un convoi de pillage. C'est dommage qu'on ne les distingue pas mieux que cela sur le cliché. En gros, ton hypothèse se tient, Thomas, sauf qu'ils ne sont pas en tenue de policier, ces hommes...

— Non, mais on sait maintenant que l'un d'entre eux était policier. Les autres l'étaient peut-être aussi. Et il doit y avoir une raison pour qu'ils soient en civil.
— Han han. Je ne sais pas encore quelles conclusions on peut tirer de tout cela, pour l'instant, mais ça se tient.
— Je vais chercher du côté du peintre, maintenant. On découvrira peut-être des choses.
— On va aussi demander à Basile, ce week-end, s'il peut consulter les archives de la police. Qui sait ? Il pourrait trouver une trace de Maurice Fortier.

La semaine était passée ainsi et les trois amis avaient prévu de partir ensemble pour le week-end, ainsi qu'ils le faisaient de temps en temps, au pied des Pyrénées ariégeoises, à un peu plus d'une heure de Toulouse. Quelques années plus tôt, Basile avait hérité d'une bâtisse qui tenait plus de la bergerie que d'une maison de campagne, mais l'ex-mari de Léonor avait transformé les quatre murs de pierre, rehaussés d'un toit, en véritable havre de paix.

Léonor et Thomas peinaient toujours à la qualifier de « maison de campagne » mais force leur était de reconnaître que l'endroit, offrant un confort digne du Moyen Âge, les propulsait dans une faille temporelle qui, le temps d'un week-end, les déconnectait de la réalité. La maison était restée, pour eux, « la bergerie ». Basile n'avait cédé au modernisme que pour l'électricité. Concernant l'eau, elle venait du puits, grâce à une pompe – tout de même –, mais pour la douche chaude, il fallait repasser car on devait chauffer son eau, au feu de bois, ou au réchaud, suivant les saisons. L'été, la toilette se tenait devant la maison dans ce qui devait être autrefois un lavoir, où coulait une eau de source cristalline, dont seule la montagne connaissait la provenance. Dire que cette eau-là était fraîche relevait de l'euphémisme, mais les trois amis n'auraient échangé leur baignoire extérieure pour rien au monde. Il n'était pas rare que la toilette se termine en éclaboussade générale, puis en séance de friction collective, pour réchauffer leurs peaux bleuies.

L'hiver, un chaudron trônait dans le cantou, non loin de l'âtre, pour assurer une réserve permanente d'eau chaude. Les téléphones et autres appareils connectés restaient muets le temps d'un week-end, et il ne se trouvait personne pour s'en plaindre. Les occupations oscillaient entre la préparation des repas, des jeux, du bricolage, le nettoyage de la parcelle, la coupe du bois de chauffage, et la culture d'une plante prohibée que seul Basile fumait avec délectation.

*

Le jour déclinait quand les trois compères arrivèrent au bout du chemin qui menait à la bergerie, autant dire au bout du monde. Ils ressentaient déjà les effets positifs de cet éloignement de la civilisation, renforcés par la douceur des températures de cette fin août. Ils se voyaient déjà savourant les grillades sous l'appentis de la grange qui les préserverait de la fraicheur de la nuit.

Basile enfonça l'énorme clé dans la lourde porte en bois, « porte d'origine », se plaisait-il à rabâcher.

Ils s'installèrent, dans les deux pièces assez vastes que comptait le logement. Léonor disposait de la chambre, les deux garçons du canapé-lit du salon-salle-à-manger-cuisine. Ils rangèrent les courses pour les deux jours, faites à la va-vite en quittant Toulouse. Tandis que Thomas se retirait dans la grange pour lancer le barbecue, Léonor et Basile épluchèrent les légumes qui rejoindraient la viande sur le grill.

Léonor observait Basile. Il manipulait les aubergines et les courgettes avec soin, les enrobant d'un peu de ceci, un peu de cela. Elle avait le sentiment que cet homme savait tout faire. Elle ne s'expliquait toujours pas les raisons de l'échec de leur mariage. Son seul argument, c'est qu'elle n'avait pas de talent pour l'amour. L'amour avec un grand A, car pour le reste, elle connaissait. Mais jamais son cœur ne lui avait donné à croire qu'elle aimait pour de vrai. Pourtant, cet homme brun, un peu massif, qui se trouvait juste là, à côté d'elle, avec son regard de braise, « et si doux avec les légumes » avait-elle envie d'ajouter en souriant, aurait pu être le bon. Si lui n'y était pas parvenu, alors qui ? Tout semblait aller de soi avec Basile. Plus frère aîné qu'ex-mari, elle ressentait à ses côtés comme une aura protectrice qui l'aidait à être elle-même, sans ses peurs qui entravaient sa route. Avec lui, elle aurait pu traverser les tourmentes de la vie – ce qu'elle avait déjà éprouvé, du reste – et réussir haut la main l'épreuve la plus ardue, celle de la quête du bonheur. Mais voilà, il manquait cette petite étincelle qui empêcherait Léonor de le rendre heureux, lui. Pour elle-même, elle n'aspirait à rien d'autre qu'à une vie sans histoire, étale, dépourvue de souffrance. Elle ne désirait rien de plus et considérait que c'était déjà énorme. À la réflexion, elle se demandait même si cela existait.

Elle s'exaspérait de reconnaître que rarement quelqu'un s'était montré aussi attentionné, patient, bienveillant à son égard, mais aussi envers les autres. Basile était la gentillesse incarnée, en tout cas dans la sphère personnelle. Peut-être avait-il choisi son métier, justement, pour faire contre-poids. Il avait besoin de se frotter à un autre monde, d'autres types de relations, plus rêches, où c'était lui qui distribuait les rôles, les injonctions. Dans l'exercice de ses fonctions, il encaissait des coups, de toutes sortes. Très professionnel, il avait la réputation d'être un excellent flic. Peut-être grâce à cet équilibre. Léonor pensait qu'à l'intersection de ses deux natures se nichait son flair et son talent pour la déduction.

Il souriait. Léonor aurait parié qu'il était heureux d'être dans sa maison retirée du monde, en compagnie de ses meilleurs amis. D'ailleurs, certains signes ne trompaient pas : ses traits, endurcis par son métier, se détendaient sitôt qu'apparaissaient, sur la route, les premiers panneaux annonçant le village.

— Voilà, je crois que c'est pas mal, là, dit-il en montrant les légumes prêts pour le barbecue.
— Han han, j'avoue que ça me donne l'eau à la bouche.
Ils se levèrent pour rejoindre Thomas qui soufflait sur la braise incandescente. Ils déposèrent la viande et les légumes sur la grille et préparèrent la table.
En attendant, Basile ouvrit le vieux Laguiole qu'il tenait de son père et déboucha une bouteille de Saint-Joseph. Ils admirèrent le velouté grenat frapper le bord du verre, caresser les parois et venir se lover au fond en un tourbillon soyeux, juste au-dessus du pied, dans un joli bruit de goulot d'une résonance mate. Basile servait toujours le vin rouge dans de grands verres à pied. « Il faut pouvoir mettre son nez dedans pour bien sentir tous les arômes » justifiait-il quand les convives s'étonnaient de le voir inverser l'usage du verre à eau et du verre à vin, beaucoup trop petit, selon lui.
Ils trinquèrent.
— Alors, c'est quoi cette histoire ? » dit-il en fleurant le nectar après l'avoir fait tourner dans le verre. « Cette enquête dont vous parliez dans la voiture, tout à l'heure ? »
Léonor le vit fermer les yeux et se concentrer sur ses sensations. Elle attendit qu'il ait terminé son rituel de dégustation car elle savait qu'il n'entendrait rien auparavant. Lorsqu'il eut avalé la première gorgée, elle commença à lui parler de l'enquête.
— Fabuleux ! la coupa-t-il.
— Oui, c'est une affaire intéressante, mais nous manquons encore d'éléments, fit Thomas.
— Ah pardon, je parlais du vin !
Ils rirent. Puis Basile focalisa de nouveau son attention sur le récit de ses amis, tout en allumant une cigarette.
— Je vous écoute. Tu me disais, Léo, que les photos étaient envoyées tous les 26 août, c'est ça ?
— Oui, en voici une ». Elle lui montra le cliché qu'elle avait pris avec son téléphone et laissa Basile regarder rapidement. « Celui-ci

était policier, dit-elle en désignant Maurice Fortier. Il est vraisemblable que les autres aussi ». Elle formula l'hypothèse qu'elle et Thomas avaient échafaudée. « Penses-tu pouvoir faire des recherches dans les archives de la police pour confirmer que Fortier était bien policier pendant l'occupation ? »

— Sans doute...

— Et s'il a participé à une rafle, tu peux le savoir ?

— Je vais voir ce que je peux trouver. Votre idée, c'est que le vol du tableau, il y a quelques jours, serait lié à cette rafle à Toulouse ?

— Pour l'instant, ce ne sont que des suppositions. Tout ce que l'on peut apprendre sur Maurice Fortier durant cette période sera précieux. Et si on avait le nom des autres, ce serait génial. Étaient-ils policiers eux aussi ? Car ils ont un tableau près d'eux sur la photo... Alors, est-ce qu'ils venaient chercher ces œuvres pour enrichir le musée d'Hitler, ou est-ce qu'ils voulaient les garder pour eux. C'est ce qu'on cherche à établir.

— Si ce sont des policiers, ils sont en civil. Je pencherais pour la seconde hypothèse. Ils n'ont pas l'air d'être en mission. En tout cas, j'ai pigé : je cherche tout ce que je peux trouver sur Fortier et je vous tiens au courant. Ça prendra peut-être quelques jours car je vais devoir mettre d'autres collègues dans le coup, au service de documentation.

Il savoura une autre gorgée de vin. Léonor se détendit, saisit son verre et s'affala sur sa chaise tandis que Thomas simulait de ses mains un clap de fin « on ne parle plus boulot ».

Deuxième partie :

La vie reprend son cours

Chapitre 8 − Paris, juin 1945

Lorsqu'elle arriva au 45 boulevard Raspail, Sylviane admira une fois de plus la façade Art nouveau du splendide hôtel parisien. Récemment, des affiches « Renseignements aux familles » avaient été placardées sur la devanture. Des bus remplis de déportés arrivaient chaque jour en nombre croissant depuis que l'hôtel avait été réquisitionné par les pouvoirs publics, au mois d'avril. Une foule bruyante brandissant des photos, criant des prénoms, des noms, se pressait devant les grilles barrant l'accès à l'hôtel. Ces scènes mettaient la jeune journaliste très mal à l'aise.

Elle parvint à se faufiler dans le hall via l'énorme porte tambour, profitant d'une confusion dans la gestion du filtre d'entrée, liée à l'arrivée des bus pris d'assaut par les familles venues attendre l'hypothétique retour d'êtres chers. À chacune de ses visites, Sylviane se faisait la réflexion que nul autre endroit au monde ne pouvait rivaliser dans la palette d'émotions exprimées là, au pied de cet hôtel, devenu le lieu de rendez-vous de tous ces gens frappés, d'une manière ou d'une autre, par la tragédie.

À l'intérieur, Sylviane fut impressionnée par la foule qui allait et venait dans un brouhaha assourdissant. Des cris, des pleurs, des rires, des conversations, le vacarme la surprit. Ce n'était pourtant pas la première fois qu'elle venait au Lutetia pour prendre des photos et glaner des témoignages en vue de composer ses articles de presse, mais à chaque occasion il lui semblait que la tension et l'animation du lieu montaient en puissance.

Les rescapés et leurs familles se pressaient devant les tableaux sur lesquels étaient exposées des centaines de fiches intitulées « On recherche » détaillant l'identité de la personne recherchée. Médecins et infirmières, allaient et venaient d'un pas décidé. Des scouts soutenaient les déportés les plus faibles afin qu'ils ne s'effondrent pas sur le sol marbré de l'hôtel.

Sylviane observait à chaque fois le même scénario : le comité d'accueil orientait les nouveaux arrivants vers l'interrogatoire et la visite médicale en vue de prodiguer les soins nécessaires et recueillir toutes les informations utiles sur les fiches nominatives. Les déportés se voyaient attribuer une tenue vestimentaire, un repas, si besoin un peu d'argent et un ticket de métro, parfois même une ou plusieurs nuits sur place, le temps de reprendre quelques forces et de nouveaux repères. Sylviane avait entendu dire que l'hôtel était devenu trop petit devant l'afflux incessant de survivants. Les sept étages et les trois-cent-cinquante chambres du Lutetia ne suffisaient plus à absorber les arrivées, au point que d'autres hôtels proches se trouvaient réquisitionnés à leur tour.

Ce qui intéressait surtout Sylviane, pour l'heure, c'était les « faux-déportés » dont elle avait entendu parler. Elle avait promis au journal de rédiger un article sur le cynisme de ces Waffen-SS, de ces collabos ou autres miliciens, en bref de tous ceux dont le sort était scellé par la défaite de l'Allemagne et qui se cachaient parmi les déportés. La plupart du temps, ni leur perte de poids forcée, ni leur nouvel accoutrement rayé, dégoté au hasard de leurs coupables pérégrinations, ni leur faux tatouage sur l'avant-bras, ne leur permettaient de passer le contrôle. Avertis, les accueillants multipliaient les questions pour les confondre, et ces sinistres tricheurs étaient vite démasqués, ne serait-ce que par leur regard qui ne racontait pas la même chose que celui des vraies victimes. Pour le journal, cela constituait un excellent sujet. Elle ne savait pas comment elle s'y prendrait, mais Sylviane espérait être témoin d'un flagrant délit d'imposture.

Elle jeta un coup d'œil circulaire sur le hall et s'arrêta sur une bénévole de la Croix Rouge qui expliquait à une dame âgée, une visiteuse d'après sa mise soignée, comment elle devait procéder pour rechercher ses disparus. Elle lui montrait les panneaux qui s'enrichissaient chaque jour de nouvelles fiches, parfois complétées d'une photo. Son analyse fut interrompue par les cris d'un homme en haillons. Sylviane n'aurait su dire s'il s'agissait de joie ou de détresse tant le timbre de la voix sonnait curieusement à ses oreilles. Il montrait du doigt une des fiches où l'on devinait qu'il avait repéré son nom et sa photo. L'expression hallucinée de l'homme dépourvu d'une partie de ses dents, cherchait autour de lui un témoin de sa formidable trouvaille pour partager sa joie. Une bénévole le rejoignit pour se réjouir avec lui et l'accompagner vers son nouvel horizon empli d'espoir.

Sylviane poursuivit son observation panoramique et repéra un adolescent, seul, adossé à un mur, indifférent à l'agitation et au bruit ambiants. Nul ne s'inquiétait de lui. Il avait dû arriver le matin-même car il portait encore sa tenue rayée de prisonnier, d'une saleté repoussante. Sylviane frémit à l'idée que ce jeune à peine sorti de l'enfance avait vécu l'enfer des camps. Il se tenait vouté, tel un vieillard, et semblait chercher sur le sol les clés de son avenir. Mue par un élan de compassion, elle s'approcha de lui. Il releva la tête, surpris qu'on s'intéressât à lui.

— Bonjour. Tu ne vas pas te faire enregistrer ? dit-elle en désignant les bureaux devant lesquels les nouveaux arrivants faisaient la queue.

L'adolescent haussa les épaules.

— Je m'appelle Sylviane, et toi ?

Pour toute réponse, il lui montra son matricule en relevant la manche de sa chemise : 63074.

Sylviane sentit ses larmes affleurer.

— Tu sais, tu n'es plus… ». Elle hésita dans le choix du terme à employer. « … Prisonnier, ici, tu as bien un prénom ? » reprit-elle, plus doucement.

— Manu, murmura-t-il.

Sa voix rauque, était encore celle d'un enfant. Sylviane nota qu'il évitait son regard.

— Enchantée, Manu.

Elle lui tendit la main, mais il ne réagit pas.

— Quel âge as-tu ?

— Treize ans.

— Treize ans ? Mais... tu... tu es seul ? Tes parents ne sont pas avec toi ?

Elle se mordit la langue. « Sylviane, es-tu stupide à ce point ? » Son instinct de journaliste lui envoya une alerte lui signifiant qu'elle tenait-là un autre bon sujet. Elle s'en voulut aussitôt et chercha à se faire pardonner son opportunisme malsain.

— Veux-tu que je t'aide à faire les démarches ?

L'adolescent, toujours sans la regarder, consentit d'un mouvement de tête. Il était grand pour son âge, ce qui faisait ressortir son extrême maigreur. Sylviane sentit son cœur se vriller. Elle voulut le prendre par les épaules pour l'accompagner au bureau d'enregistrement, mais il se dégagea. A priori, le contact humain l'insupportait. Pire, une espèce de réflexe de protection l'habitait tout entier. Comme s'il s'apprêtait à parer, esquiver, ou recevoir un coup à tout moment. En l'espace de quelques instants, Sylviane compris, à l'expression de ce jeune corps décharné, le calvaire qu'avait dû être sa détention. Chacun des gestes du garçon imprimait un retrait physique. S'il avait pu se rendre invisible, Sylviane pariait qu'il eût usé du subterfuge.

Lors de l'enregistrement de l'enfant, elle entendit quelques-unes des réponses qu'il formulait et comprit qu'il avait été déporté en 1942. Trois ans ! Cet enfant avait vécu trois ans d'enfer. Un quart de sa courte vie. Les larmes qu'elle avait jusque-là refoulées commencèrent à rouler sur ses joues. « Retiens-toi, Sylviane, il a besoin de tout, sauf de ta pitié », se reprocha-t-elle, en essuyant son visage tout en cherchant à dominer ses émotions.

Le vacarme des voix résonnant soudain dans la grande salle aux hauts plafonds l'empêcha d'entendre la suite de l'échange entre l'enfant et le bénévole chargé de renseigner sa fiche. Une question pourtant lui parvint à l'oreille.

— As-tu quelqu'un chez qui aller ? de la famille ? à Paris ou ailleurs ?

L'enfant haussa les épaules et fit non de la tête. Sans réfléchir, la journaliste passa devant lui et déclara au bénévole :

— Chez moi ! Il peut venir chez moi.
— Vous êtes une amie de la famille ?
— Non, pas vraiment, mais s'il est d'accord, je peux l'accueillir chez moi et l'aider à chercher sa famille. Elle regarda Manu qui accepta pour la première fois un contact visuel, décontenancé par cette jeune femme qui s'immisçait dans la conversation et dans ce qu'il restait de sa vie.

— Tu es d'accord ? fit le préposé à l'adresse de l'enfant.

Cela faisait bien longtemps qu'on ne lui avait pas demandé son avis. Il hocha la tête.

— Je vais prendre vos coordonnées, mademoiselle, après il se rendra à la douche, à l'épouillage, puis à la visite médicale pour voir s'il a besoin de soins particuliers. Ensuite, vous pourrez partir avec lui.

Son regard revint vers l'adolescent :

— C'est bien d'accord, Emmanuel ?
— Oui, souffla-t-il.

Elle s'installa dans un coin pour l'attendre. Elle ne pensait déjà plus à son article mais se demandait dans quelle espèce d'aventure elle venait de s'embarquer sur un coup de tête.

Trois heures plus tard, Emmanuel était attablé devant un bol de soupe chez Sylviane. Il avait revêtu la tenue propre remise à l'hôtel Lutetia et ne ressemblait déjà plus à l'enfant rapatrié qu'il était quelques instants plus tôt. Ses joues étaient creuses, mais Sylviane se promit de les remplir bien vite. Ses cheveux, très courts – repousse d'un rasage récent – étaient bruns et presque soyeux après la douche obligatoire prise à l'hôtel. Ses traits, marqués par la sous-alimentation et les mauvais traitements restaient doux et réguliers. Mais le plus frappant, pour la jeune journaliste, c'étaient les yeux du garçon, incapables de soutenir un échange visuel de plus d'une ou deux secondes. Durant ces courts laps de temps, Sylviane y voyait un stupéfiant mélange de candeur, d'effroi et de résignation. Qu'avaient eu à voir ces yeux-là, pour exprimer tout cela à la fois ?

Jusque-là, peu de mots avaient été échangés. Sylviane était partagée entre l'envie de lui parler pour qu'il réapprenne à se sentir en confiance, et celle de le laisser tranquille, le temps qu'il redécouvre la vraie vie. Du temps, il lui en faudrait. Beaucoup. C'était pour l'instant la seule certitude de Sylviane. Lorsqu'il eut mangé, il s'essuya la bouche avec sa manche. Elle lui sortit une serviette de table d'un tiroir du buffet.

— Pardon, s'excusa-t-il, les yeux baissés.

Sylviane haussa les épaules et s'entendit répondre d'une voix douce.

— Pardon de quoi ? Tu crois vraiment que je vais te reprocher d'avoir perdu les codes de conduite, là d'où tu viens ?

Ils restèrent un moment de nouveau sans parler. Sylviane se leva pour ranger la vaisselle. Tandis qu'elle s'affairait, elle entendit Emmanuel murmurer :

— Pourquoi je suis là ?

Elle s'arrêta et se retourna pour le regarder, le bassin calé contre l'évier.

— Comme je l'ai dit au monsieur tout à l'heure, je vais t'aider à rechercher ta famille. Tu resteras ici aussi longtemps qu'il le faudra. Ou que tu voudras. Je suis journaliste. J'étais au Lutetia pour mon travail.

— Mais moi, pourquoi je suis là ?

Comprenant sa méprise, Sylviane sentit sa lèvre inférieure trembler. Un long silence fut sa seule réponse. C'est l'enfant qui le rompit.

— Vous n'êtes pas mariée ?

La question soulagea la jeune femme.

— Non. J'ai vingt-trois ans et tout le temps devant moi pour trouver un mari. Tu es toujours d'accord pour rester avec moi le temps... le temps de voir si tu retrouves tes parents, ou peut-être des frères et sœurs ? Tu as des frères et sœurs ?

— J'étais avec ma mère et mon petit frère au début, dit-il la tête toujours basse.
— Tu sais Emmanuel, tu peux relever la tête ici. Tu n'es plus... Je veux dire... plus personne ne te fera de mal.
Sylviane prenait soin de peser chaque mot avant de le prononcer. Elle craignait de lui faire peur ou de le blesser. Comment savoir dans quelles dispositions psychologiques était cet enfant ? Qu'avait-il vécu réellement ? L'horreur sans aucun doute, mais jusqu'à quel point ? Elle le vit qui relevait la tête insensiblement.
— Je ne sais pas ce qu'ils sont devenus.
— Et toi ? Qu'as-tu fait tout ce temps ?
— J'ai été séparé de ma mère et de mon petit frère dès le deuxième jour. Moi j'ai... travaillé. Il se sont trompés sur ma date de naissance à l'arrivée. Ils ont mis 1930 au lieu de 1932. Et comme j'étais grand et costaud pour mon âge, j'ai échappé aux sélections.
— Aux sélections ?
— Celles où on envoyait à la douche et d'où on ne revenait pas.
Sylviane sentit comme un coup de poing dans son estomac et baissa la tête sous le choc. Un silence s'installa qu'elle ne voulut pas rompre. Elle sentait qu'Emmanuel se livrerait peu à peu, pourvu qu'on lui en laissât le temps.
— C'est peut-être ce qui m'a sauvé la vie, ma taille. Tant qu'on pouvait leur servir à quelque chose, ils nous laissaient tranquilles... Enfin, je veux dire... » Il n'acheva pas sa phrase.
— Emmanuel, dit-elle après une courte pause, on va retourner au Lutetia pour voir si l'on trouve des informations sur ta maman. Tu veux bien ?
Il ne réagit pas.
— Et ton papa ?
Emmanuel fit un « non » énergique de la tête, cette fois. Surprise de ce refus catégorique, elle lui demanda :
— Tu ne veux pas en parler ?
— Non.

— Alors on n'en parle pas.

Ils passèrent une heure ou deux sans prononcer une parole. Sylviane préparait la chambre d'Emmanuel tandis que celui-ci restait assis à la table de la cuisine, le regard fixé devant lui, prenant peu à peu conscience que tout était enfin fini. Ou que, au contraire, il allait falloir construire un nouveau départ, seul cette fois, sans ceux qui autrefois remplissaient sa vie et forgeaient son bonheur de petit garçon. Une page se tournait, de son histoire à lui, de celle de sa famille, et une autre s'ouvrait. Et non des moindres. Une page blanche avec un fond noir. Elle l'aspirait, sans qu'il oppose de résistance, dans un vide vertigineux.

Et cette gentille journaliste, un jour, le chasserait. Indésirable il avait été, indésirable il resterait.

Sylviane revint à la cuisine.

— Viens, on y retourne. Au Lutetia. On va voir si on peut trouver des informations sur ta mère.

— Ce n'est pas la peine. J'ai donné tous les renseignements au monsieur, tout à l'heure. Il a regardé si son nom avait été enregistré, mais non. Elle n'est pas encore revenue. Il a pris votre adresse pour la lui donner lorsqu'elle rentrera. Je veux dire... si elle rentre. Mais je sais qu'elle ne rentrera pas.

Il prononça ces derniers mots d'une voix monocorde, le regard dans le vide.

— Tu veux bien me dire comment elle s'appelle ?

— Rebecca Levinski.

— C'est joli comme prénom, Rebecca.

La gorge de Sylviane se serra devant le visage abattu d'Emmanuel sur lequel aucune larme ne parvenait à couler.

— Et mon petit frère s'appelait Simon. Il avait deux ans.

Sylviane se détourna pour cacher les siennes. Elle mesurait dans quoi elle s'était engagée et se demandait si elle serait à la hauteur de la tâche qu'elle venait de s'assigner. Si elle parviendrait à aider Emmanuel, comme ce pauvre gosse le méritait. L'espace d'un instant, elle sentit une vague de panique la gagner. Ce qui, jusque-là, était apparu pour elle comme une mauvaise fiction – les déportations, les exterminations d'hommes, de femmes, de vieillards, d'enfants – s'imposait soudain dans toute sa réalité – sa monstruosité – et atterrissait là, au beau milieu de sa cuisine. Et au cœur de sa vie.

— On habitait Toulouse.

— Toulouse ? répéta-t-elle, d'une voix altérée par l'émotion, sans se retourner. « Il faudra qu'on y aille. Si tu veux. »

— Pour quoi faire ?

— Je ne sais pas. Tu pourrais retrouver des gens que tu connaissais ? Tu n'avais pas d'autre famille là-bas ?

— Si, ma tante et mon oncle. Et mes cousins. Et nos amis les Markov et les Bernstein. Ils ont été pris en même temps que nous. Et il y avait aussi madame Sutra, la concierge, qui nous aimait bien.

Un éclair d'espoir anima Sylviane.

— Peut-être y sont-ils revenus ?

Emmanuel secoua la tête. Sylviane n'insista pas, mais elle se dit qu'ils ne pourraient pas y couper. Un déplacement à Toulouse s'imposerait. Ou alors elle irait seule. Elle écrirait à cette « Mme Sutra » qui pourrait peut-être la renseigner.

Mais chaque chose en son temps. Emmanuel devait d'abord reprendre un semblant de vie normale. En septembre, elle l'inscrirait au collège. Il se ferait des amis. Et elle se chargerait du reste.

Chapitre 9 – Toulouse, 2012

Depuis le soir où, dans la grange de la bergerie, Léonor et Thomas avaient partagé avec Basile leurs hypothèses sur le cas Fortier, l'enquête, encalminée, attendait le souffle qui relancerait la machine, un détail sur lequel prendre appui et lui redonner de l'élan. Les dossiers courants avaient refait surface sur le bureau de Léonor, à sa grande déception, quand son téléphone sonna. Basile.
— Léonor, il faut que tu viennes tout de suite.
— Que je vienne au Central ? Tu as trouvé quelque chose ?
— Ça se pourrait bien.
— J'arrive.

Toutes affaires cessantes, Léonor avertit Thomas qu'on l'attendait au commissariat central, attrapa son sac et dévala les escaliers de l'immeuble. Elle courut presque jusqu'à l'arrêt de bus. Le temps du trajet, elle eut cette sensation déjà éprouvée que quelqu'un avait aussi accéléré le pas, derrière elle. Elle se retourna instinctivement, agacée d'être retardée, mais personne ne s'était baissé pour lacer ses chaussures ou se cacher derrière un journal. « Léo, tu deviens parano ou quoi ? ». Elle se posta à l'arrêt de bus. L'abri s'était un peu rempli quand le bus arriva. Il redémarra en laissant un nuage de fumée brune derrière lui.

Léonor en descendit quelques instants plus tard devant l'imposante bâtisse de briques bordant le canal du Midi. Elle pénétra dans le hall du commissariat, animé à cette heure de l'après-midi. Des policiers encadrant un homme très alcoolisé avaient le plus grand mal à le tenir debout. L'homme vociférait, insultant la police, les femmes, le gouvernement, tout ce qui semblait lui passer par ce qu'il lui restait d'esprit.

Léonor se tint le plus loin possible du petit groupe et s'approcha de l'accueil. Au même moment, Basile apparut et fit signe à l'agent d'accueil de la laisser passer. Elle fut soulagée de quitter ce hall bruyant, gênée d'être la spectatrice de ce fragment de misère sociale. Elle suivit son ex-mari jusqu'au deuxième étage, siège de la Crim'. Les bureaux étaient disposés de part et d'autre d'un long couloir aux murs de briques, dont on devinait à peine le bout. Oppressant, selon Léonor qui avait en horreur les pièces sans ouvertures. En revanche, elle appréciait la luminosité des bureaux, leurs grandes fenêtres, le carrelage et les murs clairs. Ils entrèrent dans celui dont une plaque, sur la porte indiquait « Cdt Basile Lesage », affichage dont Léonor se sentait fière, sans trop s'expliquer pourquoi. Basile ferma la porte derrière eux.

Léonor s'installa face à lui. Il lui souriait d'un air satisfait. De ce sourire bien connu d'elle, qui signifiait « j'ai des éléments nouveaux pour ton enquête ». Ses yeux foncés étaient légèrement plissés sous ses sourcils bruns et épais, et sa barbe naissante, malgré le rasage du matin, lui donnait un air de *bad boy*. « Comment peut-il être aussi bon flic avec cette trombine de repris de justice ? » se dit-elle.

Très vite elle revint à ce qui l'amenait dans ce bureau.

— Alors, dis-moi tout !

— Nous avons trouvé la trace d'un Maurice Fortier dans nos archives.

— Super !

— Il était bien policier entre 1941 et 1944.

*

Sur le chemin de retour à l'agence, elle rassembla mentalement tous les éléments que Basile venait de lui communiquer. Elle se concentra sur la manière dont elle exposerait les faits à Thomas et sur les nouvelles pistes qui s'offraient à eux.

En poussant la porte de son bureau, elle fut surprise de trouver un homme affairé autour de la fenêtre. L'homme, plutôt jeune, que Léonor qualifia mentalement de « beau gosse » interrompit son activité pour justifier sa présence. Il était envoyé par le syndic de copropriété pour mesurer toutes les fenêtres en vue de travaux de remplacement. Il fut aussi question de performance énergétique, d'isolation, d'économies à long terme, ce que Léonor n'écouta que d'une oreille.

— Je vous en prie, continuez votre travail, dit-elle.
— Je ne vais pas vous déranger longtemps.

Elle passa la tête dans le bureau de Thomas. Il était au téléphone. Elle lui fit signe qu'elle s'installait dans le bureau ovale.

Dans la cuisine, elle se prépara un maté puis se dirigea vers la salle de réunion. L'artisan l'y avait précédée, s'activant avec son mètre et son bloc-notes. De temps en temps, il jetait un coup d'œil du côté de Léonor qui s'en aperçut. Avisant le tableau magnétique où les premières pièces de leur enquête s'accumulaient, elle se leva et, d'un geste naturel, recouvrit le tableau du drap qu'ils utilisaient pour le masquer aux regards indiscrets, notamment lorsque des personnes étrangères au service entraient dans cette salle. Après quelques instants, le jeune homme déclara avoir terminé son travail. Léonor lui proposa un café qu'il accepta volontiers. Elle s'agaça de son désir de ne pas le voir partir trop vite et maudit cette manie qu'elle avait de vouloir saisir toutes les chances qui se présentaient. Ce garçon était mignon, certes, mais il était fort probable qu'ils aient peu de choses en commun. Ou que son cœur soit déjà pris.

Quand Thomas sortit enfin de son bureau, il se dirigea vers la cuisine d'où provenaient des voix et des rires. Debout dans la pièce, l'un, sa tasse de café à la main, l'autre, sa calebasse de maté, le jeune homme et Léonor conversaient allègrement.

— Je te présente Benjamin, dit-elle à l'adresse de Thomas.

Ignorant la présence de l'artisan, Thomas fit un signe de tête à Léonor.

— On y va ?
— Tu prends quelque chose ? proposa-t-elle. Elle le sentait tendu.

— Non, non, ça va.

Il était déjà reparti pour s'installer dans le bureau ovale. Léonor et Benjamin se regardèrent en haussant les sourcils. Ils abrégèrent leur échange et Léonor le raccompagna à la porte d'entrée.

Thomas, attablé à la table ovoïde, les entendit s'échanger leurs numéros de téléphone. Il tapait du pied dans un tic nerveux. Léonor le rejoignit.

— Tu as l'air de bonne humeur, dis-donc, ironisa-t-elle.

— Je n'aime pas quand des gens trainent, comme ça, dans nos bureaux.

— Okay ! Je te signale que c'est toi qui l'as laissé entrer. Et il prenait juste des mesures.

Elle ne souhaita pas épiloguer sur ce non-événement et, avec un plaisir gourmand, elle se lança dans le récit de son entrevue avec son ex-mari.

— Basile a dégoté du lourd !

— Je t'écoute.

— Fortier était bien flic pendant l'occupation.

— Ça on le savait déjà, non ?

— Oui, mais il a retrouvé sa trace dans les archives. Et, tiens-toi bien : Fortier a effectivement participé à une rafle, le 26 août 1942.

Thomas frappa des deux mains sur la table.

— J'en étais sûr !

— Et il n'était pas seul : il avait un collègue avec lui, plus deux renforts de dernière minute. » Elle sortit plusieurs papiers de sa sacoche : « Jean Servat, René Noguès, et Paul Portal. Basile m'a imprimé les photos d'identité de leurs dossiers personnels. Sauf celle de Servat qu'il n'arrive pas à retrouver dans les fichiers, mais ça ne saurait tarder. » Elle montra les trois clichés à Thomas puis alla les positionner sur le tableau magnétique. Thomas la suivit.

— C'est bien eux sur la photo de groupe...

— Han han. Et tu sais quoi ? Basile a pu retrouver la liste des familles raflées ce jour-là. Il n'a pas pu me photocopier toutes les pièces, ce sont des documents internes à la police. Mais il m'a donné des infos. A priori, nos quatre gugusses se sont pointés le mercredi 26 août 1942, au 7 bis rue Saint-Pantaléon à Toulouse pour procéder à une rafle de juifs étrangers. Ils ont embarqué quatre familles. Les familles Markov, Bernstein, Horn, et Levinski. Basile ne comprend pas pourquoi la famille Levinski était sur la liste car elle était française. La mention de la nationalité des raflés y était précisée. Les autres familles étaient arrivées plus récemment en France et ne jouissaient pas encore de la nationalité française.

— Ils n'ont pas eu de chance… cette famille, là, Levinski.

— C'est le moins qu'on puisse dire.

— J'imagine que les flics n'ont pas cherché à comprendre puisqu'elle était sur la liste. Tu as des détails sur la composition des familles, des prénoms ?

— Non, mais Basile va creuser encore. Il sait que l'info est quelque part. Et il va essayer de trouver aussi ce que sont devenus ces policiers. Pour l'instant, il fait ça un peu en sous-marin, avec un collègue des archives de la police. Cela ne doit normalement pas sortir du commissariat.

— Donc, pour résumer : les policiers se pointent et embarquent tout le monde. En tenue réglementaire, j'imagine ?

— C'est là que ça coince… Pourquoi sont-ils en civil sur la photo ?

— La photo n'a pas été prise au même moment. Ils ont dû revenir après. Non pas pour collecter les œuvres pour les Allemands, mais pour piller les lieux…

- Sur l'ordre de qui ?

— De leur propre initiative ? À l'insu de leur hiérarchie. Et un collègue aura pris cette photo.

— Sans les prévenir ?

— Pourquoi pas ? Un instantané, quoi.

— Dans la mesure où on ne sait pas pourquoi cette photo a été prise, c'est difficile à dire.

Concentrés sur la mosaïque d'informations aimantée sur le tableau, ils reconstituaient, à deux voix, ce qu'avait pu être cette journée, soixante-dix ans plus tôt, tout en ajoutant des étiquettes, des flèches, des dates, reliant ainsi les maillons entre eux.

— Du coup, on oublie les confiscations nazies ? fit Thomas.

— Vu qu'ils sont en civil, sans doute. Pour ces tableaux-là en tout cas. Elle tapota le cliché du doigt. Et pour ce qui concerne les familles, je ne vais pas attendre que Basile trouve quelque chose. Je pense qu'en s'adressant au Mémorial de la Shoah, on devrait pouvoir avoir leur composition exacte. Je les appellerai demain, c'est un peu tard pour aujourd'hui. On avance, quand même, non ?

— J'avoue que c'est pratique d'avoir un ex dans la police ! Je ne sais pas encore comment tout cela va s'articuler, mais considérons que c'est un bon début.

Il la gratifia d'un clin d'œil.

— Comme dirait Basile : « bon boulot ! ». Ils rirent avec bienveillance sur le tic de langage de leur ami. Puis Léonor se redressa, un détail lui revenant en mémoire.

— Ah oui, je lui ai laissé la pivoine, au fait. Mais comme elle n'entre pas dans le cadre d'une enquête officielle, il ne sait pas trop ce qu'il va pouvoir en faire. Bon, on descend boire un verre ?

Attablés sur la terrasse de leur brasserie habituelle, ils attendaient leur commande en silence, leurs esprits cheminant de concert à la lumière de ce qu'ils venaient d'apprendre. Les yeux de Léonor se posèrent sur Thomas qui, elle l'aurait juré, s'essorait le cerveau en conjectures. En témoignait sa ride du lion plus froncée que d'ordinaire.

Elle avait toujours envié Thomas pour sa vie simple, sans histoire. Il avait beau lui expliquer que sa couleur de peau ne présentait pas que des avantages et qu'il encaissait souvent – trop souvent – des piques racistes, dans l'esprit de Léonor, l'ambiance dans laquelle son ami avait grandi prévalait sur ce qu'elle considérait comme de minables manifestations de la bêtise humaine. Fils unique, Thomas avait été choyé par ses parents. Ils résidaient dans un plaisant pavillon de banlieue, proche de Toulouse. Son père, créole guyanais, était arrivé en France pour passer le concours de l'École normale, au cours duquel il avait connu sa mère. Ils avaient tous deux embrassé une carrière d'instituteur. Thomas avait grandi dans le milieu enseignant, passé toutes ses vacances en Bretagne, à l'étranger ou en Guyane dans sa famille paternelle. Dans l'ensemble, la vie lui était facile. Il avait jusque-là réussi tout ce qu'il avait entrepris, à l'exception du concours de conservateur, mais la liste de ses échecs s'arrêtait là. Égoïstement, Léonor se félicitait de ce revers qui leur avait permis de s'associer.

Tout comme Léonor, il vivait non loin de l'agence, dans un appartement au onzième étage d'un grand ensemble, d'où il jouissait d'une vue imprenable sur Toulouse. Ce dont le jalousait son amie et collègue.

— L'immeuble est moche, mais quelle vue ! lui avait-elle dit, lorsqu'il lui avait fait visiter avant de signer le bail.

Vêtu d'une immuable – et impeccable – chemise blanche, retroussée sur les avant-bras été comme hiver, et d'un jean, sur des chaussures noires tout aussi immuables – et impeccables –, Thomas diffusait autour de lui une aura qui inspirait confiance. Son enfance sereine se lisait sur ses traits avenants, son port et sa démarche légère. Il s'amusait du fait qu'on lui donnait, la plupart du temps, le bon Dieu sans confession. « Même avec ma couleur de peau et sans mes lunettes rondes », se plaisait-il à ajouter, quand la question de la bienveillance qu'il suscitait surgissait dans les conversations.

Ils riaient souvent du fait que ce physique de premier de la classe pouvait se métamorphoser en celui de jeune loubard de banlieue. Il en usait et abusait durant les filatures qu'il opérait, se cachant alors sous une casquette à l'envers, un sweat à capuche, un pantalon trop large et des baskets de marque. Léonor le surnommait alors « sa kaïra ». Il avait travaillé jusqu'à sa démarche de mec désinvolte, cool. L'illusion

était telle que, pour un peu, on se serait attendu à le voir enchainer quelques pas de breakdance.
Pour l'heure, sa tenue de filature était soigneusement rangée dans le placard de son bureau.

Seguin, le serveur, apporta leurs consommations, ce qui sortit Thomas de son maelström cérébral et ramena Léonor à l'instant présent. Ils trinquèrent en souriant.

*

Léonor ferma sa boite mail et sourit. Elle avait obtenu du Mémorial de la Shoah les informations qu'elle attendait : la liste des personnes raflées de l'immeuble de la rue Saint-Pantaléon, leurs noms et ce qu'il était advenu de ces familles. Elle imprima les documents pour alimenter le dossier. Puis elle les étudia avec attention.
Rebecca Levinski, née en 1905, décédée le 11 septembre 1942, Emmanuel Levinski, né en 1932, libéré le 3 juin 1945, Simon Levinski, né en 1940, décédé le 9 septembre 1942, tous trois déportés de Drancy à Auschwitz par le convoi numéro 28, le 4 septembre 1942. Les membres des familles Markov, Horn et Bernstein, avaient suivi le même chemin, dans des convois différents. Elle disposait même des pages du Journal officiel transmises par son interlocutrice, sur lesquels les noms étaient suivis d'une date après la mention « décédé à Auschwitz, Pologne ». Son doigt caressa le nom de Rebecca sur le papier. Ainsi, la jolie blonde, modèle de Kees van Dongen, le doux visage à la pivoine rouge, avait été déportée et avait tristement fini ses jours à Auschwitz. Comme tant d'autres... L'horreur.
Elle rouvrit sa boite mail et s'avisa qu'un courriel de Basile y figurait, avec en pièce jointe un scan de la liste des personnes raflées à l'adresse qui les intéressait. Elle sourit d'avoir réussi à lui couper l'herbe sous le pied. « Hé, hé, tu arrives après la bataille, mon cher ex-mari. Et moi en plus, je sais ce qu'ils sont devenus... ».

Au moins avait-elle maintenant une copie du document original. Elle allait aussi croiser toutes ces données. Depuis la veille, à sa grande satisfaction, les nœuds de l'enquête se desserraient et les pistes se multipliaient.

Elle entendit Thomas claquer les portes des placards de la cuisine. Elle sortit de son bureau et se posta contre le chambranle de la porte.

— Je peux t'aider ?

Tout en le regardant s'agiter, elle se demandait comment lui faire part des informations délicates qu'elle venait de recevoir.

— Il n'y a pas un truc à manger ? J'ai faim.

Sans un mot, elle ouvrit un des tiroirs, sa caverne d'Ali Baba remplie de gâteaux, bonbons et quantité de barres chocolatées.

Thomas sourit devant tant de prévoyance. Ils s'attablèrent. Avisant la mine triste de Léonor, Thomas s'arrêta de manger.

— C'est quoi cette tête ?

— Auschwitz...

— Euh... c'est un jeu de piste ? Il reprit sa dégustation.

— Tu te souviens que je devais appeler le Mémorial de la Shoah ce matin ?

— Ah oui.

De nouveau, Thomas laissa le gâteau qu'il s'apprêtait à croquer en suspension dans les airs.

— Mince ! Tu penses qu'ils ont fini à Auschwitz ?

— Je ne pense pas, j'en suis sûre. Et parmi les juifs raflés ce jour-là : Rebecca. Rebecca Levinski.

— La femme du tableau... Dingue ! Les policiers de la photo ont donc bien pris les peintures dans les logements laissés par les juifs de la rafle.

— Oui, Rebecca est un prénom suffisamment rare pour qu'on puisse déduire qu'il s'agit d'elle. Une seule personne est revenue vivante : le fils ainé de Rebecca. Il a été libéré en 1945. Mais il y a quelque chose de curieux...

— Quoi ?

— Il n'y a aucune trace du mari de Rebecca. Elle devait bien être mariée, elle avait deux garçons, mais son mari n'est pas mentionné, ni dans les personnes raflées, ni dans les personnes qui ont été déportées.

— Elle était peut-être veuve ? Et les autres ?

— Tous morts à Auschwitz.

— Il s'appelle comment le fils rescapé ?

— Emmanuel Levinski. Né en 1932. Il faudrait retrouver sa trace. Il a sans doute des choses à nous apprendre. Peut-être même est-ce lui qui expédie les photos ?

— S'il est toujours de ce monde, il aurait quatre-vingts ans. Tu l'imagines en justicier ?

Léonor répondit par un geste vague.

— En tout cas, il a un mobile pour le vol : récupérer le tableau qui appartenait à ses parents. Je dirais même mieux : récupérer le portrait de sa mère.

Chapitre 10 – Bavière, 1964

Viktor König éteignit sa cigarette dans le cendrier de la BMW avant de descendre et claquer la portière. En entrant dans son immeuble, il bouscula sa voisine de palier qui arrivait dans l'autre sens. Il bredouilla une excuse. Elle le regarda poursuivre son chemin vers l'ascenseur, plus étonnée qu'offensée. Ce n'était pas dans les habitudes de son jeune voisin. Une fois chez lui, Viktor alla droit vers le buffet où il rangeait les bouteilles d'alcool, ouvrit la double porte et se servit un verre. En général, une rasade de schnaps le consolait de bien des maux.

La voix de l'animateur radio, entendue quelques instants plus tôt dans la voiture résonnait dans sa boîte crânienne.

« De nombreuses personnes, en Allemagne, cherchent toujours leurs vrais parents. Les enfants de ces Lebensborn, devenus adultes, n'ont pour certains que peu d'indices pour bâtir leur recherche. Et pour beaucoup d'entre eux, elle se solde par un échec... Mais il faut bien reconnaître que, pour la plupart, ils ignorent qu'ils proviennent d'une de ces structures. Le sujet est encore délicat, les langues ne se délient pas facilement et il est difficile d'obtenir des témoignages sur cette opération diabolique menée par les dirigeants du IIIème Reich. »

Viktor partageait depuis un an son trois-pièces avec Angela qui n'était pas encore rentrée de son travail. Il avait eu plusieurs compagnes, avant elle, mais dès qu'elles évoquaient le mariage, le projet de fonder une famille, la panique le gagnait et il rompait. Il avait obtenu, l'année précédente, son diplôme de psychiatre et exerçait depuis peu au sein d'un service expérimental de l'hôpital de Munich. La psychiatrie amorçait alors une mutation dans la prise en charge des malades. Les asiles devenaient peu à peu des hôpitaux.

Né au début de la guerre, Viktor avait grandi dans un confort matériel et affectif à faire rêver bon nombre d'enfants. Or, il se sentait aussi fragile qu'une brindille fluctuant au gré du vent.

Depuis qu'Otto, son petit voisin, lui avait lancé au cours d'une dispute alors qu'ils avaient dix ans, qu'il n'était pas le fils de ses parents, une graine avait été semée. Ignorant si Otto avait bluffé pour le blesser ou s'il disait la vérité, Viktor avait cherché à enfoncer la graine le plus profond possible pour ne pas la voir germer. Pour le petit garçon qu'il était alors, c'était une mauvaise graine. Une graine toxique qui lui faisait mal. Puis, au fil des années et des silences, plus révélateurs que de vraies réponses à ses questions, le germe avait pris racine et refaisait surface. Régulièrement. Viktor ne pourrait continuer à l'ignorer très longtemps.

La chaleur de l'alcool commença à faire son effet. Il se détendit. Ses yeux fixèrent un instant le papier peint aux gros motifs orange entrelacés.

Il prit alors sa résolution : il allait, comme nombre de ces Allemands en quête d'identité se pencher sur ses origines. Depuis les mots maladroits de son ami, il avait le sentiment de ne pouvoir avancer. Ses deux pieds étaient comme pris dans le béton.

Lorsqu'il avait reçu les mots durs d'Otto en pleine figure, comme tous les enfants, il avait entretenu le fantasme de « l'enfant trouvé ».

Plus tard, lors d'un cours alors qu'il était étudiant en psychiatrie, il avait appris que ce fantasme faisait partie du développement de tout enfant. Il était une sorte de passage obligé pour gérer les pulsions et frustrations liées à l'enfance et à la relation parentale. En d'autres mots, tout enfant normalement constitué vivait, à un moment ou un autre, cette étape, ce processus. Pour grandir droit, sur son axe et en toute sérénité. Mais à l'inverse d'un enfant lambda, Viktor, tout en refoulant l'idée, s'accrochait à elle de ses deux mains et ne parvenait pas à lâcher prise. Et pour étayer ce fantasme de l'enfant trouvé, il avait, sans vraiment en avoir conscience, consigné mentalement ce qu'il appelait "des preuves".

D'abord la ressemblance. Ou plutôt l'absence de ressemblance : lui-même blond, aux yeux d'un bleu intense, il n'avait rien en commun avec ses parents tous deux châtains aux yeux marrons, tout comme ses grands-parents maternels – il n'avait pas connu les parents de son père –. Lui, en revanche, réunissait tous les attributs du parfait Aryen. Dieu qu'il détestait ce terme. Sa stature moyenne, il ne la tenait pas non plus de ses ascendants, plutôt grands et charpentés. Il se souvenait aussi de la confusion de ses parents lorsqu'un jour, pour établir ses papiers d'identité, un employé de l'état civil avait réclamé un acte de naissance de Viktor. Devant l'absence de réaction, l'employé s'enquit du lieu où il était né. Sa mère bafouilla le nom de Munich, avant de rassembler les papiers épars sur le comptoir, après quoi ils tournèrent les talons. Viktor avait douze ans et n'avait pas compris tout de suite. Ce n'est que quelques heures plus tard qu'il surprit une conversation de ses parents où il était question de ce document et de la manière dont ils allaient se le procurer. Il n'entendait que des bribes, mais la question semblait épineuse.

Le lendemain, il interrogea un de ses professeurs en qui il avait confiance, sur ce qu'était un « acte de naissance ». Il apprit que, somme toute, il s'agissait d'un document banal, qui s'établissait à la naissance et dont on pouvait obtenir une copie, indispensable dans certains actes de la vie courante, pour se marier, par exemple, ou pour obtenir des papiers d'identité. Il détaillait le nom de l'enfant nouvellement né, son lieu de naissance ainsi que l'identité de ses parents. Il ne comprenait pas en quoi l'obtention du sien posait un problème. Finalement, ses parents étaient parvenus à se procurer ledit document et tout était rentré dans l'ordre.

Mais, au fil du temps, d'autres détails vinrent soutenir la lancinante hypothèse. Et malgré l'enfouissement de la graine, celle-ci se rappelait à lui, sournoise, en délivrant de nouvelles pousses vertes comme pour ne pas se laisser oublier. À sa majorité, il voulut en avoir le cœur net et demanda son acte de naissance à l'état civil de Munich, ville où il était supposé avoir vu le jour. Un courrier l'informa que sa naissance – la date mentionnée correspondait bien à la sienne – avait été enregistrée a posteriori, en 1952. Il avait dans les mains la confirmation qu'il y avait bien eu des complications relatives à sa naissance et à son inscription aux registres officiels.

Et ce reportage radiophonique avait ravivé une fois de plus les suspicions de Viktor. Il allait devoir affronter ses parents. Faisait-il partie de ces enfants à qui on avait menti sur leur véritable identité ? Était-il réellement le fils d'un SS et d'une femme allemande sélectionnés pour leur conformité aux critères de la race aryenne supposée supérieure, puis donné ou vendu à l'adoption ? Ou était-il un enfant volé à une famille polonaise, tchèque, ou encore yougoslave, parce qu'il était « racialement valable », pour être germanisé ? Était-il possible qu'il soit passé par les cliniques de la SS, ces Lebensborn censés organiser la naissance de bébés blonds aux yeux bleus et qu'il ait participé à son insu au projet de création d'une super race nordique au sang pur ? Ses parents avaient-ils pu cautionner à un tel trafic ? Après tout, il ne savait que très peu de choses sur la vie de ses parents durant ces années-là.

Ils lui avaient prodigué beaucoup d'amour. Sa mère surtout. Son père, lui, ne dispensait les marques d'affection qu'avec une extrême parcimonie. « Ramollir », « faiblesse », « sensiblerie », « truc de filles », tels étaient les arguments que Viktor s'était vu opposer, quand tout jeune enfant, il s'était aventuré à réclamer un câlin à son père. Malgré tout, son père l'aimait. Il n'en doutait pas. Viktor était fils unique. Lorsqu'il faisait un rapide bilan, ses parents n'avaient pas failli à leur tâche. Ils l'avaient élevé dans le respect de son prochain, lui avaient inculqué les règles de vie en société et une hygiène irréprochable. Viktor était allé dans les meilleures écoles, et une des plus prestigieuses universités. Au bout du compte, ils en avaient fait un bon petit Allemand, répondant en tous points au modèle du fils parfait. Pour autant, il n'avait jamais été question, chez eux, de race supérieure ou de ce genre de propos. À vrai dire, le sujet de la guerre était rarement abordé en famille. Et quand Viktor, enfant, l'évoquait ou posait des questions, les réponses qu'il recevait restaient évasives.

Il entendit la clé d'Angela dans la serrure. Elle déposa son manteau dans l'entrée et pénétra dans le salon. Elle trouva Viktor assis sur le bord d'un fauteuil, les coudes sur les genoux et le verre dans les mains. Il regardait le sol fixement. Elle crut qu'il ne l'avait pas entendue et elle s'assit sur l'autre fauteuil.

— Ça y est, l'hiver est bien là ! Il fait un froid de canard ! » Elle se frotta les bras pour se réchauffer. Viktor ne réagit pas. « Ça va toi ? Tu n'as pas l'air dans ton assiette... Et cette habitude que tu as prise de boire du schnaps en rentrant du travail... Je ne pense pas que ce soit une bonne idée, tu sais ? »

Il leva les yeux vers elle.

— Angela, tu m'aiderais à faire quelque chose de... de pas bien ?

— Que se passe-t-il ?

— Il faut que je fouille dans le bureau de mon père. Je suis sûr qu'il doit exister une trace de mes origines. Et s'il y en a une, c'est là qu'elle doit se trouver.

— Ah, tu es de nouveau obsédé par cette idée ?

— Je le sais, je le sens... Quelque chose cloche. Ils me cachent la vérité. Quand je les interroge, ils ne répondent pas, ou à côté, et finalement changent de sujet. Je n'y arrive plus. Je perds pied. Et je me noie. Ça ne peut plus durer, Angela. »

Sa voix se brisa.

— Mais leur as-tu déjà posé la question clairement « suis-je un enfant adopté ? ». Il faudrait peut-être commencer par-là ?

Il secoua la tête dans un élan d'impuissance.

— Non, je n'y arrive pas. C'est surtout quand je leur demande de me raconter ma naissance, ou quelle sorte de bébé j'étais, à quel âge j'ai appris à marcher, ce genre de détails, que je les sens tendus et ils se regardent pour voir qui des deux répond, et en quels termes. Ils font mine de ne pas se souvenir mais je vois bien que mes questions les gênent. Pour quelles raisons devraient-elles les mettre dans l'embarras si ce n'est parce que je n'étais pas avec eux dans ma prime enfance ? Et puis pourquoi n'ai-je aucun frère ou sœur ?

— Ils n'en ont peut-être pas voulu ? Ou pas pu en avoir d'autres ? Ton métier de psy déteint sur toi…

— Mon métier n'a rien à voir là-dedans, Angela. J'interprète sans doute des choses, peut-être plus qu'un autre, c'est vrai, mais les faits sont têtus aussi.

— Tu penses vraiment que tu es né dans un Lebensborn ?

Viktor se resservit un doigt de schnaps et le fit tourner dans le verre.

— J'ai entendu une émission à la radio, tout à l'heure, dans la voiture. Il y a deux possibilités : dans les Lebensborn, au début, il n'y avait que les enfants issus de parents sélectionnés parce qu'ils présentaient tous les critères – ils ont bien dit tous – de la race aryenne. Rien n'était laissé au hasard. Apparemment, les femmes venaient là soit pour accoucher clandestinement, soit pour se faire engrosser au mépris de toute morale, par des SS qui eux avaient déjà fait l'objet d'une sélection stricte lors de leur engagement. La propagande disait aux femmes en bonne santé et en âge de procréer, qu'elles devaient donner un enfant à leur Führer. Il fallait à toute force faire des bébés. Mais par la suite, les nazis ont constaté que le rythme des naissances n'était pas à la hauteur de ce qu'ils espéraient pour repeupler l'Allemagne avec ce qu'ils considéraient comme des filles et des garçons de sang pur. Ils sont donc allés en Pologne et dans tous les pays où le peuple germanique est très présent aussi, pour enlever les enfants blonds aux yeux bleus. Et ces enfants passaient par les Lebensborn avant d'être donnés à l'adoption. S'ils ne correspondaient pas à ce que l'on pou-

vait appeler, cyniquement, le cahier des charges, les nazis s'en débarrassaient. Voilà le topo. Je peux être l'un ou l'autre...
— Tu es bien informé...
— Mais parce que ça me torture, Angela. Sa voix s'altéra à nouveau. Je veux savoir d'où je viens. Et là, je suis d'accord avec toi par rapport à mon métier : je sais que je n'irai pas mieux tant que je n'aurai pas le fin mot de cette histoire. De *mon* histoire », appuya-t-il.
— Les enfants des pays de l'Est, tu dis qu'ils étaient enlevés. Mais comment est-ce possible ? Ils n'avaient pas de parents ?
— Si, bien sûr ! Mais ceux qui orchestraient tout ça les repéraient dans la rue, à la sortie des écoles ou dans les jardins d'enfants, et ils les prenaient de force, les armes à la main s'il le fallait. Et ils les emmenaient à la barbe de leurs parents.
— C'est odieux !
— C'est pire que ça. Dans certaines familles, c'est la fratrie entière qui était enlevée.
— Oh ! Mon dieu ! C'est monstrueux !
Angela se servit à son tour un fond de schnaps.
— Tu comprends mieux mon obsession maintenant ?
— Et si tes doutes sont confirmés, que vas-tu faire ?
— Que veux-tu dire ?
— Avec tes parents ? Parce que si j'ai bien compris, quelle que soit la façon dont tu es arrivé là, en admettant que tes soupçons soient fondés, bien sûr, tes parents adoptifs font partie des tortionnaires de tes vrais parents... Ou du moins ont-ils cautionné la manière dont tu es arrivé chez eux. Tu en as bien conscience ?
— Pourquoi, selon toi, j'hésite depuis si longtemps à faire de vraies recherches ?
Angela se rapprocha de Viktor, s'assit sur l'accoudoir du fauteuil et lui passa un bras autour des épaules.
— D'accord, dit-elle, tu peux compter sur moi. Je vais t'aider.

Chapitre 11 – Toulouse, 2012

Ce matin-là, sur le chemin de l'agence, Léonor fit une halte à la boulangerie. Elle n'avait pas pris le temps de déjeuner car elle brûlait d'arriver à l'agence et d'exposer à Thomas la théorie qui avait pris corps durant son insomnie nocturne. Le regard amusé de la boulangère lui apprit que les traces de la nuit n'étaient pas tout à fait dissipées. En sortant avec son sachet de viennoiseries, elle passa ses doigts dans ses cheveux espérant ainsi donner le change. Son reflet dans une vitrine lui apprit qu'il n'en était rien. Agacée, elle poursuivit son chemin et passa sous le regard marmoréen de Pierre-Paul Riquet, qui, du haut de sa stèle de pierre, dominait le canal du Midi, l'œuvre de sa vie.

Elle redoubla d'attention au moment de traverser la chaussée, qui, à cette heure de la matinée, voyait défiler vélos, voitures, camions de livraison, bus, et autres motos, aux conducteurs plus ou moins patients. Puis, une fois en lieu sûr dans une rue calme, elle recentra ses pensées sur l'enquête et elle espéra que Thomas serait déjà à l'agence pour lui faire part des idées qui l'avaient empêchée de dormir. Elle avait passé maintes fois en revue les composantes de la photo, les policiers, les tableaux, et avait essayé de voir l'invisible. Puis, ne trouvant rien, elle avait décidé d'opter pour une autre lecture des événements, de considérer les choses sous un autre angle. Et une idée nouvelle avait mûri, durant ses phases d'éveil. Au petit matin, tout était clair. Elle avait une autre hypothèse à proposer.

Thomas s'affairait dans la cuisine lorsqu'elle arriva au bureau. Il ne put réprimer un sourire.

— Ça va ! fit-elle, tu vas vite comprendre pourquoi j'ai cette tête-là. Je bosse aussi la nuit, moi, môssieur !

— Je t'écoute. J'espère pour toi que cela valait le coup.

— Tu veux des chouquettes ? dit-elle en plongeant la main dans la pochette en papier kraft.

Il fit de même en guise de réponse et commença à préparer les boissons.

Léonor s'installa dans la cuisine et posa ses deux mains à plat sur la table, comme si l'inspiration allait venir du mobilier.

— Jusque-là, on a imaginé les policiers en méchants. C'est vrai, cette affaire a tout de suite senti le soufre, la haine, la vengeance. Le témoignage d'Adèle Fortier et ce que l'on sait aujourd'hui sur cette période de l'Histoire nous ont conduits à cette interprétation. Nous avons instruit ce dossier à charge. Mais qui nous dit que ces policiers, obéissant aux ordres de l'État français pour ce qui est de la rafle, parce qu'ils n'avaient pas vraiment le choix, n'ont pas eu une attitude patriote à l'égard des biens juifs ? Qu'est-ce qui nous dit qu'ils n'ont pas voulu soustraire aux confiscations nazies, les quelques œuvres d'art qui se trouvaient dans ces appartements, dans le but de les restituer au retour de leurs propriétaires ?

Léonor sentit que son hypothèse perdait de la force à mesure qu'elle l'énonçait.

— Hmm... Quels sont tes arguments ? fit Thomas, aussi concentré sur ce que disait Léonor que sur la préparation du café.

— Primo, ils sont venus le jour-même, avant que les logements ne soient vraiment vidés. Deuxio, en habits civils. Troisio...

— Tertio.

— Pardon ?

— Troisio, ça n'existe pas.

— Oh, ça va, ne détourne pas la conversation : tertio – fit-elle avec une moue moqueuse – ils n'ont pas l'air de commettre un forfait, ils fument une clope, peinards, au pied de l'immeuble. Et quatro... quarto, rectifia-t-elle sous le regard satisfait de Thomas, un pote à eux prend une photo, pour garder un souvenir de leur patriotisme, avec peut-être l'idée en tête qu'un jour viendrait où ils pourraient s'en vanter et prouver qu'ils étaient capables de désobéir aux ordres. Et cerise sur le gâteau, il se peut bien qu'il y ait d'autres œuvres cachées quelque part par ces fonctionnaires plus patriotes que nous ne l'avons cru de prime abord.

— Mouais...

Thomas posa les boissons chaudes sur la table, et prit place, face à Léonor.

— Comment ça, mouais ?

— Mais Léo, tous tes arguments pourraient servir aussi la version du vol personnel. Le seul qui tienne est celui qui répond à la question « qui a pris la photo ? » : un ami à eux. Mais crois-tu vraiment qu'à ce moment-là, ces hommes pensaient devoir rendre des comptes un jour ? Ils étaient du côté du plus fort... Et puis, encore fallait-il qu'ils sachent que les appartements et leur contenu allaient être confisqués par les Allemands. Rien n'est moins sûr... En tout cas à cette époque-là. À supposer que tu aies raison, tu articulerais la suite comment ? Je parle de l'envoi des photos à la famille Fortier ?

— Les policiers n'ont jamais rendu les tableaux parce que les propriétaires ne sont pas revenus. Et quelqu'un qui connaissait les familles raflées se manifeste en disant à sa manière « je sais que vous avez les tableaux, vous n'avez aucun droit sur eux et je vais vous empoisonner l'existence » ... « Voire les récupérer » ajouta-t-elle.

Ils plongèrent chacun leur tour la main dans le sac de chouquettes. Léonor récupéra, du bout du doigt, les cristaux de sucre tombés sur la table.

— Et comment cette personne se serait-elle procuré la photo ? reprit Thomas.

— Je ne sais pas, moi... Ou alors c'est le quatrième policier, celui dont Basile n'a pas retrouvé la trace. Il est peut-être encore en vie ?

— C'est un peu capillotracté, ton histoire...

— « Capi » quoi ?

— Tiré par les cheveux, si tu préfères.

— Non, mais vrai, Thomas ! Tu ne peux pas parler normalement, histoire qu'on se comprenne du premier coup ?

— Mais dans quel but ferait-il ça ? Le quatrième policier ? Pourquoi enverrait-il ces photos ?

— Non, je voulais dire : c'est le quatrième policier, qui, par remords, a peut-être montré le cliché à quelqu'un... Ou alors, c'est un tiers qui a pris la photo. Il a reconnu Maurice Fortier et il le harcèle.

Elle vit Thomas gonfler les joues en signe d'incrédulité.

— Si longtemps après ?

— Je pense vraiment qu'il faut garder cette possibilité à l'esprit : que ces policiers ont agi dans l'intérêt des personnes raflées et non pour leur propre compte. Tu sais bien qu'on s'est toujours dit, pour nos enquêtes, qu'il ne fallait pas que l'on se laisse aveugler par ce qui nous semblait constituer des évidences, mais au contraire, toujours remettre en question la logique apparente.

— Ok, c'est vrai. Mais pour cette affaire, le résultat est le même : quelqu'un a voulu récupérer le tableau... Et puis il y a le fils Levinski, celui qui est revenu des camps. Je pense qu'il faudrait gratter de ce côté-là. Est-il encore vivant, où vit-il, le cas échéant, et avec qui ?

— Oui, bien sûr, j'y pensais aussi, en parallèle. Je m'en occupe.

— Écoute, en attendant que l'on ait des nouvelles du côté de Basile, je vais avancer un peu sur le dossier du soupçon d'adultère de Simone Reboulet. Elle m'a dit que son mari allait à sa salle de gym aujourd'hui. Elle croit vraiment que son mec est encore un apollon ! À quatre-vingts balais, qu'est-ce que tu veux qu'il récolte ?!

Ils se levèrent et débarrassèrent la table.

— Simone Reboulet craint peut-être qu'une nana lui mette le grappin dessus et siphonne l'héritage ? Ce n'est pas elle qu'elle cherche à protéger, mais ses enfants.

— Reboulet ne serait pas stupide à ce point, quand même...

— Hum, si une femme encore jeune et pas trop laide lui parle d'amour et satisfait sa sensualité, il va vite perdre le sens des réalités, crois-moi.

— C'est ça, ta vision des hommes ?

— Ce n'est pas ma vision, c'est juste ce qu'ils donnent à voir, Thomas ! On verra quand tu auras passé la cinquantaine. Je te fiche mon billet que tu loucheras aussi sur les nanas de trente ans de moins !
— Trêve de clichés, je vais devoir me coltiner un peu de vélo en salle pour vérifier la qualité des fréquentations de ce monsieur... Dès qu'il sort quelque part tout seul, sa femme m'appelle. L'autre jour il a fait le musée Saint-Raymond, bien gentiment. La seule personne à qui il ait parlé est un marbre antique, une sculpture magnifique, certes, mais peu causante. Alors de là à lui pomper son héritage...

*

Assis à la terrasse d'un restaurant, Léonor et Benjamin devisaient en riant. Le jeune homme était revenu dans l'immeuble pour les huisseries des autres étages et avait sonné à l'agence. Thomas était sorti pour évaluer le degré de frivolité de l'octogénaire Reboulet. Léonor était seule, ce dont elle se félicitait. Elle avait eu tout loisir de proposer au jeune homme de dîner ensemble en ville un de ces jours. Ce qu'il avait accepté avec le sourire. Et pourquoi pas le soir-même ? Affaire conclue. Du petit restaurant où ils étaient attablés, de la musique s'évadait. Des hits célèbres. Ils reconnurent ensemble les accords de guitare d'un titre des Clash. Très vite, ils s'amusèrent à deviner les chansons dès les premières notes. Un *blind-test*. Léonor se vantait de connaître parfaitement toutes sortes de chansons pour avoir écouté beaucoup de musique durant son adolescence, et s'adonner régulièrement aux joies du karaoké. Benjamin, lui, était chanteur dans un groupe de pop-rock assez éclectique, jouant des titres populaires. La bataille était âpre et l'humeur joyeuse. Parfois ils voyaient le regard amusé des clients des autres tables se tourner vers eux. Ils se faisaient alors signe de baisser le ton, tout en pouffant de rire.

Le lendemain matin, Léonor se réveilla tôt mais sereine. Ses spectres l'avaient laissée tranquille. C'était aussi inhabituel que l'atmosphère, pourtant familière, de la pièce. Elle regarda par-dessus son épaule et vit Benjamin qui prolongeait sa nuit sans entrave. Elle se retourna pour mieux l'observer. L'homme qui partageait son lit se situait quelque part entre les personnages de Jack Dawson dans *Titanic*, et Paul Maclean dans *Et au milieu coule une rivière*. L'air bravache et le regard espiègle ne visaient qu'à tromper son monde et à dissimuler sa vraie nature. Abandonné aux bras rassurants du sommeil, Benjamin livrait un visage apaisé, détendu, que Léonor découvrait. Un visage aux accents angéliques démentis en phases de réveil.

Il avait trois ans de moins que Léonor, mais elle lui en aurait donné encore moins. Elle n'aurait su dire pourquoi, cet homme à l'allure juvénile faisait vibrer quelque chose en elle. Sans qu'il n'ait rien dit de lui, elle décelait une fragilité non pas liée à sa personnalité qui était affirmée, mais à ce que la vie avait semé sur son chemin. Un peu comme elle, en somme.

Tout en se demandant sur quoi déboucherait ce début de liaison, Léonor se leva. Comme à son habitude, elle commença sa journée par des gestes automatiques, sans réfléchir.

Lorsqu'elle fut enfin en mesure de penser au déroulement des heures à venir, elle se demanda si elle parlerait à Thomas de sa soirée. Elle buvait lentement son chocolat chaud quand Benjamin passa la tête par la porte de la cuisine. Léonor aima son torse imberbe musclé. Si elle avait dû deviner son métier, elle aurait plutôt penché pour une activité assez physique, en extérieur, et non dans les bureaux d'une entreprise d'isolation. Il passa derrière Léonor et l'entoura de ses deux bras tout en posant un baiser sur les cheveux insoumis. Elle leva la tête pour lui rendre son baiser sur la joue.

— Café ou chocolat ?
— Café.

Sans qu'elle eût besoin de lui donner de consignes, il chercha ce dont il avait besoin comme s'il avait toujours vécu dans cette cuisine et se retrouva très vite en face d'elle, un bol fumant à la main. Leurs regards se croisèrent.

— Débrouillard... lança-t-elle.
— Indépendant, rectifia-t-il.
— Et plutôt à l'aise.
Elle sourit.
— Je n'ai pas l'habitude que l'on me serve. Ma mère m'a élevé comme ça.
Il se brûla en buvant une première gorgée et souffla sur son bol.
— C'est quoi exactement, ton job ? demanda-t-il.
— Agent de recherches privées. Détective privé, si tu préfères.
— Et tu recherches quoi ?
— J'enquête... Ça peut être pour des familles, pour des entreprises. Mon travail consiste à chercher des preuves pour que mes clients puissent faire valoir leurs droits. Mais ma spécialité, ce sont les œuvres d'art.
— Les œuvres d'art ?
— Oui, la recherche d'œuvres perdues, volées. Des œuvres dont on a perdu la trace. Parfois depuis longtemps.
Léonor se leva pour aller récupérer les tartines dans le grille-pain. Ce fut au tour de Benjamin de l'observer. Les coudes sur la table et le bol entre les mains, il ne quittait pas Léonor des yeux. Elle sentit que ses mouvements perdaient de leur naturel sous le regard appuyé de l'homme qui avait partagé sa nuit. Elle revint s'asseoir.
— Tu en as souvent des enquêtes comme ça ?
— J'en ai une en ce moment.
Benjamin vit les yeux de Léonor briller un peu plus.
— Tu cherches quoi au juste ?
Il nota son hésitation.
— C'est confidentiel, Benjamin. Je n'ai pas le droit de divulguer les éléments d'une enquête en cours.
— Ah, pardon.
Il saisit une tartine et s'appliqua à la beurrer.

— Une cliente s'est fait voler un tableau et je dois trouver par qui et surtout pourquoi. C'est une affaire assez complexe mais passionnante, finit-elle par lâcher.
Benjamin ouvrit de grands yeux.
— Waouh ! Ça a l'air génial, ce métier !
— Et toi ? Quand tu ne prends pas des mesures pour un fabriquant de fenêtres, tu fais quoi ?
Le jeune homme se tortilla sur sa chaise.
— Il n'y a pas de honte. Allez, dis-moi, je serais qui pour te juger ?
— Mon vrai métier, c'est élagueur.
— Cool ! Et pourquoi tu n'exerces pas ton vrai métier ?
— Je l'exerce, c'est juste que dernièrement, je n'avais pas trop de taf et un ami de ma mère m'a proposé de travailler quelques heures par semaine dans sa boîte.
— Tu es à ton compte ? Dans l'élagage ?
— Oui et non. Je fais pas mal de trucs au black. Parfois je prends des chantiers en sous-traitance. Mais je vais m'installer pour de bon, bientôt.
— C'est un beau métier, élagueur. Tu soignes les arbres, j'adore l'idée. On ne peut pas être un mauvais type quand on soigne les arbres.
Léonor posa son bol dans l'évier et s'approcha du jeune homme. Elle lui caressa la joue. Il ferma les yeux.
— Je vais me préparer, fit-elle.

En sortant de chez elle, Léonor fut éblouie par la lumière du soleil d'été. Le ciel d'un bleu tonique lui communiqua une énergie qu'elle jugea suffisante pour déplacer une ou deux montagnes. Arrivée au bureau, le sourire aux lèvres, Léonor n'eut pas le temps d'insérer sa clé dans la porte, Thomas, déjà présent l'ouvrit sur elle, très agité.
— Tu n'as plus de téléphone ?
— Mais... si ! s'étonna-t-elle, en sortant l'appareil de son sac. « Oh *shit*, je l'ai laissé en mode silencieux. »

Elle découvrit qu'elle avait eu sept appels en absence de Basile et fronça les sourcils.

— Il se passe quoi au juste ?

— Comme il ne parvenait pas à te joindre, il a fini par m'appeler. Ils ont du nouveau concernant les flics de la photo. Il faut qu'on aille au poste immédiatement. Il n'a pas voulu m'en dire plus. J'étais à deux doigts de passer chez toi.

— Je récupère le dossier dans mon bureau et on y va.

Ils prirent le bus devant la gare Matabiau pour se rendre à l'hôtel de police, boulevard de l'Embouchure, artère qui avait fini par donner son nom au commissariat lui-même. Léonor remarqua l'air renfrogné de Thomas.

— Il y a un problème ? C'est parce que je n'étais pas joignable, c'est ça ?

— Heureusement que personne n'est mort…

— Ça va, Thomas. J'ai oublié de rallumer mon téléphone, ça arrive, non ? dit-elle avec un sourire en coin.

— Bon, avoue. Tu as fait quoi, cette nuit, pour avoir besoin de te couper du monde des vivants ?

— Oh mais rassure-toi, j'étais très vivante !

Des images de sa nuit lui revinrent en mémoire. Un franc sourire éclaira son visage.

— N'en jette plus ! J'ai pigé, fit Thomas.

— Eh oh, ce n'est pas parce que tu mènes une vie monacale que je dois faire pareil.

Il leva les yeux au ciel en réprimant un sourire.

— Nous y voilà ! Il y en a au moins un des deux qui s'éclate.

Il simula une petite sur la tête de son amie qui esquiva.

Le bus s'arrêta devant le poste de police construit face au canal du Midi. Les eaux vertes coulaient au pied de la bâtisse, bordées de magnifiques platanes qui dispensaient une fraîcheur bienfaitrice en ce début de matinée. D'autant que la journée s'annonçait chaude. Léonor regretta de manquer de temps pour en profiter un peu. Les deux détectives s'engouffrèrent dans l'imposant commissariat.

*

Basile et deux autres policiers en civil étaient attablés dans une salle de réunion. Des papiers épars couvraient la table. Les policiers focalisaient leur attention sur des photos. Basile leva la tête pour accueillir les nouveaux arrivants. Après une rapide présentation mutuelle, il entra dans le vif du sujet.

— Nous avons découvert des éléments importants sur les hommes de la photo. Des éléments qui, vous allez le comprendre, vont nous obliger à reprendre l'enquête.

Chapitre 12 – Toulouse, juin 1948

Le train ralentit à l'approche de la gare de Matabiau. Emmanuel, le nez contre la vitre, cherchait à retrouver des images familières : les constructions de part et d'autre de la voie ferrée, un immeuble un peu plus loin, puis la gare elle-même, les quais, la haute verrière, semblable en bien des points à celle d'autres gares. Puis il vit le panneau « Toulouse ». Quelque chose remua dans sa poitrine. Six ans étaient passés depuis son départ de cette ville, où il avait vu le jour, vers une destination alors inconnue. Trois ans d'enfer suivis de trois ans de lente reconstruction. Trois ans pour réapprendre la vie sans la détention, les persécutions, les mauvais traitements, la sous-alimentation, et le pire de tout : la peur. Sans savoir de quoi serait fait l'instant d'après, l'heure d'après, le jour d'après. La notion d'avenir ne dépassait pas vingt-quatre heures. Et c'était déjà beaucoup. Un jour après l'autre. C'est ainsi qu'il avait tenu.

Et ce travail-là, cette reconquête de la normalité, se poursuivait, chaque jour depuis trois ans. Grâce à Sylviane qui n'avait économisé ni son temps, ni sa persévérance, ni sa patience pour l'accompagner dans sa nouvelle vie. Souvent, Emmanuel se demandait quel heureux hasard avait mis la jeune femme sur son chemin. Très vite venait la question suivante : qu'aurait-il fait sans elle ?

En face de lui, Sylviane le regardait, inquiète. Elle l'avait accompagné dans chaque effort, chaque progrès pour l'aider à reprendre le cours de sa vie d'enfant. Elle avait vite compris que l'enfance s'était échappée de ce corps encore très jeune. La joie, la candeur, l'optimisme, avaient laissé la place à la tristesse, la méfiance, la gravité, la culpabilité, et parfois la colère. Cette dernière faisait surface de plus en plus souvent. C'est là que Sylviane jouait la partition la plus difficile : lui faire accepter l'inacceptable. Non pas pour l'amener sur la voie du pardon, – jamais elle n'exigerait de lui un tel effort – mais pour l'aider à aller de l'avant et ne pas devenir amer, ce qui inévitablement le mènerait à une autre forme de souffrance, qui le rongerait de l'intérieur pour le reste de ses jours. Depuis le premier jour, Sylviane savait qu'il faudrait beaucoup d'énergie et de temps pour guérir les blessures béantes de l'enfant, qui, de toute évidence, ne se refermeraient jamais en totalité.

Emmanuel restait muet sur ce qu'il avait enduré. Mais Sylviane devinait que, dans les camps, Emmanuel avait pris la mesure de la perversion humaine. Il ne pouvait faire table rase de ses trois années d'horreur, mais elle, Sylviane, s'était promis de l'aider à en faire une force. Depuis le retour du garçon, elle s'appliquait à cultiver les émotions positives. Elle surjouait parfois, et Emmanuel, conscient du mal qu'elle se donnait à lui faire voir ce qu'il y avait de beau dans la vie, se moquait d'elle. Lorsqu'elle s'extasiait sur ce qu'elle appelait les petits bonheurs du jour – une nouvelle fleur au géranium du balcon, un oiseau sur la rambarde, un papillon qui butinait – il ironisait :

— Et toi tu es une princesse sortie d'un conte de fées !

Ce qui n'était pas tout à fait faux, la concernant, se devait-il de reconnaître. Il ne comprenait pas qu'elle cherchât à toute force à contrebalancer un malheur par un bonheur, surtout aussi insignifiant qu'une fleur de géranium, alors qu'elle ne s'attachait qu'à changer son regard sur le monde. Mais pour Sylviane, oui, une nouvelle fleur pouvait susciter de la joie, tout comme un papillon dans un massif ou un coucher de soleil flamboyant. Elle lui apprenait la contemplation. Elle savait qu'elle était sur la bonne voie, qu'il comprendrait plus tard, sans doute, sa méthode pour le sortir du tunnel où il déambulait encore, pour que son ciel soit définitivement bleu.

Parfois, l'emploi d'un mot, un seul mot pouvait faire toute la différence. Lorsqu'ils avaient suivi les actualités sur le procès de Nuremberg, Emmanuel avait évoqué avec satisfaction la « vengeance ». Sylviane avait rectifié en parlant de « justice ».

Et lorsqu'il lui avait lancé, un jour plus sombre que les autres, qu'il ne tirerait rien de bon de ce déplacement à Toulouse, elle l'avait détrompé en arguant qu'il valait mieux affronter la vérité que de la balayer sous le tapis. Elle-même l'avait expérimenté à plusieurs reprises. Et son intuition lui disait qu'il fallait y aller. Elle le sentait prêt et avait pris contact avec Solange Sutra grâce à l'adresse qu'Emmanuel lui avait donnée. Cette dernière les attendait.

Durant les trois années de vie commune, Emmanuel avait réintégré l'école. La carapace qu'il s'était forgée dans les camps avait mis à mal sa sociabilité. Il ne comptait qu'un ami, Gérard, ce dont Sylviane se félicitait, malgré tout, car elle avait craint de le voir, par excès de méfiance, refuser toute relation à autrui et se replier complètement sur lui-même. Gérard exerçait une excellente influence sur Emmanuel. Il venait souvent chez eux et Sylviane mesurait combien cette amitié était équilibrante pour l'adolescent. Elle le voyait sourire, plaisanter, se chamailler gentiment avec son ami. Gérard l'avait beaucoup aidé à rattraper son niveau scolaire en venant faire ses devoirs avec lui. Emmanuel avait mis un peu de temps avant d'accepter d'aller chez lui, mais avait fini par se laisser convaincre. Là encore, Sylviane en avait conçu de la satisfaction. Elle avait croisé à plusieurs reprises les parents du jeune homme dans le quartier et échangé quelques mots avec eux. Elle savait que chez Gérard, Emmanuel rencontrerait d'autres adultes, des personnes fiables et rassurantes, mais aussi différentes d'elle, détail important à ses yeux. Il fallait à tout prix qu'il réapprenne à accorder sa confiance.

Sylviane se souvenait avoir éprouvé une vague d'angoisse, trois ans plus tôt, à l'idée de prendre Emmanuel en charge après ce qu'il avait vécu. Elle s'était demandé si elle ne présumait pas de ses forces, de ses moyens, en se lançant dans cette entreprise que nombres de personnes autour d'elles qualifiaient de « sauvetage ». Il y avait eu des jours heureux et des jours terribles, notamment quand il avait appris que sa mère et son petit frère ne reviendraient pas, ni son oncle et sa tante. Ne voyant plus sa mère à Auschwitz, il avait caressé le secret espoir qu'elle avait été transférée dans un autre camp. Espoir cruellement déçu. Un jour, longtemps après son retour, la nouvelle était tombée : sa mère avait péri dès les premiers jours de sa déportation, ainsi que son petit frère. Les semaines qui avaient suivi l'avaient replongé dans une telle détresse que Sylviane avait bien cru ses efforts anéantis. Une vague de découragement l'avait alors saisie. Pourquoi s'était-elle lancée dans cette aventure qui, selon toute vraisemblance, était vouée à l'échec ? Pour un gosse qu'elle ne connaissait même pas ! Mais très vite, elle s'en voulait de ses pensées égoïstes et défaitistes. Oui, ils y arriveraient Oui, ce serait long, mais cet enfant s'en sortirait. Il avait besoin d'elle, autant qu'elle avait désormais besoin de lui.

Aujourd'hui, Sylviane était fière du parcours accompli. Leur relation était très vite devenue fusionnelle et un attachement profond les liait. Mais elle souhaitait qu'Emmanuel soit en mesure de reprendre son envol dès qu'il en aurait l'âge et le désir.

Dans ce train qui entrait en gare, elle lisait des sentiments contradictoires sur le visage de l'adolescent. Il avait peur de ce qu'il allait découvrir au terme de ce voyage. D'anciennes souffrances allaient inévitablement refaire surface. Mais – du moins c'est ce que Sylviane espérait – il pourrait renouer avec ce qu'il avait vécu d'agréable avant le drame. L'amour de ses parents, le lieu où ils vivaient heureux, revoir la concierge et sa fille, avec qui il s'entendait bien, semblait-il. Sylviane estimait que le jeu en valait la chandelle. Dans son esprit, elle imaginait cette visite comme une pierre angulaire de la nouvelle vie d'Emmanuel, un pas de plus vers la sérénité. Elle espérait ne pas se tromper.

Le train freina et les portes s'ouvrirent sur le quai. Sylviane et Emmanuel en descendirent avec leur léger bagage.

— Nous allons essayer de trouver un taxi, proposa Sylviane.

— Pas la peine, on peut y aller à pied. Ce n'est pas loin. Et ça nous dégourdira les jambes après toutes ces heures de train.

— Tu es sûr ? Tu n'es pas fatigué ?

— Certain. On y sera dans une vingtaine de minutes.

Ils descendirent les Allées Jean-Jaurès sous un soleil déjà ardent pour la saison. Le tramway, bondé, les dépassa. Il y avait une légèreté dans l'air que Sylviane apprécia, elle qui était habituée à Paris et à son ciel bas. L'accent chantant des Toulousains qu'elle croisait la ravit. Pour un peu, elle se serait crue dans un autre pays.

Quelques instants plus tard, ils se tenaient tous les deux devant l'imposant porche du 7 bis rue Saint-Pantaléon. La porte était grande ouverte. Emmanuel se figea, comme saisi d'épouvante. Sylviane devina les raisons de cet effroi soudain. La dernière fois qu'il avait foulé le seuil de ce porche, c'était le premier jour de son martyre. Une dame qu'elle supposa être Solange Sutra balayait la cour. Sylviane interrogea le garçon du regard « on y va ? ».

Devant l'hésitation d'Emmanuel, elle souffla :

— Prends le temps, je vais voir la dame qui est là.

Elle s'avança dans la cour. Solange Sutra la vit, lâcha son balai et vint à sa rencontre. Emmanuel les regarda se serrer la main avec chaleur, puis s'embrasser comme si elles se connaissaient déjà. La concierge jeta un œil vers le portail. Emmanuel se décida alors à avancer, tel un automate. Sylviane devina que Solange Sutra cherchait sur ses traits de jeune homme, ceux du petit garçon qu'elle avait vu pour la dernière fois six ans plus tôt. Emmanuel posa son bagage. Arrivés face à face, ils s'étreignirent. Les larmes aux yeux, la concierge recula pour mieux voir le garçon. À la manière dont ils se tenaient tous deux, à leurs gestes, leurs regards, Sylviane comprit que les fantômes s'étaient invités. Elle ne voulait pas que cela dure, que les retrouvailles soient trop tristes. Elle s'approcha d'eux, ce qui mit fin aux réminiscences. Ils se dirigèrent vers la loge.

— Viens, il faut que tu voies Violette ! Elle a grandi, tu sais. Elle a douze ans maintenant ! Elle appela : Violette ! Viens voir qui est là !

Une brunette aux taches de rousseur sortit sur le pas de la porte. Sylviane vit que la fillette réprimait une envie de se jeter dans les bras d'Emmanuel, ce qu'elle aurait fait sans hésitation six ans auparavant. Mais à l'échelle de leur courte vie, cette séparation représentait une faille que creusait un peu plus l'entrée dans l'adolescence. Ils n'étaient plus tout à fait des enfants. Néanmoins, Sylviane vit au sourire d'Emmanuel que la jeune fille réveillait chez lui des émotions agréables. Puis, leur sourire disparut laissant place à la gravité, comme si leurs esprits cheminaient de concert et qu'au plaisir des retrouvailles se substituaient les instants précédant le funeste départ.

Solange s'en rendit compte et invita tout le monde à entrer et à s'asseoir. Elle avait préparé une collation et il n'était pas question de se laisser aller à la tristesse, mais bien de goûter à la joie pragmatique de se revoir, et d'être là, vivants et en bonne santé.

La petite salle à manger de la concierge n'avait pas changé. Sylviane observait Emmanuel qui posait son regard partout. Elle présuma qu'il mettait sa mémoire à l'épreuve pour évaluer sa capacité à réveiller son passé. Elle savait qu'un seul objet, même petit, pouvait contenir une charge symbolique bouleversante. Le garçon semblait chercher ce détail qui lui servirait de test.

Puis Violette et Emmanuel quittèrent la table. La jeune fille souhaitait montrer quelque chose à son ancien ami. Les deux femmes restèrent seules et un silence pesant s'installa. Il allait falloir, à un moment ou à un autre, évoquer le passé. Ensuite seulement, viendrait l'avenir. Sylviane se décida à le rompre.

— Comme ça a dû être difficile, pour vous, de voir partir ces familles sans pouvoir rien faire…

Solange hocha la tête, les yeux fixant un point imaginaire au milieu de la table. Elle triturait machinalement sa serviette. Sylviane ajouta :

— Avec la police française, en plus…

— Oh, ça n'a pas été le plus dur, ce jour-là… Je veux dire de les voir partir.

— Comment cela ?

— Enfin, si bien sûr, c'était très dur, mais on ne savait pas où ils allaient, ni pour quoi, à ce moment-là… Je me disais qu'ils allaient revenir.
— Je ne comprends pas… Il s'est passé autre chose ?
— Comment ? Emmanuel ne vous a rien dit ?
— Qu'aurait-il dû me dire ?
— Mais… pour son père ?
— Son père ? Il n'en parle jamais. Les rares fois où j'ai abordé le sujet, il s'est fermé comme une huître.
— On peut le comprendre… murmura Solange Sutra.
— Madame Sutra, que s'est-il passé ?
— Il s'est passé que…
Elle déglutit pour faciliter le passage des mots, et reprit.
— Il s'est passé qu'il y a eu comme un malentendu entre les policiers et Rafaël, le papa d'Emmanuel. Ils ont cru qu'il voulait s'échapper et ils lui ont tiré dessus. Alors qu'il voulait juste ramener Emmanuel, qui s'était trop approché du porche, vers la cour. Il est mort sur le coup. Si vous aviez vu Rebecca, la maman…
— Oh mon dieu !
— Et ce n'est pas tout…
Horrifiée, Sylviane porta les mains à sa bouche tandis que Solange sortait un mouchoir de sa manche.
— Mon Dieu, Solange, c'est affreux ! Je me rends compte à quel point je connais mal mon Emmanuel tout en ayant vécu avec lui pendant trois ans. Ce que ce petit bonhomme a dû endurer… C'est difficile à concevoir. Je tremble à l'idée de ce que vous allez encore m'apprendre.
Solange Sutra commença son récit de la journée du 26 août de cette année-là. Elle raconta ce qu'elle avait vu, et ressenti, depuis sa loge. Sa vision des choses. Lorsqu'elle arriva au moment où Rebecca avait laissé son bébé dans les bras du policier pour monter dans le camion, elle fit une pause. Sylviane attendait la suite avec appréhension puisqu'elle savait maintenant qu'il y avait eu « autre chose ».

Solange reprit là où elle s'était arrêtée. L'évocation du camion qui démarrait en oubliant le bébé lui noua la gorge. Elle leva les yeux et vit que des larmes coulaient sur les joues de Sylviane. Toutes deux joignirent leurs mains sur la table.

— Qu'est devenu le bébé ? finit par demander Sylviane, d'une voix altérée.

— Je n'en sais rien. Si le policier ne l'a pas rendu à sa mère, ce qui est probable, il l'aura laissé dans un orphelinat. Je suppose.

— Quelle horreur... C'était une petite fille ou un petit garçon ?

— Une petite Sybille. Elle avait quatre jours.

— Emmanuel n'a jamais mentionné sa petite sœur. Elle n'a pas dû arriver jusqu'à Auschwitz.

— Les autorités l'auront orientée vers une institution, j'imagine.

— En revanche, il m'a parlé de Simon.

— Simon... Le petit Simon. Il était si mignon. Il a subi le même sort que leur maman. » Elle s'essuya le nez avec son mouchoir.

Elles firent une pause, lestée du spectre du petit garçon. Le pépiement des oiseaux dans la cour leur parvenait, léger. Un peu plus loin, le klaxon d'une voiture, une sirène de pompiers, faisaient battre le cœur de la ville. Puis le vrombissement d'un camion, dans la rue. Des enfants sortirent de l'immeuble principal. Sylviane devina que la famille Levinski vivait là. Ils se mirent à jouer dans la cour. Les deux femmes les observaient depuis la loge, par la porte-fenêtre.

— Peut-être que nous pourrions entamer des recherches pour retrouver sa petite sœur ? lança Sylviane.

— Si vous saviez le nombre de fois où j'y ai pensé... Surtout quand j'ai appris que seul Emmanuel était revenu. Je me disais même que je pourrais adopter la petite, si elle était dans un orphelinat, et qu'Emmanuel et elle pourraient se retrouver. Mais j'avais beau y penser et y repenser, je ne savais par quel bout commencer. Un jour, je suis allée au commissariat de police pour demander s'ils savaient quelque chose sur elle. Ils n'ont rien compris à ce que je disais. Ou ils ont fait semblant. Puis j'ai demandé s'ils pouvaient au moins rechercher le policier en question, celui qui l'avait dans les bras. Mais après la guerre, j'imagine que la police française n'était pas très fière de ce qui s'était passé, alors ils m'ont envoyée balader en me disant que ça ne me concernait pas, de toute façon, puisque je n'étais même pas de la famille. Un des agents, présent ce jour-là, m'a rejointe dans la rue, alors que j'étais sortie du poste, pour me dire qu'il avait entendu dire qu'un bébé « perdu » avait été emmené dans un camp pour le restituer à ses parents. Mais il ne se souvenait plus de la date avec précision. Et, de toute façon, il n'était sûr de rien, ni du camp, ni du sexe de l'enfant. Ça m'a hantée, jour et nuit, pendant longtemps. Que valait-il mieux ? Que la petite ait retrouvé sa mère pour la reperdre aussitôt, voire disparaitre avec elle, ou qu'elle ait été déposée dans un orphelinat pour être adoptée par une famille où elle était peut-être heureuse ?

Deux jours plus tard, Sylviane et Emmanuel reprirent le train en direction de Paris. Il promit de revenir, dès qu'il aurait terminé son lycée. Sa vie était à Toulouse, la ville choisie par ses parents et où ses yeux s'étaient ouverts sur le monde.

Chapitre 13 – Toulouse, 2012

L'atmosphère, dans la salle-café du commissariat, qui, sans la présence dans un recoin de la pièce du réfrigérateur et de la cafetière, s'apparentait davantage à une salle de réunion, s'était alourdie après l'annonce de Basile. Thomas et Léonor, figés, attendaient la suite.
— Tu veux dire, reprendre *notre* enquête ? demanda Léonor.
— Votre enquête.
Basile se leva, se frotta les mains, et, tout en marchant, commença son exposé.
— Le père d'Adèle Fortier a été dans la police pendant l'occupation, puis a quitté ses fonctions après la guerre pour intégrer l'entreprise familiale. C'est bien ça ?
Léonor confirma d'un mouvement de tête.
— J'ai eu envie de gratter un peu du côté des trois autres hommes de la photo. S'ils étaient restés dans la police, je me suis dit qu'il y avait peut-être quelque chose à glaner... Et j'ai eu raison.
Il marqua une pause qui exaspéra Léonor. Elle ne pouvait réprimer un mouvement de son pied qui tapait en cadence contre la chaise.
— Alors ?
— Maurice Fortier est mort en 1994, a priori d'un cancer, selon sa fille. Deux autres, sont morts aussi. Paul Portal, en 1992, le premier des quatre, et René Noguès, en 2002. Tous les deux sont morts un 26 août. Cette coïncidence m'a interpellé et j'ai creusé pour savoir quelles étaient les causes de leurs décès. Portal serait mort accidentellement, à quatre-vingts ans, en tombant dans les escaliers de sa maison, ici, à Toulouse. Le même jour, un tableau disparaissait chez lui. La police avait conclu à un vol, et un accident. Le lien entre le vol et la mort n'a jamais été réellement établi car l'examen du corps n'a révélé aucune violence et rien d'anormal n'a été relevé au niveau toxicologique.

Léonor et Thomas écoutaient. Ils commençaient à comprendre sur quoi ces découvertes allaient déboucher.

— Passons à René Noguès. Le 26 août 2002, quelqu'un s'introduit chez le couple qui vit alors à Lyon. Sa femme est partie rendre visite à une voisine mais René Noguès est présent. Quand sa femme rentre, elle le trouve inanimé. Le temps d'appeler les secours, il décède. Un tableau – et juste ça – a été dérobé. Le médecin qui vient constater le décès diagnostique une crise cardiaque, probablement liée à la peur que Noguès a éprouvée en surprenant le cambrioleur. Les deux morts et les deux vols, survenus à dix ans d'intervalle, dans deux régions différentes, n'ont pas été reliés non plus. En revanche, cette seule photo les met en connexion, maintenant.

Il arbora la pièce à conviction. Deux hommes sur quatre, d'un même cliché, et morts dans des circonstances analogues, avec vols de tableaux.

— Pas de pivoine sur les lieux ?

— Apparemment, non. Il n'est pas fait mention d'une fleur dans les PV.

— Une enquête a été menée à l'époque pour retrouver les tableaux ? reprit Léonor.

— Apparemment oui. Mais comme nul ne savait s'ils étaient authentiques, ni d'où ils venaient, du coup, les deux familles ont rapidement retiré leurs plaintes.

— Comme si elles avaient senti qu'il valait mieux ne pas fouiller…

— C'est possible, Léo. Mais tenons-nous en aux faits, pour l'instant.

— Les photos du groupe devant l'immeuble de la rue Saint-Pantaléon ont été expédiées à partir de 1992. Portal n'a pas pu les recevoir, mais Noguès, lui, les a-t-il reçues ? enchaîna Léonor.

— Nous n'en savons rien. A priori non. Si ça avait été le cas, les familles auraient eu la puce à l'oreille et se seraient doutées que les vols n'étaient pas le fruit du hasard, encore moins l'œuvre d'un amateur d'art. Et à mon sens, ils n'auraient pas porté plainte. À moins que les policiers aient caché la réception des photos à leurs familles respectives. Après tout, cela concernait un épisode de leur vie peu reluisant.

— Mais chez les Fortier, c'est Irène et Adèle qui continuaient de recevoir les photos, ce n'était pas Maurice Fortier lui-même puisqu'il était mort, releva Thomas.

— Exact… Mais elles possédaient toujours le tableau. Et puis les familles n'ont peut-être pas tout dit à la police au moment de l'enquête. Par honte, ou volonté de ne pas remuer le passé.

— J'ai du mal à croire à cette version. Si vous leur avez dit qu'il y avait présomption de meurtre, est-ce qu'ils n'auraient pas livré toutes les informations, si peu valorisantes soient-elles ?

— Nous ne leur avons pas encore dit. Nous devons tout reprendre. Nous ne savons même pas si les épouses sont toujours en vie.

— Il y a des photos des tableaux volés ? intervint Léonor. Il faudrait comparer, voir s'il s'agit de ceux posés aux pieds des quatre hommes ?

Basile ignora la question et poursuivit son développement.

— Nous ne savons pas ce qu'est devenu le quatrième policier, Jean Servat. Nous sommes en train de rechercher sa trace.

— Noguès et Servat sont restés dans la police après la guerre ?

— Noguès, oui. Servat, on ne le trouve pas dans les fichiers pour l'instant.

— Tu ne m'as pas répondu : les tableaux volés étaient bien ceux de la photo reçue par Adèle Fortier ? On distingue assez bien trois d'entre eux, dessus.

— Seule une des deux familles, les Noguès, avait la photo de l'objet volé. L'autre n'avait pas pensé à le faire. En général, les gens font ça pour les dossiers d'assurance.

Basile fit glisser sur la table le cliché du tableau volé. Léonor et Thomas reconnurent une des toiles posées à côté des quatre hommes sur le perron de l'immeuble.

La photo du tableau, en couleur, cette fois, les fit bondir sur leur chaise. Ce qu'ils n'avaient pas perçu sur des clichés en noir et blanc de mauvaise qualité leur apparut soudain nettement.

— On dirait un Kandinsky celui-là ! Léonor chercha confirmation du côté de Thomas.

— C'est clair ! Je dirais même de sa période des « dessins colorés ».

Il crut bon de préciser à l'intention des policiers :

— C'est-à-dire, du début du vingtième siècle, avant la période où ses toiles représentaient des formes géométriques – des cercles, des angles – de couleurs vives. Les plus connues de cet artiste.

L'information suscita un murmure d'émoi chez l'équipe policière.

— C'est curieux, quand même, reprit Thomas, ils prennent une photo de ce tableau, a priori un Kandinsky, dans l'idée de faire jouer l'assurance en cas de vol, et ils retirent leur plainte...

— Ils avaient dit à nos collègues de Lyon que c'était sûrement un faux, précisa Constant, l'un des policiers.

— Et quelqu'un sait s'il y avait d'autres tableaux, chez Noguès et Portal ? » Léonor regarda dans la direction de Thomas pour s'assurer qu'il comprenait où elle voulait en venir.

— Pourquoi cette question ? demanda Basile.

— Parce que nous avons émis une autre hypothèse, tout à l'heure, avec Thomas...

— *Tu* as émis une autre hypothèse, rectifia Thomas.

Agacée, Léonor se justifia.

— Une version selon laquelle les policiers auraient agi afin d'éviter que ces œuvres ne soient pillées par les nazis, comme c'était le cas pour les biens juifs, a fortiori les œuvres d'art. Vous savez sans doute que Hitler avait pour projet de construire un musée gigantesque, à la mesure de sa mégalomanie, pour exposer les œuvres volées aux juifs et dans les musées français. Tout cela à la gloire du Reich, bien sûr. Mon idée était que ces hommes auraient prélevé plusieurs tableaux pour les soustraire aux griffes allemandes. Et finalement, ne voyant pas revenir les propriétaires, ils les auraient gardés. Mais c'était juste une supposition...

— C'était de notoriété publique que les biens juifs étaient confisqués, à ce moment-là ? demanda Basile.

— À vrai dire, je l'ignore. Les autorités le savaient sans doute, le flic de base, je ne sais pas.

— Franchement je n'y crois pas, fit Basile. Vous imaginez les flics, revenant voir les familles déportées par leur faute, pour leur rendre les tableaux ?

— Les policiers agissaient sur ordre, rétorqua Léonor. On sait maintenant qu'ils n'étaient pas tous Vichystes. Certains avaient peut-être des remords ?

Basile balaya l'argument de la main.

— Quoi qu'il en soit, quelqu'un tue, conclut-il. Il élimine les hommes et vole les tableaux représentés sur la photo que reçoit Adèle Fortier depuis une vingtaine d'années, non pour leur valeur, mais précisément parce qu'ils ont un rapport avec cette photo, donc avec ce jour-là.

— Les accidents seraient maquillés ? suggéra Thomas.

— Sans doute. Portal a pu être poussé dans son escalier. Quant à la crise cardiaque de Noguès, elle a pu être provoquée sciemment.

— Le mobile ?

— Cela ressemble à une vengeance. Voici ce que l'on peut supposer : notre tueur agit avec régularité : 1992, 2002. Il aime le chiffre 2. Comme en écho à cette date 1942. Fortier lui a coupé l'herbe sous le pied en mourant d'une maladie en 94. Si son mode opératoire est de supprimer un des compères tous les dix ans, en toute logique, Servat, le dernier survivant potentiel aurait dû mourir il y a quelques jours, le 26 août, 2012 donc. Selon le résultat de nos recherches, rien ne laisse supposer que l'assassin soit de nouveau passé à l'action ces derniers jours. Mais ce n'est pas sûr. Peut-être le type est-il tout simplement déjà mort depuis longtemps. Quoi qu'il en soit, nous récupérons l'enquête. Nous pouvons joindre nos énergies et nos idées. Vous, Quo

Vadis en tant que consultants-experts, mais la PJ doit reprendre tout depuis le début, en considérant les deux morts sous l'angle du crime. C'est ce que nous avons commencé à faire avec Frédéric et Constant, lieutenants de police ici présents, en sollicitant la réouverture des dossiers auprès du parquet. Je ne vous cache pas qu'il n'y a pas grand-chose dedans puisque l'enquête avait tourné court. Bref, pour ce qui va suivre : une équipe va se rendre chez Adèle Fortier pour faire les constatations, et d'éventuels prélèvements même si la scène du vol a dû être polluée, depuis dix jours. Mais il faut vérifier.

Nous allons récupérer aussi les photos et les enveloppes, si votre cliente les a gardées, pour analyse. Ensuite, dès que nous aurons retrouvé Servat, s'il est encore en vie, nous l'interrogerons. Il aura sans doute des choses à nous apprendre. Si besoin, nous assurerons sa protection, au cas où l'assassin aurait simplement pris du retard.

— Mais pourquoi l'assassin aurait-il attendu les années 90 pour agir ? Pourquoi ne pas avoir commencé son œuvre vengeresse en 1972 ou 1982 ?

— Il ignorait peut-être les faits avant cette date. Ou alors il n'avait pas retrouvé la trace des tableaux. Mais je le redis : il ne s'agit que d'hypothèses. Cela dit, on ne peut pas les négliger, il faut protéger Servat au cas où... Et puis le procès-verbal de la rafle mentionne un témoin : la concierge, une dame du nom de Solange Sutra. Nous allons la chercher. Elle ne doit plus être de ce monde, mais sait-on jamais ? Les progrès de la médecine nous seront peut-être favorables, dit-il avec un sourire.

— Bien, fait Léonor... J'étais loin d'imaginer que cette affaire prendrait un tel tournant. De notre côté, nous avons avancé aussi. Il y a quelqu'un d'autre à rechercher : il s'agit d'Emmanuel Levinski, né en 1932, le fils de Rebecca.

Elle évoqua à l'intention des policiers le résultat de ses recherches sur les familles juives.

— Il est le seul rescapé de toutes les familles raflées ce jour-là. C'est peut-être même l'homme que nous cherchons maintenant, celui qui est au centre de tout cela. J'ai commencé à creuser mais pour l'instant, je n'ai rien. Il aurait quatre-vingts ans. J'imagine que vous, la police, allez retrouver sa trace plus facilement que nous ne le ferions.

Léonor avait volontairement employé « nous » pour que les policiers intègrent bien qu'elle et Thomas ne comptaient pas rester sur le bord de la route. Elle ajouta :

— Thomas et moi allons voir ce que nous pouvons trouver sur ces tableaux. Peut-être que cela donnera du sens à cette énigme.

Elle savourait le fait de pouvoir apporter d'emblée sa pierre à l'édifice.

— Et nous, on recherche aussi le survivant. C'est même la priorité.
— Une dernière chose : la pivoine, on en fait quoi ? fit Léonor.
— Je pense qu'elle n'est là que pour associer le dernier vol à Rebecca Levinski. Je me trompe peut-être, mais j'ai le sentiment que le voleur s'est plus fait plaisir qu'autre chose, en déposant cette fleur, fit Basile. Mais on va la faire analyser, bien sûr.
— Du coup, on évacue la symbolique de la pivoine ?
— Pour l'instant oui, mais on se la garde sous le coude.

En sortant de l'hôtel de police, Léonor et Thomas marchèrent en silence jusqu'à l'arrêt de bus. Ce qu'ils venaient d'apprendre ouvrait grand le champ des possibles et chacun méditait dans son coin. Lorsqu'ils montèrent dans le bus, Léonor se décida à parler :

— Cette enquête prend vraiment une tournure intéressante, tu ne trouves pas ?
— C'est le moins qu'on puisse dire, répondit Thomas, encore sous l'effet de ce qu'ils venaient d'entendre. On commence par les recherches sur les tableaux ? S'il y a un Kandinsky dans le lot, l'appât du gain peut malgré tout être un mobile...
— Si les deux morts sont reliées, j'en doute, du coup.
— Mais on n'en est pas encore sûrs. Il faut envisager les deux cas de figure.

— Ce serait un drôle de hasard, je te rappelle que seul le tableau de la photo a été dérobé à chaque fois. Et toujours à la même date.

— Certes… Mais cela a justement peut-être quelque chose à voir avec l'histoire de ces tableaux. D'où viennent-ils exactement, quelle est leur valeur, etc. Et cela va dans le sens de la thèse que tu soutiens selon laquelle il n'y aurait pas que ces tableaux-là qui auraient été prélevés. Je me charge des recherches, si tu veux.

— Et moi je vais fouiller un peu du côté de la famille de Rebecca. Pour savoir ce qu'est devenu le père des enfants, par exemple.

Ils échangèrent un sourire.

De retour au bureau, ils se dirigèrent tout droit dans le bureau ovale pour mettre les données du tableau magnétique à jour. Ils parlaient vite et fort, en s'activant. Ils avaient maintenant du grain à moudre. Enfin !

*

Le cerveau parasité par son aventure de la veille avec Benjamin, Léonor se demanda comment elle allait procéder pour la suite des investigations. « Les archives de l'état civil, sans doute ». Avachie sur son bureau, la tête sur ses mains, elle s'efforça d'évacuer son méli-mélo mental pour se concentrer sur le tournant excitant amorcé par l'enquête.

Chercher le mari de Rebecca. Voilà ce qu'elle devait faire. Qu'était-il devenu ? Elle se redressa et décida de se replonger dans son travail. À peine avait-elle commencé qu'elle reçut un SMS de Benjamin :

Cc ! ça va ? je pars en déplacement pour le travail. Je t'appelle demain. Ben.

Elle sourit en pianotant sa réponse. Benjamin pensait à elle.

Chapitre 14 – Bavière, 1964

Angela appuya sur l'interrupteur pour éclairer le bureau. Les rideaux sombres plongeaient la pièce dans une obscurité quasi-totale en pleine journée. Viktor les écarta pour faire entrer la lumière naturelle. Il savait que ses parents ne reviendraient pas avant quelques heures puisqu'ils consacraient leurs dimanches après-midi à leur club. Viktor s'était dit que c'était le meilleur moment pour opérer une fouille complète du bureau de son père.

Ses parents habitaient toujours leur grande maison, dans un quartier résidentiel, de Munich, celle où Viktor avait passé la majeure partie de sa vie. Non loin du domicile du fameux Otto qui avait empoisonné son enfance.

La pièce n'était pas très grande. Un grand bureau trônait en son centre. Une bibliothèque occupait un des murs opposés à la fenêtre, tandis qu'un meuble porte-document étroit à fermeture coulissante verticale, ornait le mur perpendiculaire. Une pendule le surplombait.

Angela et lui firent le tour de la pièce d'un premier coup d'œil, tout en imaginant quel recoin, quel tiroir, quel espace dérobé au regard pourraient servir de cachette suffisamment sûre. Que cherchaient-ils au juste ? Un document ? Il pouvait être glissé n'importe où. Une boîte ? Une pochette ? L'épaisseur ou le volume faciliterait peut-être la découverte. Ils convinrent que la preuve d'une éventuelle adoption prendrait en toute vraisemblance la forme d'une liasse de documents.

— Cherchons une pochette, dans un premier temps, proposa Viktor. Une enveloppe, un dossier pas trop épais... Commence par le meuble porte-document. Je fais le bureau.

Pendant une vingtaine de minutes, ils ne parlèrent plus, concentrés sur leur tâche, ouvrant, examinant et refermant chaque dossier, pour en saisir un nouveau. Lorsqu'Angela eut passé en revue la dernière chemise de la colonne, elle se tourna vers Viktor.

— Je n'ai rien trouvé dans ce meuble-ci. Ce sont surtout des dossiers administratifs relatifs à la maison, le travail de ton père, des factures, des papiers médicaux... J'ai l'impression de fouiller dans leur intimité. Je déteste ça.

— Ici non plus, je n'ai rien. De la correspondance, sa collection de timbres, quelques-uns de mes cahiers d'écolier... Je ne le savais pas si sentimental, ironisa-t-il.

Victor referma le dernier tiroir exploré et s'affala dans le fauteuil de son père. Angela posa les yeux sur la bibliothèque.

— Et là ? Derrière les livres ? Ou entre les albums photos ?

Elle se dirigea vers le meuble et commença à inspecter les étagères, tandis que Viktor, à l'aide d'un tabouret abandonné dans un coin de la pièce, se hissait pour sonder le dessus de la bibliothèque du plat de la main. Sans plus de résultat.

Il souleva le tapis. Puis le large coussin d'assise du fauteuil, tout en se disant que son père ferait montre d'irrévérence à poser son séant sur le secret familial. Cette pensée lui arracha un sourire.

Alors qu'Angela poursuivait son exploration de la bibliothèque, ne négligeant aucune piste, Viktor se retrouva désœuvré. Chaque meuble avait fait l'objet d'une fouille minutieuse. Il se remit à ruminer son obsession, s'agaçant de ne rien trouver et de voir l'heure tourner à l'horloge fixée au mur. Il s'arrêta sur cette dernière. C'était une petite pendule en bois dont la partie basse logeait un balancier de cuivre. Depuis tout petit, Viktor aimait poser ses yeux sur cet objet dont les gravures représentaient des angelots fessus et rigolards. Enfant, il imaginait leur histoire. L'un d'entre eux jouait de la trompette, toutes ailes déployées. Un autre de la lyre, le regard tiré vers le ciel. Une petite porte grillagée permettait d'accéder au balancier lorsqu'il fallait relancer le mécanisme. Tout en regardant l'horloge, Viktor se leva et s'en approcha. Se pouvait-il que, toute son enfance, alors qu'il jouait sur le tapis à côté de son père – quand par chance, celui-ci l'y autorisait –, et qu'il observait les chérubins facétieux, se pouvait-il que le secret présidant à sa naissance ait été jalousement gardé par ses petits amis joufflus ? Il ouvrit la porte grillagée et glissa la main à l'intérieur de la cavité. Il tâta les parois ainsi que la base. Ses doigts rencontrèrent un objet mou, posé là. Il l'attrapa et le sortit. C'était un paquet moelleux, en papier kraft vieilli et ficelé. Viktor évalua sa trouvaille. Ses mains se mirent à trembler.

Angela ne s'était rendu compte de rien. À un moment donné, lasse de ses recherches qui n'aboutissaient pas, elle se retourna et vit son compagnon planté devant le meuble qu'elle avait ausculté quelques instants auparavant. Elle avisa la porte de la pendule restée ouverte. Viktor était immobile, blême, et tenait une forme d'un marron fané qu'il semblait ne pas se décider à ouvrir. Elle s'approcha et prit doucement le paquet des mains de Viktor. Au toucher, on devinait une forme douce à l'intérieur, comme du tissu. Elle l'interrogea du regard et il hocha la tête. Angela défit le lien et en dégagea le mystérieux contenu. Un ourson en tissu apparut. Un vieil ours, sale et tenant une sacoche en bandoulière. Viktor le fixait des yeux. Il avait déjà vu cet ours. Cette impression valsait dans sa tête sans qu'il en saisît l'origine. Machinalement, il glissa deux doigts dans la petite sacoche cousue sur le jouet. Il en extirpa un papier plié en quatre ainsi qu'un ruban défraichi.

Quand Helmut et Joshka König rentrèrent de leur club, ce soir-là, ils n'avaient aucune idée de ce qui les attendait. Viktor et Angela étaient assis dans le salon, l'ourson posé ostensiblement sur la table basse. La jeune femme avait proposé à Viktor de s'éclipser, de les laisser en famille, afin que ses parents lui donnent les réponses qu'il était en droit d'attendre. Mais lui préférait qu'elle reste. Elle se ferait discrète mais serait témoin et assurerait une médiation si le débat venait à se passionner.

Ils entendirent la porte d'entrée s'ouvrir. Des éclats de voix joyeux leur parvinrent. Joshka semblait taquiner son mari sur sa tactique douteuse aux cartes et ce dernier s'amuser de l'opinion de sa femme. Débarrassés de leurs bottes et manteaux, ils pénétrèrent dans le salon en souriant. Ils avaient repéré la voiture de Viktor devant la maison et se réjouissaient de la visite impromptue de leur fils. Leurs visages se figèrent à la vue de l'ourson sur la table basse. Viktor lut l'indignation sur celui de son père.

— Tu as osé fouiller...

— Bonjour père. C'est bien là la question... Oui, j'ai osé fouiller. L'heure n'est pas à mon procès, siffla Viktor

— Mais au mien, c'est cela ?

Viktor ne répondit pas. Il attendait. Il n'avait rien à ajouter. Il attendait la vérité. La vérité nue et entière, celle qu'il avait pressentie toute son enfance. Pour dissiper tout malentendu, il retira de la sacoche de l'ourson la fiche pliée en quatre et le ruban. Les pièces à conviction. Tout était là, sur la table. Trois objets a priori insignifiants.

Un long silence s'ensuivit. Son père se servit un verre de schnaps sans prendre la peine d'en proposer aux autres. Puis il prit place dans son fauteuil. Sa mère qui jusque-là était restée debout, décida de s'asseoir sur le fauteuil jumeau. Angela et Viktor se tenaient côte à côte sur le canapé. Helmut et Joshka se regardèrent. Qui parlerait ? Joshka prit l'initiative.

— Tu avais un peu plus de deux ans, quand tu es arrivé ici. Ton père et moi ne pouvions pas avoir d'enfant et, à l'époque, c'était très mal vu. La volonté du Reich... enfin... Il fallait donner des enfants à la patrie. À toute force. Nous avons donc décidé d'adopter. Cela se faisait beaucoup. De nombreuses mères accouchaient d'enfants et toutes ne souhaitaient pas le garder. Et nous, au-delà des injonctions de l'État, nous désirions ardemment être parents. Tu as entendu parler des Lebensborn ?

Voyant que Viktor acquiesçait, elle poursuivit.

— Ces enfants, nés dans les Lebensborn, étaient alors proposés aux couples qui rencontraient des difficultés... à procréer. Mais en 1942, ces structures regorgeaient de demandes d'adoption. Ils ne parvenaient plus à les satisfaire. Aussi, lorsqu'un de nos amis, médecin dans un Lebensborn de Munich nous a proposé un petit garçon de deux ans qui venait d'être abandonné par sa mère, nous avons sauté sur l'occasion, trop heureux de notre chance.

Sa mère déroulait les faits calmement, choisissant ses mots, maîtrisant le ton de sa voix. Viktor gardait les yeux vissés sur un motif du tapis, incapable de soutenir le regard de sa mère. Son père, droit dans son fauteuil, faisait tourner le verre entre les paumes de ses mains, les mâchoires serrées, fixant un point dans le vide.

— Nous t'avons emmené, convaincus de faire une bonne action, car il nous paraissait évident qu'entre grandir dans un orphelinat ou dans une famille aimante, les soins et l'affection que tu recevrais seraient sans commune mesure.

Elle marqua une pause. Tous attendaient, en silence. Une moto pétaradante qui passait dans la rue troubla quelques secondes le calme trompeur.

— Au début, tu étais très difficile. La nuit, tu hurlais et le jour, tu semblais ne pas comprendre ce que l'on te disait. On ne dormait plus. On croyait que tu avais un problème. Les syllabes que tu baragouinais ne ressemblaient pas à de l'allemand. Nous en avons parlé à notre ami médecin qui nous a dit que tout allait rentrer dans l'ordre, que c'était normal. Il fallait que l'on prenne patience, disait-il. Puis nous avons eu l'idée de te redonner l'ourson que nous t'avions enlevé à ton arrivée à la maison. Heureusement, nous l'avions conservé. Dès que tu l'as eu dans les mains, tu t'es apaisé. Mais c'est aussi à ce moment-là que nous avons trouvé ça.

Elle désigna des yeux le papier et le ruban sur la table basse.

— Sur le moment, nous avons cru à une erreur. Que faisait une fiche d'internement à Auschwitz dans ta peluche ? Et ce ruban sur lequel étaient mentionnés le même nom et la même adresse que sur la fiche ? Puis nous nous sommes dit qu'au Lebensborn, ils n'avaient pas vu ces objets, sinon ils les auraient détruits. Pendant plusieurs jours, nous avons échafaudé toutes les hypothèses. Mais plus on y pensait, plus on se disait que l'on nous avait menti. Tu venais bien de France, ce qui expliquait que tu ne comprenais pas notre langue. Et tes parents avaient sans doute été déportés à Auschwitz. Probablement parce qu'ils étaient juifs, d'après l'inscription en haut du papier. Viktor saisit la fiche et la regarda de nouveau. Il identifia le mot *JUDE* griffonné en marge. Sa mère fit une pause. Helmut restait muet, toujours figé dans son fauteuil. Il sirotait son schnaps. Tenir son verre lui donnait une contenance sans laquelle il aurait eu l'air de subir les événements. Perdre la maîtrise des choses n'était pas dans sa nature. Croyant que sa mère avait terminé son récit, Viktor demanda :

— Mais vous n'avez rien fait, alors ?

Il vit que sa mère prenait une profonde inspiration et réfléchissait à la réponse. Un bruit leur parvint tout à coup, faisant diversion. Ironie des faits, il s'agissait de l'horloge du bureau paternel, la même qui une heure plus tôt protégeait encore le secret dans ses entrailles.

— Ton père... reprit Joshka.

— Est-ce bien nécessaire ? coupa Helmut.

Elle se tourna vers son mari.

— Écoute, Helmut, c'est le moment de dire toute la vérité. J'en ai assez de mentir, de faire comme si tout était normal. Viktor a le droit de savoir, maintenant qu'il a deviné l'essentiel.

— Continue, maman. S'il te plaît.

Viktor l'encouragea d'un signe de la main.

— Ton père, lorsque l'on s'est aperçu qu'on nous avait menti, voulait te rendre au Lebensborn.

— Parce que j'étais un enfant juif ?

Cette fois ses yeux se posèrent sur son père et il le défia du regard.

— Parce que tu n'étais pas celui que l'on nous avait...

— Promis ? Donné ? Vendu ? siffla Viktor. Je n'étais pas le petit aryen modèle dont vous rêviez ? Pourtant, je donnais bien le change avec mes yeux bleus et mes cheveux blonds ! En plus, je n'étais pas circoncis. Ils ont dû bien prendre toutes les mesures, des pieds à la tête, pour vérifier que j'étais de race pure dans ce temple de l'excellence aryenne ! Je sais très bien qu'ils ne prenaient pas n'importe quel enfant. Alors quoi, je ne vous convenais pas ? C'est ça ?

— On nous avait menti, c'est tout, cria Helmut.
— Ne crie pas, Helmut, je t'en prie.
Joshka paraissait déterminée à aller au bout de la confession.
— Nous avons interrogé notre ami sur ce que cela signifiait. Nous lui avons montré ça. Elle désigna de nouveau le papier et le ruban. Il était très gêné. Il ne comprenait pas que cela ait pu leur échapper. Et il a avoué. Il nous a expliqué qu'une amie à lui était infirmière au *revier* d'Auschwitz. Tu étais très malade et elle t'avait pris en pitié. Elle savait que, malade ou en bonne santé, tu risquais la mort.
— Les expériences, hein ? Les expériences que les nazis faisaient sur les enfants pour leurs prétendues recherches médicales ? Il insista sur le dernier mot pour en signifier tout le cynisme.
Elle balaya la remarque de la main. Viktor ne sut si c'était pour dire qu'elle ne savait pas ou que peu importait.
— Elle savait que tu allais vers la mort, quoi qu'il arrive. Elle te trouvait mignon et ne pouvait se résoudre à te laisser là-bas. Elle voulait te donner une chance. Elle a donc pris le risque de t'extraire du camp en te faisant passer pour déjà mort. Elle t'a fait partir vers Kalish, tout près d'Auschwitz, où il y avait un Lebensborn très actif. Puis, quand tu as été guéri, tu as été transféré ici, à Munich.
— Elle me trouvait mignon !? Quelle chance j'ai eu ! Je dois mon salut à la blondeur de mes cheveux et à la couleur de mes yeux ? Disons plutôt que j'étais « conforme » ! cracha Viktor. Et complet ! Une chance que mes parents biologiques aient épargné mon prépuce !
Peu à peu, ses traits se durcissaient. Son visage n'était plus qu'un rictus.
Observatrice de la scène, Angela se rapprocha de lui et lui mit la main sur l'épaule, tout en se demandant ce qui résulterait de cette conversation.
— Et passée votre répulsion première à adopter un petit juif, vous avez décidé de me garder ?
— S'il te plait, Viktor...
La voix de Joshka chevrotait.

— Et mes parents ? Vous n'avez jamais cherché à savoir ce qu'ils étaient devenus ?
— Nous nous doutions bien qu'ils n'étaient plus en vie. À la fin de la guerre, nous avons bien vu que très peu de déportés étaient sortis vivants des camps.
— Mais il y en avait quand même. Et quand vous m'avez recueilli, la guerre n'était pas finie, que je sache ? s'écria-t-il. Vous n'étiez pas censés savoir, à l'époque, qu'on avait peu de chance de sortir vivant d'Auschwitz, puisque c'était un supposé camp de travail ! Et finalement, certains sont bien revenus ! Alors, j'ai peut-être de la famille, quelque part, qui en a réchappé. Qui sait ? Mais vous avez décidé de me maintenir dans l'ignorance. Pas tant pour m'épargner la vérité que pour ne pas endosser le rôle peu reluisant de parents d'enfant volé. Et par égoïsme !
Viktor vit sa mère sursauter :
— Tu n'étais pas un enfant volé ! Tu allais mourir, Viktor !
— Le fait que j'allais mourir n'a rien à voir là-dedans ! Aurais-je été davantage « volé » si j'avais été en pleine forme ? Aurais-je été davantage « volé » si mes parents n'étaient pas morts ? On m'a arraché à mon sort qui était de vivre avec ma famille ! Que vous le vouliez ou non ! Et vous avez cautionné ça en acceptant de m'adopter sans savoir avec précision ce qu'il était advenu de ma vraie famille !
Il avait appuyé sur le mot « vraie » et sa mère eut un haut-le-cœur.
— Nous ne pouvons refaire l'histoire, Viktor.
— Si vous aviez au moins entrepris des recherches à la fin de la guerre, ce serait différent. J'aurais moins le sentiment d'avoir été l'objet d'un trafic odieux, ni de cette mascarade abjecte.
— Mais nous t'aimions, Viktor. Nous ne voulions pas te perdre. Et tu avais l'air si heureux, avec nous. Comment aurions-nous pu imaginer que…
— …Que je découvrirais la vérité ? Ou que je réagirais ainsi ? Mais comment voulez-vous que je réagisse ? Vous comptiez me mentir jusqu'à la fin de mes jours ? Ou plutôt des vôtres ?

Sa mère haussa les épaules en signe d'impuissance. Impuissance à trouver les mots, les réponses justes, les arguments.
Viktor hochait la tête mécaniquement. Il faisait mentalement un retour sur toutes les années de mensonges pour déceler d'autres indices, s'il en était besoin. Puis il releva la tête.
— Et maintenant, là, tout de suite, vous vous sentez comment ?
Sa mère fondit en larmes. Son père prit le relais.
— Écoute Viktor, que ce soit bien clair, nous n'avons rien à nous reprocher, d'accord ? Nous t'avons choyé, logé, nourri, habillé, tu es allé dans les meilleures écoles ! Qu'aurions-nous dû faire de plus ?
— Alors pour toi, père, tout va bien. Sous prétexte que vous avez pourvu à mes besoins affectifs et matériels, on va remballer tout ça (il désigna les objets sur la table) et reprendre le cours de nos vies ?
Cette fois, ses yeux avaient quitté le tapis pour se planter dans ceux de son père.
— Le contexte était différent, à cette époque !
— Je ne te le fais pas dire ! Dois-je comprendre que tu faisais partie de ces haut-gradés de la SS ? Parce que ceux qui ont pris part au programme des Lebensborn pour l'amélioration de la race, c'étaient bien des hommes et des femmes qui faisaient allégeance à la politique de Hitler, je me trompe ?
L'attitude d'Helmut, raide dans son fauteuil, cramponné au verre de schnaps à s'en blanchir la jointure des doigts, le sidéra. Viktor comprit qu'il avait fait mouche.
Il se prit le visage dans les mains, roulant la tête de gauche à droite. Puis il se redressa vivement et défia à nouveau son père du regard.
— Tu faisais quoi exactement pendant la guerre, Helmut König ?
Son père ignora la question et l'insolence du ton avec lequel son fils avait prononcé son nom. Viktor repensa à la fouille du bureau, une heure plus tôt. Il n'avait rien trouvé qui rattache, d'une façon ou d'une autre, son père à un passé nazi. Il insista.
— Puisqu'on en est à tout se dire, je veux savoir. Il prit soin de détacher chaque mot : tu faisais quoi exactement pendant la guerre ?

— Je n'ai pas à te répondre, mais puisque tu me le demandes, je vais le faire, petit insolent, car je n'en ai pas honte : je faisais mon devoir. Je servais mon pays.
— À cette époque-là, on sait ce que ça voulait dire !
— Écoute, je n'ai pas de leçon à recevoir de toi, ni de quiconque, d'ailleurs.

Viktor crut que son père s'apprêtait à lancer son verre à travers la pièce. Les mâchoires serrées d'Helmut et le pourpre de son visage dénonçaient son manque de contrôle. Viktor s'adressa à sa mère.

— Tu peux me le dire, toi ?

Joshka semblait avoir pris vingt ans d'âge depuis le début de l'échange. Elle sanglotait en silence, le nez dans son mouchoir, et s'affalait sur elle-même.

— À quoi bon, Viktor... Ça changerait quoi ?
— Disons que je saurais si j'ai été élevé par le bourreau de mes parents, c'est une information non négligeable, tout de même, dit-il d'un ton cinglant.

Viktor visualisa mentalement, sur son père, l'uniforme honni, orné d'un aigle et d'une croix gammée. L'image en hologramme lui fit horreur. C'était d'une telle évidence.

— Bon, fit son père d'un ton péremptoire. Je pense que la discussion est terminée. Tu as voulu savoir, tu sais. Maintenant, je pense que nous pouvons en rester là.
— Nous regrettons beaucoup, pour tes parents..., murmura sa mère.

Viktor brandit sa main pour faire signe à Joshka de se taire. Nul besoin d'en rajouter. Il avait compris. Leur bonne conscience d'avoir sauvé l'enfant avait étouffé le cynisme de la situation. Il n'y changerait rien.

Les instants qu'ils venaient de vivre avaient fait basculer leur univers. Sans le dire, tous se demandaient s'ils pourraient dépasser cela. Dans l'esprit de Viktor, des sentiments contradictoires se télescopaient et brouillaient sa vision des choses. « Amour, juifs, pardon, SS,

Auschwitz, mort, famille, enfant volé, parents, nazis, Lebensborn, race supérieure », les mots virevoltaient dans sa tête dans un indomptable maëlstrom. Il se leva et regarda Angela, muette et immobile à côté de lui. D'un signe de tête, il lui fit comprendre qu'il souhaitait partir. Il récupéra l'ourson, la fiche de papier et le ruban sous le regard passif de ses parents, puis il s'arrêta net et murmura d'une voix lasse.

— Pourquoi avoir gardé tout ça, si je ne devais rien savoir ?

Sa mère haussa les épaules,

— Je ne sais pas... Au cas où...

— C'est vrai que j'avais oublié à quel point les nazis excellaient dans l'art de garder des traces de leurs crimes ! siffla Viktor.

Il tourna les talons, attrapant Angela par le bras au passage.

— Attends ! Viktor ! tenta sa mère.

— Au revoir, maman. Laisse-moi maintenant. J'ai besoin de temps. Ah si ! Une dernière chose : pourquoi ma naissance n'a été enregistrée à l'état civil de Munich qu'en 1952 ?

— Les papiers que nous avait fournis le Lebensborn n'étaient pas officiels. Ils étaient faux, et pour cause... Ce n'est qu'en voulant faire tes papiers, en 1952, que nous nous en sommes rendu compte. Il fallait bien que tu sois enregistré quelque part.

— Je l'étais... mais à Toulouse ! Et je m'appelais Simon Levinski !

Il tourna les talons en direction de la porte de la maison qu'il claqua derrière lui.

Chapitre 15 – Toulouse, 2012

En sortant du bâtiment des Archives municipales, Léonor apprécia de se retrouver à l'air libre. Elle avait passé une bonne partie de l'après-midi dans de vieux registres d'état civil et elle éprouvait le besoin de s'aérer en marchant. Lorsqu'elle parvint à l'arrêt de bus, elle extirpa son téléphone de son sac pour appeler Thomas.
Il décrocha.
— J'ai du nouveau, dit-elle.
— Les recherches pour lesquelles tu es sortie cet après-midi ?
— Oui. Tu m'attends à l'agence et je t'expose ce que j'ai trouvé ?

La journée étant bien avancée, ils décidèrent de débriefer dans le bureau ovale afin de mettre le tableau magnétique à jour au fil de leur échange.
— Les enfants de Rebecca sont nés à Toulouse, commença Léonor. J'avais eu leur date de naissance par le mémorial de la Shoah, tu te souviens ? J'ai donc trouvé l'identité du père par l'état civil. Il s'appelait Rafaël Levinski. Du coup, j'ai pu chercher des infos sur lui. Il est arrivé en France en 1929 et a été naturalisé en 1933. C'est pour ça qu'il était sur la liste ; il faisait partie de ces personnes dont le régime de Vichy avait retiré la nationalité française. Il n'était plus ni polonais, ni français. Ce qui faisait de lui un apatride. Il est mort à Toulouse. Tu ne devineras jamais quand…
Thomas écoutait, les yeux rivés dans ceux de sa collègue, espérant y sonder ce qu'elle allait dire.
— Il est mort le 26 août 1942.
Thomas ouvrit de grands yeux.
— Mais qu'est-ce qui s'est passé ce jour-là, bon sang ?
Il se leva et se dirigea vers le tableau pour y ajouter les éléments nouveaux.

— C'est sûr que ça ne colle pas avec la photo des policiers en civil qui s'en fument une, tranquillou, au pied de l'immeuble, le même jour… poursuivit Léonor. Maintenant que l'on a son identité, on demandera à Basile s'ils ont quelque chose à son sujet dans leurs archives. Ça ne peut pas être un hasard. Il s'est forcément passé un truc. Un truc louche. Il y a autre chose, Thomas. Quelque chose que je ne comprends pas.

Il devina au ton de Léonor qu'un élément aussi important qu'imprévu, avait surgi. Il se retourna, le bloc de post-it de couleurs à la main.

— Je t'écoute.

— En cherchant des infos sur Rafaël Levinski, j'ai découvert qu'ils ont eu, Rebecca et lui, un bébé enregistré à l'état civil de Toulouse le 22 août 1942. Une fille prénommée Sybille.

Thomas fronça les sourcils.

— Ah bon ? Elle n'était pas mentionnée dans le fichier de la Shoah ?

— Non. En plus, j'ai relu les consignes que les policiers avaient pour les rafles. Elles stipulaient qu'ils ne devaient pas embarquer les familles avec des nouveau-nés. Ils sont vraiment tombés sur des flics pourris car le fait d'avoir ce bébé aurait dû leur éviter la déportation.

— Il est devenu quoi, ce bébé ? Il pourrait être mort-né ?

— Il n'y aucune date de décès à l'état civil.

— Je donnerais cher pour savoir ce qu'il s'est passé ce jour-là. Tu imagines ce que cela implique ?

Léonor approuva.

— Si elle est encore en vie, cette Sybille pourrait être notre suspect… Si tant est qu'elle ait découvert ce qui est arrivé à sa famille. Ce n'était qu'un nourrisson à l'époque.

— Et le père est vraiment mort ce jour-là, tu es sûre ?

— Certaine. Et j'ai réfléchi à partir des éléments que nous a donnés Basile : parmi les suspects, il y a aussi le quatrième flic, Servat. S'ils ont fait quelque chose de pas clair tous les quatre, il a peut-être voulu réduire ses collègues au silence.

— Ça doit être un vieillard aujourd'hui.
— Il pourrait se faire aider par quelqu'un de plus alerte ?
— Bon, on continue de creuser. Tu poursuis sur la famille Levinski, et moi je vais voir du côté des peintures, si elles peuvent être le mobile des meurtres. Ça te va ?
— Han han !
— On descend boire un verre ?
— Je voudrais d'abord voir avec Lucas ce qu'il peut nous trouver sur Rafaël Levinski.

Léonor posa la calebasse de maté sur la table ovale et se dirigea vers son bureau. Elle saisit son téléphone et chercha le nom de son frère dans ses contacts.

— Lucas ? Je vais avoir encore besoin de tes services ! Je peux passer ?
— Je ne peux pas trop, là, il y a Clarisse pour les soins du soir.
— Je passe dans une heure alors.
— Demain matin, je préfèrerais.

Léonor accepta à contre-cœur. Puis elle appela Basile pour partager le résultat de ses recherches. Il se trouvait encore au central.

— C'est dommage que tu ne sois pas rentrée dans la police, Léo, tu aurais fait un malheur, fit Basile pour conclure.
— Non mais, sérieux, tu m'imagines dans la police, avec tous ces mecs et mon sale caractère ?! Blague à part, il faut vraiment que l'on trouve ce qui est arrivé à Rafaël Levinski et ce qu'est devenu le bébé. Tout ça doit être lié. J'imagine bien la petite fille, devenue adulte, qui découvre, peut-être tardivement, que sa famille a été déportée. Elle a connaissance de cette photo des quatre hommes avec les tableaux – on ne sait pas encore comment, mais on va trouver…– et elle fait justice elle-même ? Qu'en penses-tu ?
— Ça se tient. On est en train de chercher le frère, Emmanuel. Ils sont peut-être de mèche…

— Je vais mettre Lucas sur le coup. Il récoltera peut-être des infos là où vous n'allez pas les chercher.
— Mouais… Je n'ai rien entendu ! Mais je compte sur toi pour partager la moisson quand même.
— Tu m'autorises à appeler Adèle Fortier pour lui expliquer la tournure que prend l'enquête ?
— Va la voir, plutôt. Ce que tu vas lui annoncer n'est pas rassurant, même si le meurtrier ne vise pas les familles, a priori.
— OK. J'irai lundi.

Léonor raccrocha. Elle passa la tête dans le bureau de Thomas, lui-même à nouveau plongé dans une recherche internet sur les tableaux.
— Demain, je vois Lucas, pour approfondir certains détails. Et j'irai chez les Fortier lundi pour faire le point sur l'enquête.
Elle désigna l'écran du menton :
— Tu as pu avancer sur les tableaux ? Ça donne quelque chose ?
— Je suis dessus, justement. Mais ces toiles ne font pas partie des œuvres répertoriées. Je ne trouverai donc rien dessus qui puisse alimenter notre enquête. Exceptés le Kees van Dongen et le Kandinsky – enfin, le supposé Kandinsky ; si on l'avait entre les mains, on pourrait vérifier s'il y avait la moindre chance qu'il soit authentique –. Les deux autres, je ne les distingue pas assez bien pour avoir des certitudes. Pour l'instant, il n'y a pas de lien logique entre toutes ces œuvres, à part celui d'avoir été prélevées le même jour chez des familles juives polonaises, par des policiers auteurs d'une même rafle, puis dérobées un 26 août à leur nouveau propriétaire. Et pour deux d'entre elles au moins d'avoir été réalisées par des peintres de renom.
— Avant d'avoir été *volés* par les policiers auteurs d'une même rafle, tu veux dire.
— Mais avaient-ils la moindre idée de ce qu'ils volaient ? Quand Fortier a offert son tableau à sa femme, il ne lui a pas dit que c'était un Van Dongen. S'il l'avait su, il le lui aurait dit, tu ne crois pas ?
— Mais alors, pourquoi les voler ?

— Je ne sais pas... Une forme de « c'est toujours ça que les boches n'auront pas » peut-être ?
— Le père d'Irène, le collectionneur, a dû s'en rendre compte, lui, que c'était un tableau de maître. Il aura sûrement senti le truc foireux et n'aura rien dit pour épargner son gendre... Enfin j'imagine.
— Bon, on va le boire, ce verre ?
— Banco !

*

Le samedi matin, Léonor croisa Clarisse dans le hall de l'immeuble de Lucas.
— Comment va-t-il ? dit-elle, plus pour engager la conversation que pour prendre des nouvelles de son frère qu'elle avait eu la veille au téléphone. Elle détestait quand leurs connaissances communes s'informaient sur la santé de Lucas comme s'il était atteint d'une maladie grave. Son frère n'était pas malade. Il était handicapé, la nuance était de taille. Mais en l'occurrence, elle espérait tirer les vers du nez de Clarisse pour savoir comment avançait leur relation.
— Il va bien... je dirais qu'il va bien.
Léonor remarqua qu'elle tenait à la main un petit bouquet de fleurs, une jolie composition de roses rouges et blanches, et de gypsophile.
— C'est Lucas. Il me les a offertes, à l'instant. Il est... adorable.
Clarisse fixait le bouquet des yeux, évitant ainsi le regard de Léonor.
— Il y a un problème, Clarisse ?
— Je ne sais pas... Non... Si...
— Vous avez cinq minutes pour aller boire un café ? Et on en parle ?
— Si vous voulez.
Elles sortirent et se dirigèrent vers l'unique bar du quartier. Elles s'installèrent et passèrent commande. Tout cela s'était fait en silence. Puis Léonor observa Clarisse pour l'inviter à parler.

— Vous savez combien je suis attachée à votre frère, Léonor... commença-t-elle en se triturant les mains.

Léonor se contenta de hocher la tête. Elle voyait très bien où Clarisse allait l'emmener. Qu'à cela ne tienne, elle avait fourbi ses armes.

— C'est vraiment un homme adorable, attentionné, aimable...

— Mais ? embraya Léonor, sur la défensive.

— Attendez, je n'ai pas fini. J'éprouve beaucoup de plaisir à faire mon travail auprès de lui. Cela fait deux ans, maintenant, que je l'assiste dans son quotidien, et nous avons... créé des liens, forcément. Il est, et de loin, mon patient préféré.

— Patient ?

— Patient ou employeur, ou ami... choisissez le terme que vous préférez. Cela n'a pas beaucoup d'importance.

— Pour moi si. Et pour lui, je pense que cela en aurait aussi. Il vous apprécie beaucoup.

— Je sais... C'est justement.

— Justement quoi ?

— Je ne sais pas si je peux lui apporter ce qu'il attend de moi.

— Il vous a parlé ?

— Non, pas clairement, mais je crois que j'ai compris.

Léonor répugnait à parler de son frère, ainsi, à son insu, mais elle sentit qu'elle n'avait pas le choix. Elle allait devoir s'immiscer dans sa vie.

— Et selon vous, qu'attend-il de vous ?

— Je pense qu'il a des sentiments pour moi...

Léonor hésita avant de répondre.

— Je vous le confirme.

— Mais je crains de ne pas être à la hauteur.

— Nous parlons de sentiments, là, ou de capacité à gérer une relation ? Vous l'aimez oui ou non ?

Léonor regretta le ton qu'elle venait d'employer. Elle maudissait cette manie qu'elle avait d'aller toujours droit au but. Son entourage la disait sans filtre. Elle allait devoir faire preuve de patience et de diplomatie. Pour Lucas. Quelque chose pouvait se jouer dans cet entretien. Elle nota que Clarisse avait relevé la légère agressivité de la question.

— Je vous demande pardon, Clarisse, quand il s'agit de mon frère, je suis toujours un peu à cran. Pensez-vous l'aimer ? répéta-t-elle plus doucement.

— Je n'en sais rien...

— Soyons claires, Clarisse, fit Léonor, dont le naturel reprenait le dessus, mais veillant à garder son calme. Et allons au fait : imaginez que Lucas soit un jeune homme, disons normal – même si cet attribut me fait horreur –, je veux dire, mais vous l'avez compris, sur ses deux jambes et indépendant... Éprouveriez-vous des sentiments pour lui ?

— Ce n'est pas aussi simple que cela...

— Je crois que si, malheureusement. Parlez en toute sincérité, Clarisse, nous sommes toutes les deux, je n'irai pas répéter à Lucas ce que vous allez me dire. En revanche, il faudra que je le ramasse à la petite cuiller si vous le lâchez. Donc il vaut mieux que je sois avertie. Alors ? Vous en êtes où, vous ? Vous êtes amoureuse ?

— Je crois que oui. Mais j'ai peur.

— Peur ?

— Oui... Peur d'assumer son handicap. Peur de votre histoire. Peur de ne pas être à la hauteur, comme je le disais tout à l'heure.

— Vous n'avez pas à assumer notre histoire, Clarisse. C'est à lui de le faire et je pense qu'il s'en sort plutôt bien. Mieux que moi, en tout cas, malgré les apparences. Vous pensez que cette peur brouille votre jugement, votre clairvoyance sur ce que vous éprouvez réellement pour lui ?

Clarisse hocha la tête.

— Mon frère n'est pas malade. C'est un jeune homme dynamique, plein d'énergie et d'enthousiasme. Il a le droit de vivre comme n'importe quel autre jeune homme. La dernière chose dont il ait besoin, c'est que l'on s'apitoie sur son sort. Si vous saviez le nombre de personnes qui le croisent dans la rue en feignant de ne pas le voir, à cause de la gêne occasionnée par le fauteuil roulant. Les gens ne le regardent pas, a priori pour ne pas l'embarrasser, lui. Leur rapport au handicap les met mal à l'aise. Or, Lucas sait bien qu'il a un fauteuil qui se remarque, mais il ne comprend pas en quoi cela doit empêcher les autres de le voir, lui, de le saluer au besoin, communiquer, quoi, d'un regard, d'un mot, d'un geste. Au lieu de cela, il a l'impression d'être transparent, de ne pas exister, tant on s'applique à l'éviter. Il a le droit de voir dans le regard des gens autre chose que son handicap. Il le souhaite de toutes ses forces. Et il le mérite tellement !

— Je sais bien, Léonor, j'en ai conscience. Quand nous nous promenons ensemble, je vois tout cela. Mais partager la vie de quelqu'un... comme lui, ce n'est pas facile. Reconnaissez-le.

— Je le reconnais. C'est pourquoi, moi, je vous parle de sentiments. Si vous l'aimez, cela ne doit pas être un obstacle. L'absence de facilité rendra peut-être votre relation plus forte. Cela peut aussi constituer une richesse, permettre de voir la vie autrement. Et puis, personne ne vous parle de mariage. Vous pouvez au moins faire un essai.

— Mais justement... J'ai peur de ne pas oser le quitter si ça ne se passe comme on voudrait.

— Je vous le répète, Clarisse : pas d'apitoiement. Lucas est un homme nor-mal ! Mettez-vous ça dans la tête une fois pour toutes, et vivez avec la légèreté qui s'impose. Si ça ne se passe pas comme prévu, il en souffrira, mais il aura au moins l'impression d'être considéré pour ce qu'il est vraiment, non pour son handicap. Et peut-être est-ce même lui qui mettra un terme à votre histoire, qui sait ? Son handicap ne le prive pas de son libre-arbitre.

Léonor guetta la réaction de Clarisse. Le visage de celle-ci sembla soudain se détendre. Un sourire étira ses lèvres.

— Vous l'aimez, n'est-ce pas ?

— Oui, je crois que oui.
— Vous l'aimez, ça crève les yeux. Je ne devrais pas vous le dire, pour ne pas vous influencer, mais quand je vous vois tous les deux, c'est si... évident !
— J'ai tellement peur de le blesser, si ça ne marche pas... répéta-t-elle.
— Il n'est pas en sucre. Et puis, personne ne vous demande l'impossible. Vivez, simplement, en toute sincérité, ce que vous avez envie de vivre avec mon frère. Ne passez pas à côté de ce bonheur d'aimer et d'être aimée, même si cela ne doit pas s'inscrire dans la durée.

Léonor vit briller des larmes sur le visage de la jeune femme.
— Retournez vers lui.
— Comment ? Là, maintenant ?
— Oui.
— Mais vous étiez venue le voir ?
— J'attendrai, ce n'est pas bien grave.

Clarisse regarda sa montre. Elle avait encore une demi-heure avant son prochain rendez-vous. Elle se leva.
— Je vous attends ici, confirma Léonor.

Lucas était installé dans son canapé, au milieu de papiers éparpillés autour de lui, quand il entendit la porte d'entrée s'ouvrir.
— Qu'est-ce que tu vas encore me demander, frangine ? dit-il avant même de voir qui entrait dans le séjour. La vue de Clarisse le surprit. Elle avait toujours son bouquet à la main.
— Tu as oublié quelque chose ?
— Oui.

Elle s'approcha du jeune homme, posa les fleurs sur la table basse et s'assit à côté de lui. Il la regarda faire, intrigué.
— Euh... quoi ? dit-il pour masquer sa gêne tout en ramassant un peu la paperasse étalée.

Clarisse vrilla son regard dans celui de Lucas. Elle voulait qu'il y lise ce qui était écrit, là, tout au fond de son âme. Pour lui laisser le temps de bien tout déchiffrer, elle détailla le visage du jeune homme. D'abord le front, têtu sous les cheveux toujours en désordre. Les yeux, vifs et doux à la fois, d'un beau marron, profond. Les joues, légèrement teintées – surtout depuis qu'elle était revenue – et veloutées d'une barbe de deux jours. Le nez, ni trop grand, ni trop petit, droit. La bouche, bien dessinée, délicate. Mais pourquoi diable avait-elle hésité si longtemps ? Elle se pencha vers lui et posa sa tête sur l'épaule du jeune homme.

Pas trop vite, se dit-elle. Lui laisser le temps…

Lucas déposa un baiser sur les cheveux de Clarisse. Il respira des effluves auxquelles seule cette intimité lui donnait accès. Il prit tout l'air qu'il put, comme pour emmagasiner le maximum du parfum de celle qui mettait le feu à ses milliards de cellules. La jeune femme leva la tête pour chercher les lèvres de Lucas. Un élan conjoint souda leurs sourires. Il la connaissait bien et savait qu'elle n'agissait pas à la légère. Le baiser qu'elle lui offrait fleurait la sincérité. Ils le prolongèrent, encore et encore. Puis Clarisse se dégagea à regret.

— Je dois y aller, j'ai un rendez-vous dans cinq minutes.

Il la laissa se lever. Sa mine devait être chargée de questions car elle sourit et chuchota :

— On parle ce soir ?

Elle lui fit un clin d'œil et récupéra son bouquet sur lequel elle posa ses lèvres.

— Je t'emporte avec moi, dit-elle en désignant les fleurs. À ce soir !

Quand Léonor entra à son tour, dix minutes plus tard, elle trouva Lucas, pensif, sur le canapé, figé dans un sourire béat.

— Tu as vu la vierge ou quoi ? Tu n'étais pas censé bosser ?

Il regarda sa sœur.

— Tu ne devineras jamais ce qui m'arrive.
— Sans doute, mais j'ai comme l'impression que c'est de la balle !
— C'est Clarisse.
— Mais noooon ? ça y est ?

Elle avait des remords à simuler la surprise, mais à quoi bon lui parler de leur entretien ? Après tout, Léonor s'était contentée d'aider la jeune femme à y voir clair, rien de plus. Lucas opina de la tête.

— C'était juste... fabuleux !
— Quoi ? Vous avez déjà...
— Non, juste un baiser. Mais alors, quel baiser ! C'était THE baiser ! Il jubilait comme un enfant après le passage du père Noël.
— Je suis tellement contente pour toi, mon frérot.

Elle lui fit une bise sur la joue.

— Je ne t'avais pas dit qu'elle craquerait pour toi ?
— Ouais... On verra bien comment s'emmanche la suite, dit-il avec les yeux plus pétillants que jamais. Bon, dis-moi quand même ce qui t'amène.

Léonor se dit qu'elle allait avoir du mal à mobiliser toute l'attention de son frère après ce qu'il venait de vivre. Elle reprit les choses depuis le début, et contre toute attente, elle le trouva concentré. Ils n'étaient décidément pas faits du même bois.

— On va commencer les recherches tout de suite, proposa-t-il, lorsqu'elle eut terminé.

Il se hissa sur son fauteuil et s'approcha du bureau sur lequel trônait son matériel informatique. Léonor tira une chaise à côté de lui.

— D'abord le bébé : Sybille Levinski, tu dis ? Avec un i ou un y ?
— L.e.v.i.n.s.k.i.

Léonor lui redonna tous les détails. Elle le vit pianoter sur son clavier à une vitesse vertigineuse. Sur l'écran défilaient des pages d'informations qu'elle n'avait pas le temps de décrypter. L'attention de Lucas était happée par les profondeurs d'internet. Au bout d'un court moment, Léonor sentit que la recherche n'aboutissait pas.

— Non, je ne trouve rien... C'est comme si elle avait disparu de la circulation. Peut-être que sa mort n'a pas été déclarée ?

Léonor haussa les épaules. Ils passèrent encore une demi-heure à déambuler dans les méandres d'un web plus ou moins officiel. Ils n'aboutirent pas plus. Ils n'apprirent rien qu'ils ne sachent déjà sur Rafaël Levinski, ni sur l'ex-policier nonagénaire, Jean Servat.

— Je ne comprends pas... On devrait au moins trouver des infos sur le vieux. Surtout s'il a été dans la police toute sa vie, fit Lucas, déçu.

— Laisse tomber, Lulu... ce n'est pas grave.

— Ah, au fait, je ne t'ai pas dit. La recherche sur un antiquaire éventuel, rue Saint-Pantaléon. Je n'ai rien glané non plus... Désolé. Je ne te suis vraiment pas d'une grande aide en ce moment.

Le téléphone de Léonor sonna. Lorsqu'elle vit le nom de Benjamin s'afficher, un vibrato résonna dans sa poitrine. Elle tapota rapidement un texto.

Je te rappelle dans 15' biz

— Bon, petit frère, je te laisse. Passe une bonne journée !

Le clin d'œil qu'elle surjoua le fit rire.

Une fois dans la rue, elle rappela Benjamin. Il proposait qu'ils se voient le soir-même. Elle se réjouit à l'idée de se trouver à nouveau dans ses bras.

Chapitre 16 – Toulouse, 2012

Le lundi matin, Léonor prit soin d'avertir sa cliente de son arrivée. Elle la savait à cheval sur la maîtrise de son emploi du temps.
Le salon de l'hôtel particulier baignait dans une lumière douce grâce aux doubles-rideaux ocres légèrement tirés. Détendue, Adèle Fortier trempa ses lèvres dans une tasse de thé.
— Vous m'avez dit au téléphone avoir du nouveau sur l'enquête ? C'est une bonne nouvelle, non ?
— Euh… C'est plus compliqué que ça, madame Fortier, fit Léonor en posant sa tasse sur la table basse.
— Adèle, si ça ne vous ennuie pas. Plus compliqué ? De quelle façon ?
Léonor exposa, sans entrer dans les détails, que de nouveaux éléments étaient apparus, justifiant l'entrée en scène de la police. En quelques minutes seulement, elle vit passer sur le visage de sa cliente une succession d'émotions. La curiosité, d'abord, puis la contrariété et enfin, la colère.
— Juste ciel ! Je vous avais pourtant dit que je ne voulais pas que la police fourre son nez dans tout cela !
— Mais pour quelle raison, au juste ? Vous savez, je n'ai pas eu le choix !
— Je vous l'ai déjà dit le premier jour. Parce que je ne savais pas d'où venait ce tableau. Et puis ce vol ne me paraissait pas justifier une intervention de la police.
— Mais maintenant, si. Vous n'êtes pas inquiète, au moins ?
— Inquiète ? Pourquoi le serais-je ? À la lumière de ce que la police a découvert, si l'hypothétique meurtrier avait voulu me tuer, il l'aurait déjà fait, non ?
Léonor admira la perspicacité de la septuagénaire.

— Non, cela m'agace, plutôt, poursuivit cette dernière. Déjà que cette histoire de rafle ne me plaisait pas beaucoup... Que va-t-il se passer maintenant ? Je suppose qu'il va falloir que j'aille faire une déposition ?

Léonor acquiesça.

— Pour le reste, je ne peux pas encore vous dévoiler ce que la police envisage de faire. L'enquête va s'orienter vers une autre direction, c'est tout ce que je peux vous dire pour l'instant.

— Assurez-vous, s'il vous plait, Léonor, que la police ne mette pas les pieds ici. Je ne veux pas alarmer maman.

— Cela va être difficile, il faut qu'ils viennent faire quelques constatations, pour le vol, même si c'est un peu tard par rapport au moment des faits. Mais je vous promets de faire la liaison, pour que vous ayez affaire à eux le moins possible.

— Une dernière chose : mes photos sont désormais en leur possession ?

— C'est bien ça.

Adèle Fortier eut du mal à réprimer une grimace.

*

Le bruit de l'aspirateur l'exaspérait. Thomas s'enferma dans son bureau. Il était en train de boucler une petite enquête alimentaire-mon-cher-Watson. D'un côté il y avait l'aspirateur, de l'autre il entendait pester Léonor à travers la cloison, car elle ne trouvait pas ce qu'elle cherchait. Il lança une application musicale sur son téléphone et mit ses écouteurs. Les premières notes d'une chanson résonnèrent dans ses oreilles, et il se laissa porter. C'était une vieille chanson du groupe *4 non blondes*, qu'il venait de redécouvrir. Il veilla, dans un premier temps, à ne pas vociférer. Mais, la musique l'entraîna et il relâcha son attention, sans remarquer que la porte de son bureau venait de s'ouvrir sur Léonor. Elle vit les écouteurs dans les oreilles de Thomas et comprit qu'il ne servirait à rien de lui parler. Elle se mit à rire. Thomas se trémoussait au son que lui seul entendait, et chantait à tue-tête.

> *And so I wake in the morning and I step outside*
> *And I take a deep breath and I get real high*
> *And I scream at the top of my lungs*
> *What's going on ?*

Puis il fit mine de jouer des accords de guitare sur un instrument imaginaire, ce qui l'obligea à reculer un peu de son bureau. Il aperçut alors Léonor, hilare, plantée dans l'entrebâillement de la porte. Il tressaillit, comme pris en faute. Il ôta ses écouteurs d'un geste vif tandis que Léonor louchait sur l'écran du téléphone pour y lire le titre qui faisait un tel effet à son collègue. *What's up.*

— Je comprends mieux, dit-elle, sans cesser de rire. Tu es très fort en *air guitar* !

— Voilà, pris en flagrant délit de… de je ne sais quoi d'ailleurs… De plaisir intense, dirais-je. En tout cas, à voir ta tête, j'ai perdu au moins les trois-quarts de ma dignité, dit-il en faisant une moue vexée.

— Ne t'inquiète pas, ce qui se passe au bureau reste au bureau.

Agacé par le rire moqueur de son amie, Thomas la rappela à la réalité.

— Dis-moi plutôt ce qui t'amène.

Elle recouvra son sérieux.

— Je ne trouve pas le dossier Fortier. Je l'avais laissé sur mon bureau, comme tous les dossiers qui ne sont pas encore bouclés. Tu ne l'as pas pris par hasard ?

— Non. Et Cécile ? il désigna du menton la jeune femme chargée d'astiquer l'agence et qui en ce moment-même jouait de l'aspirateur quand lui s'essayait à la guitare fictive.

Léonor fit non de la tête.

— Elle ne touche jamais ce qu'il y a sur mon bureau. Elle sait que ça me rend folle.

Tout à coup, l'aspirateur s'arrêta. Puis Thomas vit Cécile arriver derrière Léonor.
— Vous devriez venir voir ça, je crois, dit-elle. D'un mouvement de tête, elle désigna le bureau ovale.
Ils la suivirent dans la salle. Elle pointa du doigt le sol devant le tableau magnétique, masqué du rideau habituel. Des photos et quelques aimants jonchaient le parquet.
— C'était comme cela quand vous êtes arrivée ? demanda Léonor.
— Oui, je viens de rentrer dans cette pièce.
— Qu'est-ce que ça veut dire ?
Thomas retira le voile qui cachait le tableau. Il y manquait les photos qui se trouvaient par terre.
— C'est bizarre, fit Thomas. On dirait que quelqu'un a voulu regarder les photos et les a mal remises.
Tous trois se regardaient sans comprendre. Les yeux de Thomas se posèrent sur la table. Des feuilles blanches, vestiges de leur dernière réunion, la tapissaient. Au milieu, un dossier que le jeune homme reconnut.
— Ce n'est pas ton dossier ? Tu vois, il n'est pas perdu. Tu as dû l'oublier là, hier.
Léonor secoua la tête.
— Je t'assure que je ne l'ai pas laissé là, hier. J'ai fini de bosser dans mon bureau et je suis partie directement. Je me souviens très bien de l'avoir déposé sur la pile des affaires en cours.
Ce fut Cécile qui tira la conclusion que les deux autres refoulaient.
— C'est que quelqu'un est entré, alors…
— Mais comment-ça, « entré » ? reprit Léonor. Quand vous êtes arrivée, Cécile, la serrure n'avait pas été forcée ?
— Non, tout était normal. C'est peut-être quelqu'un qui a la clé ?
— Personne n'a la clé, à part nous trois, embraya Thomas.
— Quelqu'un qui aurait un passe ? fit Léonor.
— Avec la serrure que l'on a, j'en doute.
— Mais alors, c'est quoi cette histoire ? Il n'y a rien à voler, ici.

— Quelqu'un s'intéresse peut-être à ce que l'on fait.
— Et il rentre, fouille et laisse en plan un dossier et des photos, signature claire et nette d'une visite clandestine ?
— Il – ou elle – a peut-être été dérangé ?
Les trois échangèrent des regards dubitatifs.
— Oh ! Purée ! fit Thomas en se frappant le front.
— Quoi ?
— Hier soir, vers 21 heures, je suis revenu chercher mon téléphone que j'avais laissé dans la cuisine. L'intrus devait être là. Il a dû m'entendre et se planquer en attendant que je parte. J'imagine qu'il n'a pas trainé. Ça m'a surpris car la porte de ce bureau était ouverte alors qu'on la ferme quand nous n'y sommes pas. Tu ne l'as pas ouverte, Léo, en partant hier ?
— Non, pas que je me souvienne. C'est vrai qu'on la laisse fermée, en général.
— Mince, quand je pense que j'aurais pu le coincer...
— Ou te faire trucider. On ne sait pas de quoi l'individu est capable.
— Vous avez remarqué quelque chose de suspect, vous, ces derniers temps ? enchaina Thomas.
Cécile fit non de la tête. Léonor hésita. Elle se mordit la joue. Thomas s'en rendit compte.
— Léonor ? Tu as une idée ?
— Je ne sais pas, ça n'a peut-être rien à voir, mais l'autre jour, en allant chez Adèle Fortier, j'ai eu l'impression d'être suivie. Et puis une autre fois, aussi, en allant au commissariat, le jour où Basile m'a appelée pour me dire ce qu'il avait trouvé sur Fortier.
— Et tu ne le dis que maintenant ? dit-il d'un ton de reproche.
— Ne te fâche pas. Quand on fait notre métier, on devient parano, tu sais bien. Alors j'ai mis ça sur le compte d'une déformation professionnelle. Mais, tout mis bout à bout, je me dis qu'il y avait peut-être bien quelqu'un sur mes traces, finalement. Quelqu'un qui s'intéresse de toute évidence à notre affaire.

— C'est flippant ! fit Cécile.

— Ne vous inquiétez pas », répondirent en chœur les deux associés, se gardant bien de lui dire que dans l'affaire en question, il y avait un double meurtre à élucider. « Si quelqu'un est visé, c'est l'un de nous deux » précisa Thomas.

Ils se retrouvèrent tous les deux dans le bureau de Léonor et passèrent en revue les hypothèses qui pourraient infirmer leur théorie dérangeante du visiteur importun. Mais Léonor était formelle, son dossier était sur son bureau la veille, juste avant son départ. Elle n'était pas retournée devant le tableau. Et Cécile ne les aurait pas alertés si c'était elle qui avait fait tomber les photos en faisant le ménage.

Ils s'accordèrent sur une stratégie. Thomas suivrait Léonor lors de sa prochaine sortie, de loin, afin de voir si son impression était la bonne. Ainsi ils en auraient le cœur net. À condition, toutefois, que son suiveur décide d'entrer en action à ce moment-là.

Soudain, Thomas vit le visage de sa collègue se décomposer. Elle lui fit signe de se rapprocher. Intrigué, il fit le tour du bureau pour venir tout près d'elle. Elle lui chuchota à l'oreille :

— Et s'il avait déposé des micros ?

Thomas sursauta. Il lui répondit de la même façon.

— On nage en pleine parano, là, Léonor.

— S'il veut savoir où on en est, dans l'enquête, le type a pu poser des micros... Il faudrait que l'on cherche partout.

De son index, elle fit le tour de la pièce. Thomas fit une moue dubitative puis se laissa convaincre.

— Continuons à parler comme si de rien était, tout en cherchant.

Ils se mirent à quatre pattes et regardèrent sous les meubles, derrière les cadres, les stores, tout ce qui pouvait dissimuler ce qu'ils cherchaient, tout en devisant sur le prix des légumes au marché Victor-Hugo et sur le faux débat entre « pain au chocolat » et « chocolatine » puisqu'il allait de soi que la chocolatine restait le terme le plus approprié, et de loin, pour désigner la viennoiserie. En toute bonne foi.

Ils renouvelèrent l'opération dans le bureau de Thomas.

Quand ils eurent passé aussi la salle de réunion au peigne fin, se cognant, dans la foulée, sous la grande table oblongue, ils reconnurent que leur imagination avait un peu galopé. Ils convinrent de faire changer les serrures de l'agence et reprirent leur quotidien, chacun dans son bureau.

Perturbée par ce qu'il venait de se passer, Léonor eut du mal à se remettre au travail. Elle ne pouvait se départir d'une impression d'être épiée dans ses faits et gestes. Elle s'évertua à canaliser ses pensées sur la douceur de son week-end avec Benjamin. Elle appréciait leur relation mais craignait de trop s'attacher à lui. Elle n'avait pas besoin d'un homme dans sa vie. Elle en était persuadée. D'ailleurs, était-elle capable d'aimer ? Son mariage avait été un fiasco et elle ne se voyait pas renouveler l'expérience. Les mecs, oui, mais de temps en temps, et pas trop longtemps. Alors que faire de Benjamin ? Il semblait tenir à elle. Mais il pouvait tout aussi bien s'imaginer la même chose à son endroit. Elle réalisa qu'elle ne connaissait pas son nom de famille. Il le lui avait pourtant dit, mais elle n'avait pas écouté, comme cela lui arrivait parfois, quand son esprit était encombré. Elle s'astreint à un effort de mémoire pour se remettre dans le contexte. « Boulanger » ! C'était le matin où il lui avait annoncé qu'il était élagueur. C'était bien cela : Benjamin Boulanger.

Son téléphone sonna. Basile. Il appelait pour faire le point.

— Attends, Basile, on va dans le bureau ovale avec Thomas et je mets l'ampli.

Une fois installés tous les deux devant le tableau magnétique, ils écoutèrent le policier.

— Nous avons retrouvé Emmanuel Levinski. Il vit à Toulouse, au cours Dillon. A priori, il était journaliste. Il s'est marié à Violette Levinski, née Sutra, en 1936. Ils ont eu un fils, Michel, en 1957.

— Sutra... Sutra... Ce n'est pas le nom de la concierge de l'immeuble qui figure sur le PV de la rafle ? se souvint Léonor.

Il y eut un blanc au bout du fil. Ils devinèrent que Basile déplaçait des papiers.

— Mais oui ! Tu as raison. Je n'avais pas fait le rapprochement. Bah, pour ma défense, c'est un nom courant dans la région.

— Vous êtes allés le voir, Emmanuel Levinski ? s'enquit Léonor.

— Pas encore. Je pensais y aller avec toi, Léonor, si tu veux. Mais on voudrait d'abord mettre la main sur le dernier policier, Servat. Et là, ça se complique. On ne sait pas ce qu'il est devenu.

Alors que Basile parlait, elle vit sur son téléphone un appel entrant de Lucas.

— Basile, j'ai un double appel de Lucas. Je l'ai mis sur le coup donc je le prends, il se peut qu'il ait trouvé quelque chose sur Servat.

Elle mit Basile en attente pour prendre son frère.

— Oui Lucas ?

— Servat !

— Quoi, Servat ?

— Vous l'avez retrouvé ?

— Toujours pas. J'ai justement Basile en ligne à ce sujet.

— Alors dis-lui que ce n'est pas Servat, mais *Servant*. Le procès-verbal de la rafle devait contenir une coquille. C'est pour cela qu'on ne le retrouvait pas. Mais il y a bien un Jean Servant, né en 1922, qui a été policier toute sa vie et a fini sa carrière à Montpellier. Demande à Basile de vérifier. Je t'envoie les coordonnées du *Jean Servant* que j'ai retrouvé à Montpellier.

— Excellent ! Tu es trop fort ! Je raccroche et te tiens au courant.

Elle reprit Basile et partagea avec lui la découverte de Lucas.

— Bon boulot ! reconnut-il. Allez, on relance les recherches sur cette base-là.

Chapitre 17 – Toulouse, 1955

Violette tapait du pied contre l'asphalte du quai de gare. Le vent froid s'engouffrait sous la verrière, engourdissant les quelques personnes venues attendre des voyageurs. Le train en provenance de Paris fut annoncé. Son cœur fit une légère embardée. Elle attendait ce moment depuis si longtemps. Depuis qu'il était venu pour la première fois à Toulouse, en 1948, avec Sylviane, Emmanuel et elle n'avaient cessé de s'écrire. D'abord une fois par mois, puis, le rythme s'était accéléré après chacune de ses visites, à toutes les vacances d'étés. Le contenu de leurs missives aussi avait évolué.

Car l'été précédent, alors que Violette fêtait ses dix-huit ans, ils avaient échangé leur premier baiser. Violette frémit à ce souvenir qu'elle convoquait souvent tant il l'avait rendue heureuse : ils se promenaient sur les quais de la Daurade, au bord de la Garonne, quand un groupe de jeunes gens très agités était passé et les avait plaqués tous deux contre le mur de briques rouges bordant les quais. Emmanuel avait alors mis ses bras en arc de cercle autour de Violette pour la protéger de la bousculade, puis tout naturellement, leurs bouches s'étaient trouvées. D'une étreinte forcée était né un long baiser dont Violette se souvenait encore la saveur. Elle l'espérait depuis si longtemps. Elle sourit à cette évocation et une pensée fugace interrogea l'hypothèse où la bousculade n'eût pas eu lieu. Mais ils étaient prêts. Tous les deux. Elle se dit qu'elle-même eût fini par prendre l'initiative, si les circonstances n'avaient pas décidé pour eux.

Dans quelques instants, elle serait à nouveau dans ses bras.

Après le lycée, Emmanuel avait décidé de devenir journaliste, comme Sylviane. Il était donc resté à Paris, d'abord chez sa bienfaitrice, puis en chambre étudiante car Sylviane venait de se marier. Chacun avait repris sa liberté, non sans multiplier les visites, dans un sens et dans l'autre, sous l'œil compréhensif de John, l'époux de Sylviane.

Emmanuel avait intégré une école de journalisme, repoussant de fait son installation à Toulouse. La déception de Violette, de voir retardé le moment où ils se retrouveraient pour de bon, n'avait pas entamé sa détermination : il voulait faire du journalisme, donner la voix aux sans grades, à ceux que l'on n'entendait pas, aux petites gens qui œuvraient dans l'ombre à la bonne marche du monde. Grâce aux relations de Sylviane, il arrivait à Toulouse avec en poche un contrat de travail à *La Dépêche Du Midi*, le quotidien local. Il espérait que son approche du journalisme séduirait le rédacteur en chef. Une fois dans la place, il aurait tout le temps pour mettre sa patte dans ce journal. Et dans le cas contraire, il était bien décidé à créer son propre organe de presse.

Le train entra enfin en gare. Violette dont le visage tenait du glaçon après l'attente sous les assauts du vent, sentit la chaleur réinvestir ses joues. Elle regarda une dernière fois son reflet dans une des vitres de la gare. Elle apprécia la silhouette de son nouveau manteau. Lasse des coupes *New-Look* trop cintrées à son goût, elle avait choisi un modèle ample, sans ceinture, aux manches larges, dans un lainage moelleux et confortable. Elle l'avait cousu elle-même sur des patrons inspirés des dernières tendances de la mode parisienne. Violette travaillait dans l'atelier de confection que dirigeait autrefois Rafaël. Dans un an environ, elle en prendrait la gérance. Après la confiscation de l'entreprise, en 1944, les gérants s'étaient succédé. Le dernier en date, M. Pujol, allait bientôt prendre sa retraite et Violette s'était déjà portée candidate à la reprise de l'activité, avec la bénédiction des employés qui voyaient en elle une jeune femme pleine d'énergie et d'idées nouvelles. Emmanuel y avait vu un juste retour des choses. Lorsqu'il serait marié avec Violette, l'atelier paternel reviendrait dans le giron familial. Ainsi allait la vie.

Violette scruta les wagons un à un pour repérer la présence d'Emmanuel dans l'un d'eux. La buée sur les fenêtres faisait écran. À peine la rame s'immobilisa-t-elle qu'un jeune homme en descendit, un peu plus loin sur le quai. Les cheveux hérissés par le vent, la mine fatiguée, mais le sourire aux lèvres, emmitouflé dans une veste trois-quarts rehaussée d'une chaude écharpe, Emmanuel se dirigea à grands pas vers Violette qui venait à sa rencontre. Il ouvrit les bras pour accueillir celle qui depuis quelques années occupait ses pensées et faisait vibrer son cœur. Plus grand d'une tête, il posa la sienne sur le chapeau mou de la jeune femme. Ils restèrent ainsi quelques instants, appréciant ce moment tant attendu des retrouvailles, durables cette fois. Puis ils défirent un peu leur étreinte pour unir leur lèvres impatientes. Tous deux pensaient à la même chose : ils allaient enfin pouvoir s'aimer sans contrainte ni limite. Les premiers temps, ils partageraient la loge exiguë de Solange, qui voyait d'un œil triste l'envol de sa fille. Puis, dès qu'ils seraient mariés, ils se trouveraient un cocon bien à eux, non loin de la bienveillance maternelle.

Solange accueillit Emmanuel comme son propre fils et le trio s'installa dans une routine moelleuse. Le jeune couple filait le parfait amour malgré le manque d'intimité dans cet appartement aux dimensions d'un mouchoir de poche.

La vie s'écoulait, tranquille, et pourtant, un sujet épineux taraudait Solange. Depuis qu'Emmanuel était revenu à Toulouse la toute première fois, elle n'avait jamais trouvé le bon moment pour lui faire part de ce qu'elle avait vu ce jour-là. Si bien qu'elle se demandait encore comment elle allait aborder la question avec son futur gendre. L'harmonie semblait régner à nouveau dans la vie du jeune homme et elle était assaillie de scrupules à l'idée de devoir retourner le couteau dans la plaie. Pourtant, un soir, elle sentit que le moment était venu. Emmanuel avait lui-même évoqué les jours heureux d'avant-guerre, sans cette fragilité dans la voix qui, jusque-là, trahissait sa difficulté à parler du sujet.

— Je voudrais te parler de quelque chose, Emmanuel... dit-elle, sur un ton grave. Du jour de votre départ.

Solange n'était pas près d'oublier. Ce n'était pas la peine de mettre une croix sur le calendrier, comme elle disait souvent, car elle l'avait gravé là, dans sa mémoire, mais pas seulement. Son corps tout entier avait enregistré les sensations, les émotions, et les images de ce jour maudit. Dès qu'elle y pensait, elle revivait ces moments-là dans toute leur horreur. Jusqu'à en trembler. La rafle du 26 août 1942, dans son immeuble toulousain, l'avait traumatisée et hantait ses nuits, depuis lors.

Et puis il y avait aussi ce que ces hommes avaient fait après. Dans les appartements vidés de leurs occupants.

C'était en fin d'après-midi. Elle était en train de balancer de l'eau dans la cour pour rafraîchir l'atmosphère quand elle entendit un groupe bruyant entrer par la porte cochère encore ouverte (elle ne la fermait qu'à la nuit tombée, été comme hiver). Elle reconnut les quatre policiers, ceux qui avaient délogé les familles juives le matin-même. Ils revenaient. Un cinquième homme les accompagnait. D'ailleurs, elle l'avait déjà vu, il venait souvent rendre visite aux Levinski. Lui aussi l'avait reconnue. Il ne semblait pas à son aise.

Les hommes parlaient fort. Elle avait l'impression qu'ils avaient bu. Ils ne portaient plus leurs uniformes. Elle rentra vite dans sa loge et se dissimula derrière la porte fenêtre. Elle vit qu'ils se dirigeaient droit vers celle-ci. Ils frappèrent une première fois. Puis une seconde fois, beaucoup plus fort. De crainte qu'ils ne cassent tout, elle finit par ouvrir. Le rouquin lança :

— Nous avons besoin des clés des appartements dont les habitants sont partis ce matin, vous les avez n'est-ce pas ?

Solange Sutra sentit son haleine alcoolisée.

— Pourquoi les aurais-je ?

— Nous vous avons vu les récupérer. » Il tendit sa main ouverte.

— Pourquoi je ferais ça ?

— Nous en avons besoin, je vous l'ai déjà dit.

— Mais enfin, besoin pour quoi ? Je suis responsable de ces logements et de ce qui s'y trouve, en l'absence des locataires.

— Vous n'êtes pas près de les revoir, vos locataires, alors un conseil : donnez-nous ces clés, et vite. Nous vous les rendrons en partant.
— Mais Mme Levinski est française. Elle va revenir ! s'insurgea-t-elle.
— Avec un nom pareil, ça m'étonnerait.
— Et puis vous n'êtes même pas en uniforme. Vous n'êtes donc pas en service !
— Mais vous savez qu'on est policiers puisque vous nous avez vus ce matin. Alors maintenant vous me donnez ces clés ou on revient demain avec un fourgon et on vous embarque aussi pour entrave à l'action de la police et aide envers les populations israélites, c'est clair comme ça ?

Ils lui faisaient peur. Elle ne put faire autrement que de leur délivrer les clés, à contre-cœur.

Les cinq hommes montèrent dans les étages. Deux d'entre eux, le brun moustachu – qui ne portait plus ses lunettes – et le chauve, plus éméchés, parlaient bruyamment alors que les deux autres, le courtaud et le rouquin leur intimaient le silence. Seul le cinquième homme se montrait discret.

Elle se posta en bas de l'escalier pour tenter de deviner ce qu'ils trafiquaient dans les appartements. Elle les entendait aller d'un logement à l'autre.

Ils essayaient de chuchoter, mais les plus alcoolisés laissaient échapper des éclats de voix qui résonnaient dans la cage d'escalier en pierre. Elle ne comprenait que des bribes : « ...prends quoi ? », « ...bien installés, les cochons ! », « ...ça, t'en penses quoi ? ». Elle entendait des objets tomber, des jurons, des portes s'ouvrir et se fermer. Une tête passa au-dessus de la rambarde d'escalier au deuxième étage. C'était une voisine de palier des Levinski. Elle l'interrogea du regard. Solange Sutra notifia d'un geste son ignorance. Puis elle entendit les portes se refermer et les clés tourner dans les serrures. Quand ils descendirent, elle regagna vite sa loge.

Elle les vit sortir de l'immeuble les bras encombrés. Ils s'étaient servis. Des tableaux, d'après la forme. Puis ils s'arrêtèrent sur le perron pour se soulager de leur chargement.

— Attendez, on se fume une cigarette avant de partir !

— Non, on dégage ! fit le moustachu qui tenait toujours son tableau à la main.

Solange reconnut le portrait de Rebecca Levinski. De rage, elle ferma les poings.

— Mais attends ! Tu veux qu'il nous arrive quoi ? proféra un des quatre autres.

Ils déposèrent les tableaux au pied du perron et se postèrent sur les quelques marches de l'escalier. L'un d'entre eux sortit un paquet de cigarettes. Il en distribua aux autres, comme s'ils passaient un bon moment entre amis, le plus naturellement du monde.

Solange observait leur manège, honteuse d'avoir dû céder à leur chantage. Puis, quand ils eurent terminé leur cigarette, ils se dirigèrent vers la loge pour lui restituer les trousseaux. Elle les compta ostensiblement. Il y en avait bien quatre. Les importuns la défièrent du menton au cas où elle n'aurait pas compris qu'ils avaient tous pouvoirs. Elle ignora leur arrogance et entra dans la loge tout en se disant qu'elle aurait bien flanqué une claque au jeune moustachu au regard fourbe.

Ils quittèrent la cour de l'immeuble à son grand soulagement. Elle s'était longtemps reproché de n'avoir pas su les empêcher de piller, tout en se disant qu'elle n'avait guère eu le choix. Elle avait longtemps tourné dans sa tête la manière dont elle justifierait aux familles spoliées, l'absence des œuvres. Jusqu'à ce que les appartements soient totalement vidés par les Allemands, sous ses yeux médusés.

À la fin de son récit, la voix de Solange tremblait. Se remémorer ces moments-là lui coûtait terriblement. Mais elle craignait plus que tout, la réaction d'Emmanuel. Il hocha la tête.

— Je me souviens de ces types. Je crois que je les reconnaîtrais si je les croisais dans la rue. Ils ne se sont pas gênés… Devant l'ampleur des rafles, surtout à Paris, ils devaient se douter que l'on ne reviendrait pas de sitôt. On ne déplace pas autant de gens à la fois pour les faire revenir chez eux le lendemain.

— Je ne sais pas bien pourquoi je te raconte tout ça, Emmanuel. J'ai l'impression que c'est bien vain, maintenant… Mais je ne pouvais garder ça pour moi. Je pensais qu'il fallait que tu saches.

Il y eut un silence que le jeune homme rompit, d'une voix mal assurée :

— Pour mon père… vous savez ce qu'ils ont fait de sa dépouille ?

Solange secoua la tête.

— D'autres sont venus le chercher peu après votre départ. J'ai demandé où ils l'emmenaient, mais ils ont fait comme si je n'existais pas. Je suis désolée, mon grand.

— Et cet homme, qui paraissait connaître mes parents, que faisait-il là ? Vous le connaissiez ?

— De vue seulement. Et je n'ai aucune idée des raisons de sa présence parmi eux. Je ne sais pas s'il était policier, comme les autres.

— Que s'est-il passé ensuite ?

— Quelques jours après, d'autres policiers, en tenue cette fois, sont venus poser des scellés sur les appartements et ce n'est que bien plus tard, en 1944, que des déménageurs sont venus avec des camionnettes et un ordre de réquisition. Ils ont vidé les logements. Pour l'entreprise, ils ont nommé un administrateur provisoire. Puis l'atelier a été vendu. La suite, tu la connais : il y a eu plusieurs gérants.

Son regard se tourna vers sa fille.

— Jusqu'à l'année prochaine, quand M. Pujol va partir et que Violette va reprendre l'affaire.

— Ça me tue que Violette doive acheter quelque chose qui nous appartenait. Ma consolation, c'est que cela reste dans la famille. Et pour les meubles et tout ce qu'il y avait dans nos appartements, vous savez ce que c'est devenu ?

— Il me semble que les Allemands récupéraient tout. J'ai cru comprendre, bien après, que le mobilier était destiné aux victimes des bombardements alliés.

— Et les policiers se sont servis avant les Allemands…

— Ils n'étaient pas bien malins. Aussi bien ils ignoraient ce que deviendrait le contenu des logements. Ils se doutaient juste qu'ils ne seraient jamais inquiétés pour leur mauvais coup.

Solange vit les mâchoires d'Emmanuel se serrer. Mais c'est Violette qui intervint :

— Et si on essayait de savoir qui étaient ces policiers pour récupérer les tableaux ?

— Je n'ai pas envie de remuer tout ça…

— Ça te permettrait de garder un souvenir de tes parents.

— Et je leur dis quoi, si je les trouve ? « Je viens récupérer les croûtes de mes parents que vous avez envoyés à la mort ? »

— Le portrait de ta mère, ce n'était pas une croûte ! Tu me l'as dit toi-même ! Et on leur fiche bien la honte, oui ! Je veux bien croire qu'ils obéissaient aux ordres, mais ce sont de vrais salauds ! Rien ne les obligeait à tirer sur ton père. Ce n'est pas normal qu'ils puissent vivre en paix après ce qu'ils ont fait.

— Ce n'est pas si simple. On ne sait même pas comment ils s'appellent.

— Il suffit de rechercher. Peut-être auprès de la police, dans un premier temps ?

— Tu rêves, ma Violette. Tu crois vraiment qu'ils vont te dévoiler l'identité des sous-fifres qu'ils employaient aux sales besognes, surtout à cette époque-là ?

— Je ne sais pas… Elle poussa un soupir. Tu as sans doute raison. Et c'est à toi de décider, après tout. On a peut-être plus à perdre qu'à gagner à remuer les mauvais souvenirs.

— Ça ne mènerait à rien. Vous savez, j'ai cherché à savoir, après votre départ, dit-elle en s'adressant à Emmanuel, ce que Sybille était devenue. Elle évoqua sa vaine requête, à l'époque, au poste de police.

Tous convinrent que les choses devaient en rester là.

En allant se coucher, Solange se demanda si elle avait bien fait de ressasser tout ça. Il aurait sans doute mieux valu s'en tenir au silence. La vie lui avait appris que toutes les vérités n'étaient pas bonnes à entendre. Elle se félicita de ne pas leur avoir montré la photo qu'elle avait prise, ce jour-là. À quoi bon ? Elle mit du temps à trouver le sommeil, le spectre de la journée maudite venait la revisiter une fois de plus.

Chapitre 18 – Montpellier, 2012

Le pavillon devant lequel ils arrivèrent en fin de matinée se mêlait à ses voisins, sans originalité. Le même type de clôture, la même haie de lauriers roses, le même toit en tuiles rouge-orangé. Mais Léonor avait appris dans son métier que les choses les plus singulières se blottissaient sous des apparences de banalité.

Une fois l'identité de Servant rétablie, il avait été facile, pour la police, de retrouver l'ex-policier. Léonor avait insisté pour être de la virée dans l'Hérault, avec Thomas. Constant, le collègue de Basile, lieutenant de police, tenait le volant.

Ils avaient roulé en direction de Montpellier sous un soleil radieux, dont septembre se montrait généreux dans la région. En passant aux abords de la Cité de Carcassonne, Léonor n'avait pu retenir un regard sur sa gauche pour admirer les remparts de pierre qui se découpaient sur un ciel bleu d'une pureté cristalline. Entre Toulouse et Narbonne, c'est à peu près à cet endroit-là que la végétation changeait pour devenir méditerranéenne, plus buissonneuse. Parfois, la météo changeait aussi. La mer n'était plus très loin. Pour nombre de Toulousains, c'était la route du week-end ou des vacances.

Durant le trajet, Basile récapitula les récentes avancées. Les épouses de Noguès et Portal étaient décédées. Seule la fille de Noguès avait pu être jointe, mais n'avait rien apporté qu'ils ne sachent déjà. Elle n'avait pas cru tout de suite à l'hypothèse d'un meurtre sur la personne de son père mais sur l'insistance de Basile, elle promettait de reconsidérer les choses. Il n'avait pas bien compris ce qu'elle voulait dire par-là, sinon qu'elle n'était pas fermée à la réouverture du dossier, et d'une nouvelle enquête.

Ensuite, l'équipe avaient évoqué la manière dont on irait interroger le couple Levinski. On avait bon espoir de voir la situation se débloquer grâce à ces deux témoins de la rafle. Le café pris sur une aire d'autoroute pour faire une pause cigarette, avait donné à l'expédition un accent touristique.

En amateurs d'art, Léonor et Thomas se demandaient quel pouvait bien être le tableau volé par Servant, et s'il le détenait toujours. Sur la photo, le policier était assis sur une marche et tenait l'œuvre entre ses jambes. Le motif était en partie camouflé.

Lorsqu'ils entrèrent dans la maison, une odeur de café les accueillit. L'épouse de Servant les installa dans la salle à manger et alla chercher son mari dans le salon contigu. À quatre-vingt-dix ans, les jambes de ce dernier le trahissaient et un déambulateur assurait sa démarche. Sa femme, de dix ans sa cadette, lui offrit une chaise et il prit place parmi la tablée. Basile entama la conversation.

— Ainsi que je l'ai dit hier soir au téléphone à votre épouse, monsieur Servant, nous souhaitons nous entretenir avec vous au sujet d'une enquête.

L'épouse lui fit signe de parler un peu plus fort. Le vieil homme le regarda. Son visage ne laissait rien paraître d'une éventuelle curiosité. Son regard et ses traits semblaient figés par l'âge, comme si plus rien, à la lisière de son existence, ne pouvait venir le perturber. Il avait dû être très roux, d'après le peu de pilosité qui lui restait et les taches sur sa peau. Son dentier bougeait au gré des mouvements de sa mâchoire. Basile reprit en haussant la voix.

— Nous enquêtons sur le décès de deux policiers que vous avez connus autrefois.

Basile fit glisser la photo donnée par Adèle Fortier sur la table, en direction de Jean Servant. Celui-ci la regarda d'un œil distrait.

— C'est bien vous, là ? fit Basile en le désignant sur le cliché.

— On dirait... J'étais très jeune.

— Retournez-la.

L'homme s'exécuta.

— 26 août. Vous savez de quelle année il s'agit, n'est-ce pas ? dit Basile.

Cette fois, le vieil homme haussa les épaules.
— C'est loin…
— C'est loin, mais il s'est passé quelque chose d'important ce jour-là, non ?
— Comment voulez-vous que je me souvienne ?

Il se passa un long moment durant lequel Basile essayait de stimuler la mémoire du vieil homme. Il lui livrait quelques indices, mais voulait garder ses cartes maîtresses car il sentait que le vieux jouait la comédie et qu'il allait falloir louvoyer pour que sa prétendue sénilité mentale ne lui serve pas indéfiniment de bouclier. Cet homme les baladait, l'équipe de Toulousains l'aurait juré. L'épouse ponctuait parfois le dialogue d'un « Jean, fais un effort », laissant supposer qu'elle ignorait tout de l'événement immortalisé sur la photo. Nul signe de tourment dans son attitude. Puis, comme l'entretien ne débouchait sur rien, elle conclut :

— Vous savez, nous vivons à Montpellier depuis 1952. Vous nous dites que cette photo a été prise à Toulouse. Donc c'était avant notre mariage et notre emménagement à Montpellier. Mon mari a raison, c'est bien loin tout ça, pour lui…

— Bon, alors je vais être bien clair, monsieur et madame Servant, fit Basile d'une voix ferme en s'adressant à l'un puis à l'autre. « Ces deux hommes, là – il désigna Noguès et Portal –, sont morts dans des circonstances étranges. Et chaque fois, il leur a été dérobé un tableau. Ceux qui sont photographiés ici. Cela ne peut pas être une coïncidence. Le troisième, Fortier, est mort de maladie, d'après nos renseignements, mais on lui a aussi dérobé la toile. Vous êtes peut-être en danger, monsieur Servant. Apparemment, quelqu'un tue pour ces tableaux que vous avez volés le 26 août 1942. »

Il insista sur l'année.

— Monsieur Servant, avez-vous ce tableau ?

— On ne les a pas volés, finit par lâcher Servant.

— Alors racontez-nous ce qui s'est passé puisqu'il semble que vous vous souveniez déjà un peu mieux.

— On les a pris, oui, mais c'était pour les rendre à la fin de la guerre à leurs propriétaires.

Basile remarqua que l'épouse se tortillait sur sa chaise depuis quelques instants.

— Ah bon ? Mais pourquoi ne pas les avoir laissés chez leurs propriétaires, alors ? dit Basile, d'un ton ingénu. Je ne comprends pas.

— Le tableau est dans le couloir, coupa la femme de Servant, mal à l'aise.

Léonor et Thomas échangèrent un regard et se levèrent pour aller vérifier.

— Ils allaient être pillés par les Allemands, se défendit Servant. Ils prenaient tout ce que contenaient les logements.

— Mais les logements de QUI, monsieur Servant ?

— Mais des juifs !

Basile laissa volontairement un blanc dans la conversation. Il savait que Servant allait devoir justifier davantage.

— Le matin, les familles avaient été embarquées. C'était une rafle, vous savez, comme celle du Vel'd'Hiv' à Paris, un mois auparavant.

— Et vous avez participé à cette rafle.

— Non ! Enfin... je ne sais plus.

Basile sortit une copie du procès-verbal de la rafle, et la plaça devant Servant.

— Ce n'est pas moi, se récria-t-il. C'est écrit « Servat ».

— Vous pensez bien qu'on a vérifié, monsieur Servant. Même s'il est difficile de vous reconnaître formellement sur la photo, compte tenu de votre très jeune âge, nous savons que vous étiez présents ce jour-là. Qu'avez-vous donc à cacher ?

— Mais rien !

Pas un des rares cheveux du vieil homme ne bougeait.

— Qui a pris cette photo, monsieur Servant ?

— Comment voulez-vous que je le sache ?!

Thomas et Léonor revinrent dans la salle à manger avec une toile à la main.

— Vous avez fait un bon choix ! railla Léonor. On dirait bien un Chagall. Ça mériterait une expertise et, surtout, mieux que le couloir d'un pavillon de banlieue comme lieu d'exposition. Les juifs que vous avez envoyés à la mort étaient plus connaisseurs que vous, apparemment !

Basile lui jeta un regard lui intimant le silence et poursuivit :

— Écoutez, nous allons gagner du temps. Nous ne nous intéressons pas aux vols des tableaux. Du moins pas pour l'instant. En revanche, la mort de vos collègues, là (il tapota le cliché du doigt), a eu lieu l'une en 1992, l'autre en 2002. C'est ça qui nous intéresse. Et comme chaque fois, on leur a volé le tableau présent sur la photo, il y a forcément un lien. A priori, le tueur opère tous les dix ans. Donc vous allez tout nous dire, d'accord ? Parce que si nous avons pu vous retrouver, malgré la faute sur votre nom dans le procès-verbal, le tueur va vous retrouver aussi. Ce n'est qu'une question de temps. Le 26 août dernier, il est entré chez Fortier et a dérobé un tableau sans tuer personne puisque Fortier est mort depuis belle lurette. Mais il ne va pas attendre encore dix ans avant de terminer son travail. Vous pouvez en être certain. Surtout qu'il vous sait très âgé. Il ne laissera pas la nature lui confisquer son projet, car il semble y tenir beaucoup. Vous allez tout nous dire, et s'il le faut, nous assurerons votre protection.

Léonor nota l'ironie : la police se devait d'assurer la sécurité d'un homme responsable de la déportation de plusieurs familles innocentes.

— Vous savez déjà tout, avec ce papier... fit Servant en désignant le PV. Qu'est-ce que je peux vous dire de plus ?

— Que faisiez-vous en civil, le même jour, avec ces tableaux à vos pieds ? C'est ça que vous pouvez nous expliquer, monsieur Servant, dit Basile qui faisait mine de perdre patience. Ça ne figure dans aucun procès-verbal, ça.

— Je vous l'ai dit : on est revenus l'après-midi, avant que les Allemands ne viennent vider les appartements.

— Vous n'avez pris qu'une toile chacun ?

— Oui !
— Mais pourquoi ?
— Je vous l'ai dit, pour les rendre à leurs propriétaires à la fin de la guerre. Pour essayer de sauver quelque chose. Mais ils ne sont jamais revenus, alors on les a gardés.
— Votre gentillesse vous honore, fit Basile, d'un ton acide. Vous acceptez d'obéir aux ordres pour envoyer ces familles dans les camps, mais vous allez prélever une œuvre dans l'idée de leur rendre à leur retour ? Pourquoi n'en avoir pris qu'un chacun, dans ce cas ?
Servant haussa les épaules.
— À l'époque, on ne savait pas où les gens partaient. On parlait de camps de travail…
Léonor lança une œillade à Thomas. Servant avait pensé à la même chose qu'elle : un acte bienfaiteur. Mais elle mesurait à quel point, maintenant, cette thèse sonnait faux.
— On n'était sûrs de rien. Alors on a pris que quatre tableaux.
— C'est bien ce que je dis : un chacun.
— Non, on était cinq. Mais l'autre n'en a pas voulu.
— Comment ça cinq ? Vous étiez cinq ?
— Oui.
— Qui était ce cinquième homme ?
— Il venait d'arriver dans le service, mais il l'a quitté très vite. J'ai oublié son nom.
— Pourquoi ne figure-t-il pas sur la photo ? C'est lui qui l'a prise ?
— Non, pas que je me souvienne. Il était déjà reparti, je suppose.
— Monsieur Servant, est-ce que vous avez reçu des photos telles que celle-ci ?
— Non ! Pourquoi les aurais-je reçues ?
Basile regarda l'épouse qui confirma du regard.
— Parce que Maurice Fortier, ici sur la photo, les reçoit depuis vingt ans. Enfin, sa femme et sa fille, depuis qu'il est mort. Chaque année, le 26 août, la même photo. Celle-ci. Cela sonne comme une

menace, cet entêtement à rappeler à la famille Fortier que le paternel a envoyé des familles à la mort, vous ne trouvez pas ? Fortier n'était pas seul ce jour-là, vous auriez pu les recevoir aussi. À moins que ce ne soit vous qui les envoyiez ?

Le vieux maugréa quelques mots inaudibles.

Basile choisissait ses mots avec soin, dans le but de déstabiliser son interlocuteur. Or, Servant commençait à présenter des signes d'inquiétude. Sa femme s'agitait à nouveau sur sa chaise, et lançait des regards furtifs à son mari.

— Vous voulez dire quelque chose, madame Servant ? Votre mari reçoit ces photos, c'est ça ?

Elle secoua la tête.

— C'est ce que vous dites. Ça fait peur, dit-elle d'une voix tremblotante.

Basile décida alors d'abattre sa dernière carte.

— Et le nom de Rafaël Levinski ? Monsieur Servant, cela vous dit quelque chose ? Nous avons découvert qu'il était mort ce même jour. Est-ce que sa mort a un rapport avec cette rafle ?

— …

— C'était le mari de Rebecca Levinski, père de trois enfants : Simon, Emmanuel, et Sybille. Cela ne vous évoque toujours rien ? Il ne figure pas dans la liste des personnes raflées.

Le vieux nia de la tête.

— Le nouveau-né, censé protéger sa famille d'une rafle, cela ne vous dit rien non plus ?

Devant le mutisme du vieil homme, Basile enchaîna.

— Ce n'est pas grave. Demain nous allons rencontrer Emmanuel Levinski, le garçon qui avait une dizaine d'années lors de la rafle. Le seul à être revenu des camps, dit-il en ramassant tous les papiers, signe de la fin de l'entretien. « S'il s'est passé quelque chose ce jour-là, que vous ne nous dites pas, lui saura nous le dire. Et comme il s'est marié avec la fille de la concierge, Solange Sutra, présente aussi ce fameux jour, à deux la mémoire devrait leur revenir facilement. »

Les Toulousains notèrent un changement d'attitude chez Servant. L'inquiétude s'était muée en une tout autre émotion. C'était la peur, qu'ils lisaient maintenant sur le visage ridé du vieillard.

*

Le débriefing dans la voiture fut rapide. Ils s'accordèrent sur le fait que Servant n'avait rien à voir avec les événements récents. Cette conversation n'avait fait que réveiller de vieux souvenirs chez l'ancien policier. En revanche, il n'avait rien dit sur ce qui s'était réellement passé le jour de la rafle. L'opiniâtreté des enquêteurs n'avait pas porté ses fruits. Et ce qu'il n'avait pas voulu dire pouvait constituer, selon eux, le mobile des meurtres et des vols de tableaux.

Sa peur soudaine, à l'évocation de l'envoi annuel de la photo aux autres protagonistes, puis d'Emmanuel Levinski, toujours en vie, en témoignait. L'équipe, déçue de l'entrevue, était convaincue qu'il avait menti et que les photos atterrissaient bel et bien dans sa boîte aux lettres, le 26 août de chaque année. Sa femme n'avait pas paru très à l'aise quand elle avait compris combien la réception de ces photos scellaient le sort de son mari. Sans doute ignorait-elle les anciens méfaits de son époux, et la visite des policiers dans leur maison où ils coulaient des jours tranquilles l'avait fait basculer dans une réalité où la vie de son mari présentait des zones d'ombres, éclaircies à la vavite et à grand renforts de mensonges. L'équipe Toulousaine conclut qu'une perquisition serait peut-être utile si le témoignage d'Emmanuel Levinski, enfant au moment des faits, ne leur apportait pas toute la lumière souhaitée. Le risque était qu'entre-temps, le vieux se débarrasse des photos. Si ce n'était déjà fait, à l'heure où ils se parlaient.

— Je suis quand même dégoûtée qu'on n'ait pas récupéré le tableau, fit Léonor, au bout d'un moment.

— C'est stratégique, Léo. On le récupèrera, ne t'inquiète pas. Si celui qui est derrière tout ça sait que la toile n'est plus chez Servant, il n'interviendra pas. Or, il faut le faire sortir du bois et qu'on le chope.

Ils arrivèrent à Toulouse en milieu d'après-midi. Basile leur donna rendez-vous pour le lendemain. Ils iraient tous les quatre chez Emmanuel Levinski, mais Thomas et Constant se posteraient en planque au bas de l'immeuble, au cas où. Après tout, il s'agissait d'un témoin clé, et nul ne savait quelle serait l'issue de cette rencontre.

De retour à l'agence, Léonor eut l'idée d'aller rendre visite à Adèle Fortier pour l'informer des derniers progrès de l'enquête. Elle ne lui dirait que le strict nécessaire, maintenant qu'il s'agissait d'une enquête de police. Un coup de fil lui confirma qu'elle était attendue rue Croix-Baragnon. Elle choisit de s'y rendre à pied. Thomas lui proposa de mettre leur plan à exécution et de la suivre de loin, au cas où le curieux qui marchait sur ses pas se décide à entrer en action.

— Mais comment peut-il savoir que je vais sortir précisément maintenant ?

— S'il t'a à l'œil, il va le savoir dès que tu auras un pied dehors.

— C'est un peu flippant, quand même ! D'habitude, c'est moi qui filoche. On essaie ?

— C'est parti ! Donne-moi juste le temps d'enfiler ma tenue d'agent secret. Si besoin, on communique avec nos téléphones.

Depuis l'entrée de l'immeuble, Léonor partit devant et descendit la rue Bayard. Thomas lui emboita le pas de loin, visière de casquette sur la nuque et pantalon baggy flottant sur les chevilles. Il ne remarqua rien de suspect. Léonor traversa les boulevards pour rejoindre la rue Alsace-Lorraine. Son téléphone vibra dans sa poche. Thomas.

— Ton fan a apparemment décidé de te laisser tranquille aujourd'hui.

— Tu n'as rien remarqué ?

— Rien de rien.

— S'il ne m'a pas suivi depuis le départ, je ne vois pas comment il pourrait me suivre à partir de maintenant... Rentre à l'agence, si tu veux.

Thomas ne répondit pas.

— Tu es toujours là ? insista Léonor.

— Attends un peu... Tu as rendez-vous avec ton mec ?

— Mon mec ? Quel mec ?

— Celui des fenêtres.

— Benjamin ? Mais non puisque je vais chez les Fortier. Pourquoi tu me dis ça ?

— Il est rue Alsace-Lorraine, entre toi et moi. Il est sorti d'un porche.

— C'est sans doute un hasard. Je vais le rejoindre.

Léonor s'était arrêtée de marcher.

— Non ! Attends une minute ! Avance encore une cinquantaine de mètres. Je continue de te suivre, juste pour voir. Merde ! Il se retourne.

Thomas opéra un demi-tour sur lui-même pour ne pas être reconnu, oubliant qu'il était en tenue de camouflage.

— J'ai bien l'impression de jouer à l'arroseur arrosé.

— Ne t'emballe pas, Thomas, c'est une coïncidence, ça ne peut pas être autrement. D'ailleurs, les premières fois où j'ai eu la sensation d'être suivie, je ne connaissais pas encore Benjamin, donc ce n'est pas lui.

Thomas nota que Benjamin ne quittait pas Léonor des yeux. C'était son compagnon du moment, et il ne cherchait pas à la rattraper. Thomas traversa la rue Alsace-Lorraine pour observer le jeune homme depuis l'autre côté de l'artère. Toujours en ligne avec sa collègue, il suggéra :

— Faisons un test, arrête-toi devant une vitrine, s'il te plaît.

— Ce n'est pas drôle, Thomas, je vais le rejoindre.

— On fait juste ce test et après tu fais ce que tu veux.

Léonor fit une halte devant une boutique de prêt-à-porter féminin. Ainsi qu'il l'avait pressenti, Thomas vit Benjamin s'arrêter à son tour devant un magasin et en contempler la vitrine.
— Il te suit, Léo, c'est certain.
— Tu l'as dans le nez, ou quoi ?
— Je te dis qu'il te suit.
— Comment veux-tu qu'il ait su que j'allais passer là ?
— Il faut qu'on en parle. Ça ne sent pas bon, Léo.
— N'importe quoi ! Bon, je vais quand même chez les Fortier ? enchaina-t-elle, tandis que l'irritation la gagnait.
— Oui, puisque je suis derrière toi, tu ne crains rien. Et comme ça on en aura tout à fait le cœur net. Mais il faudra voir avec la cliente s'il n'y a pas une autre issue pour sortir de chez elle.
— P… ! Thomas ! Mais pourquoi est-ce qu'il me suivrait ?!
— J'aimerais le savoir.

En arrivant rue Croix-Baragnon, Thomas vit Benjamin continuer en direction de la Cathédrale Saint-Étienne. Le temps du trajet à parcourir, Léonor émit mille hypothèses sur la conduite de son amant. Tour à tour incrédule, perplexe, en colère, triste, elle se débattait dans des émotions contradictoires.

De retour à l'agence, Léonor et Thomas cherchèrent à démêler le nouvel écheveau dans lequel Benjamin venait de faire irruption. S'il surveillait Léonor, pour quelle raison ? Et le cas échéant, comment avait-il su son itinéraire ? Dans un premier temps, ils se dirent que seule Adèle Fortier savait qu'elle allait venir. Travaillait-il pour elle ? Dans quel but ?

Trop intimement concernée pour faire la part des choses, Léonor s'emberlificotait dans toutes ces questions. En outre, elle s'exaspérait de voir Thomas accabler son amant.
— Puisque je te dis que je ne connaissais pas encore Benjamin quand j'ai eu la sensation d'être suivie !
— Toi non, mais lui, oui, il te connaissait !

Léonor faisait les cent pas dans le bureau ovale, son téléphone à la main, espérant trouver la clé de l'énigme. Puis elle s'arrêta net et regarda son téléphone. Elle sentit un malaise diffus la parcourir. Son cœur s'emballa. Tout à coup, elle eut très chaud.
— J'y suis... murmura-t-elle. Une appli de géolocalisation.
— Comment ça ?
— En admettant qu'il me suive vraiment, parce que...
— Il te suit ! la coupa-t-il.
Elle leva les yeux au ciel et poursuivit.
— Lorsque Benjamin est venu chez moi, il a eu tout loisir de télécharger une application de géolocalisation sur mon portable sans que je m'en rende compte. C'est la seule hypothèse qui rende la filature possible. Il n'était pas stationné rue Alsace-Lorraine par hasard. Il a vu que je quittais l'agence, descendais la rue Bayard. Il a deviné que j'allais passer par là.
Thomas la regardait, stupéfait, tout en approuvant de la tête.
— Ça veut dire que les premières fois, il a fait ça à l'ancienne, en planque. Nettement moins pratique, ajouta Léo.
— Mais dis-voir, il a peut-être eu accès à d'autres informations par ce biais. S'il a installé un logiciel espion, il a sans doute vu tes SMS par exemple.
— Aucune idée. Toi qui sais tout, tu sais comment on désactive un truc pareil ? fit-elle en éteignant son téléphone et en le jetant sur la table ovale comme s'il lui brûlait les mains.
— Pas le moins du monde. Tu peux me demander quelle est la capitale du Zimbabwe, pas des trucs de geek !
Léonor se mit à trépigner.
— Mais j'en ai rien à faire de la capitale du Zimbabwe ! Il faut absolument que je désactive ce machin !
Thomas, toujours assis à la table ovale, la tête dans les mains, lui fit signe de se taire pour le laisser réfléchir.

— Est-ce qu'il ne vaut pas mieux que tu le laisses actif, tout en faisant attention à ce que tu dis et écris, en attendant ? On pourrait s'en servir pour ruser avec lui... finit-il par proposer.
— Donne-moi ton téléphone, s'il te plait.
Étonné, il s'exécuta. Léonor composa le numéro de son frère sur le portable de Thomas, qui l'écouta exposer la situation à Lucas.
— Je file chez lui pour qu'il ausculte mon téléphone, dit-elle en raccrochant. S'il trouve quelque chose, on verra ce qu'on décide.

Une demi-heure plus tard, Léonor était de retour.
— Lucas n'a rien trouvé dans le téléphone. Il pense que Benjamin a activé la géolocalisation de mon mobile via mon compte google.
— Ça veut dire qu'il a eu accès à ton mot de passe ?
— Sans doute. Je ne vois pas comment, mais ça doit être ça.
— Réfléchis. Tu as dû le taper devant lui ?
— Je ne vois pas quand... En même temps, il est super facile à cracker. Lucas m'a mise en garde plus d'une fois, mais je n'ai pas voulu l'écouter. Voilà le résultat.
— Il a donc accès à la géolocalisation de ton téléphone et à ta boite mail. Tu as échangé des infos importantes par mail ces temps-ci ?
— Pas sur cette boite-là. Tu sais bien que pour le boulot ce n'est pas celle-ci que j'utilise.
— C'est déjà ça. Du coup, le seul moyen de stopper le pistage, c'est de modifier ton mot de passe ?
— C'est ça.
— Je te repose la question : tu ne veux pas attendre un peu avant de changer ton mot de passe. On pourrait s'en servir contre lui. Le manipuler ?
Léonor secoua la tête.
— Je ne veux pas prendre ce risque. Tu te rends compte qu'il voit partout où je vais.

— D'ac. Mais ce n'est qu'une supposition. On n'a pas de preuve. Tu le vois toujours ?
— Plus ou moins…
— Il faut que tu l'appelles et que tu lui donnes rendez-vous. Il faut qu'on soit fixés.
Elle hocha la tête.
— Autre chose : on en parle à Basile ? Je veux dire, de la probable filoche ?
— Ce serait mieux. Si Benjamin a quelque chose à voir avec tout ça, il est préférable de jouer cartes sur table avec la police.
Léonor gémit.
— Je n'ai pas trop envie de lui raconter mon histoire avec Benjamin.
— Je te comprends, ce n'est pas glorieux.
— Écoute, ils ont mis Servant sous surveillance policière. En admettant que Benjamin soit impliqué, même s'il l'a localisé grâce à mon téléphone, il ne peut rien arriver au vieux. Donnons-nous un peu de temps pour vérifier.
— Et tu imagines, s'il lui arrive quand même quelque chose ?
— S'il te plaît, Thomas.
— Bon… Ok. Tu me fais vraiment faire n'importe quoi. En fait, le type ne venait pas du tout prendre des mesures de fenêtres. Je vais appeler le syndic pour savoir s'il y a des travaux prévus sur les huisseries. C'est Benjamin qui est venu fouiner à l'agence, il s'est fait un double des clés en prenant l'empreinte des tiennes.
Léonor se maudit d'avoir été aussi naïve.
— Stop, Thomas, ne m'accable pas, s'il te plaît. On ne parle pas de ça à Basile pour l'instant, dans la mesure où on n'est pas sûrs à cent pour cent. Je vais appeler Benjamin pour qu'on se voie, et on va réfléchir ensemble à la manière de le confondre.

Chapitre 19 – Toulouse, 1970

— On sonne à la porte ! cria Violette depuis la salle de bain.
Une odeur de poulet rôti emplissait l'appartement. Emmanuel alla ouvrir. C'était Simon. Il venait, comme chaque dimanche, partager le repas familial. Michel, âgé de treize ans, vint l'accueillir avec effusion. Le fils de Violette et Emmanuel, nourrissait un profond attachement à l'égard de cet oncle allemand dont ils avaient découvert l'existence cinq ans plus tôt.

C'était un samedi matin, la sonnerie du téléphone avait retenti. À l'époque, la famille habitait encore au centre-ville, tout près de l'atelier de la rue Saint-Pantaléon, où Violette travaillait alors. Emmanuel avait pris l'appel et son fils, alors âgé de huit ans, l'avait vu blêmir et s'asseoir sur le tabouret destiné aux longues conversations téléphoniques. Dans la tête de l'enfant, ce fut un vrai chamboule-tout : quelqu'un était mort, une météorite était tombée place du Capitole, sa maîtresse, Mme Vidal, appelait pour dire que Michel avait tapé Christophe lors de la dernière récréation... Puis, il fut question d'un « frère », et là, c'est Michel qui écarquilla les yeux. Plus tard, son père raconta la conversation.
— Je suis bien chez Emmanuel Levinski ?
— Lui-même.
L'homme avait un fort accent étranger.
— Je sais que cela va vous paraître invraisemblable, mais, je suis Vik... Simon. Simon Levinski.
C'est à cet instant que son père dut s'asseoir. Il accusa le coup, puis répondit :
— Si c'est une blague, elle n'est pas drôle. Mon frère est mort. En déportation.

Simon ne voulut pas rentrer dans les détails et résuma les choses ainsi :
— Je ne suis pas mort. J'ai été adopté par une famille allemande. Mais je ne l'ai découvert qu'il y a peu de temps.
Puis, devant le silence à l'autre bout du fil, il poursuivit :
— Écoutez, je suis à Toulouse. Accepteriez-vous de me rencontrer pour que nous parlions de tout cela ?
Depuis la guerre, Emmanuel peinait à accorder sa confiance. Même vingt-cinq ans après. Le pli était pris, indéformable.
— D'accord. Mais j'espère que vous avez les moyens de prouver ce que vous avancez.
— Je les ai.
La manière dont l'homme affirmait pouvoir fournir la preuve de ses origines avait ébranlé Emmanuel. Et si c'était bien lui ? Si son petit frère, dont il n'avait jamais vraiment fait le deuil, avait survécu, ailleurs ? La dernière fois qu'il l'avait vu, il était inanimé dans les bras de cette kapo qui l'avait emmené, sous les yeux de leur mère éplorée.
Peu de temps après, un jeune homme arriva. Quand Emmanuel et Violette l'accueillirent, dès la porte d'entrée, leurs doutes s'envolèrent. Certaines personnes, en grandissant, changent de morphologie. D'autres gardent leurs traits d'enfants. Simon était de celles-là.
— Bonjour, je m'appelle Viktor König, mais je suis Simon Levinski.
Ils restèrent un instant face à face, et Emmanuel lui ouvrit ses bras. Violette et Michel assistaient à ces retrouvailles, la gorge serrée. Frappée de stupeur, Violette posa ses mains jointes sur sa bouche, n'osant croire à ce qu'il se passait, là, dans l'entrée de leur appartement. Les yeux mouillés, elle admirait ce beau jeune homme, Simon, qu'elle n'avait pas vu depuis vingt-trois ans et qu'elle avait cru mort. Le petit garçon aux belles boucles blondes était là, devant elle.
Les mots « pas possible », « incroyable », « tout ce temps » virevoltaient dans les quelques mètres carrés où tous se tenaient. Après les

embrassades où il ne vint à personne l'idée de cacher ses larmes, tout le monde avança jusqu'au salon et s'assit.

— Tu ne me reconnais pas, n'est-ce pas ? Tu n'avais que deux ans...

— Non, je suis désolé. Mais je sais que je suis, comment dire... au bon endroit.

Simon sortit l'ourson de sa sacoche.

— Oh... Michka... souffla Emmanuel, en saisissant le jouet. Tu te souviens, nous l'avions baptisé « Michka ». Ah, mais non, dit-il en secouant la tête, tu ne peux pas t'en souvenir non plus... C'était le nom d'un ourson dans un livre pour enfant. On adorait cette histoire. Un conte de Noël. Tu ne comprenais pas tout, mais on se mettait chacun d'un côté de maman et on l'écoutait la raconter. Et tu aimais cacher des babioles dans cette pochette.

Tout en parlant, il glissa ses doigts dans la pochette et fut surpris de sentir qu'il y avait quelque chose à l'intérieur. Simon l'encouragea à terminer son geste. À la vue du ruban où la main de son père avait tracé le nom de son petit frère et leur adresse, Emmanuel ne put réprimer un sanglot.

— Je me souviens très bien que papa avait fait ça, juste avant de partir, le jour de la rafle. Au cas où on te perdrait. Tu ne savais pas encore dire ton nom correctement. Il avait fait la même chose pour notre petite sœur. Sybille.

— Notre petite sœur ?

Emmanuel réalisa à quel point son frère ignorait tout de sa vraie famille. Quelqu'un lui avait construit une autre vie, écrit un autre scénario pour lui, jusqu'à balayer son nom. Tout était vrai, et faux en même temps. À partir de ce moment-là, Simon commença à rattraper le temps perdu. Emmanuel entreprit de lui raconter son histoire, la vraie. Petit bout par petit bout. Celle d'avant l'année de ses deux ans. Et, bien sûr, la terrible journée où leurs vies avaient basculé. Ils avaient bien conscience que tout cela prendrait du temps, beaucoup de temps, mais maintenant, ils en disposaient. Violette et sa mère, arrivée peu après Simon chez les Levinski, aidèrent Emmanuel à évoquer l'indicible.

Loin de s'imaginer ce qui l'attendait en quittant l'Allemagne pour venir à la rencontre de ses origines, Viktor écouta, ahuri, les membres de sa nouvelle famille raconter ce qui le constituait, lui. Son identité. Simon Levinski.

Puis ce fut son tour, de relater son enfance allemande, les conditions de son adoption. Son français était hésitant, mais ils se comprenaient. Il raconta sa vie chez les König. Ses doutes et son besoin de connaître la vérité. Il reconnaissait avoir eu plus de chance que la plupart des enfants issus des Lebensborn, car nombreux étaient ceux qui ne retrouvaient jamais leur vraie famille, quand ils ne restaient pas dans l'ignorance totale des circonstances de leur naissance. Était-ce mieux, était-ce moins bien ? Comment se construire une vie d'adulte épanoui, équilibré, sur des fondations rongées par le mensonge ? Souvent, il se demandait si son souhait de devenir psychiatre n'avait pas été dicté, plus ou moins consciemment, par le déni dans lequel on l'avait maintenu, malgré lui.

Simon était arrivé la veille à Toulouse pour percer le mystère de son passé. Il n'avait pas fait de recherches. Pas encore. Il disposait d'un indice précieux, qu'il allait utiliser. Il serait temps de remuer ciel et terre plus tard, s'il ne le menait à rien. Il s'était rendu au 7 bis rue Saint-Pantaléon, grâce au ruban, et y avait trouvé Solange Sutra, fidèle à son poste de concierge. Quand elle l'avait vu, planté au milieu de la cour, face à l'immeuble qui avait abrité sa prime enfance et cherchant à qui s'adresser, elle avait su, elle aussi, que c'était lui. C'était comme si elle avait nourri, quelque part dans un recoin de sa conscience, un reste d'espoir de voir revenir ceux qu'elle avait vu partir de manière si injuste. Et puis après tout, Emmanuel était bien revenu, lui... Fébrile, elle lui avait annoncé qu'il avait un frère. C'est de chez elle que Simon avait appelé ce dernier. Simon resta plusieurs jours dans sa famille, avant de retourner en Allemagne régler ses affaires. Il avait décidé de venir s'installer à Toulouse, près des siens et des fantômes de ceux qui n'étaient plus, mais dont il sentait les liens invisibles le retenir.

Peu après l'abominable dimanche après-midi où il avait arraché les aveux de ses parents adoptifs, dans le salon de Munich, il avait déclaré à ces derniers devoir s'éloigner d'eux par nécessité. Le temps panserait sans doute ces plaies-là. Il présumait déjà qu'il en aurait de bien plus vives et profondes à soigner, le jour où il saurait vraiment d'où il venait.

Angela ne l'avait pas suivi en France. Elle ne voulait pas quitter son pays. Ils s'étaient donc séparés sans amertume. Elle venait le voir régulièrement à Toulouse. Simon caressait l'espoir qu'un jour elle le rejoindrait pour de bon. Mais pour l'heure, il vivait seul. Pour elle, il était resté Viktor. Pour l'état civil aussi. Il redoutait d'entreprendre des démarches longues et douloureuses pour reprendre son ancienne identité. Il avait pesé le pour et le contre, puis avait pris la difficile décision. Il resterait Viktor, mais dans sa famille française, il redeviendrait Simon Levinski.

De toute façon, il n'avait plus qu'une famille. À Munich, il n'y retourna que pour régler ses affaires, libérer son appartement, et, finalement, tirer un trait sur son passé.

Viktor avait d'abord exercé à l'hôpital psychiatrique de Toulouse, puis avait ouvert un cabinet privé de consultation en ville. L'ambiance de l'hôpital l'oppressait. Il préférait recevoir les patients dans son cabinet. Dans ce bilan plutôt positif de sa vie d'adulte, la seule chose qu'il déplorait, c'était son incapacité à fonder une famille. Angela le taquinait à chacune de ses visites, environ une fois par an :

— Tu attends quoi, Viktor ?

— J'attends quoi ? J'attends quoi ? Mais de trouver la mère idéale !

— Tu as bien des copines ?

— Oui ! Bien sûr. Mais de là à souhaiter me reproduire avec elles...

— Viktor ! Il ne s'agit pas que de reproduction !
— Et toi ? Pourquoi n'as-tu pas d'enfant ?
— Parce que je n'ai pas trouvé le père idéal.
— Eh bien voilà ! Pourquoi cela devrait-il être différent pour moi ?
La conversation s'achevait là, en général.

Lorsque Simon venait partager le déjeuner dominical, même après cinq années, il découvrait encore des choses sur sa famille. Emmanuel de presque huit ans son aîné, se souvenait très bien de leur enfance. Il avait à cœur de transmettre à son frère des détails, même insignifiants, sur leur vie d'avant ; leurs petites manies familiales, les traits de caractère des uns et des autres, leurs balades préférées, les jeux favoris des enfants de l'immeuble, le goût si spécial de la cuisine de Rebecca, les premiers pas de Simon, la naissance de Sybille… Bien sûr, chacun portait son traumatisme en bandoulière, Emmanuel, surtout, que des cauchemars et des épisodes dépressifs assaillaient. Mais tous s'attachaient à en faire des moments gais et conviviaux. Il n'y avait pas de place pour la tristesse. Plus maintenant, alors qu'ils s'étaient retrouvés.

Il arrivait, bien sûr, que l'émotion les rattrape. Parfois même la culpabilité. Mais ils voulaient profiter du sursis que la vie leur avait octroyé et faire en sorte que chaque jour nouveau prenne sa juste valeur, trouve sa juste saveur. Ils soupesaient l'importance des choses simples – ainsi que Sylviane l'avait si bien enseigné à Emmanuel durant son adolescence – dont le summum consistait à boire un verre sur le square Wilson, en fin d'après-midi, quand le soleil baissait et rendait la brique incandescente.

— Tu es d'accord, Simon, qu'il n'y a rien de meilleur qu'un bon demi, sur cette place, et à cette heure-ci ? se plaisait à répéter Emmanuel.

Quand les journées s'allongeaient, à l'approche de la belle saison, il passait de temps en temps chercher son frère après le travail pour

l'entrainer dans un des bars de la place et trinquer à la bière avec lui. En guise de réponse, ce dernier le taquinait :
— Oui, mais quand même… S'il y a bien quelque chose de l'Allemagne que je regrette, c'est la bière !
Emmanuel manquait de s'étrangler à chaque fois et embrassait des bras le décor de la place comme pour dire « oui, mais regarde un peu comme c'est beau ! ».

Emmanuel avait bien sûr présenté Sylviane à Simon.
Pour Emmanuel, elle faisait partie de la famille. Quand il avait quitté leur nid devenu commun, elle s'était mariée à un jeune diplomate anglais, John, qu'elle avait rencontré en écrivant un article pour son journal. Si bien que les repas familiaux, quand les retrouvailles étaient complètes, résonnaient d'accents aux sonorités diverses : allemand, anglais, parisien et toulousain. Les Levinski adoraient cette ambiance cosmopolite. Michel en rajoutait en intégrant des mots d'occitan ou des expressions locales dans les conversations, ce qui laissait Sylviane perplexe : « C'est quoi ce coin de France où on ne « râle pas », on *roumègue*, ça ne « colle pas », ça *pègue*, et où on vous toise si vous demandez un pain au chocolat à la place d'une *chocolatine* ? ».

Parfois, Emmanuel se rendait à Paris pour rendre visite à Sylviane et John. Parfois, c'étaient eux qui « descendaient », selon le tracé sur la carte de France, à Toulouse. Ils n'avaient pas eu d'enfant. Mais comme Sylviane se plaisait à le dire, elle avait eu Emmanuel, qui l'avait comblée. Elle l'aimait comme un fils et il le lui rendait bien. Un sentiment qui dépassait la simple reconnaissance, liait le garçon devenu un homme, à Sylviane. Elle avait fait plus que le sauver, en sacrifiant sa propre jeunesse, sa propre insouciance. Elle l'avait fait naître à nouveau. Oui, c'était cela. Le jeune homme qu'il était à l'époque avait appris à ses dépens que l'on pouvait être vivant, tout en étant mort. Il devait à Sylviane sa résurrection, son retour dans le monde, dans la vie, dans la mosaïque d'êtres humains, qui, pour la plupart, faisaient montre de gentillesse, générosité et bienveillance. Cette jeune femme s'était battue comme un diable pour lui. Il lui en avait fait voir de toutes les couleurs, sans forcément en avoir conscience, mais jamais au grand jamais elle ne lui en avait voulu, ni fait le moindre reproche. Lorsqu'il avait embrassé la carrière de journaliste, leur lien s'était encore renforcé. Ce que Violette résumait ainsi : « la relation de ces deux-là, c'est du béton armé. »

Emmanuel avait quitté *La Dépêche Du Midi* en 1959, quand René Bousquet, ancien chef de la police de Vichy, et, disait-il avec cynisme, incidemment responsable des rafles de 1942, avait intégré le conseil d'administration du journal. L'ancien fonctionnaire, au zèle et à l'antisémitisme notoires, était passé entre les mailles de la justice et avait repris une vie normale après seulement trois années de prison. Quand Emmanuel apprit, en 1957, que le bourreau avait récupéré sa Légion d'Honneur (décernée avant-guerre) et l'année d'après, qu'il avait été amnistié, il eut du mal à encaisser et frôla la dépression. Mais le coup de grâce fut l'annonce de l'entrée de Bousquet au conseil d'administration du journal dans lequel il travaillait. Emmanuel ne souhaitant pas boxer avec sa conscience, préféra démissionner. Il devint correspondant régional pour un titre national, et s'en trouvait, depuis, très satisfait, et surtout beaucoup plus serein.

Lorsqu'ils prirent place à table, Emmanuel servit un verre de Rivesaltes à chacun en guise d'apéritif et ils sacrifièrent à leur rituel, en trinquant aux disparus.
— Tu vois, ce qui m'attriste le plus, fit Emmanuel, c'est que nous n'avons rien d'eux. Rien pour se souvenir, se recueillir. Pas une photo, pas un objet…
— Moi, j'ai Michka ! fit Simon, pour donner un ton léger à la conversation. Et c'est grâce à lui que je suis là.
— C'est vrai… Je me souviens de ce tableau, dans notre salle à manger, qui représentait maman. Il était très beau. Il avait été peint

par Kees van Dongen, quand même ! Tout a été pillé. Celui-ci a été volé – mais je crois te l'avoir déjà raconté ? – par les policiers qui...
— Emmanuel, coupa Violette, ce n'est peut-être pas le moment de parler de ça.
— Oui je sais. Néanmoins, je donnerais n'importe quoi pour le retrouver, ce tableau. On aurait au moins un portrait de notre mère.
— Tu te fais du mal, dit sa femme en piquant dans une olive.
— Et notre sœur ? Aussi bien elle est en vie quelque part ? Peut-être même à Toulouse et on la croise sans le savoir ?
— Boudu, Emmanuel, tu as prévu de nous plomber le dimanche ou quoi ? le sermonna-t-elle à nouveau.
— Laisse, Violette, fit Simon. C'est normal qu'il ait besoin de se rappeler. Ça me fait du bien à moi aussi.
La douleur du souvenir n'aiguillonnait pas Simon à l'égal de son frère. Trop petit à l'époque des faits les plus cruels, leur évocation l'empoignait moins. Alors que pour Emmanuel, la souffrance était comme imprimée dans une cire, dure, figée, difficile à malaxer. Paradoxalement, il se souvenait de tout, mais les visages, les voix, les rires, s'estompaient lentement avec le temps.
— Puisque c'est ça, je vais chercher le poulet ! fit Violette en ramassant les vestiges de l'apéritif.

Troisième partie :

« Tchembé red, pa moli »

Chapitre 20 – Toulouse, 2012

Durant le cours de flamenco, Léonor ne parvint pas à se concentrer. Elle avait espéré qu'une fois dans sa bulle andalouse, elle serait emportée par le rythme du *compas* et le plaisir du *baile*. Mais elle revoyait Benjamin, dans son dos, la suivant à la trace, sans parvenir à s'expliquer le rôle qu'il jouait dans sa vie, ni même si leurs chemins s'étaient croisés par hasard, ce dont elle doutait de plus en plus.

— *Un-DOS-un-dos-TRES-cuatro-cinco-SEIS-siete-OCHO-nueve -DIEZ !*

Paloma, la professeure, frappait des mains pour que ses élèves intègrent bien le rythme compliqué de la *alegría* et marquait les temps d'une voix puissante.

— On ajoute les bras ! *Un-DOS-un-dos-TRES-cuatro-cinco-SEIS-siete-OCHO-nueve-DIEZ* ! Et on garde les coudes bien hauts ! *Venga* ! Allez !

Malgré tous les efforts qu'elle déployait, Léonor ne parvenait pas à coordonner musique, mouvements de bras et de pieds.

— *Qué te pasa, chica* ? Qu'est-ce qui t'arrive, ma fille ? s'inquiéta Paloma à la fin du cours.

— *Día de mierda* ! Journée de merde, répondit Léonor tout en ôtant ses chaussures de *baile*. Je n'étais pas du tout dedans, aujourd'hui.

Une fois dans la rue, elle repensa à la stratégie que Thomas et elle avaient mise en place pour démasquer Benjamin. S'il ne se manifestait pas d'ici-là, elle devrait l'appeler le soir-même pour qu'ils se voient, si possible, le lendemain. Elle l'inviterait chez elle. Thomas resterait dans la chambre et écouterait leur conversation par la porte entrouverte. Elle dirait à Benjamin l'avoir aperçu au centre-ville, et observerait sa réaction. Elle devrait improviser en fonction de ses réponses. Léonor aurait donné cher pour sauter vingt-quatre heures d'un seul trait, dans le temps, et être déjà au jour suivant. « Si tout va bien, demain, à la même heure, je serai fixée » se dit-elle.

Elle se consolait en se disant que, même si Benjamin lui plaisait de plus en plus, elle n'avait pas encore envisagé d'aller plus loin avec lui. Elle vivait au jour le jour et on verrait bien le moment venu. Mais elle était profondément vexée à l'idée de s'être laissé berner, elle, la détective au flair de limier. Et puis, au-delà de la déception qu'elle éprouverait, quelle confiance s'autoriserait-elle à investir dans ses futures relations amoureuses ?

Léonor s'accrochait désormais aux points positifs : l'enquête allait avancer avec la rencontre des époux Levinski prévue le lendemain. Elle était reconnaissante envers Basile de l'associer à l'entretien. Elle enquêtait sur cette famille depuis plus de deux semaines, et ce qu'elle avait découvert attisait sa curiosité. Ils avaient tant de questions à poser, de zones d'ombre à éclaircir. Les Levinski leur fourniraient forcément des réponses. Après Adèle Fortier, le couple figurait maintenant parmi les principaux concernés, pour ne pas dire suspects. En tout cas, il se trouvaient au cœur de l'intrigue. La suite s'annonçait palpitante, ce dont Léonor se délectait à l'avance.

*

Le lendemain, à 9 heures, Basile et Léonor sonnaient à l'interphone des Levinski. Quelques instants plus tard, ils se trouvaient devant un homme entrant dans le quatrième âge, mais encore vert. Son regard était vif et ses gestes assurés. Le contraste avec Servant était saisissant, bien que dix années seulement séparent les deux hommes. Sa femme semblait un peu plus jeune. Dans leur appartement, situé face à la Garonne, flottait une ambiance très douce. Il était propre et bien rangé, sans outrance. Des livres étaient posés çà et là, ainsi qu'une revue de mots croisés, signes d'une vie intellectuelle active. Quelques tableaux aux murs, des jetés de canapé aux couleurs moelleuses, sur lesquels deux chats se prélassaient.

Emmanuel Levinski les chassa d'une main pour libérer la banquette. Les pauvres bêtes atterrirent sur le tapis et durent s'étirer longuement avant d'envisager de s'installer ailleurs. Une petite toilette de quelques coups de langue, puis l'un d'eux s'enroula sur un pouf, quand l'autre attendait que sa maîtresse s'installe sur le canapé pour rejoindre ses genoux. Léonor et Basile prirent place dans les fauteuils.

Après un échange préliminaire, constitué de banalités sur la beauté des berges de la Garonne toutes proches et de quelques mots assez vagues sur la raison de leur visite – enquête, vol de tableaux... –, Basile entra dans le vif du sujet. Il sortit en premier la photo du portrait de Rebecca.

— Connaissez-vous ce tableau, monsieur Levinski ?

Emmanuel saisit le cliché que lui tendait Basile et ouvrit de grands yeux.

— C'est un portrait de ma mère... murmura-t-il.

Il s'arrêta, les pupilles rivées sur la peinture.

— Vous pouvez nous en dire un peu plus, s'il vous plaît ?

— Il a été peint par Kees van Dongen. Quand elle était jeune, à Paris, ma mère avait fait la connaissance de nombreux artistes-peintres. Ça devait être dans les années 1920. Elle lui avait servi de modèle. Mais comment avez-vous eu cette photo ?

Basile ignora la question pour enchaîner.

— Savez-vous ce qu'il est devenu ?

Emmanuel souffla comme s'il était peu désireux d'aborder le sujet. Puis finalement répondit par une autre question :

— Pourquoi me demandez-vous cela ?

— Parce qu'il a été volé récemment à sa propriétaire.

— Sa propriétaire ? fit Emmanuel avec mépris.

— Cela vous surprend ?

— Ce tableau appartenait à ma famille. Il nous a été volé le jour de la rafle qui envoyé ma famille à Auschwitz, en août 1942. Mes parents étaient des immigrés polonais, naturalisés français. Et juifs ; non pratiquants.

Emmanuel regretta cette toute dernière précision.

Violette Sutra-Levinski, assise à côté de lui, écoutait attentivement tout en caressant le chat lové sur ses cuisses. Son téléphone, posé sur la table basse sonna. Elle jeta un œil dessus pour voir qui appelait. Sa première intention fut d'aller prendre l'appel dans une autre pièce mais elle renonça à chasser le chat une seconde fois. Elle s'excusa auprès des visiteurs pour répondre tandis que Basile et Emmanuel poursuivaient l'entretien. Malgré les efforts qu'elle faisait pour chuchoter et faire écran avec sa main, des bribes de conversation parvenaient aux oreilles de Léonor qui, par expérience, les laissait toujours trainer : « Je ne peux pas te parler, là… policiers à la maison… oui gère… non… enquête… c'est ça… tu sais ? …oui, plus tard…. dîner… bisous. »

Puis Léonor reporta son attention sur Emmanuel qui commençait à raconter comment sa famille avait dû quitter Toulouse.

Basile déposa cette fois la photo des quatre policiers sur la table basse. Les traits d'Emmanuel se crispèrent.

— Ces hommes, vous les avez déjà vus ? demanda Basile.

— Oui, ce sont ceux qui ont opéré la rafle de cet immeuble.

— Regardez au dos.

— 26 août, lut tout haut Emmanuel. Oui, c'est bien ça. C'est la date de la rafle.

— À votre avis, que faisaient-ils ?

— Ils volaient des objets avant que les nazis viennent faire place nette.

— En êtes-vous sûrs ?

— Ma belle-mère les a vu faire, répondit Emmanuel en désignant sa femme de la tête. Elle nous a tout raconté. » Devançant la question suivante, il ajouta : « Elle est morte il y a une dizaine d'années. Mais d'où vient cette photo ? »

— J'allais vous poser la question. Ce n'est pas votre belle-mère qui l'a prise ?

Emmanuel haussa les épaules.

— Non, pas que je sache. Elle nous l'aurait montrée, si c'était elle qui l'avait prise. D'où sort-elle ?

Violette se leva, en posant délicatement le chat à la place qu'elle libérait.

— Vous prendrez bien un café ? proposa-t-elle en se dirigeant vers la cuisine, sans attendre la réponse.

— Nous verrons cela plus tard, monsieur Levinski. Mais d'abord, vous nous dites que votre belle-mère vous a raconté ce qu'elle avait vu ce jour-là. Ils étaient bien quatre hommes ?

Emmanuel opina. Violette revint sur ses pas.

— Il me semble que ma mère avait évoqué la présence d'un cinquième homme, qui n'était pas là le matin, au moment de la rafle. Tu te souviens, celui qui connaissait tes parents ? dit-elle à l'adresse d'Emmanuel.

Léonor et Basile échangèrent un regard. Pour l'instant, le témoignage concordait avec celui de Servant.

— Vous permettez que j'ouvre la fenêtre ? demanda Emmanuel, en se levant. On étouffe ici.

Violette repartit vers la cuisine, suivie de Léonor qui prétexta avoir besoin d'un verre d'eau. Un besoin de fouiner la tenaillait, comme dans toute enquête. La vieille dame lui donna un verre vide et l'invita à se servir au distributeur d'eau, sur le réfrigérateur américain couvert de photos de famille et de cartes postales, pêle-mêle. Le regard de Léonor s'arrêta sur le portrait d'un beau garçonnet de sept ou huit ans.

— Vous avez des petits-enfants ?

Elle savait les grands-parents sensibles à l'intérêt que l'on pouvait porter à leur descendance.

— Oui, dit Violette. Allez, je prépare le café.

Léonor eut le sentiment que Violette souhaitait rester seule à la cuisine. De toute façon elle n'avait pas l'intention de manquer davantage l'échange avec Emmanuel Levinski. Elle retourna au salon. A priori, la conversation stagnait sur le cinquième homme.

— Oui, c'est vrai, ma belle-mère a dit qu'il y avait cet homme, qui rendait parfois visite à mes parents. Mais je ne vois pas du tout de qui il s'agissait...

— Les tableaux que l'on voit là, poursuivit Basile, ils appartenaient tous à votre famille ?

— On ne les distingue pas très bien... Au moins deux ou trois d'entre eux, je crois.

Il approcha le cliché pour regarder de plus près.

— Je n'étais qu'un enfant, mais, de mémoire, je dirais que ces deux-là appartenaient à mes parents, et celui-ci, je crois l'avoir vu accroché chez mon oncle et ma tante, Keren et Adrian Horn. Vous les avez retrouvés ?

Léonor ignora la question et prit note de ce que les doigts du vieil homme leur montraient sur le papier.

— Nous répondrons à toutes vos questions, monsieur Levinski, mais pour l'instant, il faudrait que vous nous racontiez ce qui s'est passé ce jour-là, s'il vous plaît, avec précision, reprit Basile. Nous avons conscience que cela est douloureux, mais c'est très important pour notre enquête.

— Excusez-moi, mais je ne comprends pas ce qu'il y a de si important, après tant d'années ? Pourquoi remuer tout cela ?

Devant l'insistance du vieil homme, Basile exposa, comme il l'avait fait à l'intention de Jean Servant, les éléments de l'enquête qui les amenaient à s'intéresser à cette journée particulière, soixante-dix ans plus tôt. Le vol chez Adèle Fortier, les recherches sur la rafle et les policiers concernés, les morts suspectes, l'envoi des photos. Violette, postée à l'entrée de la cuisine, suivait l'échange de loin, stupéfaite.

Basile parlait doucement, comme s'il était en conversation avec un ami.

— Que voulez-vous que je vous dise ? Ils nous ont réunis dans la cour, ma famille, celle de mon oncle et ma tante, et deux autres familles amies de la mienne.
— Vous étiez combien, en tout ?
— Je ne sais plus exactement... j'étais un gamin.
— Mais vous connaissez la composition des familles, donc cela va être simple. Récapitulons : famille Levinski, cinq personnes, famille Horn, trois personnes, famille Markov, deux personnes, et Bernstein, trois personnes. Ces treize personnes-là sont parties dans le camion pour le camp de transit ?
— Oui... je crois bien. À l'exception de mon père et de ma petite sœur. Elle venait de naître – elle avait quatre jours, vous vous rendez compte ? – et il s'est passé quelque chose de... terrible. Pour pouvoir monter dans le camion, ma mère a déposé le bébé dans les bras d'un des policiers et le camion est parti sans qu'elle ait eu le temps de récupérer ma petite sœur. C'était... affreux. J'ai assisté à ça, impuissant. Ma mère était...

Les enquêteurs notèrent qu'Emmanuel peinait à trouver des termes assez forts pour qualifier sa détresse et celle de sa mère, à ce moment-là. L'émotion altérait sa voix. Il parlait les yeux rivés sur le tapis.

— C'est horrible, fit Léonor, la gorge nouée. C'était Sybille, c'est bien ça ?
— Vous êtes bien renseignés...
— Vous ne l'avez jamais retrouvée ?

Emmanuel secoua la tête.

— Non, ma belle-mère a essayé, après la guerre, de découvrir ce qu'elle était devenue, mais ses recherches n'ont pas abouti. Plus tard, j'ai fait d'autres tentatives, pour un résultat similaire. Je savais qu'elle n'était pas dans les registres des déportés, mais je me suis dit qu'ils n'inscrivaient peut-être pas les nourrissons... J'ai laissé tomber.

Entre-temps, Violette était revenue avec un plateau chargé de tasses et d'une cafetière italienne. Elle reprit sa place sur le canapé. Lassé, le chat alla rejoindre son congénère sur le pouf.

— Et pour votre père, quelle est la raison pour laquelle il n'est pas parti ?

Emmanuel se rembrunit. Il ouvrait la bouche, mais les mots restaient bloqués dans sa gorge. Devinant que son mari ne parviendrait pas à en parler, c'est Violette qui prit l'initiative du récit.

— Je peux raconter, j'étais présente aussi. J'ai tout vu depuis la loge de ma mère qui était la concierge de l'immeuble. Ce jour-là, au drame de la rafle et de la perte de leur petite sœur, s'est ajouté un autre drame. Le père d'Emmanuel a été tué par ces hommes, justement, sur la photo. Celui-là pour être précise.

Elle désigna Servant. Interdits, Basile et Léonor échangèrent d'une œillade : « si on s'était attendus à ça… Le vieux mutique qui ne savait rien ! ».

— Un rouquin odieux.

— Servant… murmura Basile

Elle déroula les faits avec la même précision que s'ils avaient eu lieu la veille. Les mâchoires d'Emmanuel se serreraient à mesure qu'elle approchait de la terrible fin. Quand elle eut terminé, le vieil homme releva :

— Servant, vous dîtes ? C'est lui le seul survivant ?

— C'est cela. Et nous pensons que le tueur le cherche pour terminer son travail.

— C'est le pire de tous, et il est encore vivant… Il n'y a décidément pas de justice.

— L'auteur des crimes doit avoir du mal à le localiser. Nous-mêmes avons eu du mal à le retrouver.

— Il est si bien caché ? siffla Emmanuel.

Basile ne répondit pas. Il ne pouvait tout révéler. Il avait bien conscience de laisser filtrer de nombreux éléments, mais si le couple Levinski était impliqué, il se trahirait à un moment ou à un autre.

— Mais qui fait ça ? Et dans quel but ? demanda l'octogénaire.

— À la question « qui ? », nous n'en savons encore rien. Quant au but, il est probable qu'il s'agisse d'une vengeance.

— Ce qui fait de nous de bons suspects, n'est-ce pas ? Vous pensez réellement que nous ayons quelque chose à voir avec ça ? Je veux dire, ces meurtres, ces vols ?

— Vous avez perdu toute votre famille ce jour-là. Vous avez été déporté avec votre mère et votre petit frère, Simon. Tous deux sont morts dans les camps. Vous avez perdu votre père dans des circonstances atroces, ainsi que vient de l'exposer votre épouse. Vous avez perdu de vue votre petite sœur, à tout jamais. Et vous, vous avez vécu un enfer pendant trois ans. Vous avez quelques raisons d'en vouloir à ces hommes... récapitula Basile d'une voix calme.

Léonor assistait sans rien dire à l'entretien. Elle admirait le ton posé de Basile. Elle observait la réaction du couple qu'elle n'imaginait pas une seule seconde s'ériger en justiciers, surtout tant d'années après. Ils aspiraient au calme, à la tranquillité. Tout chez eux, dans leurs personnalités respectives, leur intérieur, leur façon de vivre, leur physique, même, démentait leur éventuelle implication dans les événements qui justifiaient cette enquête. Certes, Emmanuel Levinski réprimait de la colère, de l'amertume, de la tristesse, à l'évocation des faits. Des sentiments dont nul ne pouvait contester la légitimité. Mais le désir de vengeance ne semblait pas animer le vieil homme. Elle ne percevait rien qui pût valider cette hypothèse. Le souvenir de son échec avec Benjamin, en matière de flair, lui revint d'un bloc. Mais il s'agissait de son histoire personnelle. Elle avait manqué de recul, liée qu'elle était par ses affects. Rien de comparable avec la situation présente.

Emmanuel avait écouté, approuvant de la tête, la liste des bonnes raisons qu'il aurait eues à vouloir se débarrasser des auteurs de son malheur.

— Il est vrai que je devrais m'inquiéter... dit-il en souriant. Cela dit, je vais alléger un peu le bilan que vous venez de dresser. Il se trouve que j'ai retrouvé mon frère, Simon, enfin, Viktor, maintenant.

Une fois encore, Léonor et Basile accusèrent le coup.

— Il n'est pas mort en déportation ?

— Quand nous sommes arrivés à Auschwitz, il était très malade. Ma mère l'a confié au dispensaire, pour qu'il reçoive des soins. Une infirmière, qui savait ce dont les médecins du camp étaient capables, a eu pitié de lui et l'a envoyé dans un Lebensborn, après avoir falsifié les registres. D'après ce qu'on lui a dit, du moins. Par chance, il avait tous les attributs physiques du « modèle Aryen ». Je l'ai cru mort, jusqu'en 1965, l'année où il m'a retrouvé.

Emmanuel raconta ce qui était arrivé à Simon et comment il était devenu Viktor, avec un k.

Basile et Léonor n'en croyaient pas leurs oreilles. Depuis le début, ils avaient l'impression d'avoir percé à jour de nombreux éléments sur l'histoire complexe de cette famille et la réalité s'avérait plus sinueuse encore. Léonor se prit à rêver que Sybille fût encore vivante et qu'elle retrouve ses frères avant qu'il ne soit trop tard. Même si c'était pour lui passer les menottes au poignet.

— Votre frère, où habite-t-il ? reprit Basile.

— Ici, à Toulouse. Oh, pas très loin, juste en face, de l'autre côté de la Garonne. Il a un appartement Quai de Tounis. Sans la présence de ces grands arbres, on pourrait presque se faire signe. Il a gardé son nom allemand, Viktor König. Mais pour nous il est redevenu Simon.

Le téléphone de Basile sonna. Il s'excusa, prit l'appel et s'éloigna. Pendant ce temps, Léonor poursuivit la conversation.

— Votre histoire est incroyable. Vous avez dû être très ému lorsque vous avez retrouvé votre frère.

— Le mot est faible ! Lui ne se souvenait de rien car il n'avait que deux ans, quand nous avons été séparés, mais oui, c'était formidable de se retrouver. Je pensais vraiment qu'il avait succombé à la maladie dans ce camp de malheur. Il était tellement mal en point, la dernière fois que je l'avais vu, le pauvre.

Il secoua la tête et enchaina :

— Je pensais à quelque chose... Une folie, mais qui ne tente rien...

— Je vous écoute, fit Léonor.

— Si j'ai bien compris, la personne qui s'est fait voler le portrait de ma mère est de la famille du policer à la moustache ?
— C'est bien cela.
— C'est lui qui a tenu le bébé dans ses bras le temps que notre mère se hisse dans le camion. Pensez-vous qu'il y ait une infime possibilité qu'elle sache ce qu'est devenu notre sœur ? Il pourrait lui en avoir parlé ?
— Je ne pense pas car elle ignorait tout, jusqu'à ces derniers jours, du rôle sinistre que son père a joué.
— Mais il aurait pu lui raconter, en changeant le contexte ? Qu'un jour, par exemple, il aurait trouvé un bébé durant son service et qu'il l'aurait déposé dans tel ou tel orphelinat ?
— Elle ne savait même pas qu'il avait été policier durant l'occupation... Franchement, c'est peu probable. Mais j'essaierai d'aborder la question avec elle. Ou plutôt avec sa mère qui est encore de ce monde. Ne vous accrochez pas trop à cette idée, tout de même, au risque d'être déçu.

Basile revint. Il fit signe à Léonor qu'ils devaient partir. En passant dans le couloir, Léonor se posta devant une photo en noir et blanc, accrochée au mur, représentant une danseuse de flamenco. Elle la reconnut :
— Carmen Amaya...
— Oui, c'était l'idole de ma mère, commenta Violette. C'est d'elle que je tiens cette photo. Je l'aime beaucoup.

Les clairs-obscurs de la photo mettaient en relief les volants et replis de la robe, et les sourcils froncés de la danseuse, laquelle semblait combattre de tout son corps un ennemi invisible. Ses uniques armes : ses bras, ses mains, et son regard. C'était à croire que les mouvements de l'artiste puisaient force et énergie directement dans ses entrailles. Elle était habitée.
— Quelle puissance elle dégage, sur cette photo.
— Oh oui ! C'était une sacrée danseuse.
— On y va Léonor ? s'impatienta Basile.

Léonor délaissa sa contemplation. En leur ouvrant la porte d'entrée, Emmanuel ajouta, d'une voix posée :

— Je ne devrais pas vous le dire, mais, vous savez, le rouquin, celui des quatre qui a l'indécence d'être encore en vie, si j'en avais le courage, j'irais moi-même lui régler son compte.

Ce mot de la fin surprit les enquêteurs. Ils quittèrent le couple en leur demandant de les joindre si un détail leur revenait. Dans l'ascenseur, Basile lâcha :

— On passe à côté de quelque chose, tu n'as pas l'impression ?

— Sans doute... Mais je ne les crois pas impliqués dans tout ça.

— J'ai reçu un coup de fil du service. La fille de Noguès a appelé. Elle a ressorti des papiers de son père, qu'elle n'avait pas encore triés. Et dedans il y avait les photos du 26 août 1942. Une dizaine au total, vu qu'il est mort en 2002, ça fait bien le compte.

— Très bon ça ! Servant a dû les recevoir aussi... Il faudrait insister auprès de sa femme. Elle a bien dû en voir – au moins une – s'il y en a eu tous les ans. Sauf si c'est eux qui les envoient, bien sûr.

— Peut-être... Pour en revenir aux Levinski, dans notre désir de les voir innocents, on en a oublié d'insister sur la photo. Ils doivent bien savoir qui l'a prise, ou avoir une idée. La mère de Violette Levinski devait savoir quelque chose, puisqu'elle était témoin. Peut-être l'a-t-elle prise, elle-même. Tu ne crois pas ?

— C'est possible. Dans ce cas, ils l'auraient su... Tu penses qu'il a menti ?

L'ascenseur s'ouvrit sur le hall. Ils rejoignirent le véhicule en planque de Thomas et Constant. Basile alluma une cigarette.

— C'est bon, vous avez tout entendu ? demanda Léonor en sortant son portable de la poche de sa veste pour couper la communication.

— Oui, en gros, je crois. Ils auraient de quoi en vouloir à ces fonctionnaires de police zélés, on dirait ?

— C'est clair... Mais en réalité, c'est un couple très sympa, bien sous tous rapports, du moins en apparence, fit Basile. Je ne sais quoi en penser. Vraiment, dit-il en soufflant la fumée.

— Moi pareil, renchérit Léonor en gonflant les joues de perplexité. Maintenant, il faut qu'on aille voir le frère, Simon, devenu Viktor-avec-un-k. Il habite en face.

Elle désigna de la tête les quais en brique de la rive droite de la Garonne.

Le téléphone de Léonor vibra dans sa poche alors qu'ils montaient dans le véhicule. Un SMS de Benjamin s'afficha sur l'écran : « J'ai eu ton message, on se voit ce soir ? ».

Elle montra le texto à Thomas qui fit « oui » de la tête puis chuchota :

— Dis-lui d'aller chez toi.

Léonor était déjà en train de taper la réponse.

*

L'interphone sonna. Léonor fit signe à Thomas d'aller se cacher dans la pièce d'à côté. Il laisserait la porte entrouverte pour entendre la conversation. Si besoin, il les rejoindrait dans le salon pour confondre Benjamin. Les deux collègues sauraient ce soir ce qu'il manigançait.

— Entre, fit Léonor quand Benjamin arriva devant sa porte.

Ils échangèrent un léger baiser.

— Ça me fait plaisir de te voir, dit-il, en entrant plus avant dans l'appartement.

Léonor opina tout en se composant une attitude. Benjamin l'attira dans ses bras.

— Figure-toi que je t'ai aperçue, rue Alsace, hier, lança-t-il.

— Ah bon ? Pourquoi n'es-tu pas venu me retrouver ?

Mal à l'aise, Léonor eut l'impression que ses mots sonnaient faux.

— Parce que j'allais chez un pote, du côté de la cathédrale Saint-Étienne. Je me suis dit que si je commençais à discuter avec toi, je n'aurais plus envie d'aller voir mon pote. Et c'était important que j'y aille. D'autant que toi, tu devais être en train de bosser, non ?

Désarçonnée par cette entrée en matière inattendue, Léonor dut réfléchir avant de répondre.

— Oui… oui. Moi aussi, j'allais du côté de Saint-Étienne.

— Je sais, je t'ai vu rentrer dans un magnifique hôtel particulier rue Croix-Baragnon.

— Ah oui… Tu me suivais, en fait ? dit-elle en riant.

— C'est ce que je t'ai dit ! Sauf que ce n'était pas pour t'espionner, c'était juste une coïncidence. J'aurais adoré te rattraper pour te serrer dans mes bras, dit-il déposant un baiser sur les lèvres de la jeune femme.

Il la regarda dans les yeux. La méfiance de Léonor s'évanouit. Tout s'embrouillait dans son esprit et la colère qu'elle avait réprimée, les arguments qu'elle avait ruminés jusque-là se disloquèrent. Ce n'était pas possible. Le ton badin que Benjamin employait ne pouvait être feint. Elle sentit le soulagement desserrer sa poitrine. L'air circulait à nouveau dans sa cage thoracique comme si celle-ci avait doublé de volume.

Il l'embrassa encore. Elle se laissa faire en se disant que Thomas était là, juste derrière la porte. Que devait-elle dire ? ou faire ? Le plaisir qu'elle avait à se retrouver tout contre le corps de son amant lui faisait perdre le sens des réalités. L'explication fournie sur sa présence rue Alsace-Lorraine semblait recevable, et il lui avait servie sur un plateau.

Benjamin se montra plus entreprenant. Ils basculèrent sur le canapé. Leurs gestes devinrent précis. Léonor reprit le contrôle d'elle-même et le repoussa gentiment.

— Qu'est-ce qu'il y a ?

— Je ne peux pas, dit-elle. Pas ce soir.

— Pourquoi ?

— Parce que je… j'ai…

Il recommença à l'embrasser avec fièvre. De nouveau, elle se laissa faire, pour finalement l'écarter d'elle, à regret.

— Mais enfin, c'est quoi le problème ?

Léonor fit fonctionner son cerveau à cent à l'heure pour trouver un mensonge crédible.

— Mon collègue est dans la pièce à côté. Je l'ai accueilli, il est malade. Ce n'était pas prévu.

— Thomas ?

— Oui.

— S'il est malade, il ne va rien entendre.

— Quand même, ça me gêne... Attends, je vais voir.

Elle se dirigea vers la porte du couloir. Thomas, retranché, suivait la scène, de loin.

— Qu'est-ce que tu fiches ? fit-il quand il la vit entrer.

— Tu as entendu comme moi : il ne me suivait pas.

— Tu es sûre qu'il ne te raconte pas des fables ?

— Franchement, je pense qu'on s'est un peu emballés.

— Moi je te dis qu'il te suivait.

— Et moi je te dis que tu n'es pas objectif. Depuis le début tu ne peux pas le voir en peinture.

Peu à peu, ils avaient élevé la voix. Ils se firent signe de baisser le ton.

— Je fais quoi, moi, maintenant ? J'attends que vous ayez fini vos petites affaires ? chuchota Thomas.

— Non, je vais l'emmener boire un verre dehors. Tu n'as qu'à claquer la porte quand tu sortiras.

Thomas lui lança un regard noir.

— Tu veux que je fasse quoi, au juste ? fit Léonor, excédée.

— Qu'on le chope une bonne fois pour toutes !

— Mais enfin, Thomas ! Qu'est-ce que ça veut dire ? Si on n'a rien à lui reprocher !

— Il ment, il n'était pas rue Alsace par hasard, tout comme il n'est pas entré dans ta vie par hasard. Et il n'est pas venu à l'agence par hasard non plus. Il te suit depuis le début, je le sais, je le sens. Essaie d'être un peu objective s'il te plaît, dit-il d'un ton qu'il voulait le plus convainquant possible.

— Mais je n'ai même pas eu à lui poser la question de sa présence rue Alsace, c'est de lui-même qu'il m'a donné la réponse.

— Il a peut-être pensé que tu l'avais vu. Il est malin ! On ne peut pas lui ôter ça.

Léonor ne se décidait pas à agir. Qui croire ? Elle faisait les cent pas dans la chambre, sans savoir quelle action entreprendre. Thomas la regardait, agacé, mais capable d'empathie. Il comprenait son amie, même si l'évidence s'imposait, en tout cas à ses yeux à lui. Il fit mine de se diriger vers la porte pour sortir de la chambre et aller confondre Benjamin lui-même.

— Non ! cria-t-elle, le voyant prêt à agir. Elle plaqua une main sur sa bouche.

Elle courut vers la porte de la chambre, mais alerté par son cri, Benjamin était déjà devant. Lorsqu'elle l'ouvrit, le jeune homme fit le tour de la pièce d'un regard et comprit, à la présence de Thomas, au centre de la chambre, debout sur ses deux jambes et en pleine forme, qu'on s'était joué de lui. Il planta son regard dans celui de Léonor pour y chercher une explication. L'air coupable de celle-ci acheva de le convaincre et il tourna les talons. Dix secondes plus tard, les deux collègues entendaient la porte d'entrée claquer.

— Je pense qu'il a compris, fit Thomas, gêné de la tournure des événements. Ce qui me conforte dans mon idée qu'il agit comme un coupable.

Léonor, les bras ballants, ne bougeait plus. La tristesse avait chassé la colère sur son visage.

— J'avoue que... Ou alors il s'est vexé parce que je lui ai menti sur les raisons de ta présence ici. Il a cru qu'on était ensemble, toi et moi.

— STOP ! fit Thomas en levant une main en l'air. Si ce qui vient de se passer ne te suffit pas, il faut que tu abandonnes ce métier, Léonor Lesage.

Des larmes coulèrent sur les joues de la jeune femme. Thomas le remarqua et, comme à chaque fois qu'il voyait son amie pleurer, il fondit et l'entoura de ses bras.

— Tu vois, je suis bonne à rien, dit-elle entre deux sanglots. C'est MOI que mon père aurait dû…

— Chut… la coupa-t-il. Arrête de te faire du mal. Ne dis pas des choses comme ça.

Au bout de quelques instants, Léonor sortit un mouchoir de sa poche, et, après l'avoir bruyamment utilisé, elle demanda à Thomas.

— Tu ne devais pas appeler le syndic de copropriété pour vérifier s'il était question de travaux sur les huisseries, à l'agence ?

— Je l'ai fait, plusieurs fois, mais je suis tombé sur sa messagerie. J'attends qu'il me rappelle. Je lui ai dit que c'était urgent.

— Zut…

Chapitre 21 – Toulouse, 2012

Le lendemain, il était prévu que la même équipe se rende chez Viktor König pour l'interroger. Léonor passa d'abord à l'agence où Basile devait venir les chercher en voiture. Elle rouvrit le dossier Fortier, devenu le dossier Fortier-Levinski. Le fait de voir les deux noms liés par un trait d'union, alors que tout opposait les deux familles, la chiffonna. « Cela ne plairait pas à Emmanuel » se dit-elle. Adèle Fortier incarnait l'ennemi juré. Son père n'avait pas tiré la balle meurtrière, mais il était associé à l'assassinat de Rafaël Levinski. Justice n'avait jamais été rendue pour cette exécution inique et froide.

Elle se souvint de la remarque de Basile, en sortant de la rencontre avec Emmanuel Levinski : « on passe à côté de quelque chose ». Elle partageait cette sensation sans qu'elle parvienne à lui donner une forme tangible, encore moins déchiffrable. Elle aboutit à la conclusion : « Reprends tout depuis le début, il n'y a que ça à faire, tu le sais ».

Léonor eut l'idée de reprendre la liste des personnes des familles raflées. Toutes avaient été déportées de Drancy à Auschwitz, dans des convois différents. Chez les Levinski : Rebecca, Simon, Emmanuel. Seule Rebecca était morte. Chez les Bernstein, trois personnes : Marek et Yaël, les parents, et le petit Pawel. Tous trois étaient bien décédés selon les informations recueillies au mémorial de la Shoah. Les Horn, trois personnes également : Keren et Adrian et leur fils Samuel. Léonor regarda attentivement les noms que lui avait donnés l'employée du mémorial. Pour les Horn, deux noms figuraient dans la liste des déportés. Une date de décès était apposée en regard de chacun des parents, mais rien pour le fils. Rien pour le fils ? Elle vérifia ensuite pour les Markov. Un couple. Tous deux raflés, et déportés. Elle avait bien une date de décès pour les deux. Elle pointa une seconde fois. Le fils Horn, Samuel, présent le jour de la rafle, n'était pas mentionné dans le registre des déportations. Cela signifiait-il que

Samuel Horn, n'avait pas fait partie du convoi définitif ? Elle attrapa son téléphone pour rappeler son interlocutrice au Mémorial. Il fallait qu'elle obtienne confirmation de ce détail qui pouvait se révéler capital. Elle n'eut pas à attendre longtemps. C'était bien cela : aucun Samuel Horn n'apparaissait dans les fichiers. Elle se morigéna. « Comment un truc pareil a-t-il pu m'échapper ? »

Dans sa satisfaction d'avoir trouvé les éléments qu'elle cherchait, le nom des habitants de l'immeuble et leur triste destinée, elle en avait oublié de vérifier, ce jour-là, le sort de chaque personne, individuellement. Son attention avait été happée par le fait que le fils de Rebecca était revenu de l'enfer. Qu'était-il arrivé à Samuel Horn, entre Drancy et Auschwitz ?

Elle se leva et alla retrouver Thomas.

— J'ai fait une boulette.

— Toi ? Je n'y crois pas une seconde, fit-il, ironique.

— Arrête tes sarcasmes, Thomas. J'ai comparé la liste des personnes raflées et la liste de ceux qui sont morts à Auschwitz. Il en manque un. Samuel Horn. Le fils d'un couple qui habitait l'immeuble des Levinski.

— Mince ! c'est vrai que c'est une boulette ça.

— Oui bon, ça va, n'en rajoute pas. Sa mère, Keren Horn, est née Levinski. C'est peut-être la sœur de Rafaël, le mari de Rebecca ? Du coup, Samuel serait son cousin.

— Appelle Emmanuel Levinski. Tu en auras le cœur net. Il sait peut-être ce qu'il est devenu ?

— Han han.

Dix minutes plus tard, elle revint vers Thomas.

— C'est effectivement le cousin d'Emmanuel et Simon-Viktor. Un jour de 1966, ils ont appris le retour de leur cousin Samuel, fils de Keren Horn, la sœur de leur père. Il était lui aussi passé par la loge de Solange Sutra pour les retrouver. Puis, il s'est peu à peu retiré dans la campagne toulousaine, répondant de moins en moins aux invitations des deux frères. Trop de mauvais souvenirs, prétextait-il. Emmanuel et Viktor n'ont pas bien compris comment il avait survécu. Ses explications étaient confuses. Ils ont juste compris qu'il avait échappé à la vigilance des gardes de Drancy et été accueilli dans une famille. Ils respectent le souhait de leur cousin et le sollicitent le moins possible. À regret. Mais autant les deux frères ont très vite retrouvé une complicité entre eux, autant renouer avec Samuel n'est pas allé de soi.

— Pourquoi Levinski ne vous en a-t-il pas parlé, hier, quand vous êtes allés le voir, toi et Basile ?

— Ils l'ont quasiment perdu de vue, du coup il n'y a pas pensé. Il a paru gêné d'avoir oublié. Il m'a donné son adresse. C'est à Rieumajou, dans le Lauragais. Un bled paumé.

— Il faut tout de suite en parler à Basile.

— Je l'appelle, dit-elle en se levant.

— Attends ! Moi aussi j'ai découvert quelque chose. Ça ne va pas te plaire...

— Quoi ? Il y a un problème ?

— Je viens de rappeler le syndic de copropriété de l'immeuble de l'agence.

Léonor sentit son pouls accélérer.

— Ils n'ont jamais envoyé qui que ce soit pour mesurer les fenêtres. Il n'y a pas de travaux prévus sur les huisseries dans l'immeuble.

Elle tapa sur le chambranle de la porte du bureau. Elle s'était fait balader. Dans les grandes largeurs.

— Mais qui est ce type, p... ? Il cherche quoi ? C'est quoi son rapport avec tout ça ?

Elle se prit la tête entre les mains et juxtaposa mentalement l'image de son ex-amant avec les images de l'enquête. Les événements récents. En accéléré. Le bureau ovale visité, la sensation d'être suivie, la rencontre avec les Levinski. L'épouse qui se lève pour prendre un coup de fil. Elle avait dit quoi, déjà ? « peux pas te parler... policiers... enquête... dîner... gère... ». Puis la cuisine, le verre d'eau, les photos sur le réfrigérateur, la danseuse de flamenco...

— C'est quoi qui nous échappe, purée-de-bon-sang ? Se peut-il qu'il ait un lien avec toute cette histoire ? Je suis sûre qu'en plus, il m'a donné un faux nom ?! Quelle conne je fais ! Je n'ai aucune manière de le retrouver. Plus j'y pense et plus je réalise que c'était une vraie anguille. Durant tout le temps que l'on a passé ensemble, il ne m'a rien dit qui puisse m'orienter.

Thomas mima un coup de fil.

— L'appeler ? Tu plaisantes, j'espère, après le sale tour d'hier soir ! s'opposa Léonor.

— Pour l'instant, c'est surtout lui qui te joue un sale tour. Mais ce n'est pas à ça que je pensais. Je me disais que Basile pourrait nous dire à quel abonné correspond le numéro de téléphone.

— Mais bien sûr ! Pourquoi on n'y a pas pensé plus tôt ?

— J'attendais d'être sûr... Pour ne pas en parler à Basile pour rien.

Il lui sourit par-dessous.

— Oh là là... Appelle plutôt Frédéric pour lui demander ça, s'il te plaît. Le reste, on verra plus tard. Avant d'avouer à Basile ma bourde... ma grosse, mon énormissime bourde, je vais lui parler du cousin.

— Bon, eh bien on va aller faire un petit tour dans le Lauragais, fit Basile, au téléphone, quand Léonor l'eût informé de sa découverte au sujet de Samuel Horn.

*

La rencontre avec Viktor fut à l'image de celle de son frère aîné. Il répondit sereinement aux questions des policiers. Il avait peu de choses à dire, par comparaison avec Emmanuel, en âge de se souvenir à l'époque, mais il s'était prêté au jeu avec intérêt. Un léger accent allemand persistait malgré les années, mais son français sonnait impeccablement. Il maniait beaucoup l'autodérision, l'humour et le cynisme, aussi. Comme Emmanuel, il comprit très vite qu'il incarnait un coupable idéal, tant sa vie s'était trouvée bouleversée par ce jour funeste de 1942.

Il ne cacha pas qu'Emmanuel l'avait appelé après la visite des policiers, la veille, pour lui raconter la manière stupéfiante dont leur passé les rattrapait. Il ne pouvait cependant rien ajouter à ce qui avait déjà été dit.

— Et savez-vous qui a pris la photo des policiers ? Votre frère ne vous a rien dit à ce sujet ?

Il secoua la tête.

— Je n'en ai aucune idée.

— Et votre cousin, Samuel Horn ?

— On ne se voit pas beaucoup. Il vit à la campagne, avec son compagnon.

Viktor s'attarda particulièrement sur le cliché du portrait de Rebecca. Basile et Léonor réalisèrent qu'il voyait pour la première fois une représentation de sa mère ; jamais il n'avait pu associer un visage à son prénom. Ils lui laissèrent le temps de l'observation. Cherchait-il, dans les méandres de sa mémoire, à retrouver les traits de celle qui l'avait mis au monde ?

Puis ils l'interrogèrent sur son enfance en Allemagne. Viktor, l'espace de quelques instants, se trouva catapulté presque cinquante ans en arrière, lorsqu'il avait annoncé à ses parents qu'il quittait Munich, sans option de retour. « Mais tu viendras bien nous voir de temps en temps, quand même ? » avait tenté sa mère adoptive. Viktor n'avait pas répondu. Parce qu'il ne le savait pas lui-même, à ce moment-là. Qu'avait-il de commun avec ces gens, finalement ? À part d'avoir tous trois construit leur vie sur un mensonge ignoble, à son insu ? Parfois, Viktor se demandait comment il aurait réagi si la vérité lui avait été révélée plus tôt, et en conscience. Mais quand il aboutissait à la conclusion, toujours la même, que ce n'était pas tant la vérité qui le révoltait, que ce dont ses parents s'étaient rendus complices, il décida, un beau jour que non, il n'irait plus les voir. Sans même leur annoncer. Il les voyait tellement aveuglés par ce qu'ils croyaient avoir fait de bien, en adoptant le petit garçon, qu'ils ne comprendraient jamais. Jamais, se répétait-il.

Lorsque Léonor et Basile furent seuls, ils se regardèrent, sceptiques. Ils descendirent les escaliers en silence, puis, en rejoignant Thomas et Constant, en bas de l'immeuble, ils ne retrouvèrent pas la voix. Cette fois-ci, ils n'avaient pas utilisé le téléphone pour que leurs collègues entendent.

— Vous avez fait vœu de silence ou quoi ?

C'est Basile qui rompit leur mutisme :

— C'est juste qu'on n'a rien à dire... Le type a l'air normal, sain d'esprit, heureux dans sa vie. Il a moins morflé que son frère ainé. Même si la haine qu'il éprouve pour son père allemand, un ancien SS, est encore vivace, je ne le vois pas animé d'un désir de vengeance... Tu en penses quoi, Léo ?

Léonor fit un mouvement évasif des bras, signifiant que Basile avait tout dit.

— Vu sa réaction devant le portrait de sa mère, il est peu probable qu'il ait volé le tableau. Ou alors, on peut lui décerner un premier prix de comédie.

Le temps du trajet jusqu'au commissariat, Léonor s'enquit auprès des policiers s'ils avaient des nouvelles de Servant.

— Il a été emmené aux urgences la nuit dernière car il a fait un malaise cardiaque.

Léonor sentit son cœur faire une embardée.

— Ah bon ? On est sûrs que c'est bien ça et pas une manifestation de notre tueur ?

— Léo, le type a quatre-vingt-dix ans... Il a sûrement été secoué par ce qu'on lui a appris. Des collègues de Montpellier assurent toujours une surveillance. D'après nos informations, ses jours ne sont pas en danger. Du moins pas encore.

— Oui... Enfin, c'est bizarre, quand même.

— Je te dis qu'il est sous surveillance. Médicale et policière. Que faut-il de plus ?

— Il a toujours le tableau chez lui ?

— Mais oui ! Je ne vois vraiment pas pourquoi tu t'inquiètes.

Léonor se mordit la lèvre.

Chapitre 22 – Toulouse, 2012

Lorsqu'ils furent à nouveau seuls à l'agence, ils s'installèrent dans le bureau ovale, chacun livré à ses pensées. Léonor posa à Thomas la question dont elle appréhendait la réponse.

— Bon, et toi, du côté du téléphone de Benjamin ?

— Tu vas pouvoir deviner à partir de ce... « Top ! Je suis un système inventé par les opérateurs de téléphonie. Je permets notamment de maîtriser le budget de téléphonie mobile et d'avoir un numéro de téléphone sans engagement à long terme. Selon les opérateurs, j'ai une durée de vie allant de quelques jours à plusieurs semaines. Je suis ? Je suis ? »

Léonor leva les yeux au ciel.

— Pfff ! Une carte prépayée ! c'était évident... Ça confirme qu'il y a vraiment quelque chose de pas net.

— Tu ne veux pas essayer de l'appeler ? Après tout, il n'a pas encore de raisons de se méfier.

Léonor secoua la tête puis replongea dans ses réflexions. Au bout d'un moment, Thomas osa :

— À quoi tu penses ?

— Je ne sais pas... Hier, chez les Levinski, quand j'étais avec Violette dans la cuisine... Il y a eu un truc... Le frigo. Il y avait des photos aimantées dessus.

— Et ?

— Il y avait le portrait d'un enfant, tu sais, du genre de ceux qu'on fait à l'école. Il avait un air de déjà vu, ce gamin. Ou alors il me rappelle quelqu'un.

— Ah bon ?

Thomas observa Léonor. Les coudes sur la table, la tête reposant sur ses deux mains, la jeune femme, l'air accablé, sourcils froncés, semblait sonder les tréfonds de sa mémoire. Soudain, ses yeux s'arrondirent en soucoupes.

— Purée, Thomas, je crois que c'était Benjamin ! fit-elle en tapant du plat de la main sur la table. « Benjamin quand il avait sept, huit ans à tout casser. C'est son petit-fils ! »

— Diantre ! En voilà une nouvelle ! Écoute, essaie de l'appeler, tu seras fixée.

— Benjamin ? Et je lui dis quoi, maintenant : « dis donc, tu ne serais pas le petit-fils Levinski par hasard ? » Et puis si c'est bien lui, sa grand-mère lui a forcément dit que la police était passée chez eux. D'ailleurs, en disant cela, je repense au coup de fil qu'elle a reçu quand on y était. À tous les coups c'était lui !

— Je ne sais pas trouve un truc... tu l'appelles et tu t'excuses pour hier soir ?

— C'est lui, j'en suis quasi certaine ! Et hier, on lui a tendu un piège. Il a dû comprendre, il est loin d'être sot, le garçon.

— Essaye ! Qu'as-tu à perdre ? Tu lui dis que tu es désolée... Mets-moi tout sur le dos si tu veux. C'est moi qui ai eu cette idée, tu ne voulais pas... Je ne sais pas moi, invente un scénario plausible.

Agacée, Léonor attrapa son téléphone et composa le numéro de Benjamin. Elle le reposa aussitôt.

— Numéro inconnu. Fin de l'histoire ! Maintenant il est dans la nature et on ne sait pas comment le retrouver. *Shit !*

— On pourrait déjà montrer une photo de lui à Violette Levinski pour lui demander si elle le connait ?

— Ah oui, tiens ! Tu en as une ? dit-elle, d'un ton rageur.

— Ne me dis pas que vous n'avez pas fait de photo avec ton téléphone ?

— Je m'aperçois maintenant que je n'ai rien de lui, que je ne sais rien de lui, sinon qu'il chantait dans un groupe de pop-rock. Et NON, nous n'avons pas fait de photo avec mon *fucking* téléphone ! Elle balança son mobile sur la grande table.

— C'est mince comme indice, un groupe de pop-rock...

— Je m'en veux tellement !
— Nous n'avons pas de photo de Benjamin, mais Violette Levinski doit en avoir de son petit-fils à l'âge adulte. Il suffit de lui demander.
— Il faut vraiment qu'on mette Basile sur le coup et que je lui avoue mon inconséquence.

Ils se rendirent au Central pour le bilan quotidien. La réunion n'était pas commencée. Tous s'installèrent autour des tables de la salle-café, des gobelets fumants devant eux. Basile rapporta au groupe d'enquête les derniers événements. Certains complétèrent les informations, d'autres posèrent des questions. Quelqu'un demanda si les analyses sur les photos et les enveloppes avaient livré des éléments nouveaux. Or, les documents étaient restés muets. L'expéditeur avait pris ses précautions. La pivoine n'avait pas parlé non plus.

— Nous avons affaire à quelqu'un de méticuleux et réfléchi, conclut Basile.

Puis quand ce fut au tour de Frédéric de parler, Léonor s'affaissa sur sa chaise.

— Il faut aussi qu'on parle de ce type, là, pour lequel Thomas m'a demandé de rechercher le numéro de téléphone. La carte prépayée...

— Euh... avant de continuer, fit Léonor, il faut que je vous avoue quelque chose.

Au fil de sa phrase, son teint vira au pourpre. Surpris, Basile l'invita à poursuivre. Ils l'écoutaient.

Elle exposa, honteuse, la manière dont elle avait été le jouet de Benjamin. Frédéric prit le relais pour parler de ses recherches qui avaient abouti sur une carte prépayée.

— En toute vraisemblance, il voulait savoir où vous en étiez, dans l'enquête.

— Oui. Il me posait des questions sans en avoir l'air. Sur mon travail, la manière dont je m'y prenais. Il savait que j'étais tenue au secret professionnel mais il espérait sans doute que je lui livrerais des informations malgré moi. » Elle pensa en elle-même « ou sur l'oreiller… ». Et puis on pense qu'il a piraté mon compte Google pour localiser mon mobile.

Basile hocha la tête, puis sursauta.

— Mais alors… s'il t'épie depuis plusieurs jours, il sait où habite Servant ! Tu l'as deviné quand, qu'il te pistait ?

Léonor fit un geste vague, très mal à l'aise.

— Et merde Léo ! Tu te rends compte ! Pourquoi tu ne nous as rien dit ?! Il faut que j'appelle Montpellier pour faire renforcer la surveillance. S'il a un lien avec l'affaire, il cherche peut-être Servant ! Tu as changé ton mot de passe, depuis ?

— Oui, bien sûr. Au début on s'est dit qu'on pourrait peut-être le piéger avec ça, mais on a préféré jouer la carte de la prudence.

— Je vous félicite ! railla-t-il. Et tu as réfléchi à son lien avec l'affaire ?

— Je ne crois pas à sa culpabilité directe. Il est bien jeune pour exercer une vengeance, en regard de la date des faits. Et il n'a pas pu tuer en 1992, ni en 2002. En revanche, je pense qu'il a pu se rapprocher de moi pour renseigner quelqu'un d'autre. De sa famille, sans doute, peut-être même les Levinski…

— Mais c'était se jeter dans la gueule du loup !

— Oui et non ; il a été malin.

— C'est quoi son nom de famille ?

Léonor baissa la tête et rougit de plus belle.

— A priori « Boulanger », mais laissez tomber, c'est sûrement un faux patronyme. D'ailleurs, son prénom est sans doute faux aussi. C'est ce qui me fait dire qu'il a été à la fois rusé et hyper prudent.

— Attends, il y a une chose que je ne comprends pas : qu'est-ce qui te permet de croire qu'il aurait un lien de parenté avec les Levinski ?

Léonor évoqua le portrait du garçonnet aimanté sur le réfrigérateur des Levinski. Basile la regarda, médusé, l'air de dire « Léo, tu es vraiment capable du meilleur comme du pire… ».

Basile tapota sur son ordinateur portable, puis regarda Léonor.

— On n'a rien sur un Benjamin Boulanger, ni sur un Benjamin Levinski. OK... Donc on va donc enquêter de ce côté-là. J'appelle les Levinski. Dès que j'aurai un portrait de leur petit-fils, je te l'envoie pour que tu me confirmes si c'est lui. Je vais par la même occasion leur demander son 06, le vrai numéro. Récapitulons. S'il agit avec la complicité de quelqu'un de sa famille, le filet se resserre. Ça peut être qui ? Emmanuel, sa femme, leur fils Michel – qu'on va interroger aussi ; je crois qu'il habite dans le Lot –, Viktor, le cousin Samuel Horn. Je crois que c'est tout ? D'autres idées ?
— Et sybille, si elle est toujours vivante.
— Exact. Ça fait du monde.
— Et le cinquième gars, celui qui n'est pas sur la photo ?
— Pour l'instant on l'oublie. On n'a rien sur lui, et je ne vois vraiment pas comment creuser cette piste.
Puis, devant le silence du groupe, il conclut.
— Bon, c'est tout pour aujourd'hui.

L'équipe se dispersa. Léonor fit signe à Basile qu'elle souhaitait lui parler.
— Je n'ai pas brillé, sur le coup, pas vrai ?
— J'avoue... En tout cas, je suis rassurée sur ta capacité à te faire des relations, ricana-t-il.
Léonor tordit la bouche.
— Ah oui, tu parles, ironisa-t-elle. Si tu savais comme je m'en veux.
Basile eut un sourire indulgent.
— Tu es blessée par sa trahison ?
— Sur le coup, oui. Il me plaisait bien, je dois reconnaître. On était pas mal, ensemble. Mais maintenant, je lui crèverais bien les deux yeux.

*

Les deux frères s'attablèrent à une terrasse, place du Capitole. Bien que l'été tire à sa fin, il faisait un temps magnifique, comme souvent en cette période. Ils commandèrent leur demi habituel et trinquèrent. Depuis la visite de la police chez l'un, puis chez l'autre, ils n'avaient pas eu l'occasion d'échanger de vive voix leurs impressions sur les événements qui exhumaient la tragique histoire familiale.

— Je donnerais cher pour savoir ce que tout cela veut dire, commença Emmanuel.

— Oui, s'il s'agit bel et bien de meurtres, c'est hallucinant. Et si on nous avait dit que le portrait de notre mère était si près de nous, depuis tout ce temps...

— Puis ces photos envoyées chaque année... C'est purement diabolique. Qui peut bien faire ça, bon sang ? Et qui a bien pu la prendre cette photo ? À un moment, j'ai pensé que c'était la mère de Violette, mais elle nous l'aurait montrée, quand même. Tu sais qu'ils ont demandé des infos sur Jérémy ?

— Jérémy... ton petit-fils ? Pourquoi ?

— Est-ce que je sais, moi, pourquoi ? Soi-disant qu'ils ne peuvent écarter personne de la famille. Et l'enquêtrice avec les cheveux... un peu... tu vois, quoi, elle l'aurait aperçu vers le domicile de la femme à qui on a volé le portrait de maman.

— Mais comment a-t-elle su son identité ?

— Aucune idée.

— Et c'est vrai ? Qu'il s'est rendu chez cette personne ?

— J'en sais fichtre rien. Je lui ai demandé, il m'a dit que non. En même temps, elle habite en plein centre-ville, ça n'aurait rien d'étonnant qu'il se balade par-là.

— Mais pourquoi il aurait fait ça ? demanda Simon.

— Va savoir...

— Ça n'a pas de sens !

— Et ils m'ont posé aussi des questions sur Samuel. Ils sont bien renseignés : ils savaient qu'il n'était pas mort en déportation.

— Oups ! Je l'avais oublié, le cousin. Je n'ai même pas pensé à en parler aux flics hier, quand ils sont venus à la maison. Ils m'ont appelé ce matin pour me demander des infos sur lui. J'ai dû leur donner son adresse…

— Oh, ne t'inquiète pas, ils l'auraient retrouvé tous seuls. J'espère qu'il n'a rien à voir là-dedans. Pas plus que Jérémy, d'ailleurs.

— Ce qui me préoccupe, c'est que tout tourne autour de l'histoire de notre famille.

— C'est la raison pour laquelle on fait de bons suspects aux yeux de la police. Violette est très inquiète. Tu te rends compte qu'ils ont retrouvé le flic qui a abattu notre père ? Le seul à être encore en vie, apparemment.

— Oui, ils m'ont dit ça, à moi aussi.

— Franchement, si quelqu'un lui fait la peau, à celui-là, ça m'en touchera une sans faire bouger l'autre.

Il ponctua sa phrase d'un rire amer.

Chapitre 23 – Toulouse, 2012

Le week-end était arrivé et tous en avaient profité pour laisser poser les choses et décompresser. Thomas et Léonor avaient alterné farniente chacun de son côté, puis restaurant et cinéma ensemble. Mais leurs conversations revenaient souvent sur l'enquête qui, reconnaissaient-ils, les remuait de plus en plus. Basile avait rejoint sa bergerie, en ermite, cette fois. Lucas avait appelé Léonor depuis Gruissan où il passait le week-end en compagnie d'une Clarisse pleine d'entrain. Léonor se sentait apaisée de voir qu'autour d'elle, chacun trouvait sa place, pour ne pas employer un mot plus fort, dont elle usait peu, « son bonheur ». Ou ce qui y ressemblait. Pouvait-elle en dire autant d'elle-même ?

Le lundi, à l'agence, Léonor retrouva Thomas qui bouclait un dossier. Cette enquête avait pris le pas sur les autres investigations et il s'attachait à rattraper le retard. En entrant dans le bureau de son collègue, elle le regarda un instant travailler. Elle avait adoré ce week-end. Hors des murs de leur lieu de travail, ils partageaient de bons moments, souvent, et cela lui convenait bien. Avec lui, elle oubliait Léonor Mendez. Elle n'était que Léonor Lesage.
Elle se demandait souvent pourquoi il ne se cherchait l'âme sœur. Quelques années auparavant, il avait eu une liaison avec une Américaine, Cindy. Aux yeux de Léonor, cela semblait sérieux. Leur relation avait duré trois ans, puis, elle était repartie dans son pays. C'est la seule personne qui avait intégré le trio – devenu quatuor –, le temps de la liaison. Nulle autre ne l'avait remplacée de manière durable, dans le cœur de son ami. Souvent il invoquait l'excuse « je préfère être seul que mal accompagné », ce à quoi Léonor rétorquait « mais tu pourrais tout aussi bien être à deux et bien accompagné ». Thomas n'était pas un garçon dit facile, encore moins un cœur d'artichaut. Le coup d'un soir n'était pas pour lui. Il ne voulait que du sé-

rieux. Ou rien. Ce qui désolait Léonor, alors que lui s'en accommodait fort bien.

Le téléphone de Léonor vibra. C'était Basile. La photo d'un jeune homme s'afficha sur l'écran. Le cœur de la jeune femme se serra. Même si elle s'y attendait, elle gardait en elle un tout petit espoir. Pas tant pour l'idylle avortée, mais parce que son âme tout entière refusait que Benjamin soit impliqué dans cette sordide affaire où il était question tout de même d'un double meurtre. Et un peu aussi pour la farce dont elle avait été le dindon. Fierté, quand tu nous tiens. Puis un commentaire suivait : « ça n'a pas été facile. Je te raconterai. C'est bien lui ? ».

Léonor montra l'image de Benjamin à Thomas qui comprit dès l'instant. Elle secoua la tête comme si l'information se refusait à y pénétrer. Puis elle appela Basile.

— C'est lui, confirma-t-elle.

— C'est bien le petit-fils d'Emmanuel et Violette, dit Basile. J'ai eu affaire à Violette, avant le week-end. Emmanuel était absent. Je lui ai demandé s'il y avait un jeune homme prénommé Benjamin dans leur famille. Elle m'a dit que non. Je lui ai demandé le prénom de son petit-fils. Elle n'a pas compris pourquoi je m'intéressais à lui mais a fini par cracher le morceau. Il s'appelle Jérémy.

Léonor ressentit une onde d'amertume. Il lui avait même menti sur son prénom. Le visage qu'elle avait trouvé si doux changeait soudain d'identité, et Benjamin-l'innocent se muait en Jérémy-le-félon. Sa gorge se noua.

— Que lui as-tu dit pour justifier l'intérêt qu'on lui porte ?

— Qu'on était bien obligé de voir tous les membres de la famille. J'ai un peu travesti la vérité.

— Et quand tu lui as demandé sa photo, ça ne l'a pas surprise ?

— J'ai noyé le poisson en disant que tu pensais l'avoir vu devant chez Adèle Fortier, ce qui n'est pas tout à fait faux.

— Vaseux comme argument. Comment j'aurais su que c'était son petit-fils ?

— Peu importe. J'ai bluffé et ça a fonctionné. Elle s'est un peu énervée. Selon elle, Jérémy n'a rien à voir là-dedans. Il est beaucoup trop jeune.

— Pourtant c'est quand même lui qui a fait un double des clés du bureau et s'y est introduit, et qui m'a suivie à la trace... Enfin bref, il m'a eue sur toute la ligne.

— Ça, elle ne le sait sûrement pas. Elle ne m'a envoyé la bouille de son petit-fils que ce matin, la chipie. On va les laisser mariner un peu, elle et son mari.

— Donc tu sais depuis vendredi qu'elle a un petit fils qui s'appelle Jérémy et...

— Je n'ai pas voulu te plomber le week-end, coupa-t-il. À quoi bon ? Mais ne t'inquiète pas, on a commencé à le rechercher quand même. Au cas où. Sans résultat pour l'instant. Avec sa photo, ça sera plus facile.

— Violette t'a dit où on peut le trouver ?

— Non. Elle dit qu'elle n'en sait rien. Il squatterait l'appartement d'un ami. Mais je pense qu'elle ment. Je lui ai demandé son 06. Elle n'a pu faire autrement que de me le donner. Maintenant que tu l'as reconnu, je vais le convoquer au Central. On va aussi éplucher ses fadettes.

— À mon humble avis, il est déjà au courant que la police veut le voir. Et il doit se douter que je n'y suis pas étrangère.

— Je passe te chercher en début d'après-midi.

— Ça marche ! Sinon, rien de nouveau du côté de Servant ? Il est toujours à l'hôpital ?

— Je crois qu'il est rentré chez lui. Il va bien.

— Il n'y a de chance que pour la canaille.

— Comme tu dis. Mais je préfère qu'il reste encore un peu en vie. Il se pourrait qu'on ait encore besoin de lui. Plus sérieusement, on maintient la surveillance policière. Sinon, toujours partante pour aller parler avec le cousin ?

*

Ils roulaient en direction de Villefranche. Le soleil inondait la plaine lauragaise d'une lumière blanche. Leurs lunettes de soleil sur le nez, Basile et Léonor prenaient plaisir à ce trajet, agréable parenthèse dans leur temps de travail. Le GPS annonçait trois quarts d'heure de route.

— J'ai appelé Jérémy Levinski, mais je suis tombé sur une boite vocale. Je lui ai laissé un message pour lui dire qu'il se présente au Central. À mon avis, il a dû éteindre ou se débarrasser de son téléphone, dès qu'il a compris qu'on s'intéressait à lui… Il est impossible à localiser, ajouta Basile.

— Et Samuel Horn ? Tu l'as appelé ? Il nous attend ?

— Non, je me suis dit qu'il était préférable de le surprendre. Quitte à ce qu'on se casse le nez sur la porte.

— Que fait-il dans la vie, cet homme ? demanda Léonor.

— Je n'ai pas bien compris… Je crois qu'il est artiste ou agriculteur, je ne sais plus. En tout cas, il semble vivre de peu, perdu dans sa campagne. Il doit être à la retraite, maintenant. Il est pacsé à un mec dont le nom figure dans le dossier.

Il désigna sa sacoche posée aux pieds de Léonor.

— C'est curieux qu'il n'ait pas eu envie de renouer avec ses cousins. Ils doivent être sa seule famille.

— C'est vrai. Mais je suppose que, quand tu as vécu ce qu'ont vécu ces gens-là, on n'attache plus d'importance aux mêmes choses. Ça doit complètement bouleverser ton système de références, jusqu'à la fin de tes jours.

— On n'imagine même pas…

— Quoi qu'il en soit, j'ai l'intention de procéder un peu différemment d'avec les deux frères. Je veux frapper fort dès le départ.

Basile exposa son plan à Léonor qui l'approuva.

— Nous verrons bien ce qu'il a à nous dire. Et si sa version des faits, le jour de la rafle, est la même que celle d'Emmanuel et de

Violette Levinski. Puisque tout part de là... C'est peut-être la seule certitude que l'on ait à ce jour.

Ils quittèrent l'autoroute.

Léonor regarda par la fenêtre le paysage qui défilait. Elle se souvint qu'ils étaient déjà venus dans ce coin, elle et Basile, quand ils étaient encore ensemble. Elle se demandait parfois où ils en étaient, tous les deux, dans leur ex-mariage. Basile était-il guéri de leur divorce ? Allaient-ils enfin parvenir, l'un comme l'autre, à s'investir dans une liaison durable en s'affranchissant de la réaction de « l'autre » ? Elle n'osa rompre le silence qui s'était instauré, empli du cheminement de leurs pensées respectives.

Après quelques tours et détours, à l'approche du village, ils arrivèrent devant ce qui avait dû être une ferme. Un corps de bâtiment, fraichement rénové, servait d'habitation. Un autre, ouvert aux quatre vents, faisait office de grange. Des engins agricoles y étaient stationnés. Des ballots de paille et du matériel, sans doute destiné à une exploitation maraichère, étaient stockés là, ainsi qu'un grand nombre de cageots, en vrac dans un coin.

Ils frappèrent à la porte, sans résultat. Ils entendaient, sortant d'un bâtiment un peu à l'écart, le bruit d'une machine à bois. Ils s'avancèrent jusque-là et par la porte laissée ouverte, ils aperçurent un homme, en bleu de travail, affairé sur un beau morceau de bois ouvragé, au milieu d'un tapis de sciure.

— Monsieur Horn ? cria Basile pour se faire entendre.

Dérangé en pleine création, l'homme sursauta.

— Oui. Vous êtes ?

Après avoir éteint sa machine et épousseté ses vêtements et cheveux des copeaux de bois accumulés, Samuel Horn accompagna d'un pas nonchalant ses visiteurs jusqu'à la maison. Il leur proposa un café. Basile lui trouva un air de ressemblance avec Emmanuel, grand, large, l'expression ténébreuse. Ils prirent place dans un salon meublé et décoré à partir d'objets de récupération. Le temps pour leur hôte de préparer le café, Léonor eu le loisir d'admirer l'intérieur. Un ancien touret de câble électrique était ainsi devenu une table de salon, une vieille berthe à lait, un pied de lampe, la bibliothèque était constituée de caisses de vin en bois, de tailles et profondeurs différentes, une cage à oiseaux stylisée ornait le plafonnier. Des sculptures en bois de toutes tailles, posées çà et là, complétaient avec harmonie tous ces objets pourvus d'une deuxième, voire d'une troisième vie. D'un regard, elle signifia à Basile qu'elle appréciait la décoration, mais celui-ci ne releva pas. Il restait concentré.

Samuel Horn revint avec un plateau chargé et le posa sur la table. Il servit ses visiteurs et s'installa face à eux.

— Que puis-je faire pour vous, finit-il par demander.

Basile sortit la photo des quatre hommes et la déposa devant Samuel. Celui-ci la prit dans ses mains et l'observa avec attention. Il releva les yeux vers Basile qui n'avait toujours rien dit.

— Qu'est-ce que cela veut dire ? dit Samuel qui visiblement ne comprenait pas pourquoi un cliché vieux de soixante-dix ans, et lui rappelant de mauvais souvenirs, atterrissait sur sa table basse.

— Vous les reconnaissez ?

— Bien sûr que je les reconnais. Ce sont les salopards qui ont envoyé toutes les familles juives de cet immeuble, dont la mienne, à la mort. Pourquoi me montrer ça aujourd'hui ?

— Quel âge aviez-vous ?

— Six ans.

— Vous aviez déjà vu cette photo ?

— Non, jamais.

— Je sais que cela va vous être pénible, mais pourriez-vous nous parler de ce jour-là, monsieur Horn. Je vous exposerai ensuite l'objet de notre visite.

Samuel s'exécuta et fit le même récit que son cousin. Il apparut que la mort violente de son oncle, sous les yeux de tous, l'avait terrifié. Basile exposa à son tour les raisons qui les amenaient à s'intéresser aux protagonistes de cette terrible journée. Samuel écouta avec intérêt, les sourcils levés.

Un homme entra dans la pièce. Il semblait un peu plus jeune que Samuel. Sa tenue vestimentaire et ses mains attestaient un travail de la terre.

— Je vous présente Julien, mon compagnon, annonça Samuel. C'est lui qui gère l'exploitation. Du maraîchage bio. Puis s'adressant à l'homme :

— Ces policiers sont là pour une enquête. Tu as besoin de moi ?

— Ça peut attendre, je suis dans les serres, répondit-il l'air contrarié.

— Je te rejoins dès que j'ai terminé.

L'homme sortit.

— Vous vous connaissez depuis longtemps ? demanda Basile.

— Depuis toujours, pour ainsi dire. Julien est le fils de la famille qui m'a recueilli.

— Nous avons découvert que vous n'aviez pas été déporté avec vos parents ?

— C'est vrai. J'ai eu de la chance ». Il porta sa tasse de café à ses lèvres.

— Pouvez-vous nous dire ce qu'il s'est passé entre la rafle de Toulouse et le départ de Drancy vers les camps ?

Samuel posa sa tasse. Il fronça les sourcils et poussa un soupir avant de se lancer dans la narration de cet autre épisode du passé.

— Quand nous sommes arrivés à Drancy, nous croyions avoir atteint le summum de l'horreur. Mes pauvres parents n'imaginaient pas alors que le pire était encore à venir. Nous avions été séparés, quelques jours plus tôt, des autres familles de notre immeuble toulousain. J'ignore quelle était la logique dans la répartition des individus, dans les trains qui nous avaient amenés là… Ordre alphabétique ? présence d'enfants ou pas ? âge des adultes ? les bruns d'abord, les blonds ensuite ? Nous n'étions plus à une aberration près. Les camps de transits nous avaient donné le ton et appris à marcher au pas. Bref.

Une fois à Drancy, nous avons dû nous installer à même le sol bétonné, dans des salles surpeuplées, où on nous donnait à peine à manger. Il faisait une chaleur insupportable, c'était en plein été. La dysenterie sévissait, je vous laisse imaginer l'odeur... Et je vous épargne le reste, la peur, l'hygiène... Nous sommes restés là plusieurs jours, dans des conditions indignes. On nous avait, bien sûr, dépouillé de nos maigres possessions : montres, bijoux... Ce qui rendait l'accès à d'éventuels surplus de nourriture très difficile. Sans argent...

Il fit un geste pour signifier que même dans ce contexte extrême, une monnaie d'échange eût été profitable.

— Ma mère, de nature fragile mais à l'esprit très perspicace, avait compris ce qui nous attendait. Je l'entendais se disputer avec mon père qui, lui, ne voulait pas voir la réalité en face. Enfin, la réalité que ma mère percevait, elle. Elle le suppliait de m'aider à m'évader. Elle voulait que je parte, que je sorte de ce camp de malheur et que je leur survive. Quitte à me perdre à tout jamais. J'avais six ans. Vous vous rendez compte ? J'étais terrorisé à l'idée de me retrouver tout seul, même en liberté. Qu'aurais-je fait de cette liberté ?

Samuel trempa ses lèvres dans le café froid qui stagnait dans sa tasse.

— Parfois, nous croisions des bénévoles de la Croix Rouge qui essayaient, tant bien que mal, d'améliorer nos conditions de vie, notamment en apportant du linge propre. Ma mère avait repéré une jeune femme brune, coiffée à la Louise Brooks, vous voyez ?

Samuel mima de ses deux mains la coupe de cheveux en question.

— J'ignore pourquoi j'ai retenu ce détail... Enfin si, c'est parce que ma mère l'avait surnommée ainsi. Quoi qu'il en soit, ma mère sympathisa avec elle pour lui demander de m'extraire du camp. La bénévole, au départ, refusa car il y avait tellement d'enfants dans ce camp qu'elle ne voyait pas pourquoi elle aiderait ma famille plutôt qu'une autre. Je ne sais pas quels furent les arguments de ma mère, mais finalement, un jour, Louise me fit signe de me cacher dans un sac de linge. J'ai deviné à la manière dont mes parents m'ont embrassé que je ne les reverrais pas de sitôt. Je pleurais toutes les larmes de mon corps mais en silence, car j'avais compris, malgré mon très jeune âge, la nature du danger et de l'enjeu. J'ai senti qu'on portait le sac. Louise avait dû soudoyer quelqu'un car il était beaucoup plus lourd qu'un simple sac de linge. Mon ballot a été mis sur le haut de la pile, dans le camion, pour que je puisse respirer. Quand Louise m'a fait sortir de mon sac, j'étais dans une sorte de hangar de tri. Elle m'a confiée à un homme. En m'embrassant, elle m'a souhaité bonne chance. L'homme m'a emmené dans sa camionnette jusqu'à une ferme. Celle des parents de Julien, mais il n'était pas encore né. C'était un jeune couple qui était d'accord pour me cacher, le temps que les choses se calment, comme on disait. Des gens formidables. Ils risquaient leur vie pour moi. Comme ils devaient dissimuler ma présence – c'était une ferme, il y avait parfois du passage –, ils me trouvaient des illustrés, au début, puis plus tard toutes sortes de lectures. Pour m'occuper. Je ne sais pas où ils se procuraient tous ces livres... Puis Julien est né. Après la guerre, je suis retourné à l'école. Je les ai aidés autant que j'ai pu à la ferme. Quand Julien a été plus grand, nous sommes devenus inséparables, malgré la différence d'âge. Ils sont devenus ma famille. Je n'ai plus jamais revu cette bénévole qui m'a sauvé la vie. Ni mes parents. Ça a été très dur pour le petit garçon que j'étais. Mais je crois, malgré tout, que j'ai eu beaucoup de chance.

Un long silence ponctua le récit de Samuel. Ni Léonor, ni Basile n'osaient le rompre. Les yeux de Samuel s'étaient embués. Il lui fallut quelques instants pour poursuivre.

— Je n'ai jamais su si mes parents connaissaient l'endroit où j'allais. Ni ce qui s'est passé, quand les gardes de camp se sont aperçus que je n'étais plus avec eux. Au moment du pointage du départ, notamment. J'avais bien vu ce dont ils étaient capables...

Il chercha un mouchoir dans la poche de son pantalon et se moucha. Puis reprit :

— Les années ont passé et j'ai éprouvé le besoin de retourner à Toulouse. Juste pour revoir Emmanuel que je savais sain et sauf grâce à un coup de fil à la concierge qui travaillait toujours dans cet immeuble. J'ai eu la bonne surprise d'apprendre que Simon avait été épargné aussi et qu'il allait s'installer définitivement à Toulouse.

Puis, alors que jusque-là il avait parlé en regardant ses jambes, il leva le regard vers ses visiteurs.

— Vous savez, on n'oublie jamais… C'est impossible… Quand on est un enfant, on n'est pas armé contre la barbarie. Mais pardonnez-moi, j'ai été un peu long.

— Je vous en prie. Vous avez raconté tout cela à vos cousins ?

Samuel secoua la tête.

— Dans les grandes lignes seulement. Ils avaient vécu leur propre drame. Moi, le mien. Nous nous voyons très peu et nous n'avons jamais eu l'occasion, ni l'envie sans doute, de raconter dans le détail comment nous avons survécu, chacun de notre côté. Ils savent que je me suis évadé de Drancy, bien sûr, tout comme je sais dans quelles conditions Simon a été adopté par un couple allemand. Il n'y a que Julien qui connaisse mon histoire dans son intégralité. Et vous, maintenant.

— Merci, monsieur Horn. Pour en revenir à l'affaire qui nous amène ici, avez-vous une idée de ce qui pourrait motiver ces meurtres et ces vols de tableaux ?

— Pas le moins du monde… Et si la question d'après c'est : qui est derrière tout ça ? Je n'en ai aucune idée.

Julien revint à ce moment-là, encore plus crotté que la fois d'avant. Il adressait des signes d'impatience à Samuel.

— J'arrive, fit celui-ci. Nous avons bientôt terminé ? Je ne crois pas vous avoir été d'une grande utilité, s'excusa-t-il.

— Nous allons vous laisser. Vous avez à faire, visiblement.

Après avoir pris congé, les enquêteurs se dirigèrent vers leur véhicule.

— Qu'en penses-tu, commença Léonor.

— Plus on avance et…

— Plus on recule ? Ça me rappelle une chanson ! pouffa-t-elle. Crois-tu vraiment qu'il doive rejoindre la liste des suspects ?
— Objectivement oui. Mais je ne pense pas que ce soit notre homme.
— Et Julien ? Il pourrait l'avoir aidé ?
— Mais comment se seraient-il procuré cette photo ? Tant qu'on ne sait pas qui l'a prise…
— Il n'y a pas trente-six solutions, à mon sens. Soit c'est ce cinquième homme, qui, en plus, n'a pas vraiment participé à la fête car il n'a pas voulu de tableau. Soit c'est la concierge, la mère de Violette. Non ?
— Ou alors un voisin… Pour témoigner de ce que les policiers ont fait après le départ des familles.
— Mais à quelles fins, sinon de la donner aux familles elles-mêmes, ou ce qu'il en restait ?
— Tu as raison. Ça m'embête beaucoup, mais tu as raison…

Chapitre 24 – Toulouse, mardi 18 septembre

Léonor s'était levée de bonne heure, épuisée. Ses visions nocturnes l'avaient à nouveau harcelée. Quand cesseraient-elles de la torturer ? Jusque-là, les traitements et autres séances de psy n'avaient eu que peu d'effets sur ses cauchemars. De sorte qu'à six heures du matin, elle n'aspirait qu'à une chose : quitter son lit et les affres de la nuit. Même l'alarme de son téléphone n'avait pu s'offrir le plaisir sadique de la tirer du sommeil. Elle arriva à l'agence beaucoup plus tôt que d'ordinaire, fatiguée et pleine de doutes sur ses capacités d'enquêtrice. Tout en préparant son maté, elle se demandait comment elle avait pu être aussi étourdie et imprudente. Les choses lui échappaient. Où étaient passées sa sagacité, sa clairvoyance, autant de qualités qui lui permettaient, dans son travail, de dénouer les intrigues les plus difficiles, de déjouer les pièges les plus grossiers ? Et puis comment avait-elle pu se laisser embobiner par... Mais non, elle ne voulait pas revenir là-dessus une énième fois. Cela ne servirait à rien, qu'à l'enfoncer un peu plus dans son délire d'incompétence. On ne l'y reprendrait, plus, voilà tout. Elle s'efforçait d'écarter l'image de Benjamin-Jérémy qui revenait à la charge la tourmenter.

Thomas arriva sur ces entrefaites et s'installa à la table de la cuisine, en face de Léonor, dont les cheveux exprimaient plus que jamais leur désir d'indépendance.

— Tu n'es pas dans un bon jour ? osa-t-il.

— C'est le moins qu'on puisse dire... Je suis nulle, nulle, nulle, répondit-elle d'une voix éraillée. Je fais n'importe quoi et on patine. Quand on fait un pas en avant, c'est pour en faire deux en arrière en suivant... Tu vois, je pensais être une pro, et finalement...

— Je t'arrête tout de suite. Tu es la meilleure détective privée de la ville. Euh, du département. Non, de la région. Que dis-je, de la France ! Tu t'es un peu laissé dominer par tes émotions, c'est tout. Et tu sais bien qu'on finit toujours par y arriver. Toujours. Il marqua une pause. Tu as une idée de ce que je vais te dire, là ? fit-il avec un regard sous-entendu.

— Oui je sais, Thomas... *Tchembé rèd, pa moli*, dit-elle mécaniquement, d'une voix sans entrain. « Mais quand même... »
Ils se levèrent pour rejoindre leurs bureaux respectifs.

*

Léonor se fit violence pour reprendre le dossier. Elle l'ouvrit et positionna les documents devant elle, sur son bureau. Ce n'étaient pourtant pas les pièces qui manquaient. Alors quoi ? Elle les balaya du regard, passant de l'une à l'autre, une manière de réveiller son esprit et de le mettre en état de reprendre le process, le raisonnement, remettre du lien dans tout cela. Ses yeux se posèrent sur la fiche d'Adèle Fortier. Ils glissèrent sur les informations qui étaient inscrites, l'état civil, la date et le lieu de naissance, l'adresse, les noms des parents, les... Subitement, elle revint sur la date de naissance. 24 août 1942. Adèle était née deux jours avant la rafle. Elle fouilla dans la chemise, à la recherche d'une autre information. Sa fébrilité lui faisait éparpiller les papiers dans tous les sens. Était-ce possible ? Puis elle trouva ce qu'elle cherchait : les renseignements qu'elle avait récupérés à l'état civil de Toulouse sur la famille de Rebecca, et parmi ceux-ci, la date de naissance de Sybille : le 22 août 1942. Emmanuel leur avait bien dit qu'elle n'avait que quatre jours d'existence le jour-J.

Il fallait qu'elle aille voir Irène Fortier-Valade. Emmanuel avait raison, tout jeune père lui-même, Maurice Fortier avait peut-être évoqué avec sa femme le tragique épisode. Peut-être lui avait-il confié ce qu'était devenu le bébé Levinski. Elle songeait à une autre hypothèse. Et celle-là, elle verrait bien à la réaction de la vieille dame, ce qu'elle valait.

Elle en était là de ses réflexions quand elle vit Thomas passer la tête dans la porte de son bureau.

— Ça va mieux ? Il tenta une grimace pour la faire rire.
— Je viens de découvrir un truc de dingue, dit-elle en ignorant le clown qui se tenait devant elle. Quelque chose qui m'avait complètement échappé. Sybille et Adèle sont nées à deux jours d'écart.
— Et ? fit-il en laissant tomber le burlesque.
— Je ne sais pas… La naissance d'Adèle a été déclarée la veille de la rafle, par son père.
— C'est sûr que c'est une drôle de coïncidence, mais le couple peut très bien avoir eu un bébé à ce moment-là aussi ? Non ?
— Possible, en effet. Il faut que j'aille voir la mère d'Adèle. Il se peut que son mari lui ait parlé de Sybille, vu qu'ils venaient eux-mêmes d'avoir un bébé.
— Ça se tente.
Léonor décida d'en informer Basile.

— Ça vaut le coup d'interroger la mère, c'est vrai, confirma Basile, au téléphone. Je t'envoie Constant.
— Elle ne parlera pas aussi librement si je ne suis pas seule. Je commence à la cerner. Il faut qu'elle soit en confiance.
— Pas le choix. Je te rappelle que nous sommes chargés de l'enquête et que toi et Thomas êtes tolérés. Ou alors tu mets ton téléphone. Constant restera dans une autre pièce et entendra, concéda-t-il. Je ne peux pas faire mieux.

*

Léonor sonna à l'interphone, et la serrure de l'immense porte en bois vibra.
Adèle Fortier lui ouvrit la porte de l'appartement et les fit entrer. Elle eut un mouvement de recul en voyant Constant.
— Pardon de venir, ainsi, au débotté. Voici le capitaine de police Constant Blondet. Ne vous inquiétez pas, il va rester dans l'entrée.

Léonor comptait sur une double stratégie pour parvenir à ses fins. Elle aviserait, en fonction de la réaction des deux femmes, laquelle elle mettrait en œuvre. Elle savait qu'elle allait avancer en terrain sensible. Ce dont elle était de plus en plus convaincue, c'est que la mère savait quelque chose au sujet de Sybille. Ce que Léonor ignorait, en revanche, c'est de quelle manière cela ferait évoluer l'enquête. Si sa théorie se vérifiait, on pourrait creuser alors la piste de Sybille – si elle était en vie quelque part – en suspecte principale. Léonor se lança.

— Il faut que je rencontre votre maman, seule à seule, s'il-vous-plaît.

Adèle s'agita.

— Je n'y suis pas favorable. Maman est de santé fragile. Elle va vouloir que je sois présente, je la connais. Et, du reste, elle n'a rien à me cacher. Je suis désolée.

— Je comprends. Mais j'y tiens beaucoup, insista Léonor.

Sa cliente évacua la requête d'un revers de main, comme s'il était inutile de revenir dessus. Elles empruntèrent le corridor qui menait à la chambre de Mme Fortier-mère.

— Voilà Léonor, maman. Elle souhaite s'entretenir avec toi.

— Madame Fortier-Valade, accepteriez-vous un entretien avec moi, seule à seule ?

Léonor sentit, à ses côtés, la réprobation d'Adèle.

— Je n'ai rien à cacher à ma fille, dit la mère, ce qu'Adèle accompagna d'un geste de la main traduisant « je vous l'avais bien dit ».

— Madame Fortier-Valade, poursuivit Léonor qui décida de frapper fort, je souhaiterais vous parler de ce que votre mari vous a apporté, le 26 août 1942. Vous vous souvenez, n'est-ce-pas ?

Elle plongea son regard dans celui de l'aïeule. Elle venait d'abattre son principal atout et une ombre dans les yeux d'Irène lui signala que ce n'était pas en vain.

— Si c'est du tableau, que vous parlez, je ne vois pas en quoi... s'insurgea Adèle qui ne put finir sa phrase. Sa mère lui faisait signe de sortir de la pièce.

Interdite, la fille regarda la mère sans comprendre. D'un clignement des paupières, cette dernière lui confirma qu'elle désirait rester seule avec Léonor.

D'un coup, les joues d'Adèle se vidèrent de leur couleur.

— Qu'est-ce que ça veut dire, maman ?

Adèle perçut la détermination de sa mère et, résignée, tourna les talons. Elle ferma la porte un peu plus fort que nécessaire.

Léonor prit une chaise et s'installa à côté d'Irène Fortier. Elle devina que celle-ci cherchait par où commencer son récit et attendit patiemment que la vanne s'ouvre. Comme convenu avec Basile un peu plus tôt, elle activa son mobile qu'elle laissa dans sa poche. Un raclement de gorge lui annonça qu'Irène allait parler.

— Je me suis longtemps demandé si ce jour arriverait ou si je quitterais ce monde avec mon secret. Notre secret, à mon mari et moi. Il semble que l'heure soit venue de le révéler. Ce n'est pas plus mal. Maurice m'a tout avoué avant de mourir. Je vais le faire à mon tour. Je ne vous demande qu'une chose : ne rien dire à Adèle tant que je serai en vie. Puis-je compter sur votre parole ?

Léonor ne s'attendait pas à cela. Tiraillée entre le désir d'entendre la confession d'Irène (parée de l'engagement qu'elle devait prendre en toute loyauté) et son professionnalisme qui lui interdirait le silence si elle apprenait quelque chose de capital pour l'enquête, elle réfléchit très vite, puis formula :

— Il s'agit d'une enquête policière, madame Fortier, je ne suis pas sûre d'être en mesure de tenir une telle promesse. Cela dépendra, bien sûr de ce que vous avez à me dire. Si cela explique la mort des policiers dont je vous ai parlé, mon devoir m'obligera à rompre ce serment.

Irène Fortier quitta le point qu'elle fixait par la fenêtre pour regarder Léonor.

— Je ne crois pas que ce que je vais vous dire ait un rapport avec ces décès. Je ne crois pas... Si je vous parle, c'est pour Adèle, quand je ne serai plus là.

Elle l'interrogea à nouveau du regard.

— Je vous le promets, fit Léonor, tout en se disant que cela aurait forcément un lien. Mais la résolution de deux meurtres justifierait la trahison.

Irène tourna de nouveau la tête vers la fenêtre, comme pour y puiser l'inspiration, et s'ouvrit à Léonor :

— Maurice m'a écrit une lettre avant de mourir. Mais je ne l'ai trouvée qu'après sa mort. Il me disait, dans cette lettre qu'il se mourait, mais qu'il allait bénir l'instant où le mal qui le rongeait aurait raison de sa piteuse existence. C'est fort, comme mots, « piteuse existence... ». Sur le coup j'étais choquée, me croyant moi-même à l'origine de cette « piteuse existence ». Il me disait ne pas avoir le courage de se présenter devant Dieu, chargé de ses fautes, et encore moins celui de se présenter devant moi et de me dévoiler la vérité. Il craignait que je le maudisse, pas tant d'avoir fait ce qu'il avait fait, mais de m'avoir caché cette vérité. Il n'avait voulu que mon bonheur et, tout bien pesé, il ne regrettait rien, même si je devais le mépriser à titre posthume. Il espérait simplement que la rancœur suscitée par sa confession n'entacherait pas mon bonheur d'être mère. Il avait conscience de se délester d'un poids et ce faisant, de me le transmettre, avec à la clef, un dilemme odieux.

Elle fit une pause.

— La suite de sa lettre me racontait ce qu'il s'était passé ce matin d'août 1942 où il avait déposé dans mes bras celle qui allait devenir notre fille : Adèle.

Léonor vit une larme suivre un sillon du visage ridé de la vieille dame. Dans un élan consolateur, elle lui prit la main.

— L'avant-veille, j'avais mis au monde notre propre enfant, une petite Adèle. L'accouchement avait été très difficile et l'enfant n'a vécu que vingt-quatre heures, dans de grandes souffrances. Comble de malheur, le médecin nous avait annoncé qu'une nouvelle grossesse serait impossible. Je ne pourrais plus porter d'enfant. Une injustice terrible et une épreuve qui me semblaient insurmontable. Lui, jeune époux amoureux et impuissant devant ce coup du sort, s'était juré de me rendre heureuse malgré tout, quoi qu'il arrive. Puis, me disait-il dans sa lettre, la providence s'en est mêlée : ce bébé est arrivé. Ce nouveau-né abandonné dans la rue par sa mère, ce jour-là, et recueilli au poste de police. Il était censé le déposer dans un orphelinat. Le destin lui avait mis ce bébé orphelin dans les bras, comme un cadeau. Comme nous étions sous le choc de notre perte, nous n'avions pas encore eu le courage, ni le temps, d'annoncer sa triste fin à notre entourage. Encore moins de déclarer le décès de notre bébé à l'état civil. Seuls mes parents, qui vivaient à l'étage au-dessus, étaient au courant. Ce nouveau-né est devenu Adèle. C'était difficile, au début, mais on ne pouvait pas changer son prénom. La famille, les voisins, savaient que nous avions eu une petite fille. Le hasard a voulu qu'elles se ressemblent un peu.

C'était un magnifique bébé, poursuivit Irène, qui reposait tranquille dans un couffin, ses yeux bleus grands ouverts sur le monde qui venait de lui souhaiter la bienvenue tout en lui signifiant d'emblée sa violence. Certes, nous avions sauvé cette petite fille de l'orphelinat en l'accueillant dans notre foyer. Mais cela ne suffisait pas à le soulager de son mensonge. Car la maman de ce bébé ne l'avait pas abandonné, ainsi qu'il me l'avait laissé croire toutes ces années, mais faisait partie d'un convoi en partance pour un camp lointain dont il se disait qu'avec un peu de chance elle ne reviendrait pas. Avec un peu de chance… Elle était juive.

C'est ainsi que j'ai appris que la mère lui avait demandé de porter son bébé le temps de monter dans le camion qui devait l'emmener avec ses deux autres enfants. Il n'a pas eu le temps de lui rendre le bébé ; le camion est parti sous leurs yeux effarés. Mon bonheur à l'arrivée de ce bébé lui a fait oublier, un temps, cette histoire. Mais une question venait sans cesse le tarauder : et si la mère revenait ? Si elle recherchait son enfant et retrouvait la trace de celui qui l'avait aidée à grimper dans ce fichu camion ?

Léonor écoutait, stupéfaite, le récit pondéré et détaillé d'Irène qui concordait avec le témoignage d'Emmanuel Levinski. Combien de fois la vieille dame avait-elle dû se répéter le scénario dans sa tête, après la mort de son mari, en posant les yeux sur sa fille ?

— Alors, me disait-il dans cette lettre, à la libération des camps, en 1945, il écrivit à différents organismes pour demander ce qu'il était advenu de la maman, Rebecca Levinski, et de ses deux enfants. Bien plus tard, peut-être un ou deux ans après, les mains tremblantes, il ouvrait un courrier de réponse qui l'informait que Rebecca et un de ses enfants « comptaient vraisemblablement parmi les disparus de cette terrible tragédie ». À l'époque les informations étaient encore très vagues. On ne savait pas vraiment qui était mort et qui avait survécu. En revanche, leurs archives mentionnaient que l'autre enfant, Emmanuel, était rentré en France par un convoi de rapatriement en 1945. La lettre donnait même la date exacte.

Dans un premier temps, Maurice avait été soulagé de savoir que nul ne viendrait nous reprendre Adèle. Puis, le remord a commencé à le consumer. Et l'angoisse aussi : si le grand frère se mettait à la chercher ?

Peu de temps après, il m'a offert le tableau, le portrait de Rebecca, le jour de mon anniversaire. Il m'avait dit l'avoir trouvé chez un antiquaire.

Et là, dans sa lettre, commençait sa deuxième confession. Ce tableau appartenait à la famille d'Adèle.

Après la rafle au cours de laquelle la famille d'Adèle avait dû partir, ses collègues et lui étaient retournés dans l'immeuble. Des rumeurs disaient que les biens juifs, à la suite des rafles parisiennes, avaient été confisqués par les Allemands. Ils sont donc retournés dans les appartements vidés de leurs occupants, sous le prétexte que les Allemands allaient tout récupérer à un moment ou à un autre. Ils ne voyaient pas quel mal il y avait à prélever quelque chose. Maurice était très jeune et influençable. Ne pas suivre les autres dans leur méfait lui aurait valu des moqueries pointant sa faiblesse, son manque de courage. Ce qui, me disait-il, ne rendait pas sa participation moins détestable. Sa faiblesse avait été, au contraire, de ne pas tenir tête à ces charognards. Les autres étaient obsédés par la valeur des objets qui avaient été abandonnés là. Les juifs avaient la réputation d'être nantis. Ils ont donc tous choisi de prendre un tableau. Lui, n'ayant aucune idée de la valeur des toiles, décida de prendre celle qui le touchait le plus. Et c'était ce tableau dans l'appartement des parents d'Adèle. Puis il m'a avoué que la jeune femme qu'il représentait, Rebecca, n'était autre que sa maman.

Lorsqu'il apprit que Rebecca ne reviendrait pas des camps de la mort, après une phase de soulagement, il voulut se punir. Conscient du mal qu'il avait fait ce jour-là, en effectuant son travail de policier, il voulait expier. Comment mieux se punir que d'installer le portrait de sa victime sous ses yeux dans notre appartement ? C'était aussi pour lui une manière symbolique de rapprocher Rebecca de son enfant, et inversement, l'enfant de sa vraie mère. Paradoxalement, les avoir dans un même champ de vision toutes les deux, lui faisait du bien. La mère et l'enfant à nouveau réunies. Finalement, sa pénitence se transformait en plaisir égoïste et coupable. Il m'a confié qu'il ne s'était pas passé un seul jour, depuis lors, où il n'ait demandé pardon à cette jeune femme, par l'entremise de son portrait.

Dans ses pires moments, il se rassurait en se disant que s'il avait essayé de retrouver la trace de Rebecca au camp de Noé, les gardiens n'auraient pas accepté de restituer le nourrisson à sa mère. Et le cas échéant, la petite serait partie dans les camps de la mort avec sa mère. Ce bébé allait donc vers une mort certaine. Pourtant, la culpabilité le rongeait toujours. La faute leur revenait à eux, policiers zélés. Car s'ils avaient vraiment appliqué les textes qui régissaient cette rafle, ils n'auraient jamais dû embarquer Rebecca et ses enfants ce jour-là. Mais il y avait cette liste nominative. Et les ordres à exécuter.

Il achevait sa confession en me disant de faire au mieux pour Adèle. Il me faisait confiance et acceptait, si je décidais de tout avouer à notre fille, d'assumer l'entière responsabilité de ce qu'il nommait « cette mascarade ». Lui seul avait construit, par son inconséquence, ce qu'il avait cru être dans, un premier temps, notre bonheur, mais qui s'était converti en supplice pour lui.

Elle fit une pause. Léonor, bouche bée, tenait toujours la main de l'aïeule et attendait la suite. Il lui semblait que les murs de la pièce s'étaient resserrés autour d'elles-deux tant l'air venait à manquer.

— Dans le couffin de l'enfant, il y avait un ruban sur lequel une main avait écrit un nom. Sans doute un des parents avait-il griffonné à la hâte l'identité du bébé, au cas où celui-ci se perdrait dans le chaos des mouvements de foule. C'était astucieux. Elle portait un joli prénom : Sybille. Sybille Levinski.

Le silence revint dans la pièce. Abasourdie par ce qu'elle venait d'entendre, Léonor évalua rapidement les répercussions. Pour les deux familles, d'abord. L'enquête passait soudain au second plan. Une bouffée de compassion pour la vieille dame la submergea. En vouloir à Irène, irradiée par la honte de lui avoir menti, ne lui effleurait même pas l'esprit.

Irène se tourna vers Léonor.

— C'était une lettre de dix pages que j'aurais préféré ne jamais lire.

— Vous l'avez conservée ?

Elle secoua la tête.

— Je ne voulais pas risquer qu'Adèle la trouve.

— Vous avez donc décidé de ne rien lui dire ?

— Je n'ai pas eu le courage. La vérité fait trop de mal. Que m'a-t-elle apportée ? Sinon du malheur, des remords, de la culpabilité, et un dilemme à la limite du supportable ?

— Elle pourrait retrouver ses frères...

— Ses frères ? *Son* frère, voulez-vous dire ?

— J'ai bien dit *ses* frères. Ils habitent Toulouse. Emmanuel, dont votre mari vous a parlé dans sa lettre, est revenu le premier. Le second, Simon, n'est pas mort en déportation mais a été adopté par un couple d'Allemands.

— Ah... Lui aussi... Je veux dire : il a été adopté.

— Irène, vous n'êtes coupable de rien. Je n'en dirais pas autant de votre mari, mais vous, vous avez fait au mieux, pour le bonheur d'Adèle.
— Mais je lui cache la vérité depuis que mon mari est mort. Vingt ans...
— Ne seriez-vous pas plus en paix si vous lui disiez la vérité ?
— Elle ne me pardonnera pas, ni à son père. J'aime ma fille, vous n'imaginez pas à quel point. Je ne peux risquer de la voir se détourner de moi alors que j'ai un pied dans la tombe. Autant attendre d'avoir les deux.
— Qui vous dit qu'elle ne vous pardonnera pas ?
— Et même si elle me pardonnait, quels sentiments nourrirait-elle à l'égard de son père, à présent, si ce n'est de la haine ?
— Vous savez, ses frères l'ont cherchée. L'aîné se souvient très bien de ce qui s'est passé quand le camion est parti.
— C'est comme ça que vous vous êtes doutée qu'Adèle pouvait être le bébé de Rebecca ?
— C'est surtout leurs dates de naissance très proches.
— Vous êtes très douée...
— Quand on enquête, on regarde tout. On essaie de ne rien négliger. Une simple petite information, comme une date de naissance, peut mettre sur la voie et faire basculer une enquête.
— Mais ça n'a pas de rapport avec les policiers qui ont été tués, n'est-ce-pas ?
— Je n'en sais rien, Irène. Mais je vous l'ai promis : Adèle ne le saura que si c'est strictement nécessaire. Je suppose que vous avez été contrariée lorsqu'elle a fait appel à mes services pour le vol du tableau ? Le risque était que nous remontions la piste de son origine.
— J'ai essayé de la dissuader, mais vous commencez à la connaître, quand elle a quelque chose en tête... Je me raisonnais en me disant « advienne que pourra ». Mais je dois vous avouer que j'espérais votre échec. Elle ajouta après une courte pause : maintenant, j'aimerais être seule, si vous le voulez bien.

— Bien sûr. Juste une dernière chose : comment allez-vous justifier auprès d'Adèle, cet entretien en tête-à-tête ?

— Je ne sais pas. J'imagine que je vais lui dire que le tableau avait été volé à une famille juive, sans plus de détail. C'est déjà bien assez sordide. Mais je vais d'abord me reposer.

Léonor décida de ne pas l'accabler davantage en lui révélant la mort tragique de Rafaël Levinski dont son mari s'était rendu complice. À quoi bon ? Elle se retira doucement de la pièce où Irène, délivrée du poids de son secret, commençait à s'assoupir.

En approchant de la sortie, Léonor se demanda si Adèle n'avait pas cédé à la tentation d'écouter à la porte. Lorsqu'elle la rejoignit dans le salon, elle sut qu'il n'en était rien. La fille d'Irène s'occupait de disposer un bouquet dans un vase, veillant à répartir les fleurs avec harmonie. Sa colère semblait s'être dissipée.

— Alors ? Que vous a-t-elle dit que je ne puisse entendre ?

— Je préfère qu'elle vous en parle elle-même. Pour l'instant, elle souhaite se reposer un peu.

Chapitre 25 – Toulouse, le même jour

Léonor rejoignit Constant, resté comme convenu dans le vestibule pour se faire oublier. Ebranlé par ce qu'il venait d'entendre grâce au téléphone de Léonor, en l'absence de siège, il s'était laissé glisser au sol. Ils échangèrent un regard muet, aucun des deux ne parvenant à prononcer un mot.

Ils filèrent au central. Léonor appela Thomas pour lui dire de les rejoindre là-bas :

— C'est énorme, Thomas, énorme...

— C'est elle ? Sybille ?

— Oui. Mais elle m'a fait jurer de ne pas le dire à Adèle de son vivant.

— Ça va être difficile.

— Ce n'est pas sûr... Et puis si il faut, c'est Adèle elle-même qui fait semblant d'ignorer d'où elle vient et qui fait le ménage autour d'elle.

— Elle aurait simulé le vol du tableau ? Pourquoi serait-elle venue nous voir, alors ?

— Je l'ignore... Pour qu'on l'arrête dans son élan meurtrier ?

— Dans ce cas, pourquoi ne pas aller voir la police directement ?

— Je crois qu'elle ne supporte pas bien les flics. Remarque, on peut la comprendre, maintenant qu'on connait un peu mieux l'histoire.

— Mais a priori, elle ne la connaît pas encore, l'histoire, comme tu dis.

— Va savoir...

Dans la salle-café de l'Hôtel de police où le groupe d'enquête s'était réuni, Léonor partagea les révélations d'Irène Fortier-Valade.

— Bon boulot, Léo, fit Basile. Bravo.

— Et sur la promesse faite à Irène ? Comment tu vois les choses ?

— On verra en fonction de l'évolution de l'enquête.
— Nous n'aurons peut-être pas besoin de lui dire, même si je trouve que c'est très dommage... Pour ses frères, surtout.

Léonor referma le dossier qu'elle faisait suivre à chacune de leurs réunions au Central, tout en se repassant mentalement les images d'Adèle, le premier jour, assise dans son bureau et lui exposant les faits pour lesquels elle souhaitait l'engager.

Le soir-même, voyant que Léonor accusait le coup, après son entretien éprouvant avec Irène Fortier-Valade, Thomas lui proposa d'aller au cinéma. Il avait vu la bande annonce d'un film qui venait de sortir, et qui, il l'espérait, ferait du bien à son amie. Elle accepta avec plaisir, sans se douter que cette comédie viendrait, à un moment donné, toucher la corde sensible. À la sortie, il l'invita à faire quelques pas sur les quais de la Garonne, pour échanger leurs impressions autour du film. Mais très vite il se rendit compte que son amie marchait à ses côtés sans vraiment être avec lui.

— Ça ne t'a pas plu ? finit-il par demander.
— Si, si... C'était bien. J'ai adoré.
— Léonor, je vois bien que tu n'es pas avec moi, là. Ne dis pas n'importe quoi. Je te connais trop bien, ne me la fais pas. Qu'est-ce qui ne va pas ?

Un torrent de larmes jaillit des yeux de Léonor sans que Thomas ait eu le temps de le voir venir. Entre deux hoquets, Léonor avoua avoir « pris cher » l'après-midi, en entendant la confession d'Irène. Elle imaginait sans peine le chaos que cet aveu allait provoquer pour Adèle, qui elle le reconnaissait, n'était plus tout à fait une cliente comme les autres. Même si elle s'en défendait. Adèle finirait bien par apprendre le secret de sa naissance et, par projection, cela renvoyait Léonor à ses propres traumas.

Thomas la prit par les épaules, compatissant, touché par autant d'empathie de la part de sa collègue. Dans l'exercice de leur métier, tous deux veillaient à ne pas s'inclure dans la vie des gens, encore moins s'identifier, au risque de perdre leur clairvoyance, voire de souffrir au-delà du raisonnable. Mais Léonor restait Léonor. Elle ne changerait jamais et ses états d'âme seraient toujours happés par la vie des autres et leur bagage émotionnel.

Il se revit le jour où elle avait consenti à lui raconter son histoire, à la demande de Basile, pour sceller un peu plus leur amitié. Il s'en souvenait presque mot pour mot. C'était une veille de week-end, chez Basile. Ce dernier avait encouragé Léonor d'un regard. Thomas aussi. Il avait deviné le poids de ce que la jeune femme portait sur ses épaules, sans délestage possible. Il désirait ardemment « partager le fardeau » avec elle, même s'il avait conscience que cette expression ne générait aucune autre réalité qu'un meilleur accompagnement au quotidien ; pour le reste elle continuerait à le porter seule.

— C'était le 10 septembre 1999. Un vendredi, avait-elle commencé.

Elle avala sa salive et se lança, d'une voix monocorde.

— J'étais déjà mariée avec Basile, à l'époque. Vers 19 heures, ce soir-là, je reçois un appel affolé de ma mère qui crie « Il va le tuer, Léonor ! Il va finir par le tuer ! Viens vite ! ». J'ai appelé les pompiers tout en fonçant chez mes parents. Ils habitaient un appartement, à la Côte-Pavée. Celui où on a grandi, mon frère et moi. Quand je suis arrivée, mon frère était pris en charge par les secours, inconscient. Je ne comprenais rien à ce qui se passait. Je me disais « c'est un cauchemar, tu vas te réveiller, Léo, c'est juste un mauvais cauchemar » !

Ma mère était soutenue par deux autres pompiers. Quand elle m'a vue, elle s'est précipitée vers moi. Son visage était ravagé. Je la reconnaissais à peine. Elle bredouillait « je n'ai rien pu faire, Léonor, je n'ai rien pu faire… Je n'ai pas pu le protéger ! Je ne suis pas une mère … pas une mère ! » Puis j'ai vu mon père sortir de l'immeuble, entre deux flics, les menottes aux poignets. J'ai voulu me jeter sur lui, mais des policiers m'en ont empêché. Je voulais qu'il me dise, qu'il m'explique. Je ne comprenais rien à ce que je voyais. Et j'avais toujours l'espoir insensé de me réveiller de ce rêve sordide.

Elle déglutit avec difficulté.

Thomas déjà ébranlé, inquiet de la suite, ne la quittait pas du regard. Ses yeux brillaient de sentir autant de détresse chez son amie. Elle fit une pause dans son monologue, les yeux dans le vide, cherchant l'énergie d'aller plus avant et sortir enfin de ce scénario qui la plongeait à chaque fois, avec la même intensité, dans l'horreur.

Figée par la prégnance de ses souvenirs, le visage luisant de larmes, elle ne parvenait pas à maîtriser le tremblement de ses lèvres. Son nez coulait sans qu'elle semble s'en rende compte. Elle poursuivit pourtant, mue par le désir d'en finir.

Basile s'était approché d'elle, sur le canapé, et entourait ses épaules d'un bras protecteur.

— Mon père est rentré du travail, ce soir-là, après être passé par le bistrot, comme il le faisait souvent. Il était très alcoolisé. Mon frère bouquinait sur le canapé. Ce soulard lui a demandé s'il n'avait pas mieux à faire : ses devoirs, par exemple. Mais comme c'était un vendredi, Lucas lui a répondu qu'il les ferait dans le week-end. Et il a continué à bouquiner sur le canapé. Mon père a insisté et Lulu l'a envoyé promener. Comme mon père était ivre, il n'a pas accepté que mon frère lui résiste. Il l'a frappé. Encore. Et encore. Il était devenu fou. Mon frère a basculé et est tombé la tête la première contre la table du salon. Il ne bougeait plus. Ma mère l'a cru mort. Il s'en est fallu de peu.

Sa voix s'était nouée. Elle ouvrait la bouche comme un poisson cherchant l'air, mais aucun son n'en sortait. Elle éprouva le plus grand mal du monde à prononcer les derniers mots.

— Tout cela sous les yeux de ma mère qui, en même temps, impuissante, tétanisée par la peur, m'appelait au secours. Lucas est une victime directe et définitive de la violence insupportable que nous avons subie, notre mère et nous, chaque jour de notre vie commune avec ce salopard. Il est paraplégique, sans espoir de retrouver l'usage de ses membres inférieurs. Ma mère a quitté mon père à ce moment-là. Depuis, elle ne s'est pas débarrassée de son sentiment de culpabilité de ne pas nous avoir éloignés de notre tortionnaire plus tôt. Comme ma mère avait déjà déposé plusieurs mains courantes pour violences, mon père a eu droit à un procès et a pris trois ans de prison. Depuis, il est sorti, et il a disparu de la circulation. Je ne veux plus rien savoir de lui. J'espère juste qu'il n'a pas recommencé ailleurs.

Comme Basile, Thomas s'était assis à côté d'elle, de l'autre côté, dans un même geste. Puis, les deux bras libres des garçons s'étaient rejoints, refermant ainsi le trio.

Quand les trois amis desserrèrent leur étreinte, Léonor conclut, sur un ton qu'elle seule pouvait s'autoriser après une telle bourrasque émotionnelle :

— Il serait judicieux de rajouter des degrés à l'échelle de Fujita.

— Tu t'évalues à combien, se permit d'enchaîner Basile, avec un clin d'œil lui signifiant combien elle était courageuse.

— Au moins cent-cinquante-douze ! Et je vous aime.

Ils rirent, tout en reniflant et en s'essuyant les yeux.

Thomas se souvenait de chaque parole et de leur impact, comme autant de projectiles sur sa poitrine. Il se souvenait aussi avoir compris ce qui rendait son amie si particulière, cette nature d'écorchée-vive que la moindre anicroche pouvait envoyer au fond du gouffre. À compter de ce jour-là, il ne l'en apprécia que davantage.

La marche nocturne fit du bien à Léonor. La beauté de la ville se reflétant dans les eaux tranquilles de la Garonne lui mis du baume au cœur. Lorsque son désordre émotif prit fin, elle s'essuya le nez et le visage. Elle se racla la gorge et annonça :

— Thomas, quand je serai grande, je veux devenir une femme forte.

Chapitre 26 – Toulouse, mercredi 19 septembre

Léonor hâta le pas. Elle devait rejoindre Lucas dans un café du quartier Matabiau.

Tandis qu'elle marchait, elle repensait aux révélations d'Irène, la veille. Elle se demanda dans quelle mesure Adèle pouvait être une dissimulatrice. Les armoires de la police étaient pleines d'enquêtes où le meurtrier était celui qui donnait l'alerte. Jérémy non plus ne pouvait être écarté totalement. Léonor devait s'abstenir de raisonner selon son envie de ne pas voir untel ou une telle en coupable, ou innocent, mais selon les faits. Rien que les faits.

Perdue dans ses pensées, elle faillit se faire percuter par un vélo.

En passant devant un panneau d'affichage où figuraient, pêle-mêle, des annonces de pièces de théâtre, de concerts en tous genres, d'expositions, elle stoppa net, les yeux attirés par un petit poster publicitaire amateur. Il mentionnait les lieux et dates de concerts d'un groupe de rock. *Les suricates*. Le logo du groupe lui parut familier, un petit suricate, dressé sur ses pattes-arrières, une guitare électrique dans celles de devant. Elle continua d'avancer tout en réfléchissant où elle avait vu bien pu voir le petit mammifère musicien. Elle aperçut Lucas déjà attablé à la terrasse du café. Toujours préoccupée par ce qu'elle venait de voir, elle salua son frère et s'installa.

Était-ce dû à son métier, elle ne parvenait jamais à se défaire d'une question tant qu'elle n'avait pas obtenu de réponse. Le nombre de films qu'elle avait visionnés, ou plutôt à côté desquels elle était passée parce que l'acteur secondaire, mince, où l'avait-elle vu déjà ? Dans quel film ? Et voilà que la séance se déroulait sans elle, tandis qu'elle cherchait le nom du comédien avec obstination. Elle se demandait parfois si ce n'était pas la raison pour laquelle elle avait le sentiment de passer à côté de sa vie, ne trouvant pas de réponse à la question qui la martyrisait, au sujet de son père : pourquoi ?

Elle commandait un expresso quand une fulgurance la saisit. Elle bondit de sa chaise sous le regard surpris de Lucas.
— Excuse-moi, je reviens tout de suite.
Puis elle refit le chemin qu'elle venait de faire en sens inverse. Tout en marchant, elle appela Basile :
— Basile, je crois que je sais comment coincer Jérémy !
— Tu m'intéresses ! Explique.
— Il fait partie d'un groupe de musique, *Les suricates*. Ils vont donner un concert.
— Ah ? Tu m'en dis plus ?
Elle arriva à nouveau devant l'affiche.
— Bingo ! Ils jouent vendredi prochain, le 21, à Lavaur, à 20 heures. Après-demain, quoi. Attends une minute.
Elle prit une photo de l'affiche et la transféra à Basile, tout en enchaînant :
— Il a été prudent, mais pas assez. L'autre jour, il m'a dit qu'il chantait dans un groupe de pop-rock. Quelques jours plus tard, je l'ai vu portant un T-shirt avec le logo du groupe. En passant devant l'affiche, je l'ai reconnu.
— Bon boulot ! C'est tout près, en plus. Tu penses qu'il va y aller ?
— C'est le chanteur… J'imagine que oui.
— En attendant, je vais aller interroger son père, Michel Levinski. Il vit à Cahors. Du coup on est de concert ce vendredi, c'est ça ? Je te préviens, si on l'y trouve, je le serre à ce moment-là. Je veux dire, je n'attends pas la fin du concert. Il nous a trop baladés.
— Je serai heureuse de t'aider, tu ne peux pas savoir à quel point !

— C'est quoi ce sourire idiot ? fit Lucas en la voyant revenir.
— Hé hé ! Secret professionnel ! » Elle ne lui avait pas parlé de sa liaison avec Benjamin-Jérémy (Lucas s'engageant lui-même dans une idylle de son côté) et avec la nouvelle tournure des événements, elle ne lui en parlerait vraisemblablement pas. Ou plus tard. « En vrai, re-

prit-elle, je viens d'ouvrir une nouvelle porte. En grand, précisa-t-elle. Elle mima des mains. « Bon alors ? Tu voulais me voir pour quoi », ajouta-t-elle, appréhendant la suite.

— Rien de spécial, Léo, juste bavarder un peu avec toi. Comment va Thomas, par exemple ? Ça fait un moment que je ne l'ai pas vu.

— Il va très bien, merci ! Il se prépare pour participer aux sélections de *Questions pour un million*.

— Mais non ?! Il est incroyable ! En même temps, ça ne m'étonne pas. Il a toutes ses chances.

— Ça c'est sûr. On dirait qu'il a avalé cul-sec une encyclopédie en vingt-cinq volumes, alors oui, il a toutes ses chances !

Ils parlèrent de tout et de rien durant quelques instants. Depuis que son frère filait le parfait amour avec Clarisse, elle le trouvait transformé. Elle était tellement heureuse que cela se passe de cette façon. Jusque-là, les histoires de cœur de Lucas avaient vite tourné court, pour des raisons différentes à chaque fois. Elle espérait que celle-ci se prolongerait, et qu'ils seraient heureux ensemble.

*

Léonor appuya sur le bouton de l'ascenseur. Service cardiologie. Elle détestait les hôpitaux pour les avoir trop fréquentés. Mais l'appel d'Adèle Fortier avait été pressant : « ma mère est au plus mal, pouvez-vous me rejoindre à l'hôpital de Rangueil ? ».

Les portes de l'ascenseur s'ouvrirent sur une salle d'attente. Adèle y faisait les cent pas. Elle vint à la rencontre de Léonor.

— Merci d'être venue si vite. Elle a fait un malaise cardiaque ce matin. Les pompiers ont pu la ranimer, mais les médecins ne se prononcent pas sur les jours à venir. Elle est très faible.

— Que puis-je faire pour vous ? demanda Léonor, intriguée.

— J'avais besoin de vous parler très vite… au cas où…

Léonor fit signe qu'elle avait compris et invita Adèle à s'asseoir sur les fauteuils de la salle d'attente.
— Je vous écoute.
— Je sais ce que ma mère vous a annoncé l'autre jour.
— Ah ? Elle a eu la force de vous parler ?
— Non, non, je le savais avant.
— Mais alors, pourquoi ne pas lui avoir dit que vous étiez au courant ?
— Parce qu'elle était heureuse de me savoir dans l'ignorance. Selon elle, pour moi elle était ma vraie mère. C'était très bien comme ça.
Le cœur de Léonor se mit à battre plus vite. Si Adèle connaissait toute l'histoire, cela lui donnait le meilleur des mobiles et faisait d'elle la coupable idéale.
— Et pourquoi ne pas me l'avoir dit à moi ?
— Dans quel but ? Je ne vois pas en quoi vous dire que j'étais une enfant trouvée allait changer quelque chose à notre affaire. D'ailleurs, je ne sais même pas pourquoi ma mère vous a mise dans la confidence. C'est un peu pour ça que je vous ai fait venir. Pourquoi vous a-t-elle raconté cela, selon vous ?
« Une enfant trouvée ». Déstabilisée, Léonor ne sut que répondre.
— Je suppose qu'elle voulait le dire à quelqu'un avant de mourir. Elle devait sentir sa fin proche. Elle m'a fait jurer de ne rien vous dévoiler de son vivant ; elle craignait de perdre votre affection. Mais vous, comment l'avez-vous appris ?
— Par ma grand-mère. La mère de maman. J'avais douze ans. Je m'en souviens bien… forcément. Un jour, ma grand-mère, la reine des gaffes, a parlé de travers. Je lui ai tiré les vers du nez. Ça n'a pas été difficile car elle détestait les mensonges et les non-dits. Elle m'a quand même fait jurer que ça serait un secret entre elle et moi, *notre* secret, avant de me dire que mon père m'avait trouvée, une nuit, alors qu'il rentrait chez lui, dans un recoin de rue. Apparemment, quelqu'un m'avait déposée là pour qu'on me trouve. Il m'a ramassée,

comme on le ferait avec un chaton abandonné, et m'a emmenée à la maison. La logique aurait voulu qu'il me dépose dans un orphelinat, mais mes parents ne pouvaient pas avoir d'enfant, alors... Enfin, je ne sais pas pourquoi je vous raconte tout ça puisque vous le savez déjà.

Elle chercha la réponse dans les yeux de Léonor qui approuva.

— Je n'en ai jamais voulu à mes parents. Ils ont agi pour mon bien et m'ont donné beaucoup d'amour. J'ai été une enfant puis une adulte heureuse. Franchement, entre ça et l'orphelinat...

Elle laissa sa phrase en suspens. Troublée par ce récit, Léonor risqua :

— Vous n'avez pas cherché à savoir qui étaient vos parents biologiques ?

— Comment l'aurais-je pu ? J'étais un bébé abandonné, je n'avais rien sur quoi m'appuyer. Et puis je ne voulais pas poser de questions à mes parents. Pour rien au monde je ne voulais leur faire de la peine et encore moins trahir ma grand-mère.

Léonor ne sut si elle devait se sentir soulagée ou affligée. À l'évidence, Adèle ne connaissait que la face brillante de son histoire. En attendant, son ignorance sur ses origines véritables faisait tomber son mobile aussi vite qu'il s'était présenté.

— Pensez-vous que je doive lui dire que je sais tout, pour l'apaiser ? La rassurer ?

Léonor leva une main, comme elle aurait dit « on se calme ».

— Oh, je pense qu'il vaut mieux la laisser tranquille, non ?

— Mais si ce qui la tracassait, c'était que je me détourne d'elle, je peux la rassurer ?

— Écoutez, Adèle, je ne suis pas psy. Mais dans l'état où elle est en ce moment, je pense que remuer le passé est une très mauvaise idée. Attendez quelques jours. Si son état s'améliore, alors peut-être...

Gagner du temps. Si l'état d'Irène continuait de se dégrader, Léonor avouerait tout à Adèle. Mais pour l'instant, elle pouvait encore respecter la parole donnée.

— Il faut que je vous laisse. J'espère sincèrement que votre maman va s'en sortir.

Le téléphone de sa cliente sonna. Léonor lui fit signe de ne pas se gêner pour elle et de prendre la communication.

— C'est une amie. Elle m'avertit qu'elle arrive, fit Adèle, en raccrochant.

— Parfait. Je suis heureuse de ne pas vous laisser seule. Tenez-moi au courant, s'il vous plaît.

En rejoignant le parking, Léonor vit de loin un visage qui lui parut familier. Elle reconnut Violette Levinski qui traversait le parking d'un bon pas. Léonor se dissimula derrière des véhicules, le temps de se demander ce que la septuagénaire faisait là. La coïncidence lui parut grossière et elle décida de la suivre. Violette Levinski emprunta le même chemin qu'elle, quelques instants plus tôt. Alors qu'elle reprenait l'ascenseur en sens inverse, une idée commença à germer dans l'esprit de Léonor mais elle la refoula aussitôt. Il devait y avoir une autre explication. Lorsque les portes automatiques lui ouvrirent le passage, elle fit un pas à l'extérieur et vit les deux femmes, Adèle et Violette, converser dans un coin de la salle d'attente. Ayant eu la confirmation de ce qu'elle redoutait, Léonor recula dans l'ascenseur. Elle préférait s'esquiver sans être vue, estimant qu'il serait plus facile de les faire parler séparément, pour savoir laquelle des deux jouait la comédie.

Sous le coup de sa découverte, Léonor appela Basile.

— Intéressant. À ton avis, laquelle piège l'autre ?

— Au vu de ce que l'on sait de l'histoire, je pense que c'est Violette qui trompe Adèle sur sa personne.

— Je suis d'accord avec toi, c'est le plus vraisemblable. Elle connait donc Adèle Fortier et a omis de nous le dire quand on est venus les rencontrer, son mari et elle, dit-il. Elle t'a reconnue ?

— Elles ne m'ont pas vue. Ni l'une, ni l'autre. Je ne sais pas depuis combien de temps elles se connaissent mais il y a fort à parier que Violette Levinski a arrangé la rencontre. On peut même supposer qu'elle connaît l'appartement de son amie et qu'elle a pu organiser le vol du tableau. En revanche, j'ai du mal à croire qu'elle sache pour Sybille. Je pense vraiment que les Levinski ont dit la vérité à ce sujet et qu'ils ne savent pas ce qu'est devenu le bébé. À ton avis, je l'attends au pied de l'hôpital pour l'interroger ou je te laisse le faire ?

— Puisque Servant est protégé, et que Violette ne t'a pas vue, on va se donner un peu de temps. Le top du top, ce serait d'avoir Jérémy et elle au poste en même temps. Ils ne pourraient pas nous balader longtemps.

— Alors on attend le concert de vendredi soir ?

— C'est ça. On va la laisser mariner dans son jus en attendant, la Violette. Quant à lui, si on ne le localise pas avant vendredi, on peut supposer qu'il va arriver un peu avant l'heure du concert. S'il y est, mettons à 19 heures, j'appelle mes collègues pour qu'ils aillent chercher sa grand-mère chez elle pour une audition. Ainsi on les aura tous les deux sous la main. On verra bien ce qu'ils ont à nous raconter. Pour l'instant, je vais mettre quelqu'un en planque devant chez les Levinski pour contrôler un peu leurs allées et venues. Tu viens avec moi à Cahors, demain, voir le fils ?

Après avoir accepté, Léonor raccrocha. Elle ne parvenait pas à détacher son regard du téléphone qu'elle tenait à la main. Une idée lui vint. Elle composa le numéro d'Adèle, espérant de toutes ses forces qu'elle répondrait.

— Oui Léonor ? entendit-elle dans l'écouteur.

Léonor prit une grande inspiration. « Sois maline, se dit-elle. Va doucement. »

— Adèle, je voulais m'assurer que tout allait bien. Vous êtes auprès de votre mère ?

— Je suis avec mon amie, Linda. Celle qui m'a appelée tout à l'heure. Elle est arrivée. Tout va bien. Nous bavardons dans la salle d'attente pour ne pas déranger maman.

— Linda ?

— Oui, Linda Ginesty.

Se doutant que la présence de cette « amie » n'était pas motivée par la bienveillance, Léonor ne sut comment poursuivre la conversation.

— Bien. Prenez soin de vous Adèle.

Chapitre 27 – Toulouse, jeudi 20 septembre

Le retour de Cahors fut silencieux. Les quatre enquêteurs toulousains venaient de rencontrer Michel Levinski, le fils d'Emmanuel et Violette. Las de la vie toulousaine, lui et sa femme s'étaient installés à Cahors lorsqu'elle était enceinte de Jérémy. Il dirigeait une petite entreprise informatique et sa femme exerçait en libéral son métier d'infirmière. Ils voyaient leurs parents et beaux-parents environ tous les deux mois.

L'équipe s'enlisaient dans la perplexité. La rencontre avec Michel Levinski ne leur avait pas fourni le moindre os à ronger. Tout au plus s'était-il un peu agacé au sujet de l'intérêt porté à son fils. « Vous êtes sérieux ? Vous croyez vraiment qu'un jeune de trente ans va s'amuser à voler et chercher à tuer des personnes pour une histoire vieille de soixante-dix ans ? », « C'est que, voyez-vous, monsieur Levinski, votre fils a suivi Léonor Lesage ici présente, dans ses déplacements. C'est elle qui a commencé cette enquête avant de la transmettre à la police en raison de la gravité des faits remontés. Votre fils est entré dans son bureau à son insu, pour fouiller dans ses dossiers. Comment voulez-vous qu'on écarte l'idée qu'il ait un lien avec cette affaire ? » « Vous n'avez pas de preuves ? », « Non mais de fortes présomptions qu'une audition lèvera vite, s'il se décide à sortir du bois. Son silence ne plaide pas non plus en faveur de son innocence... Si vous lui parlez au téléphone, décidez-le à venir nous voir, s'il vous plaît, dans son intérêt. De toute façon, sachez qu'on le trouvera, quoi qu'il arrive... ». Quant au tableau représentant sa grand-mère Rebecca, Michel Levinski ne l'avait jamais vu, bien sûr, mais avait entendu son père l'évoquer, à plusieurs reprises.

Le reste de l'entretien s'était embourbé dans des éléments déjà connus, et rien ne permettait, pour l'heure, de tirer de conclusion.

La sonnerie du téléphone de Basile rompit le silence qui finissait par devenir pesant, dans l'habitacle. Il actionna le kit mains-libres.

— Chef ? On vient de voir Samuel Horn entrer dans l'immeuble des Levinski.
Basile tapa sur le volant.
— Bon sang ! Mais qu'est-ce qu'il vient fiche là ?! Il ne voit soi-disant jamais ses cousins, et comme par hasard, l'envie lui prend de venir pile poil après notre passage chez lui ? Je n'en peux plus de cette famille ! Ils vont nous faire devenir chèvres !
— Il s'est garé juste devant l'immeuble et a déposé des cabas. Il est reparti garer sa camionnette plus loin et il vient de revenir.
— Des cabas ? Il y avait quoi dedans ?
— On n'en sait rien. Le temps qu'il aille se garer, on est entrés dans le hall pour voir s'il les avait déposés quelque part, mais on pense qu'il les a mis directement dans l'ascenseur et les a fait monter à l'étage. On n'a rien trouvé dans le hall.
— Surveillez quand il sortira, s'il les remporte avec lui, et s'ils sont vides.
— Vous voulez qu'on monte pour les interroger ?
— Inutile, ils vous rouleront dans la farine. Et ils sauront, du même coup, qu'on les surveille. Demain, on convoque Violette Levinski pour qu'elle nous raconte tous ses petits secrets. Seule, elle sera plus vulnérable. Quoique maintenant, plus on avance, plus je me dis que cette femme est moins fragile et délicate que son prénom et son âge ne le laissent supposer.

Assis avec Léonor sur la banquette arrière du véhicule de police, Thomas jeta un œil dans sa direction. Il se demanda sur quels sentier ses pensées pouvaient bien déambuler.
Le téléphone de Léonor vibra. Adèle l'appelait. Elle décrocha.
Lorsqu'elle eut terminé, elle partagea avec l'équipe ce qu'elle venait d'apprendre.
— La mère d'Adèle est au plus mal, mais dans un de ses sursauts de conscience, elle m'a réclamée. J'irai à son chevet dès notre arrivée à Toulouse.

— Tu penses parler de Violette et de son double-jeu à Adèle Fortier ? fit Basile.
— Je ne sais pas… Le mieux est peut-être de faire parler Violette en premier, non ? Quand vous la convoquerez. Vous en pensez quoi ?
— C'est ça. Essaie d'en savoir plus sur leur relation, mais laisse-lui croire qu'elle s'appelle Linda Ginesty.

Puis le silence revint dans l'auto jusqu'aux portes de Toulouse. Ils déposèrent Léonor devant l'hôpital.

*

Une infirmière accompagna Léonor à la chambre d'Irène Fortier. Elle frappa doucement et annonça la visiteuse. Irène dormait, sa fille à son chevet. Adèle tenait la main de sa mère dans la sienne. En voyant Léonor, elle déposa délicatement la main maternelle sur le lit et invita la jeune femme à sortir pour parler dans le couloir.
— Merci d'être venue. Je ne sais pas pourquoi, entre deux épisodes léthargiques, tout à l'heure, elle m'a dit de vous appeler. Je ne sais pas si elle était bien consciente de ce qu'elle demandait, mais… je suis désolée… j'ai préféré exaucer sa requête.
— Vous avez bien fait. Je vais attendre un moment pour voir si elle refait surface. Allez vous dégourdir les jambes et boire quelque chose, si vous voulez. Ça vous sortira un peu de cette chambre que vous n'avez pas quittée de toute la journée, je suppose ?
— C'est vrai. Mais je suis heureuse de pouvoir l'accompagner dans ses derniers instants. Je reviens vite.

Léonor entra à nouveau dans la chambre. Seul le cliquetis des machines connectées à la patiente rompait la quiétude de la pièce. La frêle poitrine d'Irène se soulevait insensiblement comme si l'effort était trop grand pour ce corps fatigué. Léonor s'installa sur la chaise occupée par Adèle quelques instants plus tôt. Son regard fit le tour de la pièce, détaillant le dernier décor que les yeux d'Irène Fortier caresseraient avant de sombrer dans un autre monde. Un décor bien triste, en réalité, que celui d'une chambre d'hôpital. Lorsqu'elle revint à la vieille dame, les yeux de celle-ci étaient grand ouverts et la fixaient.

— Irène… Elle lui prit la main. Vous m'entendez ?

Les yeux de l'aïeule se plantèrent dans ceux de Léonor. Puis c'est la main d'Irène qui serra la sienne, avec le peu d'énergie qui lui restait. La jeune femme comprit.

— Vous voulez que je lui parle ? C'est bien ça ?

Une larme coula sur la joue zébrée d'Irène. Elle cligna doucement des yeux en guise de réponse.

— Adèle est sortie boire un café. Je vais la rejoindre.

Le visage de la vieille dame se détendit et ses yeux se refermèrent à nouveau. Léonor s'affola mais les moniteurs poursuivaient leur tranquille surveillance. La somnolence avait tiré à nouveau Irène dans ses profondeurs ouatées.

Léonor sortit de la pièce. Elle retrouva Adèle vers la machine à café. Peu d'enquêtes l'avaient impliquée à ce point dans la vie de leurs protagonistes. Elle se demanda comment, en si peu de temps, elle en était arrivée à cette situation, d'avoir à faire à une cliente des révélations aussi importantes que l'histoire de sa naissance. Mais avant d'entrer dans le vif du sujet, Léonor souhaitait aborder d'autres points avec elle, qu'il serait difficile d'évoquer après.

Elle s'installa face à Adèle.

— Tout va bien. Irène dort.

— Elle vous a vue ?

— Oui. Et elle s'est rendormie.

— Elle vous a dit quelque chose ?

Léonor ignora la question.

— Je ne sais pas pourquoi elle vous a réclamée à son chevet. Ce n'est peut-être qu'une lubie de personne… en fin de vie… Je suis désolée.

Léonor se leva pour prendre un expresso au distributeur, puis se rassit. En attendant que son café refroidisse un peu, elle engagea la conversation.

— Je repensais à votre amie, Linda. Vous la connaissez depuis longtemps ?

— Un an et demi, environ. Nous nous sommes connues à l'aquagym. Elle est arrivée en cours d'année, alors que je venais de perdre ma meilleure amie. J'étais très déprimée. Nous nous sommes tout de suite bien entendues. Elle m'a été d'un grand secours. Je ne sais pas ce que j'aurais fait sans elle. Elle s'est même occupée de maman, lorsque j'ai dû m'absenter quelques jours pour des rendez-vous à Paris.

— C'était quand ça ?

Adèle réfléchit.

— En avril.

— Elle est donc rentrée chez vous ?

— Bien sûr. Je n'allais pas faire emménager maman chez elle.

Léonor vit sur le visage de sa cliente que ces questions l'intriguaient mais qu'elle ne se décidait pas à réagir. Après tout, Adèle avait fait entrer l'enquêtrice dans sa sphère personnelle et il aurait été mal venu de sa part de lui reprocher ses questions.

— Et vous ? Vous êtes déjà allée chez elle ? s'enquit Léonor.

— Je suis allergique aux chats et Linda m'a dit en avoir trois… Donc non, je ne suis jamais allée chez elle.

Léonor sourit. « Tiens, une info vraie… Les chats… »

— Elle est mariée ?

— Elle est veuve. Son mari est mort il y a cinq ans. Mon dieu, cela ressemble à un interrogatoire, ma parole !

Ayant eu les réponses à ses questions, Léonor crut bon de relâcher la pression.

— Excusez-moi, Adèle. Lorsqu'on est détective, on est très curieux.

— C'est vraiment une personne digne de confiance, vous savez.

— Oui, certainement.

Léonor laissa passer quelques instants avant de se décider à parler du plus difficile.

— Adèle, il faut que je vous dise quelque chose. C'est au sujet de ce que votre maman m'a raconté l'autre jour.

— Encore cette histoire ? Mais je vous ai dit que ce qu'elle croyait être un secret n'en était plus un depuis longtemps.

— Il y a autre chose, Adèle. Et c'est la raison pour laquelle votre maman m'a réclamée aujourd'hui. Tout à l'heure, elle a ouvert les yeux et dans son regard, j'ai compris qu'elle voulait que je vous parle. Que je vous dise ce qu'elle m'avait fait promettre de taire.

Elle vit pâlir le visage de son interlocutrice. Léonor savait que, tôt ou tard, elle devrait restituer tout ce que lui avait dit Irène au sujet de sa fille. Elle avait eu le temps de préparer son entrée en matière.

— Votre père, avant de mourir, a laissé une lettre à votre mère, pour tout lui raconter. Ce que vous avez appris quand vous aviez douze ans de la bouche de votre grand-mère, était une vérité, disons, partielle.

— Comment ça « partielle » ? fit Adèle, un frein dans la voix.

— Vous souvenez-vous lorsque j'ai demandé à votre maman si votre père avait pu participer à une rafle de juifs en août 1942 ? Elle avait nié catégoriquement.

Adèle hocha la tête, de plus en plus inquiète.

— Et pourtant c'était vrai, comme on l'a su par la suite. Mais votre maman craignait qu'en disant la vérité, elle ne puisse plus garder son secret bien longtemps. Et à ce moment-là, elle aurait préféré mourir plutôt que de vous révéler... vos origines.

— Oui, bon, mon père a commis une erreur de jeunesse. On en a tous fait, non ? Mais quel rapport avec mes origines ?

— Votre père a connu vos vrais parents. Ou du moins les a-t-il vus... le jour de cette rafle.

Léonor poursuivit le récit de la sordide journée dont elle avait connu tous les détails grâce aux témoignages des différents protagonistes. Cette journée immortalisée par la photo qu'Adèle recevait depuis vingt ans sans en comprendre le sens. Elle y ajouta la confession d'Irène en prenant soin de peser ses mots.

Lorsqu'elle eut terminé, elle vit qu'Adèle réprimait un haut-le-coeur. Elle chercha des yeux les toilettes et les indiqua du doigt à sa cliente qui s'y précipita. Elle l'y suivit pour l'aider à accuser le choc. Accroupie devant les toilettes, Adèle peinait à se remettre debout. Des spasmes lui coupaient le souffle.

Léonor sortit des sanitaires pour solliciter l'aide du personnel. Une aide-soignante vint rapidement avec un fauteuil roulant pour véhiculer la patiente vers les unités de soins. Léonor pensa remonter au chevet d'Irène puis se ravisa. La vivante avait plus besoin d'elle que la mourante. La secousse était telle qu'elle se demandait comment Adèle allait digérer ce nouvel ordre des choses. Et encore, elle ne lui avait pas annoncé que ses frères avaient survécu et résidaient à quelques centaines de mètres de chez elle. Ni le rôle de Violette, dont elle ignorait toujours, de fait, les contours. La pauvre femme n'était pas au bout de ses peines.

Une heure plus tard, Adèle se sentait un peu mieux et tenait à nouveau sur ses jambes. Elle pria la jeune détective de l'accompagner au chevet de sa mère. Les traits ravagés de son visage reflétaient son chaos intérieur. S'appuyant sur le bras de Léonor, elle marcha à pas mesurés jusqu'à la chambre d'Irène. Lorsqu'elles pénétrèrent dans la pièce, la jeune femme s'étonna du silence. Les bips et cliquetis s'étaient tus. Et pour cause, les moniteurs étaient hors tension. Alarmée, elle posa les yeux sur Irène qui reposait. Elle avait visiblement basculé dans sa nuit éternelle. Une infirmière leur emboita le pas.

— Votre mère s'est éteinte il y a quelques instants, dit-elle à l'intention d'Adèle toujours agrippée au bras de Léonor. Je suis désolée.

Léonor sentit sa cliente défaillir. Elle la rattrapa de justesse pour l'aider à s'asseoir sur le bord du lit. Le désespoir de celle-ci la toucha. En moins d'une heure, son monde s'effondrait. Sa mère n'était plus, et elle-même errait quelque part entre deux identités. Adèle, le visage contracté par la douleur, regardait le corps sans vie. Elle saisit doucement la main qu'Irène, dans ses derniers instants, avait repliée en forme de poing. Elle voulut la détendre. En l'ouvrant, elle sentit que quelque chose se trouvait-là, enserré dans la paume décharnée. Un bout de ruban. Sans doute ancien à en juger par la couleur du tissu. Elle jeta un coup d'œil interrogateur à l'infirmière présente.

— Dans un regain de lucidité, tout à l'heure, votre maman m'a demandé de lui donner son sac à main. Elle voulait y prendre ceci.

Elle désigna le bout de tissus gris.

Lorsqu'Adèle déplia le ruban et vit l'inscription mentionnant son nom de naissance, elle se laissa glisser vers le corps de sa mère.

— Je vous laisse un instant avec elle, chuchota Léonor.

Elle s'assura que cette dernière disposait d'assez de forces pour rester seule, puis quitta la chambre.

Quelques instants plus tard, Adèle sortit. Elle se tenait au chambranle de la porte. Son visage semblait apaisé.

— Je lui ai parlé… même si…

Elle haussa les épaules dans un sanglot.

— Vous avez bien fait. Je suis désolée, Adèle. J'aurais préféré que vous appreniez tout cela dans d'autres circonstances.

— Ne vous inquiétez pas. Je n'ai pas de regret. Si ce n'est celui de ne pas lui avoir tenu la main jusqu'à la fin. Elle est partie seule.

— Mais si cela peut vous soulager, dites-vous qu'elle est partie allégée d'un poids. Et non des moindres.

Tandis qu'Adèle réglait le détail des formalités liées au décès avec le personnel de l'hôpital, Léonor appela Basile, puis Thomas pour les informer du décès d'Irène et des événements de l'après-midi.

— Tu viens chez moi ce soir, pour le débrief de la journée ? proposa-t-elle à Thomas. Je suis épuisée. Je vais rentrer sans passer par le bureau.

Au moment de partir, Léonor proposa à Adèle :

— Si vous voulez, je vous ramène chez vous avec votre propre voiture. J'ai été déposée ici par mes collègues, donc je suis à pied.
Se sentant incapable de conduire, Adèle accepta.
En chemin, Léonor respecta le silence de sa cliente. Puis cette dernière finit par le rompre.
— Ce tableau, alors, celui qu'on m'a volé, il représentait ma mère, c'est ça ?
— Oui. Rebecca Levinski.
— Alors comme ça, je m'appelais Sybille... Je comprends mieux pourquoi ce portrait m'a toujours fascinée. Et ce regard que mon père portait dessus. Pourquoi mon père ne m'a-t-il rien dit ?
— Son rôle dans l'histoire n'était pas glorieux.
— Je reconnais. Mais quand même, c'est tellement énorme... Moi qui étais une enfant présumée abandonnée, j'aurais adoré savoir que cette jolie blonde était ma mère. Même si maman a largement rempli la tâche. Et sinon, vous m'avez dit qu'à l'époque j'avais un... ou deux grands frères ?
Léonor sentit venir une nouvelle onde de choc.
— C'est bien ça.
— Que sont-ils devenus ? Pardonnez-moi, je ne sais pas pourquoi je vous pose cette question. Ils ont dû être gazés à Auschwitz, comme les autres... Des enfants... Quelle ignominie ! Finalement, j'ai eu de la chance.
— Ils ne sont pas morts, Adèle.
Adèle tourna vivement la tête du côté de la conductrice.
— Pas morts, dites-vous ? Vous... vous savez ce qu'ils sont devenus ? parvint-elle à demander dans un filet de voix.
Léonor hocha la tête.
— Ils habitent Toulouse.
— Mais ? Mais c'est incroyable, souffla Adèle.
Léonor entreprit de raconter ce qu'il était advenu des deux petits garçons devenus des hommes d'âge mûr. Elle sentit qu'à côté d'elle,

Adèle pleurait à nouveau. Tristesse, émotion, incrédulité, se disputaient la pole position chez la septuagénaire.
— Et eux ? Ils savent que je suis encore en vie ?
— Non. Tant qu'Irène ne m'autorisait pas à parler, personne ne devait être au courant.
Adèle poussa un profond soupir.
— Merci Léonor. Merci d'avoir respecté les volontés de ma mère.
— Il y a quelque chose d'autre que je dois vous dire, Adèle.
— Encore ? Je crois que j'ai eu ma dose pour aujourd'hui ! Et pour le reste de mes jours, d'ailleurs !
La voiture arrivait rue Croix-Baragnon, au domicile des Fortier. Adèle actionna la télécommande de l'imposant double portail. Le véhicule pénétra dans la cour.
— Bon. Je vous écoute, dit-elle, d'un ton résigné.
— C'est au sujet du vol du tableau. Il peut s'agir d'une vengeance d'un des membres du groupe qui a été envoyé dans les camps ce fameux jour. Je vous rappelle que vos frères ignorent qui vous êtes en réalité.
— Mon Dieu ! Je crois que le jour où je suis entrée dans votre agence, j'aurais mieux fait de me casser une jambe. J'aurais échappé à tout ça, permis à ma mère de finir ses jours en toute sérénité et j'aurais continué à couler des jours heureux.
— C'est une possibilité, Adèle. Pas encore une certitude.
— Mais une forte présomption ?
Léonor fit mine de ne pas écarter cette idée.
— Je pense que nous allons le savoir très vite, maintenant. Un conseil, Adèle, n'ouvrez à personne, s'il vous plaît, et ne prenez pas d'appels ce soir.
— Ni même de Linda ? Ça me ferait du bien de lui parler...
— Ni même de Linda.
« Surtout pas de Linda » pensa Léonor.
— On doit d'abord parler à vos frères, prétexta-t-elle.

Adèle acquiesça, sans trop comprendre en quoi cela concernait son amie Linda, mais dans l'état où elle se trouvait, elle se sentait incapable de réfléchir davantage, encore moins d'opposer une résistance.

Elles descendirent de la voiture. Léonor l'accompagna jusqu'à l'appartement, puis, s'assurant que sa cliente pouvait rester seule, elle sortit et prit le chemin du métro pour rentrer chez elle. En route, elle appela Basile :

— On ne peut plus attendre. Il faut aller cueillir Violette (enfin, si je puis dire), car Adèle vient d'apprendre la vérité sur sa naissance et, même si je lui ai demandé de ne pas le faire ce soir, à un moment ou à un autre, elle en parlera à son « amie ». On ne peut prendre le risque de laisser Violette dans la nature tant qu'on ne sait pas exactement quel est son rôle dans cette histoire. Qu'en penses-tu ?

— C'est sûr. Là maintenant, il est trop tard. Mais il y a toujours quelqu'un en planque devant chez elle et on l'interpellera demain à la première heure. Elle doit avoir pas mal de choses à nous dire.

Épuisée par sa journée, Léonor claqua la porte d'entrée derrière elle et envoya valser ses chaussures. Elle se dirigea vers le canapé sur lequel elle se laissa tomber. Thomas n'allait pas tarder à arriver. Elle n'eut pas à attendre longtemps. Elle entendit la sonnette. Une minute plus tard, il la rejoignait sur le canapé.

— Qui commence ? plaisanta-t-il.
— Tu as fait quoi, toi ?
— Des recherches sur le tableau de Servant.
— Ah ! Alors commence, ça me changera les idées.
— Nous avions eu le bon coup d'œil : c'est bien un Chagall. De sa période russe. Je le daterais de 1916-1917. Je ne le trouve répertorié nulle part, mais il y a d'autres tableaux très ressemblants qui, eux, sont répertoriés. Autant te dire que sa valeur peut atteindre des sommets aujourd'hui, si l'expertise vient confirmer son authenticité.

— En même temps, ça nous fait une belle jambe… Maintenant que l'on sait que l'argent n'est pas le mobile des meurtres.
— La vengeance n'exclut pas forcément la cupidité… J'ai averti Basile qu'il vérifie la surveillance des vieux. Ça serait dommage que l'œuvre disparaisse. Je suis sûr que cet imbécile de Servant ne sait même pas ce qu'il a volé, mais le meurtrier le sait peut-être, lui. Et pour l'anecdote, je suis heureux d'avoir tenu un vrai Chagall dans mes mains.
— Et toi ? Je suppose que cela n'a pas été facile ?
— Tu n'imagines même pas. La pauvre Adèle… soupira Léonor. « Elle se demandait ce qui lui tombait sur la tête. Au point de regretter d'avoir poussé la porte de l'agence. »
— Tu lui as parlé de ses frères ?
— Bien sûr. Mais j'ai laissé entendre aussi qu'au stade actuel de l'enquête, il n'était pas impossible qu'ils soient impliqués.
— Il va falloir leur annoncer à eux aussi, du coup.
Ils se demandèrent à quelle sorte de retrouvailles la fratrie aurait droit, au vu des récentes découvertes.
— Et tu lui as parlé de Violette, à Adèle ?
— Non pas encore. J'aurais eu l'impression de l'achever. Comme je t'ai dit au téléphone, je lui ai posé des questions pour en savoir un peu plus sur la manière dont elles se sont connues. La Violette nous ment, c'est sûr. Mais pourquoi ? pour qui ? Là encore, Adèle va tomber de haut quand elle va découvrir l'imposture.
— Écoute, on en saura plus demain puisque Basile va l'interroger. Il me semble qu'ils vont aussi lancer une perquisition au domicile des Levinski.
— Et Jérémy, toujours pas localisé ?
— Pas que je sache.

Chapitre 28 – Toulouse, vendredi 21 septembre

Le groupe de la crim' était réuni dans la salle-café lorsque Violette Levinski arriva, de bon matin, entre deux policiers. D'un regard, ils demandèrent à Basile où ils devaient emmener la suspecte.
— Mon bureau, dit Basile, d'un ton déterminé. Il fit signe à Constant de l'accompagner.
La manière dont cette femme s'était jouée d'eux l'agaçait prodigieusement et il n'avait pas l'intention de la ménager. À cet instant précis, Léonor regretta de ne pas faire partie des effectifs de la police. Elle allait devoir suivre tout cela de l'extérieur. Elle imagina Constant s'installer à son poste pour taper le PV et brancher la vidéo. Et Basile prononcer les phrases règlementaires d'introduction à une audition en bonne et due forme, à l'intention de la frêle Violette vers laquelle convergeaient, pour l'heure, les faisceaux de l'enquête.

Dans le bureau, Basile entra rapidement dans le vif du sujet.
— Madame Levinski, nous avons le sentiment que vous ne nous avez pas tout dit, lorsque nous sommes venus à votre domicile, le jeudi 13 septembre.
— Omettre n'est pas mentir. Comment aurais-je pu vous raconter ma vie en deux heures de temps ?
— Madame Levinski, pourquoi nous avoir caché que vous connaissiez Adèle Fortier ?
— Qui ?
— Vous avez très bien entendu. Mais je vais vous aider : c'est votre amie, celle que vous avez retrouvée à l'hôpital hier en fin d'après-midi. Celle-là même à qui on a dérobé le portrait de Rebecca, votre belle-mère.
— Mais pas du tout ! J'étais à l'hôpital, c'est vrai, avant-hier, pour rendre visite à un ami malade. Et dans la salle d'attente, je suis tombée

sur une femme en détresse. Elle pleurait. Sa mère était mourante. Vous auriez fait quoi à ma place ?

— Votre altruisme vous honore. Mais, voyez-vous, un témoin, une connaissance de Mme Fortier, l'a appelée avant-hier pour lui demander de ses nouvelles, sachant sa mère mourante. Elle voulait la retrouver à l'hôpital. Celle-ci lui a dit être en compagnie de son amie « Linda ». Quelques instants plus tard, notre témoin vous a vues toutes les deux en pleine conversation.

— Mais de quoi parlez-vous ? Je ne m'appelle pas Linda, que je sache !

— Cette Linda, c'était bien vous, madame Levinski. Alors maintenant, vous allez nous expliquer comment vous avez fait la connaissance d'Adèle Fortier, et à quelles fins.

À la comédie que jouait la vieille dame, Basile se dit que la partie allait durer.

Pendant ce temps, Léonor tapait du pied dans la salle-café. Trouvant que le temps ne passait pas assez vite, et en l'absence de maté, elle avait vidé le distributeur de la pièce d'à côté, de quelques barres chocolatées. La culpabilité alimentaire commençait à l'aiguillonner quand quelqu'un vint l'avertir qu'Emmanuel Levinski s'était présenté à l'accueil, dans un état émotionnel préoccupant.

Ravie d'avoir à s'occuper utilement, elle descendit les deux étages pour accueillir le mari de Violette. Elle s'alarma de l'état d'agitation du vieil homme et décida de le recevoir dans le bureau de Constant.

— Venez avec moi, monsieur Levinski. Nous allons nous installer quelque part. Voulez-vous un café ? Un verre d'eau ?

— Je veux bien un verre d'eau. Mais que veut dire tout ceci ? parvint-il à bafouiller. Vous n'imaginez tout de même pas que ma femme ait quelque chose à voir avec votre enquête ? Avec la mort de ces hommes ? Avec le vol des tableaux ?

— Votre femme ne nous a pas tout dit, et ça énerve beaucoup la police, quand les témoins omettent des détails susceptibles de faire avancer une enquête.
— De quels détails parlez-vous ?
— Votre épouse connait Adèle Fortier, la personne chez qui le tableau a été volé.
— Bien sûr que non ! Comment pourrait-elle la connaître ?
— C'est ce que nous cherchons à établir en ce moment-même.
Puis, sentant qu'il allait être compliqué de convaincre le mari, elle ajouta, en abaissant le ton :
— D'ailleurs, vous aussi, vous la connaissez.
— La Fortier ? Son père, oui, je m'en souviens comme si c'était hier, mais elle, certainement pas.
— Je vais vous apporter une précision : vous la connaissez, mais vous ne le savez pas.
Léonor convint pour elle-même que ce n'était pas avec des ellipses qu'Emmanuel comprendrait là où elle souhaitait l'amener. La réponse de celui-ci le lui confirma.
— Je ne comprends pas un traitre mot de ce que vous dîtes.
Basile fit irruption dans son bureau. Informé de la présence du mari de Violette dans les locaux, il avait mis l'interrogatoire en pause, d'autant que le mutisme de cette dernière, depuis l'évocation de Linda, ne lui permettait pas d'avancer au rythme souhaité.
Emmanuel se leva, espérant de la part de Basile, ce qu'il n'avait pas obtenu de Léonor : des explications claires sur la présence de son épouse en salle d'interrogatoire.
— Je ne peux vous en dire plus pour l'instant, monsieur Levinski. Votre femme ne coopère pas beaucoup. Ça ne joue pas en sa faveur... D'ailleurs, il faut que je vous dise : je viens de lui notifier sa mise en garde à vue.
Levinski accusa le coup.
— Dois-je contacter notre avocat ?

— Lorsque je lui ai notifié ses droits, elle n'a pas requis la présence d'un avocat. Mais je pense qu'elle en aura besoin. Elle n'a pas souhaité voir de médecin non plus.

Puis Emmanuel se tourna vers Léonor :

— Que vouliez-vous dire quand vous me disiez que je connaissais Mme Fortier sans le savoir ?

Basile comprit sur quelle piste son amie avait emmené le vieil homme. Il fit les yeux noirs à Léonor pour lui dire d'arrêter ça tout de suite.

Son téléphone sonna. Il prit la communication tout en faisant signe à Léonor de le suivre dans le couloir.

— Ok. Très bien. Hein ?! Comment ça deux fois ? C'était le même ? Il était comment, physiquement, le deuxième ? Mais qui vous a appris votre métier, bon sang ? Allez chez Servant, je vous fiche mon billet qu'il s'est passé quelque chose !

Il raccrocha d'un geste rageur.

— Les mecs en planque à Montpellier, devant chez Servant, viennent de m'appeler pour me dire qu'ils n'avaient rien à signaler de suspect. À part le facteur qui est passé deux fois, mais « pas de quoi fouetter un chat » dit-il, railleur, en mimant les guillemets. Sauf que le facteur n'était pas le même ! Et ils ne sont même pas fichus de me donner le signalement du deuxième « brun, non, châtain, pas très grand, enfin si un peu quand même... ! » Il faut que j'appelle les collègues de Montpellier pour savoir si la poste n'a pas déclaré un vol de fourgonnette. Quelle bande d'incapables ! Je te jure !

Il fit un signe à Léonor pour lui intimer le silence jusqu'à ce qu'il ait fini de gérer la question en suspens. Elle le vit déambuler dans les couloirs, le téléphone à l'oreille, dispensant des éclats de voix et de grands gestes au fil de sa conversation.

Il revint vers la porte de son bureau où Léonor était restée plantée.

— C'est bien ce que je disais : une camionnette de la poste a été volée ce matin. Ou plutôt empruntée, car ils l'ont retrouvée une heure après. Sûr qu'il y a eu du grabuge chez Servant. J'attends des nouvelles.

Emmanuel Levinski, les regardait s'agiter devant l'entrée du bureau, tout en se demandant ce qu'il lui arrivait depuis le début de la matinée. Sa belle prestance des jours précédents avait fait place à une fatigue intense qui lestait ses traits.

Le téléphone de Basile sonna à nouveau.
— Oui ?!
Au visage de son ex-mari, Léonor comprit qu'il ne s'était pas trompé. Elle le voyait prendre sur lui pour dominer sa colère.
— Rappelez-moi pourquoi on a mis des gars en planque ? Hein ? Quoi ?! Les DEUX Servant ? Vous avez appelé les secours ? Regardez dans le couloir si on leur a volé un tableau. Si c'est ce que je pense, vous allez trouver un clou vide.

Léonor sentit son cœur se vider de son sang.
— Le tableau y est toujours ? Vous êtes sûrs ?
Basile raccrocha, fulminant sur ce qu'il venait de se passer.
— Je ne comprends rien ; un gars cagoulé est entré ce matin chez Servant, s'est planté devant le tableau, il a passé un coup de fil, et est reparti comme il est venu, devant les deux vieux terrorisés. Servant est tombé dans les pommes et s'est sûrement fracturé le col du fémur. Sa femme est épouvantée.
— C'est qui tu penses ? fit Léonor à Basile, craignant d'être entendue de Levinski en citant le prénom de son petit-fils.
— Bah je suppose ! Qui d'autre ? Qui d'autre savait que le dernier survivant vivait là ? Mais pourquoi n'a-t-il pas pris le tableau nom d'une pipe ? Avec qui a-t-il parlé au téléphone ? Il ne s'en est pas pris aux vieux, heureusement pour lui ! Mais il a laissé le couple dans un sale état.

Léonor se mordit la lèvre.
Basile entra dans le bureau où se trouvait Emmanuel.

— Monsieur Levinski, il vaut mieux que vous rentriez chez vous. Quelqu'un va vous raccompagner. Nous viendrons vous voir dès que nous en saurons plus.
Puis il sortit du bureau et cria dans le couloir :
— Je veux tout le monde en salle de réunion !
— Et moi ? fit Léonor.
— Tu viens aussi. Appelle Thomas pour qu'il nous rejoigne. Je vais avoir besoin de vous deux.

Sur le point de résoudre l'enquête, Basile ressemblait à un chef cuisinier lors du coup de feu, organisant les rôles et distribuant les ordres à sa brigade.
— Léonor : tu te renseignes sur le concert des *Suricates* de ce soir, auprès de l'organisateur. J'aimerais bien savoir si notre petit gars a prévu d'y pousser la chansonnette. En attendant, vous deux et vous deux – il désigna deux binômes du doigt –, vous me le cherchez comme un cochon une truffe ! Si c'était bien lui le « deuxième facteur », il était à Montpellier il y a une heure, il doit être sur le retour vers Toulouse. Vous cherchez tout, tout, tout : il n'a pas de véhicule perso, donc : location de voiture, achat de billet de train, station-service… Sa carte bleue, sa carte vitale, son téléphone, TOUT. Il va bien finir par commettre un faux pas. Constant, tu prends deux collègues avec toi pour aller perquisitionner chez les Levinski. N'oubliez pas les éventuels greniers ou caves. En fonction du résultat, on verra si on perquisitionne chez Samuel Horn ou pas. Fred, tu t'assures aussi qu'il y a bien une surveillance de Servant à l'hôpital de Montpellier, des fois que Jérémy ait envie d'achever son travail. Je n'y crois pas beaucoup, mais on ne sait jamais ; ce type est insaisissable. Et tu repasses aussi ses fadettes au crible, avec le prisme des nouveaux éléments dont on dispose. Quant à moi, je retourne interroger Mme Levinski. J'ai l'impression que notre Violette de Toulouse ne va pas lâcher l'affaire facilement. On fait un point dans deux heures.

Puis en aparté à Léonor :

— Quand tu te seras renseignée pour le concert, je pense que ce serait bien que toi et Thomas rameniez Emmanuel Levinski chez lui, s'il n'est pas déjà parti. Et que vous disiez à son frère de vous rejoindre là-bas. Il faudrait les préparer à retrouver leur sœur. Qu'en penses-tu ?

— On n'est pas encore sûrs qu'ils n'aient rien à voir avec tout ça...

— Ce n'est pas grave. Pour moi, les retrouvailles avec leur sœur, c'est un autre volet. Quoi qu'ils aient fait, ils ignorent que leur sœur est vivante, ça c'est une quasi-certitude car s'ils avaient su qu'Adèle était leur sœur, ils n'auraient jamais manigancé cela, si tant est qu'ils aient fait quoi que ce soit. On ne peut pas les priver de cette révélation et de leurs retrouvailles. Et je préfère que Levinski apprenne cela chez lui plutôt qu'ici, précisa-t-il à Léonor en insistant du regard.

Deux heures plus tard, Violette n'avait toujours pas décroché un mot. La perquisition n'était pas terminée, les recherches autour de Jérémy ne donnaient rien. Léonor avait pu parler avec l'organisateur du concert qui, dépité, l'avait informée que le chanteur s'était fait porter pâle et que les *Suricates* ne se produiraient pas ce soir-là. Et Servant faisait bien l'objet d'une surveillance rapprochée. Il souffrait le martyre par suite de sa chute, mais nul ne parvenait à le plaindre.

Un agent de police surgit dans la salle de réunion.

— Ça y est, chef, on a retrouvé sa piste. Il s'est acheté un billet de train à la gare de Montpellier par carte bleue. Erreur de débutant, mais j'imagine qu'il n'a pas pu faire autrement, vu qu'il n'y a presque plus de guichets avec de vraies personnes derrière. Le prix qu'il a payé correspond à un billet Montpellier-Toulouse. Si c'est bien le cas, on va le cueillir à la gare Matabiau. Il y a un train qui arrive à 13 h 10. On y sera.

— Excellent ! Prenez bien tous son signalement. Postez des agents aux issues de la gare. Surtout, gardez un œil, voire les deux, sur les capuches, casquettes et autres artifices. Il va essayer de nous berner.

Je m'en retourne à ma Violette. Je vais lui annoncer cette bonne nouvelle. Je pense qu'elle ne va pas aimer !

En entendant le nom de son petit-fils, Violette Levinski se ferma davantage, si c'était encore possible.
— Vous voyez, madame Levinski, j'allais vous demander une fois encore, si vous saviez où se trouvait votre petit-fils, mais je crois que nous allons bientôt le trouver par nous-même. Ce n'est qu'une question de minutes.
Basile l'observa du coin de l'œil. Un masque crayeux et rigide semblait s'être posé sur le visage ridé de la vieille dame.
— Je reprends : qui a pris la photo, madame Levinski ? Vous devez bien le savoir ? J'imagine qu'il n'y avait pas tant de passage que cela, dans cette cour d'immeuble ?
— …
— Comment avez-vous connu Adèle Fortier ?
— …
— Avez-vous volé le tableau des Fortier ?
— …
— Vous savez, nous saurons la vérité à un moment ou à un autre. Gagnons du temps.
— Je ne sais pas pourquoi je suis ici.
— Je vous l'ai pourtant dit.
— Je n'ai pas de réponses à vos questions.
— Très bien.
Basile sortit de la salle. Il ne tirerait rien de cette tête de pioche tant qu'elle n'aurait pas de réelle motivation à parler. Il regarda sa montre : 12 h 30. Il n'avait plus très longtemps à attendre.

Chapitre 29 – Toulouse, le même jour

Dans le salon des Levinski, Emmanuel, accablé, était avachi sur un fauteuil. Son frère se tenait debout, près de la porte-fenêtre ouverte sur le balcon. Il cherchait l'air frais, dans cette ambiance pesante.

Après avoir fouillé l'appartement sans résultat, les policiers poursuivaient leur perquisition dans les caves de l'immeuble. Léonor et Thomas, côte à côte sur le canapé, se demandaient quelle serait l'entrée en matière pour mener à bien leur mission. Léonor prit l'initiative.

— Monsieur Levinski, vous vous souvenez de ce que je vous ai dit, tout à l'heure, au poste ?

— Sur la Fortier ? Celle qui prétend que *son* tableau lui a été volé ?

— Sur Mme Fortier, effectivement.

— Je n'ai rien compris. Et franchement, je crois que ce n'est pas le moment !

— Monsieur Levinski…

Le regard de Léonor passa d'Emmanuel à Simon, pour revenir au premier.

— Je ne vais pas y aller par quatre chemins, monsieur Levinski. La fille de Maurice Fortier est une fille adoptive. Lui et sa femme l'ont recueillie le 26 août 1942. Elle n'était alors qu'un bébé de quelques jours.

C'était dit. Léonor jeta un œil à Thomas pour s'assurer de son approbation. Une moue de celui-ci l'informa qu'à son habitude, elle n'avait pas lésiné sur les mots. Son regard revint vers Emmanuel dont l'état émotionnel l'inquiétait. Il gardait la bouche ouverte sans qu'aucun son n'en sorte. Un coup de poing dans l'estomac de l'octogénaire n'eût pas produit un autre effet.

Simon, toujours près du balcon, s'était retourné d'un bloc vers l'intérieur de la pièce. Tous deux fixaient Léonor sans comprendre. Personne n'osait parler. C'est Simon qui prit la parole :
— Vous… vous voulez dire que… bafouilla-t-il, que Maurice Fortier a volé notre petite sœur le jour de la rafle ?
— Je ne sais pas si « voler » est le terme, mais il a gardé et élevé avec sa femme, votre petite sœur, c'est vrai. Et Adèle et Sybille ne sont qu'une seule et même personne.

Devant le malaise visible d'Emmanuel, Léonor se leva pour aller chercher un verre d'eau à la cuisine. Sur le réfrigérateur, il lui sembla que le minois de Jérémy enfant la narguait. Elle lui adressa une insulte muette. Pour le regretter aussitôt. C'était tout de même grâce à ce portrait qu'elle avait tiré au clair la véritable identité de son amant.

Dans le salon, Simon prit une chaise et s'approcha de son frère. Il s'assit à côté de lui.
— Comment est-ce possible ? fit l'aîné, sorti de sa stupeur, alors que Léonor revenait de la cuisine.
— Avant de mourir, Maurice Fortier a avoué à sa femme l'origine du nouveau-né qu'il lui avait mis dans les bras ce jour-là. Car il ne lui avait pas dit toute la vérité. Je vous exposerai les détails. Nous sommes en mesure de tout vous expliquer.
— Et vous pensez que Violette le savait ? Ce n'est pas possible… Ce n'est pas possible…

L'incrédulité du vieil homme lui faisait secouer la tête.
— Non, monsieur Levinski, le rassura Léonor. Nous pensons qu'elle ignorait qu'il s'agissait de votre sœur. En revanche, elle joue un rôle dans l'histoire du vol de tableau, qui est à l'origine de l'ouverture de cette enquête. Nous supposons également qu'elle jouit d'une complicité.
— D'une complicité ? Mais de quoi parlez-vous donc ?! Ma femme est presque octogénaire, vous en avez bien conscience ? Vous l'imaginez, manigançant tout cela ? Ça n'a aucun sens !

— C'est ce que la police est en train de déterminer, au poste. Pour l'instant, si vous le voulez bien – mais nul ne peut vous y obliger – nous vous proposons de rencontrer votre sœur. Qu'en pensez-vous ? Considérez-la comme une victime, elle aussi. Tout comme vous, elle n'a appris qu'hier d'où elle venait, alors que sa mère était mourante, à l'hôpital. Vous imaginez, un peu, ce que tout cela signifie pour elle ?

Emmanuel chercha l'approbation dans le regard de Simon et hocha la tête. C'est Thomas qui embraya.

— Une voiture est au pied de chez Adèle. Ou Sybille. Ils attendent notre appel pour l'amener. Ils seront là dans dix minutes. Nous vous raconterons ensuite, à tous les trois, comment nous avons reconstitué cette histoire. Votre histoire.

*

Le policier ouvrit la portière à Adèle Fortier. Après un premier mouvement de recul, elle s'installa dans le véhicule. Les révélations de la veille l'avaient épuisée. Toute la nuit, elle avait revu le film de sa vie à la lumière de ce qu'elle avait appris. De sorte qu'à l'épuisement moral s'ajoutait la fatigue physique d'une nuit sans repos.

Adèle savait que Léonor et Thomas se trouvaient déjà sur les lieux, pour préparer le terrain, lui avaient-ils dit. Le terrain de la vérité reconstituée, du choc, sans doute des larmes. Sur le temps perdu, le mal fait.

Le chauffeur venait de recevoir le feu vert attendu, le coup de fil des enquêteurs qui lui signifierait que les deux frères étaient disposés à faire la connaissance de cette petite sœur dont ils n'avaient partagé que quelques jours d'existence, il y a bien longtemps. Pourtant victime, elle se sentait coupable envers eux. Coupable d'avoir été, bien malgré elle, dans le « mauvais camp », toutes ces années.

Elle se pensait prête. Sa vie venait de voler en éclat, alors, au point où elle en était... S'il pouvait sortir quelque chose de positif de cette rencontre, elle l'appelait de tous ses vœux.

— On y va ! fit le chauffeur, sans plus de précisions.

*

Le téléphone de Basile sonna.
— Il nous a échappé, chef ! Il s'était... comment dire... déguisé !
Basile bondit de son siège et martela le bureau du poing.
— Ce n'est pas possible ! Dites-moi que ce n'est pas possible ! Je vous l'avais pourtant dit qu'il allait changer son apparence, bon sang !
Il entendait le policier haleter ; il courait.
— Mais des collègues sont postés aux sorties de la gare et à l'entrée du métro, il ne devrait pas aller bien loin. On vous tient au courant.
Basile appela Constant.
— Des nouvelles de la perquise ?
— On ne trouve rien. Rien dans l'appartement, rien dans la cave. C'est chez Horn, tu penses ?
— Je ne pense rien. Je ne comprends pas.
— Horn est peut-être venu chercher les tableaux ? Dans les cabas dont parlait les collègues ? suggéra Constant.
— Vous êtes où, là ?
— Encore dans la cave. Mais on va rentrer au Central. On n'a plus rien à faire ici.
— Eh m... Déjà que Jérémy leur a échappé à la gare. J'espère qu'ils vont le rattraper vite fait pour qu'on le fasse parler. Sa grand-mère n'en décroche pas une.
— Oui, ils vont finir par le choper. On rentre alors.
— Ok. Et il faudra perquisitionner chez Horn, du coup.

*

Adèle pénétra dans l'appartement, suivie du policier chauffeur. Léonor et Thomas l'accueillirent. Simon et Emmanuel attendaient dans le salon. La tension était palpable. Même les chats se tenaient sur leur séant, comme attendant la suite. Refusant tout soutien physique, Adèle avança, seule vers l'entrée du salon. Léonor s'aperçut que malgré tout, elle cherchait le support du chambranle. Thomas vint à la rencontre d'Adèle, dont les jambes faiblissaient, pour la conduire vers le fauteuil. Elle s'installa face à Emmanuel. Le silence qui s'ensuivit parut très long aux deux détectives. Ils n'osaient s'approcher, soucieux de laisser aux protagonistes de cette incroyable rencontre le choix du bon tempo.

Sur ces entrefaites, elle entendit Constant à la porte d'entrée qui s'exclamait au téléphone :

— Chef ! On a trouvé !

*

Basile n'en revenait pas. Constant était en train de lui dire au téléphone que la perquisition était fructueuse. Enfin une bonne nouvelle !

— Il s'est passé quoi, au juste ?

— Une autre cave était fermée par exactement le même cadenas à code, un modèle peu courant. Ça nous a paru bizarre. On a essayé le même code et ça l'a ouvert. Sous des cartons vides, il y avait une malle assez grande avec des tissus – datant sûrement de l'époque ou Violette Levinski avait son atelier de confection.

— Purée, va au fait, Constant !

— Oui, oui, patron, j'arrive au fait. Et sous les tissus, les tableaux. Enfin, trois d'entre eux puisque le quatrième, il ne l'a pas pris.

— Et le tableau de Rebecca ?

— Oui, le tableau de Rebecca y est aussi.

— Hallelujah ! On la tient !

— Elle ou lui ?

— J'en sais rien mais ils vont nous le dire très vite !

Un double appel s'afficha sur son téléphone.

— On l'a serré, chef ! On a dû lui courir après un bon moment, mais les collègues ont fini par le serrer.

— À la bonne heure ! Vous me l'amenez tout de suite.
— Sûr ! Comptez sur nous chef !
Cinq minutes plus tard, une horde de policiers arrivait au central, entourant un homme, menottes aux poignets, chauve, barbe noire, lunettes noires. Un des policiers brandit une canne blanche.
— À la vitesse à laquelle il courait, chef, je vous garantis qu'il n'est pas aveugle !
— Malin jusqu'au bout, grogna Basile. Ôtez-moi tout ce grimage, je voudrais lui présenter quelqu'un.
Basile attrapa Jérémy par le bras et l'amena jusqu'à son bureau où se trouvait Violette depuis le matin. Il ouvrit la porte et posta le jeune homme dans l'encadrement. La vieille dame tourna la tête et, comme absente d'elle-même, ne reconnut son petit-fils qu'après un temps de latence. Elle ouvrit une bouche muette. Sous le choc de voir ainsi sa grand-mère, Jérémy tenta de se libérer de la main de Basile pour la rejoindre. Les menottes le gênaient.
— Ttttt, chacun dans son coin pour le moment, fit Basile.
— Laissez-le, murmura Violette. Il n'y est pour rien. Relâchez-le. S'il-vous-plaît.
Sa voix n'était qu'un filet sans consistance.
— Vu le mal qu'il nous a donné pour l'attraper, je ne pense pas le relâcher de sitôt, non. D'autant que s'il voulait tant nous échapper, c'est qu'il a sans doute quelque chose à se reprocher. Les faits sont souvent têtus.
— Je vous dis qu'il n'y est pour rien…
Alors que jusque-là, elle avait résisté avec dignité, elle semblait lâcher l'affaire.
— Eh bien je vous écoute, fit Basile en s'asseyant face à elle, après avoir remis Jérémy entre les mains de ses collègues tout en leur recommandant de le lui garder bien au chaud.

*

Dans le salon des Levinski, Constant s'avança, trois paquets mal remballés dans les bras. Léonor lui fit signe de ne pas aller plus avant, pour l'instant. Les trois frères et sœurs venaient à peine de rompre le silence qui jusque-là avait présidé aux retrouvailles, tant la commotion nouait les gorges. « Sybille, Sybille » ne cessait de répéter Emmanuel, comme pour s'emplir la bouche de ce prénom, si longtemps enfoui. Ils s'étaient tous assis autour de la table basse. Adèle plongea la main dans son sac, pour en extraire le petit ruban sale dont Irène lui avait fait cadeau post-mortem, et le posa sur la table. Simon porta la main à sa bouche. Il sortit son portefeuille de sa poche de pantalon et en extirpa le sien, qu'il conservait précieusement, tel un talisman.

C'est Emmanuel qui craqua le premier, le seul à avoir en mémoire le réflexe protecteur de leur père, ce fameux jour. Simon, assis à côté, l'entoura de ses bras. Sur un fauteuil en face, Adèle assistait à la scène, incrédule. Son visage, éprouvé par les récents événements, semblait dire : « est-ce bien moi, Adèle, dans ce salon, avec ces personnes si étrangères et si proches à la fois ? » La vie avait toujours été clémente avec elle et depuis vingt-quatre heures, elle s'acharnait à lui décocher, coup sur coup, tout ce qui lui avait été épargné, des décennies durant.

La veille, elle avait respecté l'injonction de Léonor et n'avait même pas appelé Linda pour s'épancher. Elle n'en aurait de toute façon pas eu la force. Et puis ces nouvelles-là ne s'annonçaient pas au téléphone.

Elle observait ses frères, essayait de comprendre des bribes de ce qu'ils se disaient, « rubans...hâte...rafle...peur...perdre...papa... », eux qui s'étaient retrouvés depuis longtemps déjà, et qui se tournaient vers elle, de temps à autres, pour l'inclure dans leur passé, et maintenant, leur présent. Papa... Leur papa était le sien aussi. Jusque-là, le sien s'appelait Maurice et il... Oh mon dieu ! Non, il ne fallait pas penser à ça. Ne pas se faire du mal inutilement. À quoi bon ?

Elle se trouvait une ressemblance avec Simon et avait noté dans l'attitude d'Emmanuel, au premier regard, qu'il avait vu la même chose.

Léonor se demandait, de son côté, comment elle allait restituer leur histoire à cette fratrie recomposée. Elle eut une idée. Elle se dirigea vers Constant. Dans l'un des paquets, elle savait ce qu'elle trouverait. C'était la plus petite des trois peintures.

Elle revint vers le trio, et lentement, dégagea le portrait du papier kraft. Tous virent apparaître le doux visage de Rebecca. Emmanuel laissa échapper un cri. Adèle ferma les yeux ; cette toile dont le vol était le point de départ, et qui l'amenait là où elle n'aurait jamais imaginé aller. Emmanuel regarda son frère :

— Ce tableau ne te rappelle rien ?

Rendu muet par les circonstances, Simon secoua la tête sans quitter le portrait de leur mère des yeux. Léonor s'installa parmi eux et, lorsqu'il y eut un blanc dans la conversation, prit la parole.

Très vite, des questions furent soulevées, transformant le monologue en véritable échange. Chacun possédait une version des faits incomplète, et le désir de combler les trous les faisaient intervenir de manière intempestive. Dans le méli-mélo de questions-réponses, elle entendit Emmanuel murmurer « tout cela tient à une photo, une simple photo ». Léonor s'attendit à ce qu'il avoue le nom du photographe. Elle ne lui en aurait pas voulu d'avoir menti. Protéger sa famille représentait sa priorité. Comment le lui reprocher ? Mais il n'en fut rien. Comme elle savait qu'au commissariat, au même moment, Basile dénouait les derniers fils de l'enquête avec Violette, elle ne revint pas à la charge.

Lorsqu'ils eurent le sentiment d'avoir comblé les vides les plus importants, Emmanuel revint peu à peu à la réalité du moment. Le temps des révélations, il s'était comme échappé du présent. Il se tourna vers Constant qui entre-temps s'était assis sur un tabouret, toujours vers la porte, les autres paquets à ses pieds.

— Où l'avez-vous trouvé ? dit-il en désignant Rebecca.

— Dans une cave de votre immeuble. Au fond de l'allée à droite. Elle était verrouillée avec le même cadenas que votre cave. C'est ce qui nous a mis la puce à l'oreille. Le code était le même aussi.
— Mais nous n'avons qu'une cave...
— Quelqu'un a dû louer ou s'approprier cette deuxième cave.
— Mais qui ?
— Votre épouse, sans doute. Ou votre petit-fils. Ou les deux. Ou quelqu'un d'autre... En tout cas quelqu'un qui connaissait le code du cadenas de votre cave.
— Mais pourquoi ?

Emmanuel fronça les sourcils. Que se tramait-il dans cet immeuble depuis tout ce temps, sans qu'il ne se soit rendu compte de rien ?

Il se leva. L'octogénaire, habituellement fringant, avait pris dix ans d'âge en quelques heures. Il ne se levait qu'avec difficulté, marchait à petits pas incertains et tremblait de tous ses membres.

— Peut-être même votre cousin ? Samuel Horn ? reprit Constant. Qu'est-il venu faire hier ?
— Samuel ? Il est venu nous apporter des légumes de sa production ? Pourquoi ?
— Vous ne le voyez jamais et tout à coup, il vous apporte des légumes ?
— Oui, c'est vrai, concéda Emmanuel, de la lassitude dans la voix. Mais, comme nous, il se posait des questions sur ce qui se passait autour de notre famille. Il voulait en parler avec nous. Il en a profité pour ne pas arriver les mains vides. Quel mal y a-t-il à cela ? Nous ne nous sommes jamais fâchés, juste éloignés.

Secouée par la séance de retrouvailles et par la tournure que prenaient les événements, la fratrie décida de se revoir plus tard pour se raconter leurs vies respectives, dans le détail.

— Ainsi, Violette sera présente, ajouta Emmanuel.
— N'y comptez pas trop, monsieur Levinski, fit Léonor dans un murmure, qu'il perçut malgré tout.

Adèle prit congé de ses frères. Dans un réflexe maladroit, elle leur tendit la main, mais ils l'embrassèrent, à tour de rôle. Les yeux mouillés, les mots balbutiés, l'éloquence des regards, la timidité des gestes, tout, dans leur comportement, sonnait juste.

Puis, lorsque les échanges prirent fin, Léonor intervint.

— Je vous raccompagne, Adèle.

En prenant le chemin de la sortie, elles passèrent devant une console où étaient exposée une photo du couple Levinski, Adèle s'écria :

— Oh ! Mais c'est mon amie Linda !

Léonor poussa Adèle vers la sortie cherchant à éviter les explications, mais Emmanuel avait entendu.

— Linda ? Pas du tout, il s'agit de ma femme, Violette, dit-il en s'approchant de la console. Alors, c'est vrai, vous… tu la connais ?

Au coup de coude de Léonor, Adèle, déroutée comprit qu'elle devait changer de sujet.

— Mais… Non, je me suis trompée, pardonne-moi.

Une fois dans l'ascenseur, Léonor se justifia :

— Il y a encore des choses que vous ignorez, Adèle.

— Vous voulez dire que mon amie Linda est vraiment la femme d'Emmanuel ? Je croyais qu'elle était veuve…

— Elle n'est pas plus veuve qu'elle ne s'appelle Linda. Selon nos déductions, elle n'a pas fait votre connaissance par hasard et s'est fait passer pour ce qu'elle n'est pas, en tout cas à votre encontre, à savoir une amie fidèle et attentionnée. Je suis vraiment désolée. Vous n'aviez pas besoin de ça.

Léonor crut qu'Adèle allait vaciller.

— Dites-moi que c'est bientôt terminé, Léonor. S'il vous plaît, dîtes-le moi. Je n'en peux plus.

Sa voix se brisa.

— Oui, Adèle, c'est bientôt terminé… Vous avez perdu une amie, mais vous avez trouvé deux frères.

Chapitre 30 – Toulouse, le même jour

Basile attendait, face à une Violette livide et fatiguée par une journée enfermée dans un bureau où on la harcelait de questions. Il avait vu juste. Dans l'affaire, Jérémy était son talon d'Achille. Il l'entendit se racler la gorge et regretta que Léonor ne puisse être présente. Après tout, c'était aussi son enquête. Et avec ses airs de poupons échevelé, elle avait l'art de mettre les personnes en confiance. Peut-être aurait-elle su faire parler la vieille dame, depuis le début de la journée. Il maudissait parfois ces règles qui régissaient la tenue des auditions et gardes à vue, qui n'admettaient aucune personne étrangère au service. Frédéric avait pris la place de Constant.

Basile décida de ne pas poser de question, les aveux viendraient d'eux-mêmes. À l'attitude de Violette, il sentit que les digues allaient céder.

« Hallelujah », se dit-il intérieurement, lorsque sa suspecte se décida enfin.

— C'était une nuit, en 1991. Emmanuel s'était réveillé en sueur, totalement affolé, les yeux hagards. Je lui ai demandé ce qui se passait. Il venait de faire un cauchemar. Il s'est assis sur le bord du lit et m'a tout raconté. Je ne sais pourquoi, ce qu'il avait tu jusque-là, il me l'a dit cette fameuse nuit. Il m'a raconté : la déportation, la faim, le froid, l'humiliation, la douleur des blessures infligées et mal soignées. Et surtout la peur en se levant le matin de n'être plus là le soir, au gré des caprices de ces gens-là.

Elle marqua une pause.

— Quelques jours après son arrivée à Auschwitz, les SS se sont rendu compte que, malgré sa grande taille, c'était encore un enfant et qu'il n'allait pas leur être utile à grand-chose. Peu après sa mère, il a été orienté vers le chemin des chambres à gaz. Lorsque le groupe dans lequel il se trouvait est arrivé devant la porte fatale, un SS qui surveillait les opérations lui a dit de se mettre de côté. Les autres sont entrés. Pas lui. L'homme l'a fait venir avec lui dans son bloc. Il lui a expliqué qu'il allait en faire son larbin, sa petite main pour les trafics en tous genres – à ses risques et périls, bien entendu – et qu'Emmanuel lui devrait une éternelle reconnaissance de l'avoir épargné. Et comme dans ces endroits-là rien n'est gratuit, mon Emmanuel, n'ayant que la fraicheur de son jeune corps à offrir, a dû payer de sa personne.

Violette déglutit avec difficulté.

— Quand son tyran a été affecté ailleurs, dix-huit mois plus tard, Emmanuel était suffisamment grand et fort (son tortionnaire lui concédait parfois des surplus de nourriture) pour intégrer les groupes de travaux forcés. Là, c'étaient des journées interminables, d'un travail harassant pour construire l'extension du camp. Et presque rien à manger.

L'atmosphère, dans le bureau s'alourdit. Basile sentit monter une bouffée de honte, comme cela lui arrivait parfois, quand il avait le sentiment de ne pas interroger la bonne personne. Avec fermeté, il chercha à se débarrasser de cet assaut désagréable en se disant que sous ses allures de vieille dame fragile, celle-ci s'était bien moquée d'eux.

C'est cette nuit-là que j'ai décidé d'agir. Cela allait faire cinquante ans, et mon mari était toujours malade des événements de sa jeunesse. Cinquante ans… Un bel anniversaire. Je n'avais plus qu'une obsession : faire payer les salauds qui avaient tué son père et qui les avaient envoyés là-bas, sa mère, les enfants, ainsi que les autres familles. Ceux-là mêmes qui poursuivaient leur vie, bien tranquilles, sans inquiétude, dans leurs appartements douillets. J'avais tous les éléments pour agir. Enfin, presque tous.

Violette s'arrêta. Les policiers frappés par la détermination de leur suspecte, ne doutèrent pas qu'elle allait reprendre ses déclarations, le temps pour elle de rassembler ses souvenirs. Ils avaient l'impression que le récit qu'elle relatait était prêt depuis longtemps, quelque part, dans son cerveau et qu'il lui fallait juste en retrouver la trame.

— Ma mère m'a montré la photo, à la fin des années 1950, je dirais. C'est à ce moment-là que je me suis dit que j'allais chercher qui étaient ces hommes. Au cas où. Au cas où un jour, on veuille rechercher Sybille, au cas où on veuille retrouver les tableaux... que sais-je encore. À froid, on a parfois envie, même besoin, d'entreprendre des choses que l'on répugne de faire « à chaud ». Alors j'ai récupéré la photo dans les papiers de ma mère, j'ai masqué la partie basse où l'on voit les tableaux, et, sans le dire à Emmanuel, je me suis rendue au commissariat central pour voir si quelqu'un pouvait m'aider à identifier ces vieux amis de « mon père », ai-je dit, d'anciens policiers, dans le but de lui faire une surprise. Les agents présents se sont creusé la cervelle, interpelés les uns les autres, et chacun y allait de ses souvenirs, mettant un nom sur un homme, d'abord, Noguès. Puis un autre : Portal. Et le dernier, Fortier. Celui-là, ils ont eu du mal car il avait quitté la police depuis pas mal de temps. Servant, ils ne le connaissaient pas. Mais je n'ai pas baissé les bras. Je suis allée dans un commissariat de quartier, puis un autre, et encore un autre, en leur débitant le même baratin. Et enfin, quelqu'un l'a reconnu.

« Elle disposait donc du nom de Servant, sans erreur, contrairement à nous » se dit Basile.

— Au fil des ans, j'ai réussi à trouver les adresses de Fortier, Portal et Noguès, mais pas celle de Servant. Pour autant, je n'ai rien fait. Je me suis dit à quoi bon... Je savais qu'Emmanuel ne serait pas d'accord. Mais j'ai tout gardé. Au cas où... Puis-je avoir un verre d'eau, s'il vous plaît ?

Frédéric se leva pour aller demander trois verres d'eau. Basile encouragea Violette à avancer dans son récit.

— Puis, le 26 août 1992, je me suis décidée. Je voyais mon homme tellement éprouvé par tous ses souvenirs... Je me suis rendue chez Portal après avoir vérifié que son adresse n'avait pas changé. J'ai sonné. Il est venu m'ouvrir la porte. Je lui ai dit que des voisins avaient eu une invasion de rats dans leur cave et que j'étais envoyée par la mairie pour faire un état de la situation. Je ne sais pas pourquoi j'ai raconté ça. Ça m'est venu comme ça.... Il s'est dirigé vers la cave. Je l'ai suivi. Il a ouvert la porte qui menait au sous-sol. Alors, j'ai eu l'idée de lui montrer la photo à ce moment-là. Il n'a pas compris. Je lui ai rafraichi la mémoire en lui racontant le jour de la rafle. Et aussi comment il avait déplacé sans ménagement le corps de ce pauvre Rafaël après l'avoir dépouillé de l'argent que ce dernier avait mis dans ses poches en prévision de leur voyage. Il a bafouillé et j'ai vu que ses jambes se dérobaient sous lui. Il est tombé et a fait une chute mortelle. Il ne me restait qu'à récupérer le tableau. Presque trop simple. Et le soulagement que j'ai éprouvé était... indescriptible. Libérateur. Je me suis dit que je devais continuer.

Elle trempa ses lèvres dans son verre d'eau.

— Pour Noguès, c'était un peu plus compliqué car entre-temps, il avait déménagé à Lyon, et il avait encore sa femme. Mais vous verrez que finalement, c'était plus facile que je ne pensais. J'ai prétexté un besoin de vacances et je suis allée quelques jours à Lyon. Une amie à moi y résidait, à l'époque. C'était en 2002. Je me suis postée devant chez lui et j'ai attendu que sa femme sorte. J'avais repéré qu'elle faisait souvent de longues visites à sa voisine. Là, pareil, comme dix ans plus tôt, toujours le 26 août, j'ai sonné. Le vieux est venu m'ouvrir. Jo l'ai baratiné, je ne sais plus de quoi, une bêtise, comme pour l'autre, puis j'ai aussi sorti la photo. Et là, le type est tombé raide. Crise cardiaque. Je n'en revenais pas. Je n'ai même pas eu le temps ne serait-ce que de lui cracher mon venin. C'était presque frustrant. J'ai trouvé le tableau qu'ils avaient accroché dans une chambre, et pfft, je me suis envolée dans la nature. Ni vue ni connue. Ensuite, j'ai enfin déniché l'adresse de Servant.

Basile releva cette dernière information. Ce n'était donc pas le téléphone de Léonor qui les avaient menés à Servant. Il sourit intérieurement au soulagement qu'elle éprouverait en l'apprenant.

— Restaient alors les tableaux de Fortier et Servant à récupérer, enchaina Violette. C'est pour ceux-là que j'ai demandé l'aide de Jérémy. Pour Fortier, je savais qu'il était mort. Il n'y avait pas d'urgence. Même si j'avais très envie de récupérer le portrait de Rebecca. De toute façon, qu'en aurais-je fait ? Emmanuel ignorait tout de mon manège. Mais pour Servant, je ne savais pas comment m'y prendre et mon petit-fils est malin.

— Madame Levinski, vous nous avez dit que votre mère vous avait montré la photo dans les années 1950. Mais savez-vous qui l'a prise ?

— C'est elle-même. Elle l'avait prise en catimini, pour garder une trace de ce pillage ignoble. Mais elle ne l'a montrée qu'à moi. Elle pensait, à juste titre, que ça serait trop dur pour Emmanuel de revoir les assassins de son père.

Basile hocha la tête. Il comprenait.

— C'est donc vous qui envoyiez ces photos ?

Elle confirma d'un mouvement de tête.

— À tous ?

— À Fortier, Noguès et Servant un peu plus tard. Portal, je n'ai pas eu le temps, si je puis dire. Je voulais leur mettre la pression, qu'ils aient peur. Qu'ils sentent que tout n'était pas terminé et qu'un jour, justice serait rendue pour le mal qu'ils avaient fait.

— Pourquoi avoir attendu dix ans entre chaque vol ?

— Pour plusieurs raisons. D'abord, j'ai mis quelques années à localiser Noguès. Comme je disais, il avait déménagé à Lyon. Je me suis dit qu'il fallait attendre un peu, au cas où la mort de Portal aurait paru suspecte. Du coup, je me suis dit que 2002 serait une bonne année. Ça me laissait le temps, de repérer les lieux, les gens… Et, je ne sais pas… Je me suis dit qu'il y avait une logique, avec toutes ces années en 2, par rapport à la date où tout cela a commencé.

— Un peu fétichiste ?

— Sans doute… Et je suis assez d'accord avec l'idée que la vengeance, la vraie, la fine vengeance, est un plat qui se mange froid.

Elle regardait la table devant elle et souriait, comme si rien de tout cela ne la concernait vraiment. Basile était sidéré de la précision avec laquelle Violette délivrait les faits.

— À votre avis, pourquoi la famille de Noguès a retiré sa plainte pour le vol du tableau ?

— Ils ont bien dû comprendre que c'était lié à l'envoi des photos… Peut-être que le salaud les avait gardées pour lui et qu'ils les ont trouvées après sa mort ? Comment voulez-vous que je le sache ? C'est vous les policiers, ce n'est pas moi.

— Vous avez raison. Je me disais que vous aviez peut-être un avis sur la question.

Il fit une pause et enchaîna.

— Pourquoi avoir continué à envoyer les photos aux Fortier puisque Maurice Fortier était mort ?

— Parce qu'ils avaient encore le tableau, tiens ! Et celui auquel on tenait le plus !

— Mais sa famille n'était peut-être pas au courant de son passé.

— Ce que j'en avais à faire ! La plus vieille, elle devait bien savoir quelque chose, osa-t-elle, sur un ton plus doux. Et puis en plus c'est sa faute, à ce fumier, s'ils ont perdu leur petite sœur. Même si je sais bien qu'elle aurait subi le même sort que Rebecca. Mais au moins elles seraient mortes ensemble. Après, allez savoir ce qu'elle est devenue la pauvrette…

Violette montra des signes de lassitude.

— Vous êtes sûre de pouvoir continuer ? demanda Basile inquiet de l'état de son interlocutrice.

Elle prit le temps de boire, puis, mue par l'envie d'en finir, elle relança la machine aux aveux.

— J'ai eu alors l'idée de tout raconter à Jérémy. Non pour lui communiquer ma haine, mais pour qu'il me donne juste un petit coup de main. Je ne suis plus aussi alerte qu'il y a dix ans. Je n'ai jamais eu l'intention de tuer. Ni les deux premiers, ni le dernier, Servant, le rouquin diabolique, pourtant le plus coupable de tous. Simplement récupérer les tableaux. Jérémy a tout de suite été partant. C'était un juste retour des choses, après tout ; certains appartenaient à notre famille. Tellement partant qu'il m'a fait peur. J'ai rétropédalé et ai essayé de le dissuader, finalement. J'étais fatiguée. Mais il a tout repris à son compte. Il était en galère et avait du mal à gagner sa vie. Il se disait que vendre un ou deux tableaux lui permettrait de « voir venir ». Je ne pouvais plus reculer. On a alors bâti nos plans. On récupèrerait les deux derniers simultanément, ou presque. Comme ils ne se trouvaient pas dans la même région, on s'est dit que ça passerait peut-être inaperçu. Je m'étais déjà liée d'amitié avec Adèle Fortier, pour faciliter les choses, en prévision, et lui, de son côté, allait chercher si Servant était encore de ce monde. On n'imaginait pas qu'elle allait faire appel à un cabinet de détectives privés et que ça allait soulever toute cette… tout ce bazar. C'est là que Jérémy a eu l'idée de fricoter avec la petite détective pour lui soutirer des informations. Et de faire un truc avec son téléphone pour épier ses faits et gestes. Quand on a vu que la police reprenait tout, on a décidé, de ne pas récupérer le dernier tableau car les soupçons auraient tout de suite convergé vers notre famille.

Je regrette de l'avoir embarqué dans cette sale histoire. Tout est ma faute, vous savez. Ne le chargez pas. Sans moi, il n'y aurait jamais eu tout ce fatras.

— Et la pivoine, chez Adèle Fortier ? Vous n'en aviez pas laissé, aux vols antérieurs ?

— La pivoine est une idée de Jérémy. Je trouvais que c'était stupide car cela orienterait les recherches et ça ne serait plus considéré comme un vol « au hasard ». Mais lui y voyait un hommage symbolique à son arrière-grand-mère. Il ne m'a pas écoutée. Jérémy est malin, mais sentimental. Et puis il pensait vraiment que l'enquête serait vite classée.

— Mais Violette, il y a quelque chose qu'on ne s'explique pas, nous les enquêteurs : pourquoi ? pourquoi tout cela ?

Violette regarda Basile dans les yeux, comme si l'évidence n'appelait pas d'explications.

— Mais vous n'avez donc rien compris ? souffla-t-elle, désespérée. J'ai agi par amour. Par amour pour Emmanuel. Je l'aime depuis que je suis toute petite... Toute sa vie, mon mari a été malade de son passé. Il ne s'est jamais remis de toutes les atrocités qu'il a vécues quand il était enfant. Jamais. Vous comprenez ?

Basile détourna la tête pour masquer le trouble que cette chipie parvenait à faire naître en lui. Il s'assura d'un regard que Violette Levinski tenait encore bon, et entama le dernier round.

— Savez-vous qui est Adèle Fortier, madame Levinski ?

— Comment ça si je sais qui elle est ? Je vous l'ai dit, je me suis arrangée pour devenir son amie. Donc oui, je sais qui elle est !

— Non, je veux dire, qui elle est *vraiment* ?

— Elle est la fille d'un de ceux qui ont envoyé la famille de mon mari à la mort et qui ont tué son père.

— Elle n'est pas sa vraie fille.

— Qu'est-ce que cela peut me faire ? Elle n'est pas du bon côté, ça me suffit !

— Vous avez toujours joué la comédie ? Il n'y avait rien de sincère, dans votre amitié ?

— Au début, j'ai vraiment simulé. Elle représentait l'ennemi, pour moi. Pourtant, je dois avouer qu'on s'entendait bien, toutes les deux. Mais j'ai tenu bon. S'il n'y avait pas eu tout ça, après la récupération du tableau, j'aurais disparu de son horizon. Mais quand elle m'a dit qu'elle avait engagé une détective pour comprendre pourquoi on lui avait volé un tableau, j'avais tout intérêt à gagner sa confiance pour voir sur quoi cette enquête allait déboucher. J'enrageais car elle restait très discrète sur le sujet. J'étais loin de m'imaginer qu'on en arriverait là...

— Bien. Moi je vais vous dire qui est réellement Adèle Fortier.

Violette le regarda sans comprendre.

— Elle est le bébé que son père adoptif, le policier Maurice Fortier, a porté dans ses bras le temps que la maman, la vraie, monte dans le camion stationné rue Saint-Pantaléon, le 26 août 1942.

Basile vit Violette vaciller sur sa chaise. Elle ouvrit la bouche comme si elle manquait d'air. Les policiers crurent cette fois que le

malaise n'était pas loin. Tandis que Basile faisait signe à Frédéric de se tenir prêt à appeler les secours, ils l'entendirent prononcer :
— Sybille ? Mon dieu, c'est Sybille ? Mais... c'est impossible... Comment se fait-il que... Elle s'arrêta un instant. Il faut le dire à Emmanuel. Il faut qu'il sache.
— C'est fait, madame Levinski, à l'heure qu'il est, ils sont en train de se retrouver.
— Je dois y aller !
— Pour l'instant, ça ne va pas être possible, Violette, vous comprenez bien... Puis il s'adressa à Frédéric « Je te laisse suivre la procédure pour madame. »
Il sortit de son bureau et croisa Léonor qui venait à sa rencontre. Elle et Thomas étaient arrivés un peu plus tôt. Basile leur fit signe de le suivre dans la salle-café. Il leur fit un résumé des aveux de Violette.
— C'est un beau mobile, tout de même... L'amour, fit Léonor, rêveuse. Le crime passionnel pourrait se plaider, peut-être ? Elle va en prendre pour combien, à ton avis ?
— Je n'en sais rien. Cela va dépendre de la qualification des faits par le parquet, notamment s'il considère qu'il s'agit de meurtres, ou pas. A priori, elle n'a pas porté de coups mortels. Mais si elle n'était pas allée les voir avec cette photo, ils ne seraient pas morts, ces jours-là, en tout cas.
— Elle ne va pas prendre trop cher, alors ?
Basile fit un geste vague.
— Je ne peux pas te répondre. C'est à la justice de faire son boulot, maintenant.
— Qui eût cru que la douce Violette était à l'origine de tout cela ?
— On ne peut pas dire qu'elle ait organisé les choses à la hâte.
— C'est le moins qu'on puisse dire. Elle a ruminé ça une bonne partie de sa vie. Et là, on fait quoi ?
— Je vais interroger Jérémy, pour confronter leurs points de vue. Mais je pense qu'elle a dit la vérité. Ah, au fait, Violette avait décou-

vert elle-même le vrai nom et l'adresse de Servant, dit-il en scrutant la réaction de Léonor.

— Mais noooon ?! s'exclama-t-elle en s'affalant de soulagement sur sa chaise. Quand je pense à quel point ça m'a rendue malade !

— J'avoue qu'on y a bien cru, ajouta Thomas, soulagé aussi.

— Et vous, de votre côté ? reprit Basile.

Léonor et Thomas lui racontèrent la perquisition et les retrouvailles.

— C'était quelque chose, tu sais, dit Léonor. La pauvre Adèle se demande encore pourquoi tout ça lui est tombé sur la tête.

— Sacrée affaire, conclut Basile, pensif.

Il tapa du plat de la main sur la table et ajouta :

— Bon ! Ma journée n'est pas finie. Je retourne cuisiner Jérémy, cette fois.

— J'adorerais t'accompagner, dit Léonor.

Basile lui répondit par une moue « même pas en rêve ! ».

Basile eut la sensation d'avoir déjà vécu la scène. Mais cette fois, c'était Jérémy qui se trouvait face à lui et Constant. Le jeune homme, menotté, chauve grâce à un rasage soigné récent, se tenait tête baissée, mâchoires serrées. Son corps, tout en tension, semblait prêt à bondir.

— Bien ! fit Basile, après l'introduction d'usage à une garde à vue. Deux possibilités se présentent à nous, monsieur Levinski. Soit vous nous dites tout d'emblée, et on gagne du temps et de l'énergie, soit vous jouez la forte tête, et cela risque d'être pénible pour vous, surtout au vu des éléments dont nous disposons déjà. Que choisissez-vous ?

— Je veux que vous laissiez ma grand-mère en dehors de tout ça, cracha Jérémy.

— C'est marrant parce qu'elle nous dit la même chose pour vous ! Mais ce n'est pas aussi simple que cela. Vous avez chacun votre part de responsabilité dans les faits qui vous sont reprochés, et il faut que chacun assume la sienne.

— Qu'est-ce qui m'est reproché, au juste ?

— Non, mais vous voulez vraiment que je vous déroule toute l'histoire ? Depuis le vol du tableau chez Adèle Fortier, à celui de la camionnette de la Poste, à Montpellier, en passant par votre intrusion dans les bureaux de l'agence Quo Vadis ? La filature et le piratage des données numériques de l'enquêtrice Léonor Lesage ? Je continue ?

Basile se sentit très fatigué, d'un seul coup. Il se tourna vers Constant. Ils échangèrent un regard désabusé, quand Jérémy bougonna :

— Si je vous dis tout, vous laisserez ma grand-mère tranquille ?

— Ça sera au juge d'en décider. Voyez-vous, le chantage n'est pas de mise, ici. Mais forcément, si vous reconnaissez être l'auteur de certains faits, ils ne seront pas imputés à votre grand-mère. C'est quasi-mathématique.

Jérémy tapa du pied. Puis il se décida à parler, devant des policiers soulagés. Il confirma point par point ce qu'ils avaient imaginé.

— Et pourquoi être retourné chez Servant ce matin ?

— Ce n'est pas moi.

— Bien sûr que c'est vous. Comme par hasard, l'homme qui s'est introduit chez eux s'est planté devant le tableau !

— Ok, mais je l'ai pas pris, ce tableau !

Basile, agacé, passa au tutoiement.

— Et pourquoi tu ne l'as pas pris, au point où tu en étais ?

— Ma grand-mère m'a appelé pour me dire de ne pas le prendre. Ça va ! fit-il en haussant le ton. On ne va pas m'accuser de ce que je n'ai pas fait, tout de même ?!

— Non, mais les Servant sont dans un sale état à cause de toi.

Jérémy haussa les épaules, comme si cette information l'indifférait.

— Bon, continua Basile en repassant au vouvoiement. Vous confirmez également avoir fait un double des clés de Léonor Lesage et pénétré dans les bureaux de son agence pour voler des dossiers ?

— Je n'ai rien volé, juste consulté.

— Et vous n'avez pas eu le temps de laisser les lieux dans l'état où vous les aviez trouvés en entrant.
— L'autre, son collègue, est arrivé. Je ne m'y attendais pas. J'ai paniqué. Et dès que j'ai pu, je suis parti.
— Eh oui, c'est ça de s'improviser bandit. Ça manque de professionnalisme. Et tout à fait entre nous, Jérémy, la pivoine… Erreur de débutant aussi !

L'interrogatoire se termina ainsi. Constant prit la relève. Basile retrouva Léonor dans la salle-café. Lorsqu'elle le vit entrer, elle bondit de sa chaise.
— Alors ?
— Thomas n'est pas là ?
— Il est sorti cinq minutes.
Basile regardait Léonor, amusé. Les cheveux en bataille de son ex-femme témoignaient de la surchauffe de la journée.
— Il a tout avoué. Nous avions raison. Sur toute la ligne.
Le visage de Léonor s'éclaira d'un coup. Puis redevint sérieux. C'était chaque fois pareil dans ce genre d'affaires : alors que durant l'enquête, elle ne rêvait que d'une chose, aboutir, trouver le fin mot de l'histoire, identifier le ou les responsables, elle avait du mal à vivre les dénouements. Toujours.
— Alors, c'est fini ? souffla-t-elle.
— Eh bien, je crois, oui, c'est fini.
Il la prit dans ses bras.
— Bravo ! lui murmura-t-il à l'oreille. Bon boulot !
Thomas surgit dans la pièce à cet instant. Surpris, Basile lui fit signe d'approcher et ouvrit un bras pour l'accueillir. Léonor fit de même. Le trio se referma.
— Oui, confirma Basile, bon boulot !

Épilogue

— C'est moi ou j'ai comme la vague impression que ce ne sont pas les bonnes personnes que l'on va envoyer en prison ? lança Léonor en triturant d'une fourchette les saucisses qui brunissaient sur le barbecue, un torchon rentré dans la ceinture de son pantalon en guise de tablier.

Pour fêter la fin de leur fructueuse collaboration, le trio, accompagné de Lucas et Clarisse, avait décidé de passer un week-end à la bergerie, dans une atmosphère automnale fleurant les champignons, le humus et les châtaignes grillées. La nature environnante se déchainait dans un festival de verts et de couleurs allant du jaune au rouge, en passant par un camaïeu d'oranges flamboyants. C'était la saison préférée de Basile, pour cette raison-là, justement : les couleurs. Elles le rendaient fou et il se lamentait chaque fois de n'avoir pas de talent pour la peinture. « Les impressionnistes ont déjà tout fait, tu n'apporterais rien de plus qui n'ait déjà été jeté sur une toile », raillait Léonor. « Et le plaisir de peindre, tu en fais quoi ? ». « Alors, essaie ! comment peux-tu dire que tu ne sais pas peindre si tu n'essaies pas ? ». Il finissait par en convenir, sans pour autant apporter châssis et pinceaux à la bergerie. Jusqu'à l'automne suivant où la rengaine refaisait surface.

— C'est vrai que tout cela laisse un goût amer dans la bouche, tout de même, renchérit Thomas. Mis à part l'intervention de Jérémy, qui manque de panache, l'organisation de la vengeance mériterait même une médaille. Combien de salopards de cette époque-là ont été inquiétés pour le mal qu'ils ont fait ?

— Un prix pour la réalisation et pour l'interprétation, d'ailleurs ! embraya Basile. On se doit de reconnaître que le premier rôle féminin était rempli à merveille par cette sacrée Violette. Tu parlais de panache, elle n'en a pas manqué, elle. Blague à part, tu as raison, j'espère qu'elle va bénéficier de la clémence du juge.

Lucas et Clarisse arrivèrent de la cuisine avec un gratin de légumes. Le jeune homme annonça :

— On n'a pas trouvé de légumes dans le jardin, alors on a utilisé ceux du frigo. D'ailleurs, en parlant de jardin, Basile, on a vu des trucs…

— Chut ! Ce qui se passe à la bergerie doit rester à la bergerie ! devança Basile, en riant, devinant où son ex-beau-frère voulait l'emmener.

— Je crois, en effet… L'avantage, c'est que je vais pouvoir continuer à hacker sans craindre la police, du coup, répondit Lucas d'un ton malicieux, provoquant un éclat de rire de l'équipe.

Entre-temps, Thomas avait servi une coupe de champagne pour chacun. Ils trinquèrent à leur réussite et à leur efficace collaboration.

Clarisse, discrète, assistait aux échanges en spectatrice, une main sur l'épaule de Lucas, sirotant son champagne de l'autre.

Après quelques verres, la bande s'installa autour de la table, sous la grange. Ils se servirent, en riant, parlant fort, s'apostrophant, personne n'écoutant personne, donnant à la scène des airs de banquet final des aventures d'un Gaulois bien connu. Et à y regarder de près, l'humeur était bien la même. Celle du devoir accompli, de la joie de se retrouver entre amis, de fêter leur succès ensemble. De vivre et d'être là, sous le regard bienveillant des montagnes et de la lune, et le toit protecteur de ce havre de paix.

Toulouse, juin 2025

Note de l'autrice

Cette histoire et ses personnages sont totalement fictifs. Concernant les parties à caractère historique j'ai tâché de restituer les faits au plus proche de la réalité, grâce à de nombreuses recherches. Toutefois, malgré toute l'attention portée ces passages, il se peut que des erreurs ou des approximations subsistent. J'en assume l'entière responsabilité et en appelle à la bienveillance des lecteurs qui voudront bien me pardonner, le cas échéant.

Remerciements

Et voici venu l'exercice tant redouté, celui de la rédaction de cette page où le risque est grand d'oublier des noms. Mais il faut bien se lancer.

Un grand merci à...
Celles et ceux qui m'ont apporté de la documentation, des précisions techniques, des vérifications historiques : Yves Le Hir, (ex-commandant au SRPJ de Toulouse), Pierre Szczepocki (notaire), Mathilde Enslen- Guibilato (juriste), Jacques et Éliane Fijalkow.

Un grand merci à...
Ces auteurs : Rose Valland (pour son formidable livre *Le front de l'art* sur le pillage des œuvres par les nazis), Marc Hillel (*Au nom de la race*) abordant comme aucun autre la question des Lebensborn et de la politique des naissances sous le IIIème Reich. Primo Levi (*Si c'est un homme*), quelle leçon de vie Monsieur !
Elie Buzyn (*J'avais quinze ans : vivre, survivre, revivre*) et Henri Borlant (*Merci d'avoir survécu*) : deux témoignages essentiels pour construire une partie du parcours de mon personnage d'Emmanuel. Madeleine Goldstein (*On se retrouvera*), un incroyable témoignage de vie et d'amour. D'espoir, aussi.

Un grand merci à...
Mes bêta-lecteurs : Catherine Bourgeois, Laure Degy, Jean-Marc Saurel, Pascal, Clément, Salomé, Maéva, pour leurs relectures, corrections, remarques et suggestions. Seul, on n'évolue pas.

Un merci particulier à …
Coline Gatel, une amie autrice, dont les conseils sont toujours les bienvenus, avec qui c'est un vrai plaisir de parler du métier. Écrire est une activité solitaire (euphémisme !) et le soutien de ses pairs est aussi très important, pour ne pas dire essentiel.

Un grand merci à…
Mes relais sur les réseaux sociaux qui lisent énormément de livres et prennent malgré tout le temps de partager leurs lectures, de rédiger des chroniques, souvent bien tournées. Leur accompagnement est précieux.

Un grand merci à…
Mes libraires ! (ils se reconnaitront !) Ils me suivent depuis le début de mon parcours d'autrice et je leur dois une fière chandelle.

Un grand merci à…
Toutes les personnes qui m'ont accompagnée, d'une manière ou d'une autre, dans l'écriture de ce roman, voire dans l'écriture tout court.
Vous êtes nombreux dans cette dernière catégorie. Vous n'imaginez pas combien un mot bienveillant peut générer d'énergie positive. Toutes les personnes croisées ici et là, qui me demandent où j'en suis, attendent les prochaines publications, parlent de mes romans autour d'elles, les offrent, m'insufflent une force qui me donne envie d'aller plus loin, plus haut.
Et puis il a vous, ma famille et mes amis, mes indispensables.

À vous tous : MERCI !

Sommaire

Prologue 11
Première partie : Rebecca 15
   Chapitre 1 – 28 août 2012 17
   Chapitre 2 – 26 août 1942 31
   Chapitre 3 – Toulouse, fin août 2012 43
   Chapitre 4 – Septembre 1942 55
   Chapitre 5 – Toulouse, 2012 63
   Chapitre 6 – Auschwitz-Birkenau, sept. 1942 77
   Chapitre 7 – Toulouse, fin août 2012 83

Deuxième partie : 95
La vie reprend son cours 95
   Chapitre 8 – Paris, juin 1945 97
   Chapitre 9 – Toulouse, 2012 107
   Chapitre 10 – Bavière, 1964 117
   Chapitre 11 – Toulouse, 2012 125
   Chapitre 12 – Toulouse, juin 1948 135
   Chapitre 13 – Toulouse, 2012 145
   Chapitre 14 – Bavière, 1964 153
   Chapitre 15 – Toulouse, 2012 165
   Chapitre 16 – Toulouse, 2012 177
   Chapitre 17 – Toulouse, 1955 185
   Chapitre 18 – Montpellier, 2012 195
   Chapitre 19 – Toulouse, 1970 209

Troisième partie : 219
« Tchembé red, pa moli » 219
   Chapitre 20 – Toulouse, 2012 221

Chapitre 21 – Toulouse, 2012 239
Chapitre 22 – Toulouse, 2012 247
Chapitre 23 – Toulouse, 2012 255
Chapitre 24 – Toulouse, mardi 18 septembre 267
Chapitre 25 – Toulouse, le même jour 279
Chapitre 26 – Toulouse, mercredi 19 septembre 285
Chapitre 27 – Toulouse, jeudi 20 septembre 293
Chapitre 28 – Toulouse, vendredi 21 septembre 305
Chapitre 29 – Toulouse, le même jour 313
Chapitre 30 – Toulouse, le même jour 323
Épilogue 335
Note de l'autrice 337
Remerciements 339
Sommaire 341
Du même auteur 343

Du même auteur

L'hiver de Solveig
Prix Kobo by Fnac
Éditions Préludes, 2020
Livre de poche, 2022

L'envol des amazones
Éditions Préludes, 2022
Livre de poche, 2024

The girl with no name
(Traduction anglaise de *L'hiver de Solveig*)
Hodder & Stoughton, 2021